O REI AURORA

Também de Nisha J. Tuli:

A Rainha Sol

NISHA J. TULI

O REI AURORA

Tradução
GUILHERME MIRANDA

SEGUINTE

Copyright © 2023 by Nisha J. Tuli
Publicado mediante acordo com Folio Literary Management, LLC e Agência Riff.

O selo Seguinte pertence à Editora Schwarcz S.A.

Grafia atualizada segundo o Acordo Ortográfico da Língua Portuguesa de 1990, que entrou em vigor no Brasil em 2009.

TÍTULO ORIGINAL Rule of The Aurora King
CAPA Miblart Studio
ILUSTRAÇÕES DE CAPA Shutterstock, Adobe Stock e Envato Elements
LETTERING DE CAPA Lygia Pires
MAPA Miblart Studio
PREPARAÇÃO Júlia Ribeiro
REVISÃO Luís Eduardo Gonçalves e Luiz Felipe Fonseca

Dados Internacionais de Catalogação na Publicação (CIP)
(Câmara Brasileira do Livro, SP, Brasil)

Tuli, Nisha J.
  O Rei Aurora / Nisha J. Tuli ; tradução Guilherme Miranda. — 1ª ed. — São Paulo : Seguinte, 2024.

  Título original: Rule of the Aurora King.
  ISBN 978-85-5534-324-7

  1. Ficção canadense 2. Ficção de fantasia I. Título.

24-197704   CDD-C813

Índice para catálogo sistemático:
1. Ficção : Literatura canadense   C813

Cibele Maria Dias – Bibliotecária – CRB-8/9427

Todos os direitos desta edição reservados à
EDITORA SCHWARCZ S.A.
Rua Bandeira Paulista, 702, cj. 32
04532-002 — São Paulo — SP
Telefone: (11) 3707-3500
www.seguinte.com.br
contato@seguinte.com.br

A todas as mulheres que ouviram que eram rebeldes demais. Impulsivas demais. Exageradas demais. Que sempre se mantenham assim.

Celestria
Montanhas Beltza
Tor
Mansão
Nostr
Floresta Siva
Aluvião
Rio Sinen
Enseada Zelen
Afélio
Bosque Sarga
Ouranos

NOTA DA AUTORA

Bem-vindos de volta ao mundo de Ouranos! Espero que estejam ansiosos para mergulhar novamente na história de Lor e descobrir o que vai acontecer agora.

Você vai encontrar muita angústia e sofrimento neste volume e talvez um momento ou outro em que queira atirar o livro na parede... Desculpa, mas não se preocupe, juro que tudo vai valer a pena.

Os avisos de conteúdos são basicamente os mesmos do livro 1, mas você pode encontrá-los em meu site se quiser dar uma olhada.

Obrigada de novo!

Com amor,

Nisha

I
LOR

TEMPOS ATUAIS: AURORA

Atiro o vaso com toda a força mas erro a cabeça do Príncipe Aurora por um triz. Ele ergue o braço para se defender, e o vaso estoura na parede, fazendo uma chuva de cacos de porcelana cair em cima dele. Corro para a mesa ao lado e tento pegar um pratinho de cristal; quando ele me alcança, segura meu punho com sua mão enorme e aperta minha garganta com a outra. Me empurra contra a parede com tanta força que solto um grunhido com o impacto.

— Para com isso — ele sussurra, seu rosto tão perigosamente perto que sinto em meus lábios o calor de seu hálito.

Estamos no meu quarto... quer dizer, na minha *prisão*, numa casa em algum lugar no meio do Nada, nos confins da Aurora. Lá fora, há montanhas e um imenso céu cor da meia-noite coberto de rios de estrelas e uma miríade de cores.

Faz quase cinco semanas que Amya e Mael me tiraram de Afélio e me colocaram aqui, sem me deixar sair. No começo, eu tinha certeza de que me levariam de volta a Nostraza, mas meu destino é ainda mais complicado. Eles me prenderam neste quarto opulento e não param de me fazer perguntas. Pensei sobre a logística da minha fuga inúmeras vezes, mas não sei para onde iria. Estamos cercados apenas por uma floresta mortal e montanhas ainda mais mortais.

— Não vou falar nada até me trazer Willow e Tristan — digo pela milésima vez, ou talvez milionésima. Perdi a conta semanas atrás.

— Só quando você me responder. Tenho formas de fazer você falar, detenta — Nadir diz, cerrando os dentes, os olhos cor de aurora escuros e desconcertantes reluzindo de fúria.

As cores rodopiam em suas íris, o efeito quase hipnótico. Ele chega mais perto, e não há nada além de uma muralha firme de ira entre nós. Minha pele se arrepia em resposta a sua proximidade, como se fios estivessem correndo por meu sangue.

— Então faça — retruco.

Tem semanas que ele me ameaça, e não sei bem o que o está impedindo de cumprir suas promessas. Por isso, continuo forçando, tentando fazer com que ele ceda. Querendo saber até onde posso ir.

Eu não estava brincando. Ele *pensa* que sabe alguma coisa e talvez suas suspeitas estejam certas, mas não vou confirmar nada até saber se meu irmão e minha irmã estão vivos.

E ainda assim esse príncipe está sonhando se acha que vai conseguir tirar alguma informação de mim.

Ele tensiona a mandíbula, mas uma hesitação tremula em seus olhos, tão breve que não sei se é minha imaginação.

— Faça — provoco quando ele aperta minha garganta, de um jeito quase perigoso.

Eu o encaro, determinada a nunca deixar que ele veja meu medo.

Ele não vai me subjugar.

— Mostre como vai me fazer falar, ó poderoso príncipe. Juro que não há nada que você possa fazer que eu já não tenha enfrentado.

— Nadir, para — Amya diz, entrando no quarto e me vendo imprensada na parede. — Você não pode fazer isso com ela.

Nadir volta o olhar furioso para a irmã, mas ela nem pestaneja. Estou começando a entender que é praticamente imune aos humores dele, e penso em pedir algumas dicas depois.

Ela está usando uma saia preta longa com uma fenda revelando pernas cobertas de couro preto justo, um corpete sem mangas, amarrado com laços violeta na frente. Luvas de renda sem dedos adornam suas mãos, e seu cabelo preto, com mechas coloridas, está preso em dois coques bagunçados, um em cada lado da cabeça.

Senta numa cadeira de veludo preto, cruzando as pernas, completamente à vontade apesar das circunstâncias da cena que acabou de interromper. Eu e Nadir trocamos olhares, a atmosfera faísca enquanto nossos peitos se movem com respirações tensas e raivosas.

— Mandei uma mensagem para Nostraza — diz Amya, atraindo nossas atenções.

— Amya — ele diz em um grunhido, e lá vem de novo aquela sensação de fios se movendo sob minha pele.

Ela ergue a mão delicada.

— Não se preocupe. Fui discreta.

— Se o pai souber que ela está aqui...

— Ele não vai saber. — Seus olhos pontilhados de aurora flamejam quando ela perde a calma. — Sei o que está em jogo. Não me trate como uma criança.

— Você pretende me soltar ou vou continuar aqui com a mão no meu pescoço enquanto vocês conversam na minha frente? — pergunto.

Nadir olha para mim, indecisão guerreando em seu olhar. Ele quer fazer algo drástico. Está perdendo a paciência, e é nítido que vai perder o controle em breve.

Bem, ele que continue assim. Posso até dar um empurrãozinho.

Quando ele cerra os dentes, nossos olhares parecem se dissolver um no outro. Aquela sensação, como se eu estivesse sendo tocada por sob a pele, ressurge. Embora eu nunca tenha admitido em voz alta, não posso deixar de notar que isso só acontece na presença dele. Não quero pensar no que significa. Não *sei* o que significa, mas tenho certeza de que só pode ser problema. Ele hesita por mais um segundo antes de finalmente soltar meu pescoço.

— Para com essa merda de ficar atirando coisas — ele diz, a voz tão baixa e letal que faz um calafrio descer por minha espinha. — Ou vou acorrentar você no porão com minhas *mascotes*. — O brilho cruel em seus olhos sugere que essas *mascotes* não são animais de estimação.

Ele dá um passo para trás, me observando como um predador voraz pronto para destroçar meu pescoço à menor provocação. Eu o encaro deliberadamente, saio de sua sombra imponente e, antes que ele possa me deter, pego aquele mesmo prato de cristal e o atiro na parede.

O prato se estilhaça com um estrondo, e viro para ele com um sorriso triunfante, jogando uma mecha de cabelo para trás.

Pisco os olhos com inocência.

— O que você estava dizendo?

Os olhos dele se escurecem tanto que ficam completamente pretos, aquelas luzes rodopiantes se reduzindo a nada mais que esferas escuras tão profundas que daria para me afogar. Aquela atração surge de novo, como um demônio raivoso tentando sair de dentro de mim. Por que a raiva que ele sente me afeta dessa forma?

Amya cobre a boca, tentando disfarçar um sorriso, enquanto encaro o príncipe de nariz erguido. Ele rosna e se aproxima, agarrando meu punho de novo.

— Eu avisei — ele diz, me puxando para a frente e quase me fazendo cair.

Apoio a mão no centro de seu peito duro para me equilibrar.

— Espera! Quero ouvir o que ela soube de Nostraza. Tristan e Willow estão vivos?

Nadir me vira, minhas costas pressionadas contra seu peito, envolve minha cintura e cobre minha boca.

— Não conta nada para ela — Nadir diz à irmã, que está claramente prestes a responder a minha pergunta. — Juro por Zerra, Amya. *Não.*

Ela fecha a boca, apertando os lábios aos sons abafados de meus protestos.

— Me deixa contar para ela — ela suplica, e a princesa sobe um pouquinho em meu conceito.

— Não — ele rosna. — Eu a avisei.

Nadir me ergue pela cintura enquanto me debato contra a força implacável de seu braço. Depois de me virar, ele me leva até a porta, e eu bato as pernas na tentativa de chutar suas canelas. Ou talvez alguma parte muito mais preciosa do corpo dele.

É claro, ele é um Nobre-Feérico e é incrivelmente forte, então é como se eu estivesse lutando contra um cacto de ferro.

Entramos no corredor, onde encontramos Mael indo até meu quarto. Ao nos ver, ele se espreme na parede para nos deixar passar.

— As coisas estão indo bem, pelo visto.

— Cala a boca — Nadir diz enquanto nos debatemos pelo corredor, então para.

Ainda estou me sacudindo e esperneando quando ele olha ao redor, como se não conseguisse decidir aonde ir.

— Algum problema? — Mael pergunta, chegando perto e cruzando os braços diante do peito largo.

Ele está usando a armadura de couro leve de sempre, seu cabelo preto cortado rente e a pele marrom-escura cintilando sob uma fileira de minicandelabros suspensos ao longo do corredor. Atrás dele, Amya está obviamente tentando esconder o sorriso.

— Não temos uma masmorra nesta casa — Nadir diz, como se isso fosse culpa de todos e esse fato relevante tivesse passado por sua cabeça só agora.

Lá se foi a ameaça de me trancar com suas *mascotes*.

— Não é esse tipo de casa — Amya diz. — Era meio que essa a ideia quando a construímos.

— Isso foi antes de eu saber que estaríamos abrigando uma

prisioneira que se comporta feito uma *criança* raivosa — ele rosna, e solto uma gargalhada bem-humorada que o deixa claramente mais furioso.

O príncipe praticamente urra de frustração e então abre a porta no fim do corredor com o pé, me carregando para dentro de um quarto enorme com uma cama imensa embaixo de janelas compridas, onde as luzes boreais tingem o céu com faixas de cor.

Por mais que Afélio fosse uma corte disfarçada de refúgio dourado de beleza, sinto falta de seus céus azul-claros como as flores sentem falta do sol. Essa tela deprimente de cinza e mais cinza está trazendo à tona as memórias dolorosas dos doze anos em que mal sobrevivi embaixo desse céu sombrio.

Tudo no quarto é preto, exceto por raios de cor que ocasionalmente realçam os tapetes e móveis — carmesim e violeta e esmeralda.

Ah, e por dois cachorros brancos, felpudos e enormes deitados na frente da lareira, que mal erguem a cabeça quando entramos, nos observando com uma curiosidade astuta, os olhos escuros. Acho que são cachorros — apesar de grandes o bastante para serem lobos que comem criancinhas no jantar. São esses os mascotes a que ele se referiu? Não parecem *tão* perigosos assim. Na verdade, até que são fofos, se eu ignorar o fato de que provavelmente poderiam arrancar minha cabeça com uma única mordida.

É então que um deles franze o focinho, e um rosnado baixo reverbera da garganta, seu olhar inteligente até demais fixo em mim.

Certo, esqueça o que eu disse. Eles são definitivamente muito perigosos.

Nadir me arrasta pelo chão ao mesmo tempo que Amya e Mael trocam um olhar cauteloso.

— Nadir — Amya diz em voz baixa.

— Agora não — Nadir responde, cortante como uma faca.

Um momento depois, fios de luz colorida saem de suas mãos e

se prendem ao redor de meus punhos. Nem os sinto na pele, mas não consigo separar as mãos, como se eu tivesse sido algemada por fios de ar.

Mael ergue a sobrancelha, e é óbvio que quer comentar, mas morde a língua enquanto Nadir amarra meus punhos à cabeceira da cama com mais fios de magia colorida. Se meu maior objetivo não fosse arrancar seu coração e dar para aquelas cachorras comerem, eu poderia admitir que o poder dele até que é bem bonito.

Quando está satisfeito, Nadir dá um passo para trás, cruzando os braços musculosos com um sorriso arrogante. Está usando seu uniforme de sempre, camisa e calças pretas ajustadas, tudo feito sob medida para seu corpo com uma perfeição irritante.

— Cuzão — digo, furiosa, puxando as amarras. — Me tira daqui.

Nadir me encurrala contra a cabeceira, deixando apenas um fio de tensão entre nós.

— Falei que, se você jogasse mais alguma coisa, haveria consequências.

Eu me debato contra as amarras com um resmungo furioso, resistindo ao impulso de cuspir nele. Dar um chute nele. Uma cabeçada. Qualquer coisa. Estou tão frustrada, furiosa e cansada dessa merda toda.

Ninguém nunca vai me libertar.

— E eu falei que não vou cooperar com você a menos que traga meus amigos aqui — disparo.

Continuo protegendo o segredo de nosso laço familiar na esperança de que isso os proteja das possíveis intenções do príncipe.

— Você acha que pode me assustar? Sobrevivi a doze anos naquela sua prisão de merda enquanto você dormia nos seus lençóis de seda fina e desfilava com suas roupas elegantes. Esses cachorros devem ter sido mais bem tratados do que eu.

Desta vez, cuspo, mas ele consegue desviar, e minha saliva cai no chão numa gotícula insignificante.

— Você estava naquela prisão porque cometeu um crime.

— Eu era uma criança! — grito tão alto que minha voz embarga. — Não fiz nada, seu monstro de merda!

— Você vai se referir a mim como "vossa alteza" — ele sussurra, furioso, espirais carmesins girando em seus olhos.

— Você *não* é meu príncipe. — Cuspo as palavras, tentando transmitir meu ódio sem fim.

Nunca, jamais vou me ajoelhar diante desse Feérico babaca.

— *Você* é uma cidadã da Aurora.

— Vai pro inferno. Não sou, e prefiro morrer a deixar que me chame disso.

Suas narinas se alargam, mas ele não responde, dando meia-volta e fazendo sinal para Amya e Mael o seguirem. À porta, para e olha para mim.

— Se continuar com essa palhaçada, Morana e Khione não vão hesitar em colocar você na linha.

Os dois monstros peludos na frente da lareira se empertigam ao ouvirem seus nomes, parecendo inocentes com suas pelugens macias, tão grossas e brancas quanto neve recém-caída. Mas então exibem as bocas cheias de dentes em uma mistura de rosnados baixos, me lembrando de não me deixar enganar pelas aparências.

Amya me lança um olhar solidário que não retribuo. Ela também dormia em lençóis de seda e usava roupas bonitas enquanto apodrecíamos dentro de Nostraza. Pode ser a boazinha, se é que isso existe, mas não está isenta de nada que aconteceu comigo e com meus irmãos.

A porta fecha, e olho o quarto. Observo as cachorras, cujas cabeças estão de novo pousadas nas patas, embora eu tenha certeza que elas têm total noção de todos os meus movimentos. O casaco preto de Nadir está pendurado no encosto da cadeira de uma escrivaninha no canto, e a parede do outro lado está coberta de prateleiras cheias de livros.

Escuto as vozes abafadas de Mael, Amya e Nadir discutindo sobre alguma coisa lá fora. Provavelmente sobre mim.

Nadir vem me questionando sobre quem eu sou e o que Atlas queria de mim desde o dia em que cheguei, mas me recuso a responder qualquer coisa. Não sei o que ele acha nem se está perto da verdade, mas não vou facilitar. Atlas queria me usar pelo poder que talvez houvesse em mim, e só me resta supor que as ambições desse príncipe das trevas sigam numa direção parecida.

Cansada de ficar em pé, me afundo no chão, minhas algemas mágicas se ajustando o suficiente para que eu fique relativamente confortável.

Preciso escapar daqui. Não só deste quarto, mas desta casa. O problema é que não sei para onde iria. Não tenho casa nem um centavo no bolso. E não posso simplesmente entrar em Nostraza e perguntar por Willow e Tristan. Nem sei se ainda estão vivos.

O Espelho Sol me disse para encontrar a Coroa Coração, e não faço a menor ideia de por onde começar a procurar. Encontrá-la onde?

Por fim, a porta abre e Nadir entra, me encarando de forma tenebrosa antes de bater a porta. Amya e Mael não estão mais atrás dele, e um fiozinho de medo sobe por minha nuca. De repente, tenho total consciência de que não faço ideia do que esse Feérico maluco é capaz. Devo ter medo dele? Ele vai me forçar a fazer as mesmas coisas que os guardas de Nostraza? Meu coração se acelera, as palmas das minhas mãos ficam úmidas. Prefiro morrer a passar por aquilo de novo.

Embora ninguém aqui tenha me machucado fisicamente, sei que estou andando em uma corda bamba com minha impertinência. Mas de que adianta cooperar? Não tenho quase nada a perder. Se ele pretende me usar como Atlas, estou acabada de qualquer forma. O único poder que tenho são os segredos escondidos na cabeça e a capacidade de usá-los para conseguir a liberdade de Tristan e Willow.

Apesar de tecnicamente não ter me machucado, é óbvio que o príncipe é letal e poderia matar qualquer pessoa sem pensar duas vezes. Ele é como uma cobra pronta para dar o bote. Emana poder e ameaça, tem uma aura sombria inconfundível. Aquela sensação peculiar sob minha pele vibra outra vez, e inspiro fundo, tentando contê-la.

Nadir vai até a lareira e se agacha na frente das cachorras, afagando o peito delas, que rolam de barriga para cima para desfrutar da atenção. Está claro que elas têm um lugar especial no coração dele, e a cena é tão estranhamente incongruente com seu comportamento habitual que me pego relaxando um pouco. Quando acaba, ele se levanta, se recusando a notar minha presença, antes de desaparecer no banheiro. Então escuto a água correndo e resmungo, soprando uma mecha errante de cabelo da frente dos olhos.

Há um frio no ar, o frio perpétuo da Aurora, que lembro tão bem. É tudo gelado. O ar, o céu e a porcaria do *príncipe*. Estou usando uma calça macia com meias grossas e um suéter preto grosso. Felizmente, são bem quentes e confortáveis.

A porta se abre de novo, e inspiro fundo ao ver que Nadir trocou de roupa. Ele está sem camisa, e é quase impossível não admirar a perfeição de seu físico esguio e forte. As curvas e ondas de sua pele marrom reluzente se movimentam e se contraem quando ele anda até a escrivaninha, ainda sem olhar para mim, e revira uma pilha de papéis.

Um conjunto de espirais coloridas cobre a pele dele, se abrindo sobre seu peito e os arcos dos ombros. Nadir está usando uma calça preta confortável com a cintura tão baixa que quase chega a ser escandaloso. Que porra é essa? É algum tipo de brincadeira dele?

Ele ergue o rosto, nossos olhares se cruzando, e viro a cabeça rapidamente, envergonhada por ser flagrada. Eu o escuto soltar uma risada de desprezo ao apagar a luz da escrivaninha, mergulhando o quarto na penumbra, exceto pelas luzes da aurora que brilham através da janela.

— O que você está fazendo? — pergunto, analisando-o na escuridão.

O nervosismo que eu estava sentindo sobre o que exatamente ele pretende fazer comigo sozinha e amarrada em seu quarto aperta meu peito.

As cores da Boreal refletem em sua pele, nas maçãs do rosto altas e na mandíbula forte. Ele anda pelos tapetes grossos que cobrem o piso de mármore preto, e há algo estranhamente íntimo em ver seus pés descalços.

— Indo dormir, detenta. Está ficando tarde.

— E eu? — Puxo as cordas mágicas que ainda me ancoram à cama.

— O que tem você?

—Você não pode simplesmente me deixar aqui assim à noite toda.

— Posso. Como você vai me impedir?

Não fico nem um pouco surpresa com a resposta. Eu o irritei mais cedo e agora é a hora da minha punição.

— Eu te odeio — digo, em um sussurro ameaçador.

— Você já disse isso, várias e várias vezes. Como pode ver, estou perfeitamente à vontade com isso. Pretendo dormir como um bebê, sabendo o quanto você me *despreza*.

Nadir vai até o lado da cama, puxa as cobertas e olha para onde estou sentada no chão, um sorriso sarcástico no rosto. Ele entra embaixo das cobertas, soltando um suspiro de satisfação que imagino que tenha a intenção de esfregar na minha cara como está confortável, ao contrário de mim. Está funcionando. Me ajeito no chão duro, a bunda já dormente e os braços doloridos pelo movimento restrito. Mas parece *mesmo* que ele está planejando dormir, em vez de praticar algum tipo depravado de vingança.

Ele solta um assobio curto, e suas cachorras se levantam e se espreguiçam na frente da lareira, os pelos finos de seus corpos com um brilho alaranjado. A princípio, penso que elas estão vindo para cima de mim. Engulo em seco, um nó de nervosismo na garganta, mas elas passam reto e pulam na cama, se aninhando em seu tutor com grunhidos baixos.

Certo, até as cachorras são mais bem tratadas. Eu deveria ter lembrado disso.

Embora não consiga mais ver Nadir, apenas o contorno de seu corpo coberto, lanço meu olhar mais fulminante, tentando incinerá-lo onde ele está. Como se lesse minha mente, ele solta outro suspiro exagerado, e quem imaginaria que um príncipe imortal poderia ser tão mesquinho?

— Bons sonhos, detenta — ele diz, um tom claro de divertimento na voz.

Contenho o rosnado na ponta da minha língua, me recusando a dar a ele qualquer pingo de satisfação enquanto encaro a escuridão e prometo matá-lo.

Lenta e dolorosamente.

A única coisa que preciso decidir é se vou eliminar primeiro o príncipe ou seu pai.

2

DURMO EM INTERVALOS ENTRECORTADOS, porque toda vez minha cabeça acaba caindo para a frente e me despertando no susto. Estar tão desconfortável para dormir faz com que eu me lembre daqueles dias que passei na Depressão antes de Gabriel me raptar. Eu me pergunto o que meu antigo guardião está fazendo agora. Se sabe onde vim parar ou se ele sequer se importa. Deve estar feliz por se livrar de mim depois de toda a confusão que causei.

Ao longo da noite, escuto o reverberar de roncos caninos se misturando às respirações baixas do príncipe. Puxo as amarras, desejando poder subir na cama para infligir alguma dor a ele, mas Nadir continua dormindo, sem dar a mínima para meu desconforto. Talvez eu devesse começar a gritar sem nenhum motivo para interromper seu sono de beleza, mas chego à conclusão de que não vale as consequências do que ele pode fazer comigo.

Depois de um tempo, o céu passa de preto absoluto a cinza sombrio. Franzo a testa, sentindo falta do calor da luz do sol e de um céu azul-claro. Quando as luzes da aurora se apagam, deixando uma tela vazia deprimente, eu me pergunto de novo por que alguém escolheria viver neste lugar.

Penso nas praias de Afélio. No calor da areia e no barulho da água. Embora as coisas fossem no mínimo questionáveis no palácio dourado à beira-mar, ainda sinto falta do luxo da luz solar em minha pele.

Há uma batida leve na porta antes de suas dobradiças silenciosas abrirem. Uma mulher de túnica simples e calça entra com uma bandeja prateada. É uma das funcionárias da mansão, e eu a reconheço porque ela também leva as refeições para meu quarto. Meu estômago ronca de fome quando ela lança um olhar furtivo em minha direção.

Ela evita contato visual ao deixar a bandeja em uma mesa de madeira preta na frente das janelas. Tira um prato de pão, bacon, frutas e ovos. Copos, talheres e guardanapos brancos imaculados. Um bule de café, o aroma forte permeando o ar.

Assim como em Afélio, todos os criados são humanos. Imagino que os Feéricos se achem importantes demais para sujar as mãos com as tarefas domésticas de cozinhar e limpar.

Depois de terminar de servir o café da manhã do príncipe, ela sai do quarto e volta um minuto depois com dois potes prateados gigantescos, colocando-os no chão perto da porta. Morana e Khione saltam da cama e vão até a comida, enfiando os focinhos nas vasilhas.

Escuto o farfalhar de lençóis e vejo Nadir sentar, seu cabelo comprido gloriosamente desgrenhado pelo sono. Ontem à noite, eu tentei conter minha reação a seu tronco tatuado nu e sua pele escura cintilante, mas toda sua presença enche o quarto com uma energia difícil de controlar. Ele me ignora ao levantar da cama e ir até a bandeja de café da manhã.

— Obrigado, Brea — o príncipe diz, o tom formal muito mais gentil do que costuma usar comigo.

Ela responde com um aceno.

— Bom apetite. — Com as mãos entrelaçadas na frente do corpo, me lança mais um olhar furtivo e sai às pressas do quarto.

Eu quero chamá-la de volta. Não quero continuar aqui a sós com o príncipe. Essa proximidade forçada sem nada nem ninguém que sirva de barreira entre nós me incomoda de formas que não quero imaginar.

Agora que ele está acordado, aquela presença que serpenteia sob minha pele se atiça de novo, repuxando meus nervos. Enquanto ele estava dormindo, houve um momento de trégua, mas agora, quando ele me encara, a sensação volta à vida como uma bolha se enchendo de ar. Pisco, desejando que passe.

Não significa nada.

Ele se recosta na cadeira, os músculos de seu abdome se contraindo, enquanto faço o possível para não notar o caminho de fios escuros que desaparecem em seu quadril. Ele apoia os pés numa segunda cadeira e me encara de modo desconcertante quando leva a xícara de café à boca e dá um gole alto.

Lambendo os lábios involuntariamente, observo seus movimentos, quase sentindo o gosto da bebida na língua.

— Está com fome, detenta?

Bufo e lanço um olhar sério para ele.

— Não.

Ele sorri com sarcasmo ao pegar um triângulo de pão e o morder. Me acostumei um pouco mais com a comida da Aurora ao longo das últimas semanas, mas ainda acho quase tudo estranho. Durante meu tempo em Afélio, experimentei tantas coisas novas, mas, a cada situação inédita, sou confrontada por mais uma deficiência em minha criação. Os aromas misturados de especiarias que não reconheço pairam no ar, enchendo minha boca de água.

— Certo, então não vou dividir.

— Até parece que você pretendia dividir — retruco, e ele sorri de novo, dando mais uma mordida e mastigando devagar antes de gemer como se aquilo fosse a melhor coisa que já degustou na vida. — Então, o que pretende fazer comigo? Me manter acorrentada aqui como seu animal de estimação?

À menção dos animais, escuto o som suave de patas no piso de mármore. Elas já terminaram de comer e estão trotando até ele, seus rabos brancos e espessos balançando. Ele faz um carinho atrás da orelha de cada uma, e noto que seu olhar se suaviza. Será que esse príncipe tem um coração escondido em algum lugar desse peito esculpido?

— Ah, desculpa. Até suas cachorras têm liberdade de andar por aí — digo, com amargura.

Ele me encara com um olhar de divertimento condescendente.

— Quando você conseguir se comportar tão bem quanto elas, detenta, posso pensar em tratar você da mesma forma.

— Meu nome é Lor, seu escroto — retruco. — Se quiser que eu aja como uma humana, pare de me chamar assim.

Nadir tira os pés da cadeira e se inclina para a frente com os cotovelos apoiados nos joelhos. Suas cachorras se viram para me encarar, franzindo o focinho. Algo me diz que elas teriam o maior prazer em arrancar meu baço assim que o príncipe estalasse os dedos.

— Mas acho que soa tão bem, *detenta*. Acho que não vou fazer isso. E não é como *humana* que quero que você aja.

Nos encaramos, as palavras pairando no ar como uma promessa mortal. Ele continua escavando, tentando me forçar a revelar meus segredos, mas me recuso a ceder até conseguir o que quero. Eu *não* vou piscar primeiro.

Parto para cima dele semicerrando os dentes. É claro que o esforço é totalmente em vão, porque não consigo me mexer mais do que alguns centímetros. As cachorras erguem as orelhas, claramente pressentindo uma ameaça. Ele faz um "shh" baixinho que as tranquiliza e depois ri, abanando a cabeça.

— Atlas pensou que se uniria a você. Você teria feito picadinho dele.

— Pelo menos Atlas não me amarrou à merda da cama dele.

Nadir arqueia a sobrancelha.

— Não, ele só jogou você na masmorra. — Aperto os lábios, odiando que ele esteja certo. Por que estou defendendo Atlas? Odeio os dois. Ambos são monstros vis e egoístas. — E ainda quero saber por que ele fez isso. O que o Espelho disse para você?

— O Espelho me rejeitou — digo de novo, o que é praticamente verdade.

— Mentira.

— Não é. Ele me disse que eu não era destinada a ser a rainha de Afélio — insisto, as palavras cercando a verdade com cuidado.

Foi, *sim*, o que o Espelho me disse, mas Nadir vai ter que me torturar para eu contar os detalhes muito mais importantes que o artefato revelou.

Mais uma vez, puxo as amarras sem sucesso. Tenho que sair daqui. Tenho que encontrar Tristan e Willow para fugir antes de finalmente podermos reivindicar o legado de nossa família.

Nadir me observa, tentando encontrar a mentira em minhas palavras.

— Vocês tiveram notícia de Nostraza? — pergunto, e ele pisca.

— O quê?

— Sua irmã disse que mandou uma mensagem para Nostraza ontem. Ela recebeu alguma resposta?

— Estou neste quarto com você desde ontem à noite, detenta. Não faço ideia.

Resisto ao impulso de rosnar diante de seu tom e de como ele trata minha pergunta como se a resposta fosse irrelevante. Tristan e Willow podem estar mortos, e é claro que isso não importa para ele. Enquanto eu estava longe brincando de futura rainha, eles podem ter morrido. Mas também preciso admitir que esse comportamento não está me levando a lugar nenhum. Nadir tem um estranho talento de mexer com a minha cabeça, e não posso deixar que me afete.

— Posso perguntar para ela? — imploro em seguida, tentando usar um tom mais agradável, embora eu esteja gritando internamente.

Odeio me prostrar diante desse babaca.

— Quando eu terminar de comer — ele diz, voltando para seu café e me ignorando de maneira incisiva.

Ele *sabe* que isso é importante para mim. Não deixei dúvidas.

— Tá. — Me recosto, me apoiando na cabeceira da cama enquanto espero ele terminar de comer, o silêncio no quarto quebrado apenas pelo tilintar de sua caneca e pelos sons de seu garfo raspando a porcelana.

As cachorras deitam e me observam. Provavelmente atentas a qualquer movimento súbito. Descansando, mas sempre alertas. É melhor eu lembrar que Nadir não é o único animal neste quarto.

Ele come devagar, sem pressa, e sei que está fazendo isso só para me irritar. O príncipe não faz nada devagar, a menos que isso sirva a seus propósitos. Inspiro fundo, tentando acalmar a raiva e os batimentos cardíacos acelerados.

Minha incapacidade de controlar meu temperamento é uma de minhas maiores fraquezas. E preciso aprender a lidar com isso. Terei mais opções depois que eu receber informações sobre meu irmão e minha irmã, mas, agora, tenho que fingir que estou disposta a cooperar.

Nadir finalmente termina de comer e levanta da cadeira, me ignorando quando vai até o banheiro. Nesse momento, sou lembrada da pressão desconfortável em minha bexiga. O príncipe liga o chuveiro, e ranjo os dentes com o som. Por quanto tempo ele vai ficar lá dentro?

Me contorço no chão, com medo de urinar nas calças se ficar sentada por muito mais tempo. Talvez eu devesse fazer isso e sujar esse carpete caro. Vamos ver quem é o animal. Mas descarto a ideia, sabendo que nem *eu* sou tão insana assim, tentando focar em outra coisa enquanto espero.

Ele finalmente desliga o chuveiro, e escuto os movimentos do outro lado da porta.

— Ei! — grito no quarto vazio, torcendo para ele não me ignorar.

Não faço ideia de como chamá-lo. Faz semanas que evitei a pergunta, contornando a necessidade de me dirigir diretamente a ele, mas agora não tenho saída. Alteza parece ridículo. Ele não é meu príncipe e nunca vai ser. E eu estava falando sério quando disse que nunca o chamaria assim.

Mas chamá-lo de Nadir parece íntimo demais — estamos longe de ser amigos ou aliados. Ele nunca se referiu a mim como nada além de detenta, então talvez eu possa encontrar algo igualmente degradante.

— Ei! Preciso fazer xixi!

A porta se abre alguns segundos depois, e agora ele está semivestido com uma calça preta justa nas coxas e no quadril, além de uma camisa preta impecável, ainda desabotoada e emoldurando as tatuagens coloridas que cobrem seu corpo. O canto de sua boca se ergue num sorriso maldoso, seus olhos brilhando com a vontade de rir.

— O que você disse, detenta?

— Preciso usar o banheiro.

Nadir cruza os braços musculosos e se apoia no batente. Então cruza um tornozelo na frente do outro e me olha por inteira.

— Como é?

— Me deixa usar o banheiro ou vou mijar no seu chão todo, cuzão.

Cuzão. Sim, parando para pensar, pode ser assim que vou chamá-lo. Ele balança a cabeça e passa a mão no rosto antes de se aproximar e parar diante de mim. Ergo os olhos, forçando minha expressão a ficar impassível.

— Vou soltar você, mas não tente nada.

— O que eu poderia tentar? Sou só uma pobre prisioneira indefesa — digo, com uma cara inocente.

Ele revira os olhos e puxa as cordas mágicas ao redor de meus punhos. Tenho certeza que poderia usar magia para fazer isso, mas, enquanto as desamarra, seus dedos roçam nos meus, e aquela atração que corre em minhas veias cresce como se meu sangue estivesse tentando desesperadamente ficar mais perto dele.

Puxo as mãos, querendo dissipar o que quer que seja isso, mesmo que seja completamente involuntário. Odeio que ele me faça sentir qualquer coisa além de ódio puro e sem filtro. Depois que minhas amarras estão soltas, esfrego os punhos e resmungo ao levantar, meu corpo travado de ficar tanto tempo no chão.

— Filho da puta — murmuro, ao mesmo tempo que sacudo as pernas e corro para o banheiro com sua risada tenebrosa atrás de mim.

O banheiro é magnífico, ainda que seja menor do que eu esperava. Pelo que vi desta casa, tudo parece caro e bem-feito, mas também não é o Torreão. Inferi que estou escondida aqui nos confins do Nada porque eles querem manter minha presença em segredo para o Rei Aurora.

Talvez seja pelo que suspeitam de mim. Que, nas mãos da pessoa errada, eu seja capaz de causar um caos gigantesco. Bem, eles estão certos. Depois que eu descobrir como sair daqui e localizar aquela Coroa, tenho todas as intenções de recuperar o que é meu.

O que não entendo é por que estão me escondendo do paizinho querido.

Depois que uso o banheiro e lavo as mãos, paro diante do espelho, encarando meu reflexo. O medalhão que peguei de Afélio continua pendurado no meu pescoço, e eu o seguro, absorvendo a força da pequena joia lascada dentro dele.

Ganhei peso nos últimos meses — meu rosto não está mais descarnado ou esquelético, meus olhos estão um pouco menos atormentados. Minhas bochechas estão maiores, assim como minha bunda, minhas coxas e meus seios. Pareço uma mulher agora, e não uma menina frágil tirada de Nostraza. Nunca imaginei que seria algo além de um saco de pele e ossos.

Parte de mim não consegue acreditar sequer que vi o exterior da prisão.

Me ancorando no meu reflexo, procuro no centro de minha alma a magia que sei que está trancada dentro de mim, lá no fundo. Onde a mantive presa por tantos longos anos. Sinto como se fossem os degraus irregulares de duas escadas marteladas uma contra a outra. Como um quebra-cabeça em que alguém tentou encaixar uma peça quadrada num buraco errado e ela acabou presa.

Fecho os olhos e puxo, tentando separar os dois lados, mas ela se mantém firme. Resmungo de frustração. Muitos anos atrás, fui obrigada a trancar esse poder e agora parece que não consigo recuperá-lo. Estou tentando há semanas porque, quando Amya e Mael me "libertaram" de Afélio, decidi que havia chegado a hora de soltá-lo de novo. Vai ser minha única linha de defesa se descobrirem meus segredos.

Escuto vozes do outro lado da porta, seguidas por uma batida.

— Você bateu a cabeça aí dentro, detenta? — Nadir pergunta com aquele tom melódico e condescendente. — Por favor, não me diga que vou encontrá-la desmaiada no chão com a calça arriada. Seria muito humilhante para você.

— Cuzão — murmuro e escuto a risada dele, nada calorosa.

Abro a porta e o encontro apoiado na parede ao lado, os braços cruzados, a camisa já abotoada e dentro da calça.

Nossos olhares se cruzam, e sinto mais uma explosão de magia sob a pele. Respiro fundo tentando conter a sensação. Por mais que eu tente, não tenho controle sobre isso.

Amya e Mael estão no quarto agora, os dois nos observando com expressões curiosas.

— Recebeu alguma resposta de Nostraza? — pergunto a Amya, tirando os olhos de Nadir e me dirigindo a ela, sentada no sofá preto de veludo.

Seu rosto se suaviza com minha pergunta.

— Ainda não. Prometo que, assim que eu receber, você vai saber.

Eu a encaro, sem saber o que pensar dessa princesa. Ela também foi cúmplice enquanto eu apodrecia dentro de Nostraza por mais de uma década, mas, ao contrário de Nadir, Amya parece se sentir mal por isso.

— Obrigada — digo com sinceridade, porque acredito nela independentemente de ela se importar ou não.

Deixei claro que não vou contar nada a eles até ter notícias dos meus irmãos, e esse é o único motivo para Nadir fingir algum interesse no assunto.

Viro para o príncipe com um olhar frio.

— Posso voltar para meu quarto agora? Ou vou continuar amarrada ao pé da sua cama com menos humanidade do que suas queridas *cachorras*?

— Talvez se você não fosse tão feroz — Mael brinca, e volto meu olhar fulminante para ele, que sorri, uma covinha aparecendo em sua bochecha, e tenho a impressão de que esse capitão Nobre--Feérico poderia seduzir o senhor do submundo se quisesse.

— Pode voltar para seu quarto — Nadir diz. — Mas, se você se comportar daquele jeito de novo, sua punição vai ser muito pior do que a de ontem à noite. Aquilo foi brincadeira de criança comparado com o que posso e *vou* fazer com você.

Noto Amya ficando boquiaberta, mas Nadir a silencia com um olhar.

Com uma cortesia falsa, abro um sorriso insinuante para ele.

— Claro, *alteza*. — Pronto.

Se for cheia de sarcasmo, chamá-lo assim não é tão claustrofóbico.

Trocamos mais um olhar furioso antes de eu dar meia-volta e sair.

3
NADIR

De costas eretas e ombros abertos ela sai do quarto. Se porta com uma dignidade que não condiz com quem foi obrigada a dormir ao pé da cama à noite toda. Faço o possível para não ficar olhando para a bunda dela naquela calça justa, mas não adianta, meu olhar está cravado nela. Quando bate a porta, faz isso com tanta força que os quadros na parede estremecem.

Depois que Lor sai, solto um forte suspiro e jogo a cabeça para trás, tentando colocar meus pensamentos em ordem. Por que não consigo *pensar* quando ela está perto de mim? Tudo dentro da minha cabeça, da minha barriga e, puta que pariu, da minha calça fica turvo e confuso, o foco se voltando para ela de maneira absolutamente excruciante.

É viciante. Como ela me odeia. Como arde com aquele fogo tão incandescente que me faz desejá-la toda vez que ela olha para mim. Como se ela estivesse sempre prestes a entrar em erupção e explodir minha vida em pedacinhos. Não que alguma vez eu tenha me atraído por mulheres reservadas ou dóceis, mas ela não é apenas impetuosa, é quase selvagem, e não sai da minha cabeça.

A risadinha sacana de Mael chama minha atenção, me tirando do emaranhado de pensamentos. Dou meia-volta, já cerrando os dentes. Meus deuses, vivo o tempo todo prestes a perder o controle ultimamente.

— O que está acontecendo com você? — ele pergunta, se recostando em minha escrivaninha com os braços cruzados. — *Você está um caos.*

Ele troca um olhar de cumplicidade com Amya, que então olha preocupada para mim. Ela vive se preocupando, mas não precisa. Sei me virar.

— Ele tem razão. Você tem estado esquisito nos últimos dias.

— Estou bem. Preciso de uma bebida. — Os dois estão certos. Estou mesmo um caos, e a culpa é toda da mulher que acabou de sair do quarto. A prisioneira de Nostraza que não deveria significar nada para mim, mas que tomou conta da minha cabeça e se recusa a sair.

— São nove da manhã — Mael diz.

— E daí?

Abro a porta de vidro do armário que abriga uma grande variedade de bebidas alcoólicas. Escolho um vinho élfico verde-escuro que parece um bom licor de café da manhã. Não é tão forte, mas deve bater o suficiente para relaxar meu nervosismo.

Sirvo uma dose generosa e encaro o vidro enquanto meus pensamentos retornam a *ela*.

— Fui ao Torreão — Amya diz, me tirando de outra espiral de pensamentos.

— E?

Ela dá de ombros.

— O pai parece preocupado, na maior parte do tempo. Quando fui conversar com ele, ele não disse muita coisa. — Ela apoia os cotovelos nos joelhos e sorri com aquele seu olhar brincalhão que conheço tão bem. — Ele não está *nem um pouco* contente por você ter feito a corte inteira da Aurora ser banida de Afélio.

Dou risada e bebo um gole de vinho, saboreando o ardor na garganta.

— Desculpa, espero que não se importe que eu tenha contado.

Faço que não. Não me importo nem um pouco. É uma conversa a menos a ter com meu pai.

— Fiz um favor a todos. Não vamos mais ter que aturar as festas de Atlas — digo, sentando ao lado de minha irmã no sofá, o gelo em meu copo tilintando. — Onde ele pensa que estou?

— Por aí. Falei que você e D'Arcy se deram bem no baile e que você foi visitá-la por alguns dias.

Arqueio a sobrancelha, me perguntando se essa era mesmo a melhor mentira que ela poderia ter inventado.

— E ele acreditou nisso?

A frígida Rainha Estrela de Celestria não é exatamente meu tipo. Não apenas porque odeia todo mundo, mas porque já se relacionou com sete parceiros de gêneros variados e todos morreram em circunstâncias "misteriosas".

Não, obrigado. Quero manter minha cabeça onde está.

Amya dá de ombros.

— Como eu disse, ele parecia preocupado com alguma outra coisa.

— Como está a mãe? — pergunto, a culpa revirando minhas entranhas.

Estou longe de casa há tempo demais.

Amya encolhe os ombros.

— Está bem. — Ela desvia o olhar e curva os ombros, mas não insisto.

— O pai perguntou sobre a menina? — indaguei em vez disso.

— Perguntou, e eu disse que você ainda a estava procurando, e que também era por isso que ainda estava longe.

— Ele não desconfia que já estamos com ela, então?

Embora estejamos nos confins da Aurora, na mansão que eu e Amya construímos para fugir do Torreão, o alcance do rei chega a todas as partes deste reino. Os escudos protegem a propriedade de todos menos nós, mas não consigo evitar o impulso de dormir com um olho aberto. Meu pai sempre encontra um jeito de estragar tudo.

— Acho que não, mas não sei por quanto tempo mais deveríamos mantê-la aqui, Nadir. Sei que você acha que há alguma coisa especial nela, mas tenho que discordar. Ela parece completamente humana. Não tem um pingo de magia que eu consiga discernir.

Olho para Mael.

— O que mais você soube de Coração?

— Etienne enviou notícias ontem à noite — Mael diz, franzindo os lábios. — Ele está escondido no assentamento de sempre. Retirei todos os outros para evitar suspeitas. Os homens de seu pai voltaram várias vezes.

— Ainda buscando alguma coisa?

Mael agora franze as sobrancelhas.

— Etienne disse que juntaram todas as mulheres entre vinte e trinta anos e as levaram embora.

Eu e Amya nos sobressaltamos com essa revelação.

— Para onde? — pergunto.

Mael faz que não.

— Ele não sabia ainda. Não conseguiu flagrá-los no ato. Dizem que estão fazendo a mesma coisa em todos os assentamentos.

Amya inspira fundo.

— O pai está procurando por *alguém*, então.

Nossos olhares se cruzam enquanto a compreensão toma uma forma tangível. Uma verdade que estamos rodeando há semanas.

— Você não acha que... — Amya começa. — Então não pode ser Lor. Não é à toa que ele não ligou quando ela desapareceu. Ela é só uma humana, Nadir. Você tem certeza que não entendemos isso tudo errado?

Balanço a cabeça. Amya tem razão. Nada disso faz sentido. Se Rion tivesse perdido a Primária de Coração, por que não estaria revirando Ouranos em busca dela? E por que ela ficaria presa por todos esses anos? Ele *parecia* não se importar com o desaparecimento dela, embora eu ainda tenha certeza que ele nunca quis que eu soubesse da existência da prisioneira 3425.

Ele me mandou procurar por ela como se não passasse de uma preocupação trivial, mas meu pai sempre foi um excelente ator e nunca fez nada sem um bom motivo. Não consigo deixar de lado a sensação incômoda de que me mandou atrás dela apenas para me despistar. Ao fingir que não era importante, me convenceria da mesma coisa.

Aperto o copo, frustrado por esse quebra-cabeça que revela um lado novo toda vez que pisco.

— Não, não acho que a gente entendeu errado.

— Por que tem tanta certeza? — Amya se inclina para a frente. — Não temos nenhuma evidência de que ela seja mais do que uma prisioneira mortal envolvida em algo por acidente. Um caso de identificação errada, talvez.

Uma das minhas cadelas de gelo, Morana, chega perto e apoia o queixo em meu joelho. Faço carinho atrás da orelha dela enquanto penso nas perguntas de Amya. Por que tenho tanta certeza? É impossível explicar ou expressar em palavras, mas eu sei. Com tanta certeza quanto sei meu próprio nome, *eu sei*.

— Era verdade que você não recebeu notícias de Nostraza ainda? Hylene está trabalhando nisso? — pergunto.

Amya assente.

— Era. Mas acho que vou receber notícias de Hylene em breve. Ela vai tirar os dois de lá se ainda estiverem vivos.

— Vocês acham que Tristan e Willow são parentes de Lor? — Mael pergunta. — Ela parece muito possessiva em relação a eles.

— Um irmão e uma irmã, talvez? — Amya pondera. — Se ela for mesmo Nobre-Feérica, eles também podem ter magia. — Ela não diz o que todos estamos pensando.

Se *algum* deles tiver magia, o impossível aconteceu.

Amya abana a cabeça.

— A bebê morreu. Todas as histórias, todos os relatos da guerra dizem que a bebê da rainha morreu com ela. — Sua voz é distante, como se ela tivesse recitado isso em sua cabeça umas mil vezes.

— Claro — Mael diz, saindo de perto da escrivaninha e afundando na poltrona à frente de nós. — Mas vocês acreditam mesmo que três Feéricos reais teriam passado uma década em Nostraza por livre e espontânea vontade? Não faz muito sentido. E se eles *forem* os herdeiros de Coração, *quem* o rei está procurando?

Olho para meu amigo, uma das poucas pessoas no mundo em quem confio. Nos conhecemos durante a Segunda Guerra de Serce, onde passamos meses trabalhando num acampamento de prisioneiros de guerra na fronteira entre Coração e os Reinos Arbóreos. Viramos amigos de cara, e ele se manteve a meu lado em poucas e boas.

— Você tem razão, não faz sentido, mas Atlas sabia alguma coisa sobre ela e consigo sentir...

Interrompo a frase, cortando as palavras como se fossem um inimigo prestes a arrancar meu coração.

— O quê? — Amya pergunta, pousando a mão em meu ombro. — Aquela menina deixou você doidinho. O que foi?

Mael sorri.

— Amya, até parece que você não notou que nossa prisioneira é bonitinha. Talvez nosso menino esteja apaixonado.

— Cala a boca — rosno. — Eu não encostaria nas sobras de Atlas nem com uma vara de três metros. Ela é uma criminosa.

A mentira pesa como uma rocha em meu estômago. Não sei bem por que estou mentindo para eles — eles sabem tantos segredos meus —, mas ela me faz questionar tudo.

— Nervosinho — Mael diz, revirando os olhos.

— Então o que é? — Amya pergunta, olhando para Mael com irritação.

— Sinto minha magia tensa ao redor dela — digo. — Como se estivesse tentando sair de minha pele. Como se quisesse... tocá-la.

Abro a mão, e uma bola de luz multicolorida dança na palma. Fico olhando para ela, sem entender por que essa parte de mim que sempre foi minha rede de segurança se voltou contra mim, me deixando em queda livre.

Amya ergue as sobrancelhas, sua testa lisa se franzindo.

— Você já sentiu algo parecido antes?

Tomo um gole de minha bebida, e a bola de luz desaparece enquanto balanço a cabeça.

— Nunca.

Mal dormi ontem à noite com ela no quarto, ao pé de minha cama. Eu sentia como se meu corpo todo estivesse se esticando na direção dela, tentando envolvê-la. Minha magia era como uma maré fluindo sob minha pele, e eu tive que fazer de tudo para contê-la, para não acabar brilhando feito uma droga de estrela na cama. Eu nunca tive tão pouco controle sobre isso.

E o cheiro dela. Cacete, preencheu todos os poros de minha pele. Todos os nervos de meu corpo. Todos os canais de meu cérebro. Eu estava me afogando num mar do cheiro dela e, se essa tivesse sido minha última noite vivo neste plano, eu não teria me arrependido de nada. Fui um tolo por mantê-la aqui a noite toda, mas meu orgulho idiota se recusou a deixá-la ir embora.

— Que estranho — Amya diz com desconfiança. — Mas pode significar qualquer coisa. — Fica claro que nem ela acredita nessas palavras, mas entendo por que quer negar isso.

Só a existência de Lor em si dilacera o tecido de Ouranos, puxando os fios já desfiados. Faz mais de duzentos anos desde a última Guerra de Serce, e as coisas não ficariam estáveis por muito tempo.

Mais cedo ou mais tarde, alguém tentaria reivindicar a reina abandonada de novo, e isso tinha o potencial de reduzir o continente todo a cinzas.

— É por isso que acho que você está errada — digo finalmente. — Apesar de parecer, ela não é humana. Você pode não sentir nenhuma magia na garota, mas há oceanos de poder dentro dela, Amya. Tenho certeza disso.

4
SERCE

286 ANOS ATRÁS: REINA DE CORAÇÃO

SERCE OBSERVOU A MULTIDÃO enquanto esperava ansiosamente pela chegada do jovem Príncipe Sol e sua família. Fazia anos que ela não via Atlas — eram apenas crianças na época, fazendo bagunça em alguma cerimônia real —, mas naquela noite eles começariam a trilhar um caminho que os uniria para sempre.

A festa já estava a pleno vapor, as pessoas conversando e as notas de uma música animada enchendo o salão. A mãe dela não havia medido esforços por esse evento. Rosas e faixas de tecido vermelho-escuro estavam penduradas nas paredes, dando a impressão de que o evento acontecia dentro de uma floreira, e não no ornamentado castelo de pedra branca, localizado no centro da Reina de Coração.

Sem tirar os olhos da porta, Serce observou os convidados com um misto crescente de ansiedade e adrenalina. Ela amava uma boa festa, independentemente da ocasião. Aquela seria a noite de abertura de uma cúpula de duas semanas que, se tudo desse certo, levaria à proteção e à prosperidade futura de Ouranos. Ao mesmo tempo, as condições da união de Serce ao Príncipe Sol serviriam como um adendo ao evento principal.

Os primeiros a chegar à cúpula tinham sido da Reina de Tor, guiados pela Rainha Montanha Bronte e sua parceira, Yael. Alta e musculosa, com asas de penas cinza e cabelo grisalho comprido, elas usavam o traje de guerreiras cor de ardósia de sua corte. Com o poder da terra e a capacidade de lançar facilmente pedregulhos do tamanho de elefantes, as duas eram forças respeitáveis.

Agora, elas estavam cumprimentando a mãe e o pai de Serce, a Rainha e o Rei de Coração, todas as suas expressões tão mortalmente sérias quanto as circunstâncias para essa cúpula.

A noite marcava a primeira vez na história em que uma aliança oficial seria travada entre os reinos de Ouranos. Nunca desde o Princípio dos Tempos os governantes de Ouranos haviam se unido por uma única causa, embora, dessa vez, eles fossem ficar com um membro a menos quando tudo estivesse selado.

Havia anos que a mãe de Serce, Daedra, vinha orquestrando meticulosa e habilmente esse esquema, e parecia que seu desejo se realizaria por fim. Mas Serce imaginava que os outros governantes gritariam e espernariam no começo. Mesmo que fossem ideologicamente alinhados à ideia, também precisariam de pelo menos alguns dias para bater no peito e expressar suas objeções cuidadosamente fabricadas, ainda que totalmente inúteis, para todos admirarem.

No entanto, se as coisas corressem de acordo com o plano, a Rainha Bronte seria a primeira a entrar num acordo com Coração, e assim colocaria em ação a fase preliminar do que prometia ser uma longa batalha sangrenta contra a podridão que se estendia ao norte. Serce não havia deixado de notar que Coração tinha mais a ganhar esmagando as ameaças da Aurora do que qualquer outro reino, mas sua mãe torcia para que as implicações para o povo de Ouranos bastassem para influenciá-los a favor dela.

Aluvião chegou depois de Tor, e Serce percebeu como sua mãe relaxou visivelmente quando o Rei Oceano, Cyan, foi anunciado. Ele sempre tinha sido fechado e imprevisível, pouco disposto a se envolver nos assuntos das outras cortes, motivado apenas por suas próprias necessidades. No entanto, até ele precisava admitir que estava ficando cada vez mais difícil ignorar o perigo que poderia devorá-los se não agissem logo. Rion já tinha se tornado poderoso demais e, com sua união recente com a Rainha Aurora, a força dele só cresceria.

A prima de Serce, Rhiannon, se equilibrava na ponta dos pés, também esticando o pescoço como se essa união mudasse sua vida tanto quanto a de Serce. De certa forma, mudaria. Depois da união de Serce, os pais de Rhiannon se voltariam a ela para consolidar seu futuro também. Embora apenas os Feéricos Imperiais desfrutassem da vantagem de terem a magia acentuada por uma união, todos os Nobres-Feéricos deveriam se unir em algum momento — era simplesmente a ordem natural das coisas.

Serce ajustou o decote do vestido escarlate-escuro, puxando os seios para cima de modo a exibi-los da melhor forma possível. Ela não via a necessidade de fingir que não percebia seus trunfos e que tirava o maior proveito possível deles sempre que precisava.

— Onde eles estão? — perguntou a Rhiannon, seus nervos se agitando de ansiedade.

Ela ainda não sabia bem como se sentia em relação a esse acordo. Embora tivesse vivido quase cem anos sem as restrições de uma união, entendia que esse seria seu destino mais cedo ou mais tarde.

Ela era uma futura rainha — sem a união, o potencial de sua magia seria limitado. Não adorava a ideia de se prender a um único homem, ainda mais considerando as longas expectativas de vida dos Feéricos, mas torcia para que Atlas fosse liberal em suas visões. Não foram poucos os homens que ela levara para a cama, e pretendia continuar assim. Nunca haveria um único Feérico capaz de satisfazer todas as suas necessidades. Era bom que Atlas entendesse do corpo feminino e não recorresse simplesmente a sua posição para encantar e aprisionar suas parceiras sexuais.

Se ele se provasse digno, ela poderia até aceitar sua companhia de tempos em tempos.

No entanto, esse era um pequeno preço a pagar no grande esquema de suas ambições. Serce tinha um dever com sua reina, e nada a impediria de ascender. Ela desejava o poder que a aguardava como Feérica Imperial mais do que qualquer coisa. Também estava louca para conhecer e avaliar o príncipe que ela só tinha visto quando criança. Com quem lhe estavam pedindo para dividir sua magia *e* sua cama?

— Relaxa. Eles vão chegar em breve — Rhiannon disse, acenando timidamente para um cortesão bonito no canto do salão, a taça erguida num brinde a elas.

Serce sabia que ele estava com a cabeça entre as coxas de Rhiannon menos de duas horas antes e imaginava que era lá que sua prima poderia ser encontrada antes mesmo de a festa acabar.

— Estou relaxada — Serce retrucou, movendo os ombros para diminuir a tensão. — Acho que tenho todo o direito de estar curiosa sobre ele, não?

Rhiannon não disse nada, ao mesmo tempo que voltava a atenção a Serce e mordia os lábios.

— Claro, Serce. É claro que tem.

Serce ajeitou o cabelo preto e volumoso que caía em ondas naturais por suas costas. Se abanou enquanto uma gota de suor escorria pelo pescoço. Estava um calor escaldante lá dentro graças às dezenas e dezenas de candelabros do chão ao teto em duas fileiras pelo centro do salão.

Não eram nada práticos, mas davam certo clima ao espaço. Apenas mais um toque de charme que sua mãe achava necessário acrescentar a tudo, como se estivesse compensando alguma deficiência que se recusava a admitir. Não que Serce fosse dizer isso na cara dela. Era uma surpresa que nenhum dos vestidos enormes ou penteados elaborados tivesse pegado fogo ainda. Isso *sim* animaria a festa.

Um momento depois, arautos em volta das portas largas tocaram suas cornetas e Serce se encolheu. Mais dos exageros de sua mãe em ação: o barulho era alto demais para o salão cavernoso.

— Abram caminho para a corte de Afélio e o Rei Sol — ribombou um criado feérico menor de pele azul-clara e cabelo branco, usando uma libré preta e vermelha da corte de Coração.

Serce pensou que ele poderia ser algum tipo de elfo, embora ela nunca tivesse prestado atenção suficiente para entender as diferenças entre as várias espécies de feéricos menores.

O Rei Sol surgiu no batente, e seu cabelo parecia raios de sol ondulantes. Todos os membros da corte de Afélio resplandeciam em dourado, tecidos cintilando e botões refletindo a luz bruxuleante das velas. Ela se perguntou se a iluminação baixa tinha sido intencional da parte da mãe para diminuir o brilho do Rei Sol. Embora Daedra pudesse estar buscando aliados, a Rainha Coração tinha um lado mesquinho que nem sempre conseguia controlar.

Serce olhou para a comitiva entrando pelo longo corredor, os convidados da festa abrindo espaço para sua entrada. Ela concluiu que a Corte Sol era um tanto *exagerada*. Ninguém poderia dizer que os tons de carmesim e ébano pendurados em todos os centímetros do Castelo Coração eram tão ostentosos. Perto da Corte Sol, eles exibiam certa elegância e uma nobreza discreta.

Dois príncipes bonitos andavam meio passo atrás do rei, um de cada lado. À esquerda dele, estava um Nobre-Feérico de cabelo loiro-dourado, a imagem cuspida e escarrada do pai. À direita, vinha um rapaz de cabelo castanho-acobreado que batia pouco abaixo do queixo.

Serce endireitou os ombros, observando o segundo homem com atenção. Só podia ser Atlas. Mesmo depois de tantos anos, ela lembrava daquele cabelo brilhoso que parecia pintado em fogo. Para os padrões Feéricos, eles eram jovens, tendo vivido menos de um século. Atlas era nove anos mais velho do que ela, embora os dois parecessem estar na casa dos vinte em anos mortais.

A procissão parou diante da plataforma em que ficavam os tronos da Rainha e do Rei Coração. Feitos de madeira de ébano, eles eram polidos até brilharem intensamente, e uma grande joia vermelha cintilava no encosto de cada um, refletindo com um milhão de facetas. A abundância de velas definitivamente tinha como propósito destacar seu brilho. Disso, Serce tinha certeza.

Daedra estava usando a Coroa Coração, o ornamento prateado que contrastava fortemente com o tom de suas madeixas lisas, escuras como a meia-noite. Serce observou a Coroa, imaginando o dia em que finalmente se tornaria sua.

— Majestades — o Rei Sol disse com seu barítono grave, abrindo os braços. — É bom ver vocês depois de todos esses anos. — O burburinho baixo e curioso no salão estava focado na corte recém-chegada. — É uma honra estar aqui em uma ocasião tão venturosa. Uma ocasião que há de fazer Ouranos encontrar a paz enquanto nos aliamos para vencer nossos inimigos.

Serce conteve uma risada de desprezo com o discurso ridículo do rei. Vencer, claro.

— Sejam bem-vindos — Daedra disse, assentindo, as mãos entrelaçadas na frente do corpo. Ela era a imagem perfeita de Serce, com os olhos castanhos quase pretos de tão escuros e a pele marrom-clara que brilhava sob a luz quente do salão. — A honra é toda nossa.

Ela fez sinal para Serce, chamando-a.

— E, claro, esta é Serce.

Serce ficou entre seus pais, sempre a filha obediente, ao menos por fora.

O pai colocou a mão em seu ombro, pesada de tanta imponência. Embora ela desejasse se unir com alguém com quem sentisse uma conexão, entendia que essa aliança era para o bem do continente e de sua terra. Eles estavam perdendo terreno para a Aurora, e somente um front unido impediria Rion de conquistar ainda mais territórios em Ouranos.

Além disso, se Serce concordasse com a união, sua mãe finalmente escolheria a descensão e se retiraria para a Evanescência, permitindo que Serce seguisse seu destino como rainha. A música desapareceu ao fundo enquanto ela inspirava com força para acalmar o nervosismo e se preparar para receber os membros de Afélio.

O Rei Sol, Kyros, deu um passo à frente.

— Permita-me apresentar meus filhos. Esse é Tyr, o Primário de Afélio e o Príncipe Sol. — Tyr também deu um passo à frente e assentiu.

Ele era tudo que o Príncipe Sol deveria ser, dourado, brilhante e reluzente. Como Primário, também herdaria o poder de Afélio depois que Kyros entrasse na Evanescência.

— Majestades — Tyr disse. — É um prazer vir ao norte. Ouvi histórias maravilhosas de sua terra. Espero poder admirar algumas das paisagens durante nossa estadia aqui.

Daedra o cumprimentou com a cabeça.

— Sejam bem-vindos. Faz muitos anos que não viajamos ao sul para ver as águas azuis de Afélio. Talvez haja mais oportunidades no futuro. — Ela olhou para Serce e em seguida para o príncipe caçula do outro lado do Rei Sol, deixando clara a sua intenção.

— E esse é Atlas — Kyros disse em seguida, apontando para o Feérico de cabelo cor de cobre, que se dirigiu a Serce diretamente.

— Alteza — ele disse, fazendo uma grande reverência e erguendo os olhos para ela detrás de uma cortina de cílios escuros. — Os relatos de sua beleza não são páreos para a verdadeira visão que está diante de mim agora.

Serce controlou o impulso de erguer imperiosamente a sobrancelha. Sem dúvida era linda. Ela não precisava desse *homem* para validar isso. Ele dava a entender que estava fazendo um favor ao notá-la.

Atlas até que era agradável de olhar, mas ela torcia para que ele não criasse confusão quando entendesse que representava o papel secundário nessa relação. O que ela precisava era de um parceiro que tivesse boa aparência mas soubesse ficar de boca fechada.

— Venham — a mãe de Serce olhou de esguelha na direção

dela. — Temos uma sala particular onde podemos discutir melhor os detalhes do nosso acordo.

Daedra fez sinal para Serce e o Rei Coração a seguirem, todos descendo da plataforma, onde outro feérico menor aguardava. Eles os guiaram, junto com Atlas, Tyr e Kyros, na direção de uma antecâmara adjacente ao salão de baile. A saleta tinha uma variedade de sofás de veludo preto com toques carmesins e um tapete marrom grosso no piso ladrilhado preto e branco.

Todos preferiram ficar em pé enquanto formavam um círculo, de frente uns para os outros como seis pétalas numa flor esperando para ser arrancadas pelo vento. A nuca de Serce se arrepiou, sugerindo que havia algo de errado, enquanto ela se questionava por que essa conversa estava acontecendo em segredo.

— Gostaríamos que a cerimônia de união acontecesse antes da primavera, Kyros — a Rainha Sol disse, e ele franziu os lábios em resposta. — Vamos precisar do seu exército para marchar contra a Aurora antes que Rion consiga reunir mais tropas do outro lado do rio Sinen.

— Vamos invocar o início das Provas imediatamente, mas elas duram oito semanas, então faremos o melhor possível.

— Provas? — Serce questionou, bem quando sua mãe parecia prestes a explicar por que esse prazo era inaceitável.

— Sim — disse Kyros. — É como todas as rainhas de Afélio são escolhidas.

— Serce — seu pai disse, pegando a mão dela e apertando-a com gentileza. — Você sabe disso.

— Sim, eu *sei*. — Ela soltou a mão e encarou o Rei Sol. — Mas isso é se você estiver se unindo a alguma plebeia para colocar em seu trono. Sou uma Primária e já tenho uma coroa a herdar. Além disso, não vou ser a rainha de Afélio. Vou ser a rainha de Coração, apenas de Coração.

— Mas, caso aconteça alguma coisa com Tyr, é provável que Atlas se torne o Primário e, dessa forma, você também seria a rainha de Afélio. Por isso, as Provas ainda devem ser realizadas para o caso improvável, mas possível, de isso acontecer — Kyros disse, como se estivesse falando com uma criança que não entendeu um problema aritmético simples.

Serce bufou.

— Não vou entrar numa competição com um grupo de mulheres deslumbradas para ganhar a mão *dele*. — Ela apontou para Atlas, que franziu as sobrancelhas escuras diante daquele comentário.

— Serce — Daedra disse com um tom de alerta.

— Não, isso é loucura. É ofensivo. Não vou fazer isso.

— É uma questão de aparências — Tyr disse, erguendo as mãos num gesto pacificador. — Mesmo que você nunca chegue a governar Afélio, devemos estar preparados. O povo nunca aceitaria você.

— E você não vê problema em seu pai e seu irmão basicamente tramando sua morte? — ela retrucou.

— Não se trata disso — ele disse, sua postura se enrijecendo ao mesmo tempo que Serce bufava de novo. Que idiota.

— Alteza — Kyros disse. — É meramente uma formalidade. Você vai vencer. Vamos garantir que isso aconteça.

— É claro que eu venceria — ela disse, com raiva. — Não é com *isso* que estou preocupada.

Notou o olhar de Atlas, que alternava entre ela e o pai enquanto discutiam.

— O que você pensa disso? — Serce perguntou a ele, desafiando-o a abrir a boca.

Se era para Atlas se tornar seu parceiro, então ela esperava que ele a apoiasse acima de todas as coisas. Mas o príncipe apenas ficou surpreso por ter sido incluído na conversa, como se nada daquilo tivesse a ver com ele. A estima de Serce por esse Feérico e essa união despencava mais rapidamente do que um pedregulho rolando montanha abaixo.

— Acho que vamos ter que manter as aparências — ele disse, puxando a barra do paletó dourado. — Vai acabar rápido.

Serce arregalou os olhos, sentindo um aperto no peito. Era com esse Feérico idiota que ela passaria o resto da vida? Sem coragem e sem opinião própria? Ainda pior, ele assumiria o lugar do pai como o Rei de Coração? A reina dela merecia coisa muito melhor.

— Mãe — ela disse, baixando voz. — Não concordei com *isso*.

— Você disse que entendia a importância dessa aliança e que aceitaria uma união — Daedra respondeu, com um tom cansado e os olhos flamejantes. Serce quase nunca desobedecia à mãe. Poucos desafiavam a Rainha Coração e viviam para contar a história. — Você entende o que está em jogo.

— Eu disse que o encontraria e aceitaria se sentisse que era... certo — ela disse com cuidado, buscando as palavras que a libertassem dessa armadilha. — Não vou competir num ritual bárbaro como uma puta qualquer.

Houve uma surpresa coletiva na sala por sua acusação, mas Serce não se importou.

Ela encarou a mãe e notou o conflito na expressão dela. Daedra nunca teria aceitado esses termos, mas Serce devia pensar como uma rainha, não como uma mulher com seus próprios desejos pessoais.

Serce estava presa pelas mesmas correntes. Se ela quisesse que Daedra lhe passasse a coroa, teria que fazer o que era melhor para Coração, mas isso parecia ser pedir demais.

— Preciso de um tempo para pensar — Serce disse a ninguém em particular, antes de dar meia-volta e sair a passos duros.

Ela entrou no salão de baile, onde o volume de vozes e música crescia num zumbido incessante, enquanto o ar ficava denso a ponto de sufocá-la. Ela colocou a mão na testa, zonza de raiva e frustração e da inevitabilidade de não ter escolha.

De repente, não conseguia respirar.

Parecia errado. Tudo nisso era estranho. Ela não queria competir por um parceiro e não queria se unir àquele paspalho. Era óbvio que *ela* merecia coisa melhor.

Serce fez uma curva abrupta à direita e se dirigiu a uma saída que dava no corredor. Com receio de que alguém tentasse puxá-la de volta àquela reunião desagradável, olhou para trás. Erguendo a saia para não tropeçar, apertou o passo, tentando se distanciar da ameaça de seu tão confuso futuro.

Foi nesse momento que ela deu de cara com um objeto sólido e pulou para trás, quase caindo dura, quando foi salva por um braço forte que envolveu sua cintura. Seu salvador a puxou e a pôs de pé de forma gentil mas firme.

— Opa — disse uma voz grossa. — Você está bem?

Serce ergueu o rosto e viu um par de olhos verde-escuros, os mais bonitos que já tinha visto na vida, que pertenciam a um Nobre-Feérico altíssimo diante dela. Ele tinha a pele dourada de sol e um cabelo comprido no tom castanho-escuro de terra recém-arada. Trançado em volta da cabeça, emoldurava as maçãs do rosto altas e a mandíbula forte, coberta por uma camada fina de barba rala escura. Era de tirar o fôlego.

— Eu... — Serce engoliu em seco, ficando sem palavras talvez pela primeira vez na vida.

Esse estranho a deslumbrava, o cheiro dele a atraía. Era quente e terroso, como a doçura de um milhão de flores se abrindo na primavera. Com o braço ainda em volta da cintura dela, ele estabilizou Serce e, então, quase com relutância, recuou.

— Você é Serce — ele disse. — A Princesa Coração?

Ela fez que sim, se perguntando como ele sabia.

— Sou — ela respondeu, tentando encontrar as palavras. — E você é?

Os cantos da boca perfeita do homem se ergueram num sorriso que deixou os joelhos dela fracos. Os olhos verde-floresta cintilaram enquanto ele ergueu a mão dela e a beijou.

Serce piscou quando sua magia respondeu, como tivesse encontrado vontade própria. Isso nunca havia acontecido antes. Seu raio carmesim faiscou por suas veias como uma tempestade iminente, ameaçando sair por seus dedos. Quando os lábios dele demoraram um segundo a mais do que era decoroso para alguém da posição dela, um golpe de calor atingiu diretamente o ponto carnal logo abaixo de seu umbigo.

Ela respondeu com um gemido baixo, e os olhos dele escureceram, como se ele também tivesse sentido.

— Sou o Rei Arbóreo, Wolf — ele disse, a voz retumbante e forte. — É um prazer conhecê-la, Serce.

Seus olhos se encontraram, e Serce sentiu uma atração tão intensa que parecia vir das profundezas da terra.

Foi uma virada irrevogável. Um momento de reconhecimento. Uma maré imbatível.

Naquele momento, enquanto olhava para Wolf, ela soube, com a certeza do sol que se elevava sobre o oceano e das rosas que brotavam no jardim, que sua vida tinha acabado de mudar para sempre.

5
LOR

TEMPOS ATUAIS: AURORA

Depois de minha noite horrível no chão do quarto de Nadir, passo a maior parte do dia dormindo. Quando estou descansada, continuo deitada na cama e olho pela janela, me permitindo um momento para sentir pena de mim mesma. Passei os últimos quatro meses me esforçando tanto, me preocupando com Willow e Tristan a cada minuto do dia e sofrendo para decifrar um futuro nebuloso que não sei nem articular.

Soltando um forte suspiro, enfio a cara no travesseiro. Vou me permitir essa breve pausa para choramingar e depois pensar no que está por vir. Tudo que sei é que não posso ficar parada esperando para descobrir o que Nadir planejou para mim. Não vou ser usada como um fantoche de novo. Atlas me fez acreditar em todas as suas mentiras. Eu estava ávida por consolo, e suas palavras bonitas me enredaram, como ele sabia que aconteceria. Eu era uma prisioneira maltratada que tinha esquecido a sensação de gentileza e devorei cada um de seus contos de fadas como frutas vermelhas cobertas de açúcar.

Mas não posso cometer o mesmo erro de novo. Não vou.

Meus pensamentos divagam para a noite passada e a imagem do príncipe saindo do banheiro, quase sem roupa. Odeio achar o corpo dele *interessante*, e odeio muito essa sensação que estremece sob minha pele sempre que ele está por perto.

A maneira como o príncipe me olha me dá a sensação de que ele quer fazer picadinho de mim. Como se eu fosse o problema. Não sei bem o que fiz a ele. Foi o pai dele que matou meus pais e me aprisionou junto com meus irmãos por doze longos anos.

Filho da puta. Que direito ele tem de ficar com raiva de mim?

Há uma batida suave na porta, e ergo a cabeça.

— Quê? — digo, sem muito clima para gentileza.

Só tem duas opções: um dos criados, que não merece minha grosseria, ou um dos meus captores, e todos esses podem ir à merda.

— Lor? — diz uma voz suave, e contenho um resmungo, reconhecendo Amya. — Posso entrar?

— É sobre Tristan e Willow? — pergunto, porque esse é o único motivo pelo qual ela seria bem-vinda.

— Desculpa, mas não — ela diz detrás da porta. — Mas queria te perguntar uma coisa.

Virando o rosto para a janela, não respondo. Há uma longa pausa, e espero ouvir os passos dela se afastando, na esperança de que entenda o recado.

Em vez disso, escuto o rangido da porta e suspiro alto, resignada ao que quer que ela queira. Seus passos leves atravessam o quarto como se ela achasse que seria menos incômoda se andasse com cuidado. Quero lembrar a Amya que não é assim que funciona. Na sequência, sinto a leve pressão do colchão quando ela se senta na beira da cama.

— Você está bem? — ela pergunta.

Eu a encaro.

— Mandaram você aqui para ver se consegue tirar algo de mim? A força bruta do seu irmão não está funcionando, então mandaram a *boazinha*?

As bochechas macias de Amya coram, e seus lábios se comprimem.

— Não é isso...

— Me poupe — digo, virando a cara. — Também não vou falar nada para você.

— Não é por isso que estou aqui — ela responde, e eu resmungo, sem acreditar numa palavra.

— Então o que você quer?

Viro para Amya, e ela analisa o quarto com incerteza. Me arrasto para trás e recosto na cabeceira, esticando as pernas e cruzando os tornozelos. Depois, puxo um travesseiro para o colo para ter algo em que me segurar.

— Sei que Nadir tem uma atitude um pouco... abrasiva — Amya diz. — Mas é só porque ele é intenso demais. É difícil para ele encarar certas coisas com tranquilidade.

Inclino a cabeça, estudando-a.

— Ele é um babaca. Todos vocês são. Vocês estão me mantendo aqui contra a minha vontade, e quero sair. Ainda sou uma prisioneira da Aurora?

— Não — Amya diz, mordendo o lábio.

— Então me deixem ir.

— Para onde você iria? — ela pergunta, uma ruga se formando entre as sobrancelhas. — Você tem família em algum lugar? — Ela puxa um fio solto do edredom e ergue os olhos para mim.

Balanço a cabeça.

— Boa tentativa.

— Lor.

A voz de Amya assume um tom de impaciência, e abro um sorriso sarcástico. Eles acham mesmo que vai ser tão fácil assim me manipular? Já caí nessa com Atlas, mas estou mais esperta agora. Posso ter passado a maior parte da vida atrás das grades, mas sempre aprendi rápido.

— Queria perguntar se você gostaria de descer e jantar com a gente.

Franzo a testa para ela.

— Por quê?

— Porque é a primeira vez que estamos todos aqui desde...

— Desde que vocês me sequestraram. Pode dizer. Não tem por que fingir.

— Certo, desde que você chegou aqui, e achamos que seria legal comermos juntos. — Ela faz uma pausa. — Incluindo você.

— Para tentarem tirar informações de mim.

Ela ergue as mãos em um gesto apaziguador.

— Não. Juro que não vou deixar Nadir interrogar você sobre nada que aconteceu em Afélio. Não hoje, pelo menos. Mas ele não vai ser dissuadido para sempre. Ele sempre consegue o que quer. Mas, pelo menos esta noite, vai dar uma pausa.

Sorrio com a honestidade dela, e meu estômago ronca, me traindo como um desgraçado. Amya tenta conter um sorriso triunfante e quase consegue.

— O que me diz? — Ela faz uma expressão gentil e paciente, e fico sem saber se é tudo fingimento. Ela é mesmo assim ou é apenas encenação? — Por favor? Sei que não quer estar aqui, mas não pretendemos manter você aqui para sempre, e seria legal conhecê-la de outra forma.

— Não pretendem? — pergunto, me agarrando às palavras que mais me interessam.

Ela encolhe os ombros.

— Nadir acha que você é importante por algum motivo. E se isso for verdade, tenho o pressentimento de que, qualquer que seja seu papel, não é ficar mofando neste quarto.

— Não sei o que isso quer dizer — minto.

É claro que meu destino não está neste quarto. O Espelho me disse que tenho que encontrar a Coroa. Aconteça o que acontecer, tenho que sair daqui. Jogo a cabeça para trás com o turbilhão de emoções que pesam sobre mim.

— Vem, a cozinheira preparou a especialidade dela — Amya diz. — Prometo que vai valer a pena tolerar a companhia.

Reviro os olhos e jogo o travesseiro para o lado.

— Tá. Vamos.

Ela se levanta com um sorriso radiante, alisando a frente do vestido. Eu a observo por um momento, encantada pela elegância e pela perfeição da sua aparência. Ela está usando preto como sempre — um vestido longo de seda que envolve suas curvas e seu cabelo de mechas coloridas enrolado numa coroa no topo da cabeça.

É assim que deve ser a vida de uma princesa. Cheia de luxo e coisas bonitas para desfrutar. E não atrás dos muros úmidos da pior prisão de Ouranos.

— O que foi? — ela pergunta, uma linha se formando entre suas sobrancelhas perfeitamente arqueadas.

— Nada — digo, deixando meus pensamentos de lado antes de sair da cama.

Depois de levantar, calço um par de sandálias de camurça cobertas de pele. Os pisos desta casa são um gelo.

Amya se dirige à porta e espera até que eu a siga. Descemos a escadaria larga que leva ao andar principal, passando pelas portas grandes da frente, decoradas com um desenho complexo de vidro fosco. Desejando poder escapar, eu as observo com tristeza.

Praticamente confinada a meu quarto, ainda não tinha passado por essa parte da mansão. Eles deixam minha porta destrancada para criar a ilusão de que não sou uma prisioneira. Mas não estou no clima de explorar muito, com medo de dar de cara com o príncipe e ter que aturar sua presença e suas perguntas.

Passamos por um corredor cercado por uma despensa lotada e uma fileira de botas e casacos que dá para uma cozinha com uma iluminação forte. Consigo ouvir as vozes exaltadas e risos dos funcionários da mansão enquanto preparam nosso jantar.

Pelo canto do olho, noto que todos os casacos exibem um objeto familiar. Um broche opalescente. Do mesmo tipo que os guardas de Nostraza usavam para se proteger do Nada. Na última vez que vi um desses, estava sendo arrastada para a Depressão onde Gabriel me raptou. Obviamente, o príncipe não me ofereceu um desses, e imagino que nem vá oferecer tão cedo.

— Por aqui — Amya pede, e viro para ir atrás dela, e surge uma ideia que eu sei que deveria descartar.

É um plano completamente idiota e imprudente, mas que já está tomando uma forma que não consigo ignorar.

Passamos por uma arcada longa e entramos numa sala aconchegante cercada por estantes e uma lareira gigante que domina uma parede. Perto do fogo está uma mesa redonda rodeada por quatro cadeiras, duas das quais abrigam duas pessoas familiares. A conversa para, os dois Nobres-Feéricos se viram ao entrarmos.

O rosto de Mael se abre em um sorriso largo.

— Você veio.

Arqueio a sobrancelha.

— Vocês achavam que eu não viria?

— Pensei que você mandaria Amya tomar no cu — ele diz, e não consigo deixar de retribuir seu sorriso.

Mael é um misto encantador de brutamontes inculto e cavalheiro delicado, e tenho a impressão de que, ao contrário de Amya, ele me mostrou exatamente quem é.

— Ela tentou — Amya intervém. — Pode acreditar.

Solto um resmungo silencioso e encontro o olhar do príncipe. Ele levanta da mesa e puxa a cadeira ao lado, fazendo sinal para eu me sentar.

— Que bom que pôde nos fazer companhia, detenta.

— Nadir! — Amya repreende. — Para de chamar a menina assim.

O canto da boca de Nadir se ergue num sorriso perverso enquanto ele olha para a irmã e depois de volta para mim.

— Por favor, sente-se, *milady*.

— Ah, me poupe — digo. — Você mal consegue falar isso sem dar risada.

Mas me acomodo na cadeira. Ele pega a garrafa de vinho e enche minha taça com o líquido lavanda. Levo a bebida ao nariz, notando as bolhas que espumam na superfície. Todos os outros estão bebendo também, então imagino que seja seguro e dou um gole. É doce, com apenas um toque de amargor.

— O que está achando do seu quarto? — Mael pergunta, e sua boca se contrai quando Amya o chuta por baixo da mesa. — Ai! Mas que merda, Amya?

— Ela se irritou porque você chamou a atenção para o fato de que meu "quarto" não passa de uma prisão — digo com simpatia, dando mais um gole de vinho.

Mael bufa.

— Não sou de fazer rodeios, querida. — Ele dá uma piscadinha, e talvez ele seja um pouco charmoso se eu estreitar os olhos e olhá-lo do ângulo certo.

Ele pode ser amigo desses dois irmãos da realeza, mas provavelmente não conseguiria fazer nada a respeito de Nostraza. Talvez eu o isente da força total da minha raiva.

— Meu quarto é razoável, aliás. Dadas as circunstâncias.

Mael assente e esfrega uma mão na outra.

— Ótimo, agora que as formalidades já passaram, que tal você nos contar o que o Espelho te disse antes que nosso amigo Nadir aqui perca a paciência? Quanto mais cedo você nos disser a verdade, mais cedo podemos deixar você ir.

Mael grita de dor e esfrega a perna.

— Amya. Se você fizer essa bosta de novo, vou pendurar você naquela sacada pelos tornozelos.

— Falei para Lor que não a incomodaríamos se ela viesse jantar conosco — Amya sussurra, furiosa.

Mael ergue o dedo.

— Na verdade. O único que prometeu cumprir foi seu irmão. Nunca concordei com isso diretamente.

Amya fecha os olhos, reunindo paciência.

— Você sabe que eu me referi a você também. Agora para com isso. — Ela range os dentes e lança um olhar tão fulminante a Mael que ele ergue as mãos em sinal de rendição.

— Está bem, está bem. Desculpa, Lor. Caramba. Minhas canelas não aguentam mais tanta violência.

— Ótimo — Amya diz, lançando mais um olhar sério para ele.

Nadir relaxa na cadeira com uma devassidão natural, e é difícil não ficar encarando. Quando ele me olha, desvio o olhar, tomando vinho e resistindo à faísca sob minha pele querendo encostar nele.

— Como foi sua viagem à cidade hoje? — Amya pergunta a Mael enquanto um trio de servos chega, todos carregando grandes bandejas de comida.

O cheiro é incrível, e me empertigo com o estômago roncando. Descobrir todos esses pratos incríveis nos últimos meses tem sido uma das melhores partes de sair da prisão. Talvez, quando isso tudo acabar, eu viaje a cada um dos reinos e experimente a culinária de todos.

Os servos deixam tigelas de cobre cheias de molhos dourados e laranja no centro da mesa. Fatias de frango e peixe com legumes flutuam dentro delas. Outro servo deixa uma travessa cheia de pastéis a minha frente.

— São uma delícia — Amya diz. — Recheados de especiarias, ervilhas e batatas, depois fritos. Experimente com isso. — Ela serve uma porção generosa do molho escuro e brilhante em meu prato. Mais comidas são servidas ao lado, incluindo discos de pães brancos e macios. Observo enquanto Amya arranca um pedaço, pesca um pedaço de frango com molho e o enfia na boca, gemendo de prazer.

Noto o príncipe me observando, sua expressão pensativa em vez de maldosa pela primeira vez.

— Vai em frente — ele diz. — Pode comer.

Ele pronuncia como uma ordem a que devo obedecer sem questionar. Uma resposta ácida espera na ponta de minha língua, mas estou cansada demais e a comida parece boa, então guardo para outra ocasião.

— A cidade está a pleno vapor para o Fogofrio — Mael diz. — Seu pai está se superando desta vez.

— Não sei por que todo esse alarde — Amya diz, claramente cética.

Mael dá de ombros.

— Talvez ele só esteja se sentindo festivo este ano.

Nadir solta uma risada de desprezo.

— Nosso pai é assim, a alma da festa.

— O que é Fogofrio? — pergunto, dando uma grande mordida na minha comida.

Os sabores são tão impressionantes que é como se um rebanho de abençoados de Zerra estivesse trabalhando na cozinha.

— É para marcar o começo do inverno — Amya diz. — São duas semanas de festas e eventos até a última noite, quando a Boreal dá seu melhor espetáculo do ano. Você vai amar, Lor.

Minha mão fica parada em pleno ar quando estou prestes a dar outra mordida.

— Vou?

— Quer dizer... se você ainda estiver aqui, claro. — Amya lança um olhar apreensivo para o irmão. — Desculpa. Porra, que situação esquisita.

— É bem estranho jantar com sua própria prisioneira enquanto fingem que somos o quê, exatamente? Amigos? Que vocês não estão me mantendo aqui contra minha vontade?

Amya parece murchar enquanto torce o guardanapo nas mãos.

— Me fala sobre Nostraza — Nadir pede, e eu bufo alto.

— Cacete, Nadir! — Amya exclama, batendo o guardanapo na mesa. — Por que vocês dois estão se comportando como animais?

— O que foi? Estamos todos cansados de fingir que esta é uma noite agradável, então que mal tem? Prometi que não perguntaria sobre Atlas e o que aconteceu em Afélio, mas não disse que não perguntaria sobre isso.

— Por quê? — pergunto, apertando a barra do suéter como se isso pudesse me proteger das trevas das minhas memórias.

— Porque quero saber.

— Para assentir e fingir que entende como deve ter sido terrível e se sentir melhor por ser um bom príncipe?

Nadir resmunga.

— Longe disso.

Sinto um toque suave em meu antebraço.

— Não precisa falar sobre esse assunto — Amya diz, me olhando com gentileza antes de disparar um olhar furioso para o irmão.

— O quê? — ele pergunta. — Vamos continuar fingindo que essa *humana* sobreviveu mais tempo do que qualquer mortal conseguiria? E que ela tem dois *amigos* lá dentro que também conseguiram essa proeza? É tudo um pouco suspeito, não acha?

— Eu deveria ter imaginado que esse convite não passava de um truque para tirar informações de mim. — Empurro a cadeira para trás, e os pés riscam o assoalho de madeira.

— Lor, não — Amya diz, lançando outro olhar indignado para o irmão. — Qual é seu problema? Não podemos ter um jantar normal sem você se comportando dessa forma?

Quero sair correndo e me esconder no quarto, mas a maneira

como o príncipe está olhando para mim com aquela expressão arrogante de sabichão me faz explodir, e perco todo o controle sobre minha raiva reprimida.

— Quer saber sobre Nostraza? — digo, furiosa, dando um passo à frente e cerrando os punhos. — Vou te contar. Fui jogada lá quando tinha doze anos. Me tiraram tudo e me fizeram dormir lado a lado com os piores tipos de monstros que você pode imaginar. Ladrões, estupradores e assassinos que olhavam para mim e para Willow com água na boca.

"Tristan passou a maior parte dos anos praticamente sem dormir para nos proteger. Aprendi a derrubar homens duas vezes maiores que eu com um único golpe na traqueia para não ser estuprada em minha própria cama noite após noite.

"Mas o pior nem eram os outros prisioneiros, *alteza*. Sabe os guardas? O diretor da prisão? As pessoas que *deveriam* estar mantendo algum tipo de ordem naquele lugar infernal?"

Chego ainda mais perto, meu corpo tremendo tanto que minha respiração chia no peito.

— Eram ainda piores porque aqueles filhos da puta deveriam saber o que é certo. As coisas que nos obrigavam a fazer por eles. As coisas que o diretor exigia de mim porque eu não tinha escolha. Você não sabe como protegi Willow sofrendo todas aquelas merdas sozinha.

Minha voz embarga enquanto o calor de uma lágrima traiçoeira desliza por minha bochecha.

— Ainda consigo sentir meus joelhos na pedra dura e ouvir o barulho do zíper dele. Os outros guardas me ameaçavam e me atormentavam porque ele me reservava só para si, tudo porque também queriam um gostinho.

"Eu levei surras. Suportei um tormento. Sabia que eu estava na Depressão quando Gabriel me encontrou? Tudo porque entrei numa briga por causa de um *sabonete*! Esse era o nível do meu desespero por qualquer pedacinho de conforto na vida. Era isso o que eles faziam com a gente. Nos largavam lá sem comida nem água, nos usando como presa para o Nada.

"Ninguém, não importa o que tenha feito, merece esse tipo de tratamento, ó poderoso príncipe da Aurora. Aquilo quase me despedaçou, e é um milagre que eu esteja aqui agora. É *isso* que você quer saber? É uma surpresa que eu não esteja mais maluca do que já estou?"

Entrando na frente dele, me inclino e coloco as mãos nos braços da sua cadeira, parando o rosto a centímetros de distância do dele. Nadir não se move, seu olhar escuro cravado em mim, nenhuma emoção no rosto.

— Viver em Nostraza era assim, seu *cuzão*.

Com isso, levanto e saio da sala, começando a correr depois que passo do batente, para que ninguém possa testemunhar mais nenhuma das minhas lágrimas.

6

Ando de um lado para o outro do quarto, tentando formular um plano. Nunca estive tão furiosa ou desesperada na vida. Desenterrar todas aquelas memórias horríveis abriu um corte gigantesco em meu peito. *Preciso* sair daqui. Preciso chegar a Nostraza e encontrar Tristan e Willow para irmos para o mais longe possível desses Feéricos e de suas ideias perigosas a meu respeito.

Atlas queria me usar, e tenho certeza de que Nadir me trouxe aqui para um propósito parecido.

Volto a pensar no Espelho Sol dizendo que isso nunca poderia acontecer de novo. Suponho que ele tenha se referido à união entre mim e Atlas, mas o que exatamente ele quis dizer? Tinha algo a ver com minha magia? Depois de entender o que uma união representa para um Feérico Imperial, imagino que Atlas quisesse acesso ao poder que ele acreditava que eu possuía.

Mas *o que* não poderia acontecer de novo?

Quando acordei em Afélio, estava confusa e desorientada, maravilhada por uma existência completamente diferente daquela que eu vivia antes. Quando Atlas me disse que o Rei Aurora tinha me escolhido para as provas, nunca passou por minha cabeça que era o próprio Rei Sol que me queria ali desde o começo. Que razão eu tinha para duvidar daquelas palavras?

Mas ele mentiu a respeito de tudo. Foi *ele* quem me tirou de

Nostraza e, por fragmentos de conversa que escutei nesta casa, ele não é o único Feérico Imperial a minha procura.

Meus pais foram assassinados quando eu era apenas uma criança, e eles mal tinham começado a contar as histórias de minha ascendência. Do mundo antes de minha avó quase destruir tudo. Não sei bem o que me espera. Não sei o que vai acontecer se eu encontrar a Coroa, mas não posso ficar aqui sentada por mais tempo me questionando. Minha magia está invariavelmente bloqueada, e lembro muito bem do que aconteceu da última vez em que tentaram forçá-la a sair de mim.

Aperto o medalhão pendurado em meu pescoço. A lasca da joia vermelha é a única coisa que tenho de minha mãe e da vida que nos foi roubada. Um pequeno pedaço da Coroa Coração que eu e Willow passamos mais de uma década protegendo, mantendo longe do alcance dos guardas, às vezes até o engolindo para que ninguém conseguisse encontrá-lo.

Paro e olho pela janela, observando o cenário de árvores cobertas de neve que se estendem por quilômetros. Sei para que lado fica Nostraza, graças à posição das montanhas, mas não sei se estamos muito longe. Por quanto tempo eu conseguiria sobreviver sozinha no Nada? Já fiz isso antes, mas em circunstâncias diferentes.

É um plano idiota e imprudente, mas não alimento nenhuma ilusão de que Nadir tenha intenções de me deixar ir. Embora Amya possa parecer solidária, ainda não confio que ela esteja tentando resgatar minha família. Se eu quiser encontrar Tristan e Willow, vou precisar me virar sozinha.

À medida que a noite avança, presto atenção nos sons da mansão se preparando para dormir. Há cerca de dez funcionários trabalhando aqui, e os três Feéricos que estão me mantendo em cativeiro. Não vi mais ninguém durante minhas semanas no castelo, mas vou precisar tomar cuidado.

Quando está completamente escuro, calço um par de botas e me agasalho com as roupas mais quentes que consigo encontrar. Um casaco grosso e um manto forrado de pele. Luvas e um chapéu de pele para cobrir as orelhas. Um cachecol para proteger meu queixo e minhas bochechas. Meu objetivo principal é arranjar um dos broches opalescentes infundidos de magia que protegem seus usuários das criaturas do Nada.

É difícil acreditar que não faz nem sequer quatro meses que passei dias a fio na Depressão, desejando que a morte me libertasse dessa vida. Ainda é um milagre que nenhum dos monstros da floresta tenha me apanhado daquela vez, mas não posso correr esse risco de novo.

Abro a porta do quarto devagar e tento ouvir algum sinal de vida no corredor, sem escutar nada além dos sons ambientes da mansão. Espero que os criados estejam todos dormindo para que eu não tenha que lidar com nenhuma testemunha da minha fuga.

Tudo está em silêncio enquanto analiso o corredor que leva ao quarto de Nadir. Os quartos de Amya e Mael ficam mais à frente, embora eu nunca tenha entrado ali. Com sorte, eles saíram da casa depois do sermão que dei no príncipe. Todos eles parecem circular livremente entre a mansão, a cidade e o Torreão, ainda que pelo menos um sempre fique para trás para cumprir o papel de carcereiro. Mas espero também que isso signifique que não estamos muito longe de Nostraza.

Ninguém veio tentar acalmar meus ânimos hoje. Como se fosse possível.

Devagar, ando na ponta dos pés pelos corredores acarpetados, sua maciez abafando meus passos, e desço a escadaria larga. O carpete tem o violeta da aurora, e a madeira é preta e reluzente. Ao pé da escada, piso no chão de ladrilhos esmeralda estriados de cobre e prata. Sempre acreditei que a Aurora não era nada além de cinza e desolação, mas há uma certa elegância sutil nessas superfícies escuras pontuadas com as cores do céu. De meu quarto, eu via as luzes todas as noites, maravilhada com a forma como elas mexiam com algo no fundo do meu peito. Uma memória. Um sentimento que não entendia.

Me mantendo atenta ao ambiente, atravesso o longo corredor estreito onde os mantos dos criados estão pendurados numa fileira de ganchos. Na parede oposta está uma estante cheia de mantimentos.

Uma conversa baixa entre o que parecem duas pessoas vem da cozinha, a luz do fogo da lareira de pedra reflete nas paredes enquanto elas cumprem seus deveres. Amaldiçoo baixinho a presença delas e me pergunto se não deveria voltar mais tarde. Não sei quão leais esses criados são ao patrão, ou se dariam o alerta se me flagrassem. Embora Nadir não seja especialmente simpático, as pessoas que trabalham aqui parecem todas bem contentes.

Com receio de perder a coragem se não agir agora, vou até o gancho mais próximo, em que está pendurado um casaco preto e comprido de lã. Há uma fileira de botas pesadas contra a parede, as gotas de neve derretida deixando pequenas poças de lama no chão. Ficando de olho no final do corredor, reviro os bolsos de tecido até encontrar um dos broches e o desprendo rapidamente.

Com pavor de ser pega, minha respiração se encurta em arfadas tensas.

Depois que Nadir me fez dormir no chão ontem à noite, estremeço só de pensar o que ele vai fazer comigo se me flagrar tentando fugir.

A conversa para e o silêncio recai no ambiente. Fico completamente imóvel. Merda. Elas me ouviram. Sem me atrever a respirar, dou um passo para trás, na esperança de que outra coisa tenha chamado a atenção delas. Uma delas ri e então as duas desatam a gargalhar, e eu solto o ar que estava preso em meu peito.

Enquanto elas ainda estão distraídas, pego um pão da parede oposta, guardando-o na frente do casaco. Então dou meia-volta e corro para a porta da frente. Curiosamente, não há nenhum guarda posicionado em nenhum lugar do perímetro. Isso significa que ou Nadir pensa que é intocável aqui ou que ele tem alguma outra forma de manter as coisas do lado de fora... e de dentro. Torço para que o ego dele seja tão imenso quanto parece, e quando viro a maçaneta e abro a porta, vejo que é a primeira opção.

Uma rajada de ar frio bagunça minhas roupas e meu cabelo, um sopro de neve cobrindo o chão de branco. Olhando mais uma vez para trás, saio e fecho a porta com delicadeza.

O verão ainda está chegando ao fim, mas estamos tão ao norte que o tempo já virou. Tenho que ir para o sul se quiser alguma chance de sobreviver, o que é perfeito, porque é exatamente para lá que preciso ir.

Torço para que a cerca alta de ferro da mansão não esteja trancada. Antes de seguir em frente, fixo o broche roubado no manto e aperto a pedra no meio. Névoa surge, me envolvendo com a bolha quase translúcida que vi na última vez em que fui obrigada a entrar no Nada. Parece uma espécie frágil de escudo, não mais potente do que um espirro, mas torço para que seja suficiente para me impedir de virar comida na floresta.

O vento sopra contra mim, e estremeço, apertando o manto com mais força. Isso é burrice. *Sei* que é burrice, mas não posso mais esperar sentada para descobrir se Tristan e Willow estão vivos. Não posso mais ficar aqui esperando para descobrir o que Nadir pretende fazer comigo ou que Atlas venha atrás do prêmio que perdeu. Ainda não estou livre do Rei Sol. Ele se esforçou muito para me raptar, mentir para mim inúmeras vezes e garantir que eu chegasse ao fim das Provas.

Tento não pensar muito sobre o terceiro possível resultado dessa maluquice: ser devolvida às mãos do Rei Aurora. Não sei o suficiente sobre nenhum desses Feéricos, mas apostaria que ele é o pior de todos.

Respirando fundo, desço os degraus largos de pedra e sigo a trilha que leva até o portão. Segurando a grade, solto o trinco, que se abre com um rangido quase imperceptível, e puxo apenas o suficiente para eu passar. Minha respiração faz fumaça no ar, e meu coração bate tão forte que consigo senti-lo nos ouvidos. *Destrancado.* Está tudo destrancado. Um alerta subconsciente me diz para não confiar em nada disso, mas já cheguei muito longe e tenho que sair daqui.

Lanço outro olhar para a mansão. Feita de pedra preta e argamassa prateada, ela tem certa elegância discreta. É do mesmo material cintilante do Torreão Aurora, para o qual olhei tantas vezes. As mesmas janelas que refletem as cores da aurora. As mesmas treliças cheias de detalhes esculpidas que cercam os beirais do telhado e...

Para de enrolar, Lor.

Respirando fundo mais uma vez, viro para as árvores, mas não vejo nada além de uma escuridão absoluta enevoada pelo escudo turvo que me cerca. A lua está brilhante, e faço uma oração silenciosa por isso. Não sei bem aonde estou indo, apenas que preciso manter as montanhas atrás de mim.

Mesmo daqui, consigo sentir a força de atração. Meu irmão e minha irmã. As únicas pessoas que me restam neste mundo. Se estiverem vivos, estão esperando por mim.

Arrancando um galho de uma árvore, eu o empunho como uma espada, sabendo que é um substituto fraco, mas melhor do que nada. Talvez. Com mais uma respiração funda e trêmula, coloco um pé na frente do outro com determinação antes de partir, desaparecendo dentro da escuridão das árvores.

7

Por um longo tempo, corro e ando por uma trilha já aberta que escolho entre as sombras. Alguém seguiu esse caminho antes, e essa constatação reforça minha coragem enquanto aperto o passo. O vento é leve graças à proteção das árvores e, desde que eu continue me movendo, consigo me manter aquecida.

De vez em quando, paro e olho ao redor, apertando o galho com tanta firmeza que meus dedos doem. Há um silêncio sinistro, como aquelas noites que passei na Depressão. A coisa mais perturbadora era o silêncio, pois sabia que as criaturas escondidas estavam me espreitando. Me medindo. Penso no que pode estar me observando agora e estremeço.

Não pensa nisso. Apenas segue em frente. Só para quando chegar a Nostraza.

Claro, ainda não pensei direito em como vou libertar Tristan e Willow, mas esse é um problema para o futuro. Cheguei até aqui. Vou pensar em alguma coisa.

De tão perdida em meus pensamentos, não noto quando os sons da floresta mudam. O vento ficou mais forte, e as folhas estão farfalhando, com um coro de cantos e trinados ao fundo. Como se as criaturas tivessem se interessado por minha chegada e ganhassem vida. Merda.

Estudo o escudo enevoado ao meu redor, torcendo para que faça o que deve fazer enquanto aperto o passo, sabendo que eu não conseguiria fugir de nada que quisesse me atacar. Mas minha adrenalina está alta, e sinto que é melhor continuar me movendo.

À medida que a paisagem vai ficando mais cerrada ao meu redor, me pergunto se não deveria ter ficado na mansão. Mas aquele príncipe estava me deixando maluca. Se eu tivesse que aturar aquele sorriso arrogante mais um pouco, ninguém poderia me responsabilizar por dar um murro bem no meio daquele rostinho bonito. Não confio em nenhum deles, a despeito de Amya e sua suposta compaixão. Tenho certeza que ela está fingindo. Atlas também foi gentil comigo, e olha no que deu. Palavras bonitas de Feéricos bonitos. São todos uns mentirosos, motivados por suas próprias razões egoístas.

E pelo desejo por meu sangue.

Uma sombra estremece no canto de minha visão, e minha garganta se aperta de medo. O escudo, lembro. O escudo vai me proteger. É isso que ele faz. Olho para trás, vasculhando a escuridão, e sigo a trilha, árvores pretas se arqueando no alto.

Paro de repente com um grito quando um vulto enorme vem em minha direção. Alguma coisa está bloqueando meu caminho. Alguma coisa grande. Devagar, ele desdobra o corpo, seus membros compridos demais para o corpo fino e sua pele cinza manchada. Lembro dessa silhueta. Parece a criatura que quase me devorou antes de a chuva me "resgatar" naquela noite no buraco.

O monstro me encara com os olhos pretos opacos que não refletem o luar, o que talvez seja uma das coisas mais aterrorizantes que já vi na vida.

— Sai da frente — sussurro e aponto o graveto, como se isso fosse capaz de fazer alguma coisa.

Queria saber como o escudo funciona. Se o monstro encostar nele, será ferido? Posso tentar passar pela coisa e correr para tentar salvar minha pele? Mas seus membros são facilmente três vezes mais compridos que os meus. Algo me diz que ele consegue se mover rápido.

Esse pensamento faz com que mais nós se formem em meu peito, enquanto a criatura se alonga em suas pernas compridas. Com sua altura total, o bicho me apequena, e um grito de horror fica entalado no fundo da minha garganta.

Ele inclina a cabeça em seu pescoço comprido demais, como se estivesse me examinando antes de abrir um sorriso macabro e avançar. Eu cambaleio, tropeçando em meus próprios pés e caindo de costas. O ar escapa dos meus pulmões, e minha arma irrisória desliza pelo chão gelado. A criatura salta, caindo sobre mim, os braços e pernas formando uma gaiola de pesadelos. Ele me espia com um olhar perverso, seu sorriso se arreganhando.

Demoro um momento para me dar conta de que estou gritando. Repetidas vezes. Tão alto que machuca meus próprios ouvidos, minhas cordas vocais se tensionando como se estivessem sendo puxadas por uma besta.

A bolha do escudo não sai do lugar, mas esse é um consolo pequeno a esta altura. Está claro que sua eficácia se limita a poucos centímetros de espaço ao meu redor, mas é o suficiente. Se essa coisa não conseguir tocar em mim, significa que posso tentar fugir.

Devagar, vou deslizando por debaixo do monstro enquanto ele me observa. Um fio de saliva escorre de sua boca, atravessando o escudo e pousando na minha bochecha.

— Argh. — Com ânsia de vômito, seco a baba.

Fede como lixo pútrido misturado a carne apodrecida. Felizmente, parece inofensivo.

Mas por que passou pela barreira?

Zerra, que burrice a minha. Por que fiz isso? Lembro a mim mesma que eu estava desesperada e que o príncipe não me deu escolha. Todas as opções que eu tinha eram ruins, então escolhi a que me levaria mais perto do que eu queria. Tristan e Willow. Foi uma decisão lógica. Clara.

Só que agora, com esse demônio me encarando, não consigo evitar desejar que eu tivesse escolhido ficar relativamente segura em meu quarto. Nadir pode ser um tipo de demônio, mas ao menos não faria picadinho de mim. Eu acho. Sinceramente, não tenho certeza. Talvez ele estivesse chegando a essa parte.

Vou recuando, escorregando no chão embaixo do monstro, e a bolha mágica é a única coisa que o mantém longe no momento. A criatura está a poucos centímetros de mim, me encurralando entre seus braços e pernas como se eu fosse um inseto numa armadilha. Brincando comigo.

Isso não vai dar certo — ele vai continuar me seguindo até o quê? Eu morrer e ele poder se alimentar dos meus restos? Me pergunto se alguém ouviu meus gritos. Estava contando que Nadir e os outros ficariam sem saber de minha fuga até eu estar longe demais para eles poderem fazer algo a respeito.

Paro de me mexer e fico perfeitamente imóvel, encarando a criatura sobre mim. Ela está me observando com aquele sorriso terrível, como se tivesse todo o tempo do mundo. Imagino que tenha. Ela vive aqui, mas eu vou morrer de frio ou de fome, porque um pão não vai me sustentar por muito tempo. Essa criatura também deve ter amigos, e essa ideia desperta mais uma onda de pânico enquanto meu peito se aperta.

Respirando pesado várias vezes, viro e fico de quatro. Quando ergo os olhos para o demônio, ele ainda está me observando como se eu fosse uma curiosidade para seu entretenimento.

— Um — murmuro.

Vou tentar despistá-lo na floresta.

— Dois.

Se eu correr rápido o suficiente, talvez consiga voltar inteira à mansão. Ninguém nunca vai saber que cheguei a sair. Fico furiosa por ter que voltar para minha prisão, mas o medo de virar comida de monstro supera minha indignação.

— Três. — Levanto com um salto e começo a correr por entre as árvores o mais rápido possível, mas, assim que começo, já sei que é em vão.

Ele está logo atrás de mim, suas pernas compridas acompanhando meu ritmo com facilidade. Está tão perto que consigo sentir seu hálito quente e úmido na nuca, o cheiro tão forte que sinto ânsia de vômito e quase tropeço.

Graças ao broche mágico, ele ainda não consegue tocar em mim, então continuo a correr, forçando meus braços e pernas. Preciso passar pela cerca que rodeia a mansão. Algo nela deve manter os monstros fora. Se eu conseguir atravessar o portão, talvez esteja a salvo.

Minha visão já está embaçada pelas lágrimas não derramadas quando escuto um zunido baixo, e de repente o escudo ao meu redor pisca rápido algumas vezes antes de se desfazer por completo.

Não tenho nem a presença de espírito para gritar quando entendo o que acabou de acontecer.

Uma grande sombra preta me cobre. O monstro está sobre mim, se preparando para me devorar por inteiro. E *agora* estou gritando. Gritos agudos que saem dos confins mais profundos da minha alma. Nunca estive tão assustada em toda a minha vida, e isso diz muito.

O demônio se arqueia como se estivesse em câmera lenta. Não consigo desviar os olhos, e praticamente sinto a pressão do ar no momento em que ele abaixa, com as garras de fora e um rosnado saindo dos lábios contorcidos. O guincho de êxtase ecoa pela floresta. Um fio ardente de lágrimas escorre por meu rosto enquanto grito sem parar.

De repente, dois vultos brancos saem das árvores, suas pernas voando pela terra, seus uivos se somando a meus gritos. O demônio guincha de novo, e, com uma explosão de velocidade, tento desviar do caminho dele, que pousa logo atrás de mim com um baque pesado que vibra pela terra quando as cachorras passam correndo, latindo como se tivessem visto o senhor do submundo em pessoa.

Há um raio de luz, e o monstro sai voando com um grito, agora de agonia, e bate em uma árvore com tanta força que quebra o tronco ao meio, derrubando galhos e folhas na terra.

Ainda estou gritando enquanto ele sai voando e se choca com outra árvore, depois com um grande pedregulho semienterrado no solo. Os sons de seus ossos se rachando enche o ar segundos antes de sua cabeça tombar. Enfim, ele para de se debater, e o corpo fica inerte.

De joelhos, aperto as mãos no peito, o corpo todo tremendo.

— Que *porra* você está fazendo aqui fora? — Nadir rosna e sai das sombras, seu cabelo escuro caindo no rosto e os olhos brilhando em azul, verde e vermelho. — Você tem ideia de como chegou perto de morrer?

Ele está gritando comigo, mas não consigo formar palavras porque meu coração ainda está batendo tão forte que faz meu corpo inteiro doer.

Um momento depois, sinto um toque suave nas costas.

— Está tudo bem, você está bem — Amya diz com a voz suave.

— O que você tinha na cabeça, detenta? — Nadir se levanta diante de mim agora, cheio de uma fúria imponente e um ardor fervoroso.

As cachorras voltaram para o lado dele, como um par de sentinelas peludas.

— Calma — Amya diz. — Dê um minuto para ela. Está na cara que ela ficou em choque.

Nadir se agacha de cócoras, me olhando nos olhos.

— Eu deveria ter imaginado que você faria algo tão idiota e inconsequente e... Que *merda* estava pensando?

Minha respiração ainda está engasgada, meus braços e pernas tremendo de medo, de frio e da adrenalina que se esvai de minhas veias. Cheguei muito perto do fim. Odeio esta floresta de merda e este lugar e esse príncipe Feérico de merda que está em cima de mim como se fosse dono da porra toda.

— Eu estava pensando — digo, erguendo os olhos para ele com fúria — que vocês me mantêm trancada naquela casa há semanas. Vocês não me deixam sair e se recusam a dizer se meus amigos estão vivos! Vivem me dizendo que estão tentando, mas é óbvio que é mentira!

Quando apoio o joelho para levantar, quase desabo. O tremor, que era de medo, agora virou de raiva. Como ele se atreve a falar comigo dessa forma?

Nadir recua quando vou até ele. Paro tão perto, meu rosto praticamente encostando no dele.

— Eu tinha na cabeça que vocês nunca iam me deixar sair daqui e que pretendiam me usar como Atlas fez, e não vou sobreviver a algo assim de novo! Então me desculpa se preferi correr os riscos na floresta!

Estou gritando tão alto agora que provavelmente atraí todos os monstros da floresta. Consigo praticamente sentir seus olhares curiosos espreitando de perto na escuridão.

É óbvio que Nadir e Amya os mantêm longe de alguma forma, e me pergunto como conseguir parte desse poder. Com Nadir diante de mim, sinto aquela atração sob minha pele, como alguma coisa ansiando por se soltar. Isso me deixa ainda mais furiosa.

Com os lábios curvados, dou a volta por ele e saio batendo os pés pela trilha na direção da mansão, descontando minhas frustrações na terra.

Minha tentativa de fuga está cancelada por hoje. Mas não parei por aqui.

— Acho que não, hein? — diz uma voz grave atrás de mim, bem quando um fio de luz fúcsia serpenteia ao redor de minha cintura e outros cercam meus punhos.

Só paro de andar quando um deles envolve meus tornozelos e apertam com força até eu começar a tombar. Estou prestes a cair dura no chão quando sou segurada. Nadir me joga no ombro.

— Me coloca no chão! Por que todo mundo vive fazendo isso comigo?!

— Porque você é uma ameaça a si mesma — vem a reposta ríspida. — O que pensou que aconteceria aqui, detenta? Estamos a quilômetros de Nostraza. Você teria morrido congelada se aquele ozziller não tivesse te apanhado primeiro.

Contorço o corpo, tentando remover as amarras, mas tudo que recebo em resposta é um riso baixo e sinistro. Odeio essa magia dele — é inconveniente pra cacete. Amya nos segue de perto, seu olhar alternando entre nós. As cachorras trotam ao lado dela, erguendo os rabos brancos e felpudos, e juro que até elas me observam com ar de reprovação.

— Você vai mentir para mim de novo sobre enviar um mensageiro para Nostraza? — rosno para ela, que tem a decência de parecer envergonhada. — Vocês são o príncipe e a princesa da Aurora! Não conseguem informações sobre dois reles prisioneiros? Ou não querem conseguir?

Os olhos escuros de Amya demonstram preocupação e se voltam para Nadir.

— Não é tão simples — ela diz tão baixo que mal consigo escutar.

— Até parece — murmuro enquanto Nadir aperta o passo, e então saímos voando por entre as árvores em uma velocidade vertiginosa, o chão oscilando lá embaixo.

Finalmente, ele desacelera, e escuto o portão rangendo e depois batendo. Nadir me tira do ombro e me joga estatelada no chão, sem nem se esforçar para suavizar minha queda.

Me encarando, ele lança uma espiral de luz azul e verde na direção do portão, envolve as grades e o tranca.

— Parece que nem a ameaça do Nada é suficiente para manter você aqui dentro — rosna. — Se fizer alguma merda assim de novo, eu vou...

— Vai o quê? — vocifero. — Você vive me ameaçando, mas não tem coragem de cumprir nenhuma de suas promessas vazias. Vai fazer o que comigo, cuzão?

Ele se agacha, a expressão tempestuosa, e, por um momento, uma pequena parte de mim fica assustada, certa de que ele realmente pode me fazer sofrer se quiser. Nadir estende a mão, e eu me arrasto para trás, mas ele aperta meu casaco com seu punho imenso e me puxa para a frente, arrancando o broche mágico. A joia perdeu a luz suave e não passa de uma pedra opaca agora.

— O que aconteceu com ele? — pergunto.

— Precisa ser carregado. Dura só uma hora mais ou menos.

— Ah — digo, me sentindo ainda mais idiota do que antes. — Não sabia.

Ele arqueia a sobrancelha com tanta condescendência que quero arrancá-la de seu rosto.

— Claramente.

Levanto do chão para encará-lo.

— Quero ir embora. Você não pode me manter aqui para sempre.

— Você não vai a lugar nenhum até eu conseguir o que quero.

Ele chega tão perto que preciso erguer os olhos. Ele é bonito sob o luar refletindo nas maçãs do rosto e no queixo forte. Seu cabelo escuro está um pouco desgrenhado, e parece que aqueles olhos que me tiram do sério constantemente conseguem enxergar dentro de minha alma. Meu sangue corre de maneira ainda mais intensa enquanto aquela sensação estranha sob minha pele pulsa na direção dele de novo. Isso está me deixando maluca.

Ele comprime os lábios, como se também estivesse travando uma batalha interna. Será que sente o mesmo?

— Você não vai conseguir nada de mim até eu saber que Tristan e Willow estão bem — digo, furiosa. — Não. Na verdade, retiro o que disse. Saber que eles estão bem não é mais suficiente. Tragam os dois para mim, senão vocês nunca vão tirar nenhuma palavra da minha boca.

— Acho que estamos num impasse, então — ele diz, agarrando meu braço.

Consigo sentir o calor emanando dele, seu toque levando todo o meu sangue e a minha magia aprisionada para o ponto que ele segura. É como fogo e calor e algo mais, emaranhados em alguma coisa que definitivamente não entendo.

— Sou quase imortal, garotinha. Posso esperar muito, muito tempo.

Ele pronuncia essas palavras em tom de desafio, como se estivesse testando minha reação.

Ele sabe meus segredos? O pai contou alguma coisa para ele? Sobre o que fez comigo? Sobre quem eu era?

— Tenho formas de fazer você falar, detenta. Formas cruéis e dolorosas.

Dou uma risada desdenhosa e fixo o olhar nele.

— Você acha que pode fazer alguma coisa para me machucar, ó poderoso príncipe da Aurora? Acha que já não fui torturada e atormentada até me destruir?

A fúria tensiona meus braços e pernas com tanta força que sinto que posso explodir.

— Não há *nada* que você possa fazer comigo. Traga meus amigos aqui, senão meus segredos vão morrer comigo — digo, infundindo o máximo de frieza possível na voz. — Até lá, vou ficar no meu quarto.

Desvencilho meu braço da mão de Nadir e dou meia-volta. Um momento depois, paro e olho para ele.

— E meu nome é Lor, porra. Pelo menos finja que me respeita o suficiente para se lembrar dele.

8

Nos dias seguintes, me enclausuro no quarto, recusando todas as tentativas de Amya e Mael de consertar as coisas. Eles acham que sou tão ingênua assim? Não são meus amigos e não vão me convencer de que não me sequestraram e de que não estou sendo mantida aqui contra minha vontade.

Nadir nem finge, e talvez parte de mim respeite isso. Ao menos ele é honesto sobre si mesmo. De tempos em tempos, bate em minha porta e chacoalha a maçaneta, me lembrando que poderia entrar se quisesse. Não sei bem por que não entra. Talvez eu tenha sido convincente o bastante para fazê-lo entender que não vou revelar nada à força.

Seja como for, essa é a forma dele de me lembrar que não vai deixar para lá nem vai me libertar.

Em que momento ele vai finalmente apelar para a tortura? Algo me diz que o Príncipe Aurora não está acostumado com a palavra "não", e paciência claramente não é uma de suas virtudes.

Mas não vou ceder. Não importa o que aconteça. Prefiro morrer a dar o que ele quer. Em minha petulância, avisei que ele não me intimidaria, mas me questiono até que ponto isso é verdade. Quanto tempo vai demorar até ele perder a paciência e testar essa teoria? Ele tem centenas de anos para esperar, e eu não sei o que tenho.

O medalhão dourado que roubei de Afélio está pendurado em

meu pescoço, e eu o abro, revelando a pequena joia abrigada dentro dele.

A porta chacoalha de novo.

— Detenta — vem o rosnado do outro lado.

— Vai à merda!

Ouço um grunhido antes de seus passos recuarem mais uma vez.

É tarde da noite quando minha porta abre, a luz caindo sobre a cama. Acordo e me apoio no cotovelo, piscando e estreitando os olhos.

— Lor — diz uma voz baixa. — Acorda, Lor.

Usando a mão para proteger os olhos, sento devagar.

— O que foi? — pergunto, com a voz grave de sono.

— Vem — Amya diz. — Tem alguém aqui para ver você.

Franzo a testa, registrando suas palavras enquanto alguma coisa se acelera sob meu tórax.

— Quem? — Levanto, o coração pulsando com uma promessa que não ouso sequer nomear.

— Você vai ver — ela diz, seus olhos brilhando com raios verde-azulados no escuro.

Tento não dar muito peso às minhas esperanças, sabendo que não vou sobreviver à queda se estiver errada.

Com minhas meias grossas de lã, vou até Amya. Ela está vestida de forma simples pela primeira vez — com uma túnica básica e uma calça —, embora seu cabelo de mechas coloridas, desgrenhado ao redor dos ombros, lhe dê um ar sobrenatural. A falta da maquiagem escura nos olhos também a faz parecer mais delicada e mais jovem.

Ela pede que eu a siga até a escadaria principal da mansão. Do topo, eu congelo como se uma montanha de tijolos enchesse meus pulmões.

Tem um pequeno grupo de pessoas no salão de entrada lá embaixo. O grande candelabro de cristais ilumina o lugar com diversas cores, então tenho quase certeza de que meus olhos não estão me enganando.

Mas não pode ser verdade.

Pisco com força. Pisco de novo, *desejando* que seja verdade. Se for mais uma ilusão, não sei o que isso vai fazer comigo. E se fugirem de mim de novo?

— Tris — sussurro, o chão oscilando sob meus pés, enquanto todos lá embaixo param e erguem os olhos. — Willow.

São eles.

Quando viram para mim, nossos olhares se encontram e o tempo para, se adensa pelos anos e pelas memórias da dor infinita de nossa sobrevivência coletiva. Com todo o amor e a esperança que nutri por eles em todos esses meses.

Eles estão vivos.

— Lor! — Willow grita, sua voz embargando. — Lor!

— Willow. Ai, Zerra — murmuro enquanto desço a escada voando, quase tropeçando em meus próprios pés. — Willow! Tristan!

Nunca corri tão rápido em toda a minha vida. Quando chego lá embaixo, sabe-se lá como sem escorregar e quebrar o pescoço, abro bem os braços, chorando enquanto os aperto. Todos caímos no chão em um emaranhado choroso de braços e abraços e beijos.

— Lor — Willow está chorando em meu pescoço. — Pensei que você estivesse morta. Disseram que tinha morrido na Depressão e eu...

— Você está viva — Tristan sussurra, me abraçando e afundando o rosto em meu cabelo. — Você está viva.

Ele está tremendo, e eu também. Estamos todos tremendo enquanto apertamos uns aos outros com tanta firmeza que tenho medo de quebrá-los. Esqueci como os dois são magros e frágeis. Estar cercada por fortuna e corpos bem alimentados me faz esquecer de como eu era logo que saí de Nostraza. Lágrimas escorrem por meu rosto enquanto ficamos sentados no piso de mármore, apenas nos abraçando.

Uma parte de mim que tinha se perdido finalmente volta a se encaixar, meu coração inteiro de novo.

— Olha só você — Willow diz, finalmente se afastando e envolvendo meu rosto com as mãos finas e ressecadas. — Olha só você. Por Zerra, está tão linda, Lor. Parece tão saudável e maravilhosa e... meus deuses, não acredito que está viva. — Estou chorando tanto que não consigo recuperar o fôlego, então aperto a mão dela e assinto. — Mas onde você estava?

Abro a boca, mas tudo que sai é outro soluço quando Tristan me pega e me abraça de novo, pressionando o rosto contra minha têmpora e segurando minha nuca com firmeza.

— Pensei que estivesse morta. Disseram que o ozziller tinha matado você na Depressão durante a rebelião. — Ele está falando como se estivesse num sonho, e concordo que isso não parece ser verdade.

— Eu sei — digo, finalmente, com a voz embargada. — Eu sei. Estou bem. Estava muito preocupada com vocês. — Juntos, nós todos levantamos de mãos dadas.

Tristan se afasta e me olha de cima a baixo.

— Não acredito que você está viva.

Assim como eu, meu irmão mais velho aprendeu a reprimir quaisquer sinais de fraqueza durante nossos anos em Nostraza, mas lágrimas escorrem livremente por seu rosto enquanto ele me envolve em mais um abraço forte. Willow se une a nós, e pela primeira vez em muitos meses eu consigo respirar.

Eles estão aqui. Estão vivos. Tudo que fiz em Afélio foi por eles. Quero ficar aqui para sempre, absorvendo as gotas desse amor, que tornam minha alma inteira de novo.

— Lor — Tristan diz finalmente. — *Onde* você esteve? Você está tão... — Ele para, observando meu rosto.

Não consigo imaginar como devo estar diferente da última vez em que ele me viu. Meu corpo está muito mais cheio e saudável, minha pele, reluzente, e meu cabelo, comprido e brilhante. Os únicos lembretes físicos de minha antiga vida são as cicatrizes desbotadas em minha pele, incluindo a do rosto, que atravessa meu olho e corta minha sobrancelha.

— É uma história muito longa — digo, pegando a mão de Willow e segurando-a junto ao meu coração. — Vou contar tudo para vocês.

É nesse momento que finalmente noto as outras pessoas que esperam no corredor. Nadir e Amya nos observam, como dois pilares sinistros, um redemoinho de cores nos olhos. Eles estão mais radiantes que o normal, resplandecendo em tons de prata, como se esse reencontro também os tivesse afetado. Seria esperar demais que o Príncipe Aurora também pudesse sentir algo no fundo de seu exterior gelado?

— O que isso significa? — pergunto, minha voz rouca enquanto seco uma lágrima da bochecha. — Por que eles estão aqui? Eles podem ficar?

Nadir faz que sim.

— Você ditou seus termos, detenta. Eles foram libertados de Nostraza. Suas penas foram retiradas. Vocês estão todos livres de lá. Para sempre.

Essas palavras caem no fundo de meu peito com o peso de um carvão ardente, e sucumbo a uma nova onda de lágrimas. Willow começa a chorar de novo quando me recosto nela.

— Para sempre? Jura?

Ele responde que sim com um aceno breve.

— Obrigada — sussurro para o príncipe. — Obrigada.

Ele me estuda por um momento, seu olhar reflexivo, e uma suavidade rara perpassa por sua expressão, tão breve que qualquer um poderia ter ignorado facilmente.

— Por nada. — Ele abre a boca e para como se estivesse hesitando sobre o que dizer na sequência. — Eu deveria ter me esforçado mais desde o começo.

Franzo a testa, surpresa com o reconhecimento e com a demonstração rara de empatia desse Feérico frio e sinistro.

— Não sei o que está acontecendo — Tristan diz, sempre o protetor. Consigo sentir sua desconfiança sobre a situação toda, e ele está certo em ficar com um pé atrás. Como vou explicar isso tudo? — Por que Lor está aqui, e por que estão nos libertando depois de todo esse tempo?

— Tris — digo, colocando a mão em seu braço. — Muitas coisas aconteceram. — Lanço um olhar incisivo que espero que transmita tudo que não posso revelar na frente dos irmãos da realeza. Há um lampejo de compreensão no rosto dele. Eles desconfiam de algo. De nós. De nossa família. Os segredos que pensávamos ter sido sepultados para sempre foram desenterrados como bulbos murchos de tulipas e podemos estar em perigo. — Vou contar tudo para vocês.

Ele acena e volta a olhar para Amya e Nadir.

Outra Nobre-Feérica que eu não tinha notado está recostada na parede oposta. Ela tem um rabo de cavalo longo e ondulado e está usando um casaco de botão de gola alta, calça justa e botas de couro alto. Tudo é preto, em contraste com o ruivo flamejante de seu cabelo. Olhos verdes brilhantes se estreitam com desconfiança enquanto ela continua de braços cruzados, cruzando um pé na frente do outro.

— Obrigado — Tristan diz à mulher. — Por nos trazer até ela.

— Essa é Hylene — Nadir diz, para apresentá-la. — Uma amiga. — Ele para de falar antes de se voltar para nós.

— Eles são seus irmãos — Amya diz, seu olhar escuro alternando entre nós. — Não são seus amigos, são sua família.

Nós três inspiramos fundo. Sempre guardamos segredo sobre

isso, sabendo que, se descobrissem sobre um de nós, os outros dois estariam em perigo.

— É por isso que você os queria tanto — Amya continua.

Os ombros de Nadir se enrijecem enquanto ele se dá conta. Em sua expressão, vejo as engrenagens funcionando. Ele agora tem três armas em potencial a sua disposição.

— Sim — digo, sabendo que não adianta mais mentir.

É óbvio para quem quer que preste atenção. Ninguém se importava o suficiente em Nostraza ou mesmo olhava com alguma atenção para notar. Mas me pegar nessa mentira é mais uma evidência condenatória de que estou guardando outros segredos.

O príncipe se recupera rapidamente, o rosto assumindo sua indiferença de sempre.

— Há quartos prontos para sua família — ele diz. — Brea vai levar vocês lá para cima.

Brea se materializa de outro cômodo e faz uma mesura rápida para meus irmãos.

— Por favor, venham comigo.

Não estou preparada para soltá-los, mas lembro a mim mesma que eles estão livres. Estão aqui e não vão embora nunca mais. Eles são meus.

— Já vou — digo.

Willow me dá outro abraço, e Tristan encara Nadir com a mesma expressão de irmão mais velho que sempre reservou para meus pretendentes em Nostraza. Esse pensamento dispara uma dor nostálgica em meu peito. Não acredito que eles estão aqui e estão vivos.

Assim que saem, viro para o príncipe.

— Obrigada — digo de novo, e ele dá um passo à frente. Cerro os punhos quando minha magia responde. — Não sei como te agradecer.

Ele não diz nada enquanto me observa, então nossos olhares se encontram, e algo irrevogável muda entre nós.

— Por favor, vá ficar com sua família. Passe um tempo com eles hoje — ele diz. — Vejo você amanhã.

Ele não precisa dizer o que vem depois. O que está esperando. Ele cumpriu sua parte do acordo, e agora é a vez de receber a recompensa.

Torço apenas para que o preço que cobrei valha a revelação.

9
NADIR

Observo Lor subir a escada com um nó ardendo em meu peito.

— Então eles são irmãos dela — Hylene diz, se aproximando de mim. Ela observa o lugar em que Lor estava, franzindo as sobrancelhas. — Você sabia disso?

— Suspeitava — respondo. — Mas não tinha certeza.

— Isso muda tudo.

Ela me observa com seus olhos verdes, um misto de desconfiança e curiosidade. Sei que acha isso tudo um erro terrível, e deve estar certa. Contudo, assim como Amya e Mael, ela está disposta a me apoiar por ora. Só perde para Amya quando se trata de questionar minhas motivações. É assim desde que nos conhecemos num cabaré no Distrito Carmesim. Eu precisava de uma camaleoa. Alguém que conseguisse usar de seu charme para se infiltrar em qualquer espaço, especialmente naqueles em que se comete o erro de subestimar uma mulher bonita.

— Eu sei — respondo.

Não existe apenas uma arma em potencial nesta casa agora. Existem três. Três Feéricos com a magia de Coração nas veias. Só me resta torcer para que um deles seja poderoso o bastante para isso importar.

Amya também está com o olhar vidrado, braços cruzados e o queixo erguido.

— Eles são mortais, Nadir. Não tem absolutamente nenhum

indício de que sejam Nobres-Feéricos. Não detecto nenhum cheiro de magia neles.

Eu também não, mas deve haver uma explicação para isso. Porque consigo *sentir*.

Quanto mais tempo passo perto dela, mais forte fica. Essa atração que corre em minhas veias. Como cordas tentando explodir através de minha pele. Minha magia fica ardente e descontrolada toda vez que a detenta chega. Mal posso contê-la. Quero estender a mão e tocar nela. Acariciá-la. Fazer *coisas* com ela que tento desesperadamente ignorar quando estou deitado na cama à noite, sem conseguir dormir com o fervor que arde sob minha pele.

Ninguém nunca deixou minha cabeça tão confusa.

Não sei por que não consigo criar coragem para contar nada disso a Amya. Contamos tudo um para o outro. Mas há algo nessa prisioneira de Nostraza que tem gosto de um segredo que pertence apenas a mim.

Existe magia nela. Disso tenho certeza. E a minha está tentando alcançar a dela.

Quando ela fugiu e quase foi atacada por aquele ozziller, tudo que eu conseguia ver era uma névoa vermelha de fúria. Eu não precisava destruir aquele monstro com tanta força quanto destruí, mas queria fazer mais do que apenas detê-lo. Queria fazê-lo sofrer. Por se atrever a ameaçá-la, eu queria que sentisse a agonia excruciante de minha fúria mesmo depois que estivesse morto.

Por Zerra, eu não deveria ter gritado com a garota daquela forma, mas não consigo controlar minhas emoções perto dela. É como se eu estivesse pendurado de um precipício pela ponta dos dedos, muito perto de escorregar.

— Então a Primária pode ser qualquer um deles? — Mael pergunta, interrompendo meus pensamentos tumultuosos.

Ele me observa com preocupação e divertimento, claramente sentindo minha agitação interior.

— Por que você tem tanta certeza que é a menina? — Hylene intervém.

Meu círculo de amigos me encara. Eles não estão me julgando, apenas me forçam a olhar de todos os ângulos.

— Porque foi *ela* que Atlas sequestrou, não a irmã nem o irmão dela, e foi apenas ela que meu pai mandou o diretor da prisão vigiar. Ele nunca nem perguntou sobre os outros dois, o que nos leva a perguntar se meu pai sabe quem eles são para ela. Não deve ser coincidência que tenham ficado juntos todo esse tempo.

Coço o queixo, pensando. Preciso saber que informações o rei tem. Meu pai fingiu desinteresse pela menina quando ela desapareceu. Disse que ela não tinha mais utilidade para ele, apesar de suas esperanças. Lembro disso. O que significa? E se ela *for* a Primária de Coração, por que Rion a abandonou em Nostraza? Por que não usá-la? Por que ela está viva?

Ergo os olhos para o corredor escuro no alto da escada. Embora eu tenha dito que daria a ela a noite para se reunir com sua família, essas perguntas ardem na ponta da minha língua, deixando um retrogosto amargo. Faz semanas que ela vem me evitando, e já esperei tempo demais.

Sem dizer mais uma palavra, subo a escada correndo, dois degraus de cada vez. Ela pode matar a saudade dos irmãos amanhã.

Com o punho erguido, paro na frente da porta dela, ouvindo o murmúrio de vozes suaves do outro lado. Baixo a mão. Eu deveria respeitar esse momento. Quando ela os viu, até eu tive dificuldade de controlar um rompante de emoções. Eu daria minha vida por Amya, então sei o valor do amor de irmãos. Se acontecer alguma coisa com minha irmã... não consigo nem pensar.

Mas preciso de respostas, e preciso logo. Estou determinado a colocar um fim no reinado de terror de meu pai, e pode haver uma arma secreta do outro lado da porta. Deixando minhas reservas de lado, ergo a mão e bato. As vozes do outro lado se interrompem e, um momento depois, a porta se abre.

Lor está no batente com a testa franzida, usando a calça justa macia e a túnica de que parece gostar mais, seus braços nus e seu cabelo escuro preso no alto da cabeça, fios cercando seu pescoço e seu rosto. O tecido se gruda em seus seios e em seu quadril de um jeito que faz meu pau pulsar, seu cheiro enchendo minhas narinas — fumaça, rosas e tempestade. Aquele mesmo cheiro de que me lembro da Depressão quando eu estava buscando pistas sobre o paradeiro dela.

Não sei como, mas eu já sabia que era o cheiro dela. Parecia uma memória encoberta, por mais que não fizesse sentido. Eu nunca a tinha visto antes da noite do baile da Rainha Sol.

Quando a vejo, minha magia dá um puxão desesperado, tentando sair de minha pele, mas a contenho, acalmando-a com esforço.

— Pois não? — ela pergunta, lançando um olhar preocupado para trás de mim, e agora me sinto culpado por interromper.

O que está acontecendo comigo? Não ligo para o que é conveniente para ela.

— Eu... queria ver se vocês se instalaram bem — digo, como o idiota que sou.

Muito sutil, Nadir.

Olho para dentro do quarto e vejo seu irmão e sua irmã sentados no sofá violeta na frente do fogo. Eles me observam com um misto de medo e curiosidade. Não consigo imaginar como deve ter sido chocante a experiência de ser tirado de Nostraza no meio da noite e trazido a uma casa nos confins do Nada, para encontrar o príncipe e a princesa da Aurora. Será que eles ao menos entendem o que aconteceu?

Os dois estão tão magros e doentes, uma palidez cinza e anêmica. Aquela vergonha crescente que sinto sobre a existência de Nostraza se expande e preenche o espaço entre mim e Lor. Eu tinha certeza que nenhum de seus irmãos eram culpados dos crimes listados em suas fichas. Ou, se fossem, a verdade tinha sido distorcida para se adequar aos interesses de meu pai.

Quando Lor me disse o que o diretor da prisão tinha feito, quase perdi a cabeça. Não sei nem por que me importo, mas ele tem sorte de já estar morto. Senão, eu teria invadido aquela prisão e o torturado lentamente até ele me implorar para morrer. E eu teria saboreado cada segundo disso. Ao menos pude testemunhar quando meu pai o enforcou em seu escritório. Mas isso não foi nem de longe suficiente.

Na situação atual, está sendo necessária toda a minha força de vontade para não matar todos os guardas daquela prisão por se atreverem a pensar em tocar nela. Balanço a cabeça, me perguntando de onde estão vindo esses pensamentos. Por que me importo com o que aconteceu?

Seja como for, meu pai jogou um grupo de crianças para apodrecer em Nostraza. Se eles forem os herdeiros de Coração, Rion deveria tê-los matado. Teria sido um destino mais generoso. Mas talvez essa tenha sido a intenção. Não me surpreenderia se meu pai quisesse garantir que eles sofressem apenas por que tinha esse poder.

— Estamos bem — Lor diz, erguendo a cabeça e me observando com os olhos estreitos. — E você?

Ela diz isso com a voz suave, e me ocorre que essa é a primeira vez que suas palavras não parecem cobertas com arame farpado desde que eu a trouxe aqui.

—Também — digo, abanando a cabeça de novo. Preciso dormir. E de álcool. Não nessa ordem. — Até amanhã de manhã.

Nós dois paramos, hesitando enquanto observamos um ao outro, e algo tremula no fundo do meu peito. Uma ressonância que ecoa por meus braços e pernas. Antes que eu diga alguma coisa idiota que não tenha como retirar, lanço mais uma olhada para ela de cima a baixo, dou meia-volta e saio a passos largos.

10
LOR

Em choque, observo Nadir partir, sem saber o que pensar dessa interação. Foi esquisita, com certeza. Se eu não o conhecesse, poderia pensar que ele se sentiu mal por interromper, mas não deve ser isso. Cortesia não parece uma palavra que existe em seu vocabulário régio.

— O que foi isso? Ele é quem estou pensando? — Tristan pergunta, me tirando do meu delírio.

— *Ele* é o Príncipe Aurora em pessoa. — Sento diante de meus irmãos, que lançam olhares preocupados para a porta.

É compreensível. Depois de doze anos em Nostraza, dormir embaixo do mesmo teto de alguém com laços com o rei é como usar uma camisa apertada demais.

Há outra batida na porta, então levanto, pensando que Nadir mudou de ideia e está aqui para exigir suas informações. Vou precisar enrolá-lo. Primeiro, preciso discutir as coisas com Tristan e Willow e decidir o quanto estamos dispostos a compartilhar. Esses segredos não são apenas meus.

Não é Nadir, mas Brea, empurrando um carrinho cheio de comida. Meus irmãos arregalam os olhos quando ela coloca várias travessas grandes na mesa baixa à frente da lareira. Há pilhas grossas de pão branco macio e frango assado, riscado de especiarias vermelhas. Uma bandeja de sobremesas de cores fortes e outra com uma variedade de queijos aromáticos, dos moles e macios aos duros e cremosos.

Meu peito se aperta enquanto observo meus irmãos, me lembrando de minha perplexidade quando finalmente me deram comida de verdade em Afélio. Posso culpar Atlas por muitas coisas, mas, em um certo sentido problemático, ele também me salvou. Se não fosse por sua conspiração, eu teria morrido naquela prisão, mais cedo ou mais tarde.

Nenhum deles parece saber por onde começar, então sento e sirvo um prato para Willow, entregando-o para ela antes de fazer um para Tristan.

— Podem comer — digo. — Comam devagar. Demora um pouco para se acostumar.

Willow acena com a cabeça, depois observa o prato equilibrado em seu colo como se achasse que vai se dissolver numa nuvem de fumaça. Tristan coloca o dele na mesa e se inclina para a frente.

— Ele maltratou você? — Meu irmão volta os olhos escuros para o batente onde o príncipe estava momentos antes.

Balanço a cabeça.

— Não — respondo —, não me maltratou. Só me mantém presa aqui.

— *Por que* ele está mantendo você aqui? — Willow pergunta.

O cabelo dela cai em tufos, ainda curto e brutalizado do corte que fazem em Nostraza. Toco as pontas do meu, que agora está no meio das costas, internamente sorrindo ao pensar no cabeleireiro de Afélio, Callias, com uma lista de clientes tão grande quanto o próprio pau.

Então solto um suspiro profundo e passo a mão no rosto.

— Melhor eu começar do começo.

Na hora seguinte, detalho o máximo possível minha experiência no Palácio Sol e nas Provas. Quando conto para eles sobre o desafio final, quando pensei que eles tinham sido levados para lá, uma raiva familiar cresce em minhas entranhas pela forma como todas éramos manipuladas por Atlas. Mas, principalmente, conto para eles que eu tinha passado quase todos os dias sem saber se eles ainda estavam vivos.

— Aconteceu uma rebelião naquela mesma noite em que disseram que o ozziller tinha matado você — Tristan diz. Por mais que eu esteja aqui, viva e saudável na frente dele, consigo ver o quanto custa a meu irmão dizer essas palavras. Willow seca as bochechas molhadas de lágrimas.

— Desculpa. Eu não tinha como entrar em contato com vocês.

— Não precisa se desculpar — Willow diz. — Nós só... ficamos destroçados quando nos contaram.

Uma lágrima escorre quando ouço a angústia na voz dela.

— Eu sei — sussurro. — A única coisa que me fez seguir em frente foi a esperança de ver vocês de novo. De tirar vocês de lá, se vencesse, e aí poderíamos ficar seguros e juntos. De que nunca passaríamos fome e frio de novo.

Ela pega a minha mão. A dela é tão fina e delicada, como uma passarinha com ossos de cristal. Odeio vê-la dessa forma.

— Gabriel, o guardião de que falei para vocês — digo, continuando com minha história —, me disse que tinha pessoas lá dentro que começaram a rebelião para criar uma distração. Demorei um tempo para entender que Atlas havia mentido para mim sobre toda a história de "tributo da Aurora".

Lembro de quando Atlas deixou escapar que tinha me *roubado* do Rei Aurora depois da última prova. Aquele foi o meu momento de clareza, quando todas as peças se encaixaram e meus olhos finalmente se abriram. Por Zerra, como fui idiota.

— Então ele sabe — Willow diz, a voz suave e o medo enchendo seus olhos escuros. — Quem você é? O que você pode ser?

Suspiro.

— Não sei direito o que ele sabe. Quando eu acreditava que o Rei Aurora tinha me escolhido para as Provas, pensei que tudo aquilo fosse parte de um plano maior que eu ainda não havia entendido. Que ele estava enganando Atlas. Parecia impossível que Atlas soubesse alguma coisa sobre meu passado. Então entrei no jogo, fingindo ser exatamente quem eu parecia ser, uma prisioneira humana de Nostraza, e tenho vergonha em dizer isso, mas me deixei levar pela grandiosidade de tudo. Atlas era charmoso e bonito e me dizia tudo que eu queria ouvir. Achei mesmo que ele estava sendo honesto sobre seus sentimentos e, depois da vida miserável que levamos...

Lágrimas voltam, ameaçando me sufocar.

— Fui tão idiota. Tão inocente. Eu deveria ter imaginado.

Willow coloca o prato na mesa e se aproxima no sofá para me abraçar. Sinto o aperto forte de ossos em meu corpo. Não sei ao certo o que o futuro guarda para nenhum de nós, mas *nunca* vou deixar que ela passe fome de novo.

Eu a abraço com toda a minha força, a tensão se dissipando em meu peito. Ela me dá uma sensação de lar e segurança e me traz a lembrança de tudo que pensei ter perdido.

— É claro que você acreditou, Lor — ela diz, colocando uma mecha de cabelo atrás da minha orelha enquanto seco outra lágrima. — Não consigo imaginar como deve ter sido ser jogada no meio de tudo isso. Você não foi idiota. Só queria acreditar no melhor dele.

Respondo com um pequeno sorriso. Ah, Zerra, como senti falta dela. Nunca faço nada de errado aos olhos de Willow. Outra irmã poderia se ressentir de mim pelo luxo em que vivi, mas ela, não. Ela nunca me invejaria por nada.

— Foi só ao fim do último desafio, quando fiquei em frente ao espelho e ele perdeu a cabeça, que me dei conta de que ele sabia de algo desde o começo. — Eu suspiro. — Talvez fosse ingenuidade minha não entender isso, mas achei mesmo que restavam pouquíssimas pessoas em Ouranos que sabiam.

— Como ele descobriu? — Tristan pergunta, passando o polegar ao longo do lábio inferior.

Consigo escutar suas engrenagens girando, já planejando nosso próximo passo.

— Não sei, mas precisamos sair daqui e voltar a nos esconder.

Tristan olha para a porta e depois de volta para mim.

—Você acha mesmo que ele vai deixar algum de nós ir embora? Está na cara que desconfia de alguma coisa.

Franzo as sobrancelhas.

— Não. E prometi que daria informações se ele trouxesse vocês para mim.

Sinto outro aperto no peito ao vê-los aqui, finalmente. Vivos. Magros, exaustos, quase destroçados, mas vivos. Ainda existe uma chance de recomeçarmos. De recuperar a vida com a qual mal nos permitimos sonhar.

— Não sei bem se consigo dizer não a ele agora.

— Que informações? — Tristan pergunta.

— Ele quer saber o que o Espelho me disse.

— E o que foi? — Willow pergunta.

— Que eu não era a legítima rainha de Afélio. Que não poderia ser e que isso nunca poderia acontecer de novo. Disse que eu tinha que encontrar a Coroa. — Passo os dedos no medalhão no pescoço e o abro, mostrando a Willow que ainda tenho a joia que minha mãe nos deu tantos anos atrás. Suas últimas palavras para nós tinham sido para mantê-la segura, independentemente do que acontecesse.

— Então não vamos nos esconder — Tristan diz.

—Temos que nos esconder, Tris. Se Atlas sabe, outras pessoas também devem saber — Willow diz, roendo a ponta carcomida da unha.

Ele se levanta e começa a andar de um lado para o outro, coçando o queixo.

— Não. Chega de se esconder. Não sei como, mas sobrevivemos àquele lugar e, por uma série de circunstâncias extremamente improváveis, todos saímos. Você não pode me dizer que Zerra pretendia que desistíssemos agora.

Eu e Willow o observamos em silêncio. Ele continua andando, os pensamentos se agitando em seu rosto. O peso de nosso passado cai sobre o quarto como se fosse mais um corpo, respirando, pulsando e cheio de esperança.

Nossos pais tinham compartilhado apenas fragmentos da história de nossa avó. Como eram mais velhos, Tristan e Willow sempre lembravam mais, embora as informações normalmente fossem vagas e cheias de buracos. Até hoje, não sei bem o quanto minha mãe e meu pai realmente sabiam e o quanto estavam escondendo. Sempre que perguntávamos, os olhos de nossa mãe se enchiam de lágrimas e ela não conseguia falar. Jurava que um dia contaria tudo para nós.

Mas nunca teve essa chance.

Morávamos numa casa no fundo da floresta Violeta, que fazia fronteira com os Reinos Arbóreos e Coração, e lá, por anos, ninguém nos encontrou. Até aquele dia fatídico. Até o Rei Aurora enviar seu exército para massacrar meus pais e nos raptar.

Presos em Nostraza, continuamos a viver em ignorância sobre o que exatamente nossa avó havia feito, sua memória manchada e seu nome sempre sussurrado como uma maldição. Mas o que quer que tenha destruído nossa família nos obrigou a nos esconder por séculos.

— Não sei ainda — digo, respondendo Tristan. — Primeiro, precisamos sair daqui. Depois podemos decidir o que fazer. Se é que vamos fazer alguma coisa.

Eu e Tristan trocamos um olhar antes de nos voltarmos a Willow. Ela sempre foi a mais cautelosa. A voz da razão quando eu e Tristan nos deixávamos levar por nossos planos de vingança e de recuperar nosso legado. Era ela quem nos lembrava que era improvável que alguma de nossas esperanças se concretizasse.

A verdade é que não existe "se". Existe apenas "quando" e "como". Esperei a vida inteira por essa oportunidade, e tudo que fiz para sobreviver em Afélio estava me guiando para esse momento. Tristan está certo. Deve ser o destino.

— Você me apoiaria? — pergunto a minha irmã. — Você sempre achou que deveríamos deixar isso para lá. Se um dia tivéssemos a chance, quer dizer.

Ela respira fundo, segurando o ar. Observo os lábios se moverem enquanto ela conta até dez, acalmando as emoções que deve estar enfrentando. Por fim, solta uma longa lufada de ar.

— Eu sei que sempre fui contra — diz, com cuidado. — Não queria que vocês criassem esperanças, nunca imaginei que esse momento fosse chegar. Tinha certeza que todos morreríamos em Nostraza.

Nossos olhares se encontram, os três chegando a uma compreensão silenciosa mas decisiva. Esses dois me conhecem melhor do que ninguém, e não há ninguém com quem eu prefira enfrentar essa incerteza. Podemos perder tudo para sempre ou podemos conseguir o impossível.

— Então a primeira coisa é ir para longe daqui e da Aurora — Tristan diz.

— E do príncipe — acrescento.

Por ora, não compartilho os sentimentos estranhos que Nadir provoca em mim. Quando estivermos longe daqui, nada disso vai importar. Vou estar livre disso e dele.

Batem na porta, e Brea coloca a cabeça para dentro de novo.

— Desculpa atrapalhar, mas o quarto está pronto para seu irmão. Estou arrumando outro para sua irmã, mas ainda precisa dar uma arejada. Tudo bem se ela dormir com você hoje?

— Claro — digo, olhando para Willow. — Tudo bem?

Ela olha para a grande cama macia, seus olhos brilhando, e sei o que está pensando. Essa cama é muito diferente dos leitos duros de Nostraza. Lembro muito bem da sensação de estar vivendo num sonho, quando algo tão simples quanto uma cama confortável é suficiente para deixar você sufocado pelo anseio.

— Sim — ela sussurra. — Claro que tudo bem.

Brea sorri e vai até a mesa limpar os pratos.

— Também preparei banhos para vocês dois — ela diz a Tristan e Willow. — E separei roupas limpas.

— Obrigada, Brea — digo enquanto ela empilha os pratos no carrinho e sai do quarto com um aceno de cabeça.

Tristan levanta do sofá, esticando os braços para cima. Pulo em cima dele, agarro sua cintura, deito o rosto em seu peito e o aperto. Ele me abraça com força.

— Estava com muita saudade de vocês — digo, a voz grave. — Pensei em vocês todos os dias. Fiz todo o possível para ter vocês de volta.

Ele faz carinho na parte de trás da minha cabeça.

— Eu sei que fez, Lor. Também sentimos sua falta, e você conseguiu. Você nos trouxe de volta. Estou muito orgulhoso, irmãzinha. Ainda não acredito que você está viva.

Willow coloca os braços ao redor de mim, e nós três formamos um pilar de força.

— Ninguém nunca vai nos separar — ela diz, determinada. — Não vou permitir que ninguém tire você de nós de novo.

Ficamos juntos por mais um momento antes de finalmente nos separarmos. Willow e Tristan seguem para seus respectivos banhos, e eu me visto para dormir, entrando embaixo das cobertas e esperando minha irmã.

Quando Willow termina, sai vestindo uma calça limpa e uma túnica. Consigo ver que estava chorando, mas não comento, sentindo que ela precisa de tempo com seus pensamentos. Quando ela se deita do outro lado da cama, pego a mão dela e adormecemos, segurando-nos uma à outra como se nossas vidas dependessem disso.

II

Uma respiração quente sopra sobre meu pescoço, percorrendo a linha do meu queixo, antes de eu sentir a pressão suave de lábios naquele ponto sensível atrás de minha orelha.

A cama afunda, e abro os olhos num suspiro ofegante. Mal há luz suficiente para distinguir a forma de um corpo que conheço melhor do que gostaria se movendo sobre mim. É forte e grande e cheira a uísque defumado misturado com uma brisa ártica gelada.

Nadir sussurra alguma coisa que não consigo distinguir, mas sua voz rouca desce até meu ventre. Prendo a respiração quando ele percorre meu pescoço com a ponta do nariz até chegar a minha orelha. Morde o lóbulo, roçando os dentes suavemente sobre a pele sensível, e solto um gemido, movendo o quadril em resposta.

Ele desce sobre mim, seu peso pressionando o colchão macio, e deixo escapar um gemido, me deliciando com a sensação de seu corpo sobre o meu. É como se eu finalmente estivesse soltando uma respiração que estava segurando por tempo demais. Seus lábios descem da minha orelha de volta a meu pescoço, descendo mais enquanto ele abre minhas coxas com o joelho. Meu corpo todo responde a seu toque, essa sensação febril sob minha pele ardendo e lutando para se libertar. Para dominá-lo. Para envolvê-lo e abraçá-lo com força.

Ele continua a explorar meu corpo com a boca, deslizando sobre o tecido de minha camisola fina e entre meus seios, descendo por minha barriga e subindo antes de fechar a mão em volta do meu seio. Ele chupa meu mamilo antes de mordiscá-lo com as pontas afiadas de seus dentes, arrancando um gemido estrangulado de mim.

Enquanto pressiona a coxa entre minhas pernas, meu quadril se move em resposta, se roçando contra ele em uma busca desesperada por mais fricção.

Minhas mãos encontram seu cabelo, os dedos deslizando por mechas sedosas enquanto ele passa para o outro mamilo, cuidando dele com a atenção de um jardineiro com suas mudas. Ele continua a deslizar a coxa de forma torturante enquanto me contorço contra ela, esperando que ele me toque. Que me lamba. Que me faça gemer mais alto.

Nadir sobe a mão por meu quadril, provocando a linha da minha cintura com o dedo, e continuo roçando em sua perna, umidade encharcando o tecido de minha calça. Ele se inclina para a frente, seu pau duro e grosso deslizando por minha barriga, e enfia a mão dentro da minha túnica, sua palma grande deixando um rastro ardente na pele. Ele segura meu seio, brincando com o mamilo, e continua a dar beijos úmidos e quentes em meu pescoço e em meu peito.

Me contorço ainda mais, ofegando enquanto ele se move comigo, esfregando o pau entre minhas coxas. Ele desliza a mão para dentro da minha calça, provocando com a ponta dos dedos a pele febril que implora por seu toque, fazendo minhas costas arquearem.

— Detenta — ele sussurra, mas sua voz é rouca e distante demais para ser natural.

De repente, meus olhos se abrem.

Estou deitada na cama em meu quarto escuro, meu peito arfando e minha pele quente e ruborizada. Ao meu lado, Willow dorme tranquilamente, sua respiração suave espanando o silêncio.

Demoro um momento para me orientar. Para entender que foi um sonho. Que sonhei que o Príncipe Aurora vinha até meu quarto e roçava a coxa em mim. Que eu queria. E que definitivamente queria mais. Pior de tudo, que isso me deixou ofegante e molhada e louca para que fosse verdade.

Dou um tapa na minha testa e esfrego o rosto com um grunhido.

— Puta que pariu — sussurro no escuro.

12

Na manhã seguinte, Nadir está de volta ao normal. Ele bate na porta, sem esperar convite para entrar, e me vê conversando com Willow e Tristan durante o café da manhã. Quando o vejo, minhas bochechas ardem. Fico pensando se ele consegue adivinhar com o que sonhei ontem à noite. Pareço mais ou menos culpada se evitar contato visual?

Seu olhar encontra o meu, e ele hesita, abrindo e fechando a boca enquanto senta na cadeira ao lado de Tristan.

Meu irmão se recosta, lançando um olhar de cima a baixo para Nadir, cheio de desconfiança, e um nó sobe por minha garganta. Ah, Zerra, como senti falta de tê-lo por perto para me proteger. Afélio foi tão solitário, ainda mais antes de Halo e Marici me considerarem digna da amizade delas.

— Está na hora de conversar — Nadir diz, ignorando Tristan, e também se recostando na cadeira antes de cruzar casualmente um tornozelo sobre o joelho.

Como sempre, ele está glorioso, com o cabelo preto caindo em ondas macias ao redor do rosto. Sua camisa está desabotoada na gola apenas o bastante para revelar um pouco de pele lisa e seu peito definido, além de um vislumbre de suas tatuagens coloridas.

A memória de como ele estava deitado sobre mim ontem à noite faz com que eu aperte minhas pernas uma contra a outra, sentindo um frio na barriga. Seu olhar desce para meu colo como se ele tivesse notado o movimento ou estivesse lendo meus pensamentos. Agora estou mesmo com medo de que ele consiga ouvir minha mente. Não sei exatamente a capacidade de sua magia. Há uma chama em seus olhos — violeta e, então, esmeralda — que logo se apaga, deixando dois poços lisos de escuridão que parecem capazes de ver tudo.

— Se quiser que sua família continue aqui, é com você. Mas você me prometeu algumas respostas.

Há uma batida suave na porta, e Amya, Mael e a mulher ruiva que conheci ontem à noite, Hylene, entram no quarto.

— E se eu não quiser que *eles* estejam aqui? — pergunto, estreitando os olhos.

— Isso não está na sua lista de opções — Nadir rebate, e eu o encaro. — Tudo que tiver a dizer a mim, pode ser dito para eles.

— Não tenho nada a dizer a você. Pensei que tivesse deixado isso claro.

Nadir ergue a sobrancelha. Eu me remexo, desconfortável, sentindo aquele olhar atravessar o tecido fino de minha túnica.

— Você não vai sair daqui até conversarmos. Está cercada por quilômetros de florestas e montanhas intransponíveis, e não existe nenhum lugar para onde possa correr em que eu não a encontre. Se nutre alguma esperança de conquistar sua liberdade, detenta, você *vai* começar a falar.

Tristan levanta de um salto.

— Como você se atreve a falar com ela nesse tom?

A resposta de Nadir é um sorriso lento e insolente, seu comportamento frio tão firme quanto um muro de pedra.

— Tris, está tudo bem — digo, estendendo a mão e fazendo sinal para ele sentar. — Eu prometi.

— Você estava sob coação — Tristan diz, lançando um olhar sinistro para o príncipe.

— Mesmo assim — digo, tentando reproduzir ao menos um pouco da fachada estoica de Nadir.

Amya se aproxima e puxa uma cadeira, formando um círculo. Mael está perto da lareira atrás de Nadir, o braço apoiado na cornija. Hylene se apoia na esquadria da janela ao lado, seus braços cruzados e um tornozelo sobre o outro.

— Quem é você? — pergunto.

Embora eu não confie em nenhum dos outros, ao menos estou familiarizada com a presença deles.

— Hylene é uma velha amiga, e membro de confiança do meu círculo. Ela se encarrega de trabalhos que precisam ser feitos.

Me volto para Nadir.

— E ela é incapaz de falar por si mesma?

Um riso escapa de Hylene, seus olhos verdes parecendo dançar.

— Eu gostei dela, Nadir.

Não consigo evitar me envaidecer com o elogio, enquanto Nadir olha feio para ela com a mesma expressão irascível com a qual estou muito acostumada. Me pergunto o que ele quer dizer por "trabalhos que precisam ser feitos", mas não sei bem se quero ouvir a resposta.

— Podemos andar logo com isso? — ele rosna, lançando mais um olhar irritado para ela antes de se voltar para mim. — Por que Atlas raptou você para competir nas Provas?

Troco um olhar com Willow e Tristan. Concordamos ontem à noite que eu teria que revelar parte da verdade, porque Nadir já sabe alguma coisa e não adianta fingir que foi tudo uma coincidência.

— No começo, pensei que o Rei Aurora tinha me mandado para lá — digo, tecendo cuidadosamente essa história com fios de fatos e omissões. Nadir franze a testa. — Atlas me disse que a Tributo Final sempre foi escolhida pela Aurora, e eu não sabia o suficiente para questionar isso. Ele parecia muito certo de que eu venceria as Provas, mas para mim ele também imaginava que eu fosse o que parecia, uma prisioneira de Nostraza que não tinha chance de sobreviver.

Com os dedos entrelaçados no colo, faço uma pausa, um peso caindo sobre meus ombros.

— Pensei que talvez seu pai estivesse planejando algo maior e que eu fosse apenas uma peça descartável no tabuleiro. Por que mandar alguém que importa, sabe? — Amargura transparece em minha voz.

— Você odeia nosso pai — Amya diz, com um tom suave e as mãos encaixadas entre as coxas vestidas de tons escuros. — Sempre que fala dele, se retrai para um lugar sombrio onde ninguém consegue alcançá-la. E não é só por ter mantido você presa.

— Eu o odeio, sim — sussurro, com a voz rouca. — Ele matou meus pais. Ele nos caçou e nos trancou dentro de Nostraza quando éramos apenas crianças. Seu pai tirou tudo de nós. — Lanço um olhar fulminante a todos eles. — E todos vocês ficaram parados e deixaram isso acontecer.

— Não sabíamos — Amya diz, envergonhada.

— Vocês sabem o que é aquele lugar. Sabem o que acontece lá. — A culpa a força a desviar os olhos, mas não encontro o mínimo de empatia dentro de mim.

— Por quê? — Nadir pergunta, se inclinando para a frente com os cotovelos apoiados nas coxas. Pelo visto, ele está ignorando minha acusação como se fossem grãos insignificantes de poeira. — Por que meu pai fez isso tudo? Quem é você?

Balanço a cabeça, sem saber se consigo botar a verdade para fora. Eu a mantive escondida por tanto tempo que é como se ela tivesse se fossilizado em âmbar, sem a inércia necessária para finalmente se libertar.

Willow puxa a cadeira para perto, segurando minha mão. O passado se agita entre nós enquanto olhamos uma para a outra.

— Está tudo bem — ela diz. — Nossa mãe entenderia que você não tem escolha. A verdade tinha que vir à tona em algum momento.

Aceno e olho para Tristan, que também faz que sim.

É então que Nadir diz de repente:

— Eu também o odeio.

Essas palavras caem como um peso sobre nós, como um abutre que desceu do céu. Noto Mael se endireitar perto da lareira, erguendo as sobrancelhas escuras. Amya encara o irmão, e seus olhares se encontram, algum tipo de mensagem secreta sendo transmitida entre eles.

— Quero acabar com o rei — Nadir diz. Sinto que essas palavras custam algo a ele. — E acho que você pode ser a chave para fazer isso acontecer.

Essa admissão me deixa sem fôlego. Além de recuperar Tristan e Willow, destruir o Rei Aurora e tudo que lhe é caro era a única coisa que eu queria, mas eu seria ingênua se acreditasse que poderia fazer isso sozinha. Ainda mais em meu atual estado, aprisionada.

— Tenho medo de que, depois que souber a verdade, você também tente me usar — sussurro. — Atlas mentiu para mim. Ele me fez acreditar que eu era especial, mas só estava tentando tirar vantagem. Como vou saber se você não está fazendo isso?

Arranco as palavras de meu espírito, sem saber o que está me possuindo para me abrir e oferecer essa confissão a Nadir.

Ele acena, a expressão tão solene quanto minha oferta.

— Entendo. Dou minha palavra de que não estou aqui para usá-la. Quero juntar forças com você. Fazer uma parceria. Seja lá do que você é capaz, não estou aqui para roubar isso. Quero a mesma coisa que você quer. É por isso que estou dizendo que o odeio com todas as fibras de meu ser e todos os suspiros de minha alma já condenada. Passei uma vida tentando detê-lo. Não posso nunca admitir isso a ninguém fora deste quarto, mas espero que, ao lhe revelar isso, eu ganhe um pouco da sua confiança.

Eu o observo, querendo acreditar no que ele está dizendo. Aquela sensação sob minha pele está menos insistente agora, embora sua presença ainda se revire em ondas, me lembrando de que ele está sempre perto. Não sei como sei disso, mas tenho certeza que, se Nadir estivesse mentindo, minha magia me alertaria. Ela parece conhecê-lo e compreendê-lo, o que é um pensamento perturbador.

— Como posso confiar em você? Você me raptou de Afélio e me manteve trancada por semanas. E agora não quer me deixar sair.

Nadir apoia o queixo nas mãos entrelaçadas, respirando fundo.

— Aquilo foi... lamentável.

Amya bufa.

— Nadir não é bom com desculpas — ela diz, lançando um olhar para ele que quase me faz sorrir. Os dois se parecem tanto comigo e Tristan que faz meu peito doer. — O que ele quer dizer é que está arrependido, e que foi uma má decisão que a irmã dele, muito mais inteligente, vinha avisando que era um erro desde o começo. E que, se ele tivesse simplesmente conversado com você como um adulto racional, poderíamos ter evitado toda essa hostilidade.

— É verdade? — pergunto a Nadir, que grunhe em resposta. Imagino que seja um sim.

Não posso confiar neles.

Não quero revelar meus segredos a eles, mas talvez eu não tenha escolha.

Estamos todos pisando em ovos, e, embora eles possam não entender exatamente o que estou escondendo, está claro que estão muito próximos disso. Se eu contar, ao menos vamos ter exposto nossos termos.

Tristan está me observando com uma expressão cautelosa que sugere que a escolha é minha, mas que não vou tomar essa decisão sozinha.

— Se quiser fazer isso, Lor, precisamos de aliados. Mesmo que sejam *esses* os aliados — ele diz, curvando os lábios.

— Grandes palavras de um homem que era um prisioneiro indefeso menos de doze horas atrás — Mael diz, e Tristan lança um olhar fulminante, que faz Mael sorrir.

— Vocês dois, parem — repreendo, apertando a ponte do nariz. — Certo. Espero que o que você esteja dizendo seja verdade. Precisamos de ajuda, mas não pense nem por um momento que confio em algum de vocês. — Fixo um olhar penetrante em cada um deles.

Amya faz que sim com tristeza, ao passo que Mael ergue a sobrancelha e também responde com a cabeça. Hylene ergue as mãos como se dissesse que acabou de chegar, e Nadir nem pestaneja enquanto me encara. Ele não se importa se confio nele ou não, só quer descobrir meus segredos.

Inspirando fundo, solto o ar devagar e me preparo para tudo mudar.

— Minha... Nossa avó foi a Rainha Coração que quase destruiu o mundo.

13
SERCE

286 ANOS ATRÁS: REINA DE CORAÇÃO

— Wolf — Serce gemeu quando ele meteu dentro dela, seu peito esculpido e nu brilhando com uma camada de suor, suas asas parecendo couro se abrindo como se ele estivesse prestes a levantar voo.

— Ai, Zerra!

Ele grunhiu, os tendões em seu pescoço se tensionando enquanto ele a comia com tanta força que a cama rangia, a cabeceira batendo na parede.

— Serce — ele acrescentou com um rosnado baixo, o nome dela em sua boca como algo precioso que ele guardava.

Ela amava como ele o dizia, como se não se cansasse do gosto dela em sua língua. Ironicamente, era onde ela havia passado boa parte das duas últimas semanas, desde que tinha esbarrado nele na noite em que recusou o pedido de união de Afélio.

A atração deles tinha sido instantânea. Ela nunca havia sentido uma necessidade tão visceral de ser tocada por alguém. Tudo nele disparava um desejo tão profundo que parecia fincar raízes que se infiltravam até o centro da terra. Era difícil acreditar que fazia tão pouco tempo que ela o conhecia. Eles eram tão sintonizados. Tão alinhados em todos os sentidos possíveis. Era como se Zerra os tivesse feito precisamente à imagem um do outro.

Destinados a estarem juntos.

Serce apertou o bíceps grosso de Wolf enquanto ele passava a mão sob o joelho dela e metia com tanta ferocidade que ela gritava, com a outra mão segurando a coberta.

— Isso — ela gemeu, sua voz e seu cabelo tão enrolados quanto os lençóis. — Ai, deuses, sim. — Com as costas arqueadas, a tensão em seu ventre crescendo sem parar, até Wolf pressionar o polegar áspero no clitóris dela, e ela explodir com um grito.

Wolf continuou a mover o quadril, guiando-a durante o orgasmo antes de acelerar o ritmo de novo, perdendo o controle à medida que metia cada vez mais. Ela se segurou nele enquanto era fodida contra o colchão, bem quando sentiu um calafrio perpassar pelo corpo dele: agora o orgasmo de Wolf reverberava pelos braços e pernas.

O olhar dele não deixou o dela em momento nenhum conforme ele diminuía o ritmo lentamente, até parar. Os olhos verde-escuros dele ardiam com tanto fogo que Serce ficou surpresa que os lençóis não estivessem em chamas.

Ela o puxou para junto de si, suas bocas se encontrando num beijo que chegou ao fundo da alma dela.

— Zerra — Wolf ribombou. — Não sei de onde você saiu, Serce, mas estou feliz pra caralho por ter aceitado o convite de sua mãe para esse encontro.

Um riso escapou da garganta dela.

— Tenho certeza que minha mãe está arrependida do dia em que enviou aquela carta.

Wolf sorriu e rolou para o lado, passando um braço ao redor dela enquanto a puxava para seu peito. Ela enrolou uma das tranças compridas do homem nos dedos enquanto ele deslizava a mão para cima e para baixo nas costas dela, calafrios brotando por sua pele.

As duas últimas semanas tinham sido cheias de reuniões e negociações para elaborar e discutir planos para um front unido contra a Aurora. Aquela era a última noite da cúpula antes de os governantes voltarem a suas cortes, e Serce tinha frustrado todos os esforços da mãe de forçá-la a aceitar a união com Afélio. Aquela noite seria a última tentativa de convencê-la, mas sua mãe chegou tarde demais. A decisão de Serce estava tomada e não havia como mudá-la. Serce e Wolf não tinham sido particularmente discretos sobre o tempo que passavam juntos, embora ela estivesse fazendo o possível para não esfregar isso na cara de Atlas.

Serce tinha mergulhado em todos os detalhes dos procedimentos, escutando cada palavra e intervindo com seus pensamentos, sabendo que, quando a coroa fosse passada, ela assumiria o manto da mãe. Isso já estava decidido.

Depois que os detalhes da aliança fossem acertados, Daedra renunciaria em favor de Serce. Rion estava forte demais e a única maneira de Coração ter esperança de destruí-lo seria Serce ascender. Mesmo sem uma união, ela quase superava a força da mãe e, quando encontrasse seu par, se tornaria imbatível.

Wolf a estava observando pensativo, e ela sorriu, sabendo que tinha acabado de encontrar o Feérico com quem se uniria. Não havia mais ninguém com quem ela voltaria a ficar.

— No que você está pensando? — ele perguntou, traçando a curva da bochecha e a linha da mandíbula dela.

Serce suspirou.

— Só no drama todo da cúpula e na minha mãe com os planos dela.

A expressão dele se turvou.

— Serce, não quero me meter nos assuntos da sua família. Se tiver que se unir àquele babaca, não vou impedir você.

Ela ergueu a sobrancelha, sem gostar do rumo da conversa. Wolf apertou o quadril dela, puxando-a para si.

— Claro, eu odiaria cada minuto, e tenho uma forte premonição de que ele sofreria um acidente muito lamentável antes de poder tocar em um fio do seu cabelo.

A voz dele baixou em um tom mortal e carinhoso, e ela sentiu o sabor de violência e possessividade nas palavras dele como se fossem o vinho mais doce. Balançou a cabeça. Qualquer chance de se unir a Atlas acabou no momento em que Wolf entrou na vida dela.

Ele era dela, e ela era dele. Nada nunca mudaria isso.

O sorriso dela era ferino enquanto encostava a testa na dele.

— Então Atlas deve ser grato por eu o rejeitar. Estou basicamente fazendo um favor a ele.

Wolf rosnou e subiu nela, apertando-a contra o colchão enquanto a beijava intensamente mais uma vez.

Uma batida na porta, que já estava se abrindo, chamou a atenção dos dois.

— Serce — a mãe dela disse antes de parar de repente, os olhos escuros de Daedra piscando furiosamente.

Wolf continuou em sua posição sem um pingo de vergonha, apesar do fato de estar completamente nu e deitado em cima da filha da rainha.

— Você acertou a parte de bater — ele disse com um sorriso malicioso, as asas se contraindo. — Mas poderia considerar esperar pela parte em que recebe permissão para entrar. Majestade.

Ele abriu um sorriso bem-humorado quando as bochechas de Daedra coraram na tentativa de disfarçar seu desgosto.

— Serce, preciso falar com você — ela disse, evitando olhar para Wolf.

— Como você pode ver, estou ocupada agora.

As pontas das orelhas pontudas de sua mãe ficaram ainda mais vermelhas, e Serce não tinha certeza se era por causa de sua fúria ou da vergonha por flagrar a filha num estado de gozo pós-sexo. De um jeito ou de outro, ela não conseguia se importar, sabendo que Daedra estava lá apenas para dar mais um sermão sobre Atlas.

— Vejo você no jantar.

Não havia como ignorar o tom que Serce usava para expulsá-la, e era óbvio que sua mãe queria se recusar a sair, mas as duas tinham total noção do homem nu deitado em cima de Serce, o pau dele ainda duro sobre o estômago dela.

— Certo, mas gostaria de conversar com você *a sós* hoje à noite — ela disse, fixando um olhar sombrio em Serce antes de dar meia-volta e bater a porta.

Wolf se deixou cair em cima de Serce, seu rosto afundado na curva do pescoço dela, onde a mulher sentia as vibrações da risada dele.

— Não tem graça — ela disse, batendo no ombro de Wolf, mas também não conseguia conter o riso, embora estivesse um tanto envergonhada.

Ele ainda estava rindo enquanto a beijava e, lamentavelmente, rolava para o lado.

— Acho que é melhor nos arrumarmos. Não preciso de mais motivos para sua mãe me odiar.

Ele piscou e saiu da cama, procurando suas roupas enquanto ela admirava a curvatura perfeita da bunda e as coxas grossas dele. Wolf era o homem mais bonito que ela já tinha visto na vida, e toda vez que ela olhava para ele, perdia mais um pouco do fôlego. Se isso continuasse, seria como se estivesse vivendo o tempo todo embaixo d'água — mas Serce definitivamente não se importava.

— Continue olhando para mim desse jeito e vamos nos atrasar — Wolf grunhiu, e o olhar de Serce desceu para o pau rijo dele antes de ela lamber os lábios em desafio.

Ele balançou a cabeça e passou a mão no rosto.

— Você vai acabar comigo, Serce.

Mas ele disse isso com carinho, depois vestiu a calça e a abotoou com um floreio.

Ela piscou para o rapaz com um sorriso inocente.

— É o que mais quero da vida — ela disse, retribuindo a piscadinha dele.

Um pouco depois, eles saíram do quarto e seguiram para a sala de jantar, onde ela estava se preparando para mais uma emboscada da mãe. Os dois fizeram questão de chegar um pouco atrasados, para que houvesse pouca oportunidade para conversas desagradáveis. O quarto já estava cheio de convidados curiosos, doidos para ouvir uma discussão entre a Rainha Coração e sua Primária.

Nem Daedra a repreenderia na frente de toda a delegação de Ouranos.

Assim esperava ela.

Mas quando entraram no quarto, Serce descobriu, ao notar a disposição de assentos, que a mãe tinha decidido jogar sujo.

A Rainha Coração a observou com um distanciamento frio e um sorriso astuto de onde estava sentada à cabeceira, com o rei de um lado e um lugar vazio para Serce do outro. O lugar de Wolf estava reservado na ponta mais distante da mesa, com os nobres de menor importância.

Era uma afronta direta deixar o rei dos Reinos Arbóreos tão longe dos outros governantes. Serce se enrijeceu quando a mãe lhe lançou um olhar que mostrava que isso era em retaliação a seu comportamento mais cedo.

Será que Daedra estava tão empenhada em se unir a Afélio que colocaria em risco a aliança de séculos com os Reinos Arbóreos? Wolf notou a desfeita no mesmo momento, e Serce estava prestes a reclamar quando ele pegou a mão dela e a apertou, puxando-a para junto de si.

— Não — ele disse. — Está tudo bem.

— É um insulto — ela sussurrou no ouvido dele enquanto o burburinho continuava e alguns olhares curiosos eram lançados na direção deles.

— Consigo lidar com um jantar. Não vale a pena fazer um escândalo. Em breve vamos estar longe daqui.

A voz dele ressoou baixa no ouvido dela, e Serce não deixou de notar que eles estavam cochichando como amantes. Bem, era exatamente isso que eles eram. A expressão no rosto da mãe queimava como fogo enquanto ela encarava Serce, que respondia com um sorriso presunçoso.

Wolf apertou a mão de Serce mais uma vez e estava prestes a se dirigir ao assento quando ela o deteve, passando um braço ao redor de seu pescoço e puxando-o em um longo e intenso beijo. Wolf não hesitou, envolvendo a bunda dela com as mãos enquanto todos ao redor da mesa soltavam sussurros escandalizados.

Quando eles se separaram, Serce olhou fixamente para ele com os lábios entreabertos. Ela queria desesperadamente arrastá-lo para fora daquela sala e exigir que ele a comesse contra uma parede onde não importasse quanto barulho fizessem. Mas haveria tempo para isso depois. Como se estivesse lendo seus pensamentos, Wolf lançou um olhar safado para ela e virou para sentar, acenando e cumprimentando os outros convidados no caminho até o outro lado da sala.

Erguendo a barra do vestido vermelho-vivo, Serce se dirigiu à cabeceira da mesa, fingindo que não havia nada de errado. Ela se afundou na cadeira, da qual, naturalmente, Atlas já estava à esquerda.

— Boa noite — ela o cumprimentou com simpatia, notando sua mandíbula tensa.

O olhar dele se voltou para Wolf, que ainda estava concentrado numa conversa, antes de se voltar a ela.

— Sou tão indesejável assim? — Atlas perguntou, falando tranquilamente de modo que apenas ela o ouvisse.

A mágoa na voz quase a fez se sentir culpada por rejeitá-lo de maneira tão pública. Mas tinha sido escolha dele não defendê-la quando ela se recusou a participar das provas da Rainha Sol. Do contrário, ela teria concordado com a união durante a reunião e teria honrado isso.

Mas ele foi um covarde, e então ela conhecera Wolf, e isso tinha mudado tudo.

Nada disso era culpa dela.

— Não tem a ver com você — ela disse, enquanto um pixie feérico menor com a pele verde-clara e o cabelo rosa-choque enchia o vinho dela.

Era parcialmente verdade. Não tinha quase nada a ver com ele. O Rei Sol, Kyros, e seu filho Tyr também estavam sentados perto da ponta da mesa. Ela não conseguia deixar de notar que tinha sido cercada por uma brigada decidida a encharcá-la de óleo e queimá-la na fogueira.

— Você está atrasada — sua mãe sussurrou, furiosa, os olhos castanhos lampejando.

Não adiantou o esforço para não ser repreendida na frente de uma sala cheia de gente.

Serce olhou ao redor, fingindo inocência antes de dirigir um olhar incisivo para o prato vazio.

— Parece que cheguei bem na hora, mãe.

Daedra encarou a filha enquanto a comida chegava. A conversa entre Serce, seus pais e os membros da realeza de Afélio foi interrompida quando os pratos foram servidos, todos comendo em um silêncio constrangedor.

Serce estava com pouco apetite, porém, e cutucou a comida enquanto a mãe disparava uma série de olhares raivosos para ela. Com o passar da refeição, Serce foi perdendo a paciência cada vez mais. Ela era uma Feérica adulta e tinha o direito de fazer suas próprias escolhas.

E então não conseguiu suportar mais. Soltou o garfo sobre o prato com estrépito e bateu a mão na mesa, assustando vários convidados.

— Fala de uma vez, mãe — ela estourou, se empertigando e

crispando os lábios. — Diga o que quer. Estamos aqui com nossos *aliados*, não estamos?

O salão ficou em silêncio, todos ao redor da mesa observando a princesa com divertimento e curiosidade. Serce estava dando um show para eles aquela noite, e as pessoas falariam sobre isso por todo Ouranos.

O rosto de Daedra ficou vermelho, seus olhos se estreitando em linhas finas.

— Serce — ela disse, e seu tom estava tão ácido que Serce chegou a se encolher. — Pare de agir feito uma criança mimada e cumpra seu dever.

— Daedra — o Rei Coração disse, colocando a mão no braço da esposa de um jeito suave.

— Não — a Rainha Coração respondeu. — Ela quer fazer escândalo, então vamos fazer escândalo, porra.

Serce nunca tinha visto a mãe perder a calma em público dessa maneira. Daedra normalmente era um pilar de estoicismo.

— Não vou me unir a Atlas — Serce disse, embora a essa altura isso já estivesse óbvio.

— Precisamos dos exércitos deles para deter Rion.

— Por que não podem oferecê-los sem uma união? — ela argumentou, voltando o olhar furioso para Kyros, que piscou diante da acusação. — Se eles são aliados, como dizem, por que não podem oferecer ajuda independentemente de uma união? Que tipo de aliados são eles se demandam esse preço? Como saber que eles não vão virar as costas ao primeiro sinal de uma oferta melhor se a lealdade deles é tão volátil?

Serce claramente tinha pegado o Rei Sol desprevenido, e ele se remexeu na cadeira. Ela abriu um sorriso irônico para ele, certa de que tinha colocado o dedo numa ferida. Atlas pigarreou, e ela se voltou contra ele.

— E você? Se fosse rei, você se comportaria da mesma forma? — Em seguida, ela se dirigiu a Tyr. — E você? É esse o tipo de rei que pretende ser?

— Serce! — a mãe vociferou. — Você já foi longe demais.

Ela bufou de desprezo.

— Vocês são todos um bando de covardes que só agem de acordo com seus próprios proveitos. Você tem a aliança com os Reinos Arbóreos, Celestria, Tor e Aluvião, mãe. Não é suficiente? Se a lealdade de Afélio é tão caprichosa e eles querem lavar as mãos, deixe que façam isso. Quando eu for rainha, não vamos precisar do exército patético deles.

A mãe empurrou a cadeira para trás e levantou. Serce fez o mesmo.

— Você superestima sua capacidade — Daedra disse, e Serce preferiu não responder ao desprezo.

Mãe e filha se encararam. Uma luz carmesim faiscou ao longo da pele de Daedra em uma demonstração de poder que Serce sabia se tratar de uma tentativa de intimidá-la.

Daedra podia ser forte agora, mas Serce já era duas vezes mais poderosa do que a mãe naquela idade. Quando Serce assumisse a Coroa, a magia da mãe seria uma mera sombra do que a filha seria capaz de fazer.

E Daedra nunca a havia perdoado por isso.

Pelo canto do olho, Serce viu Wolf se aproximar. Suas mãos grandes estavam relaxadas, e, quando ele parou ao seu lado, ela entendeu alguma coisa sobre o homem. Alguma coisa que o tornava muito diferente de tipos como Atlas. Ele tinha vindo apoiá-la, mas não assumir as rédeas, provando que estaria ao lado dela custasse o que custasse.

O que eles tinham envolvia muito mais que tesão. Embora essa parte fosse fantástica.

— Você — a mãe sibilou, apontando para Wolf.

— Não — Serce disse, entrando na frente de Wolf enquanto ele segurava sua cintura e a apertava em um gesto de solidariedade. — Não complete essa frase, mãe, a menos que queira perder os únicos aliados que ainda tem. Já respondi à pergunta sobre minha união com Atlas. Essa conversa acabou. Se você não consegue convencê-los a oferecer ajuda sem mim, isso não é problema meu. Descenda, passe a Coroa para mim, e os exércitos deles não vão importar.

— Você ainda não está pronta — a mãe disse.

Serce fez que não antes de dar um passo para trás, segurando a mão de Wolf.

— É você quem não está pronta. Até cair em si, vou estar nos Reinos Arbóreos.

Essa informação soltou a língua de sua mãe.

— Você não ousaria — ela disse, luz carmesim faiscando no ar ao redor.

Serce conteve a própria magia destrutiva que implorava para ser liberta. Era um movimento calculado com a intenção de mostrar que tinha mais controle sobre a própria magia do que a mãe. E isso não passou despercebido, a julgar por como os olhos da mãe arderam de fúria.

Com um gesto vago, Serce respondeu:

— Volto daqui a alguns meses.

Então apertou a mão de Wolf, e os dois saíram da sala deixando para trás um silêncio tão profundo que daria para ouvir o cair de um único grão de areia.

14
LOR

TEMPOS ATUAIS: AURORA

É COMO SE TODAS AS MOLÉCULAS NO QUARTO se congelassem em pelotas duras enquanto Nadir, Amya, Mael e Hylene me encaram como se tivessem visto um fantasma sair de uma pilha de cinzas. Imagino que, de certo modo, seja bem isso.

— Como? Como vocês podem ser netos de Serce? — Hylene questiona. — Era para sua mãe ou seu pai estarem mortos.

Me encolho diante das palavras francas, e ela tem a decência de parecer arrependida do comentário insensível.

— Desculpa.

— Nossa mãe. Ela está, sim — digo. — Graças a seu rei. Ela está morta desde que tenho doze anos.

— Mas a bebê morreu durante a guerra — Amya diz. — Os livros de história dizem que a única filha de Serce morreu com ela.

Tristan inclina a cabeça, arqueando a sobrancelha sardônica.

— Tente acompanhar, princesa. É óbvio que foi uma mentira para proteger a linhagem real de retaliação pelos erros de nossa avó.

Amya franze os lábios e dispara um olhar sombrio para meu irmão.

— Quando a guerra começou a pender a favor da Aurora, nossos avós ficaram preocupados com a segurança da filha e, então, tomaram providências para que ela fosse escondida, por via das dúvidas — Willow diz. — É óbvio que nossa mãe não sabia de todos os detalhes, mas na verdade ela nasceu pouco antes de Serce morrer e cresceu nas profundezas da floresta Violeta nos Reinos Arbóreos. Era a única membra direta que sobrou da família depois que nossa avó destruiu toda a reina. Era imperativo para nosso legado que ela sobrevivesse.

Ela fica em silêncio enquanto o príncipe e seus companheiros a encaram, perplexos.

— Alguém devia saber — Nadir diz. — Quem tomou conta dela?

— Nosso tio-avô cuidou para que a criassem.

— Cedar — Nadir murmura. — Todo esse tempo, ele sabia?

Faço que sim, lembrando do Rei Arbóreo sentado com sua parceira no baile das Tributos, completamente apaixonado por ela. Eu não sentia nada por esse tio-avô com quem nunca havia falado, sabendo que ele havia nos abandonado para o Rei Aurora. Nós claramente não significávamos nada para ele, que tinha simplesmente agido por lealdade ao irmão. Ele deve ter ficado aliviado por se livrar de nós, não mais incumbido de carregar esse segredo.

Uma memória vem à tona quando lembro de Atlas declarando que ele e Cedar eram amigos. Será que foi Cedar quem nos traiu? Mas com que objetivo? E por quê, depois de todos esses anos? Postergando esse pensamento por ora, eu o guardo para tratar dele com Tristan e Willow quando estivermos a sós.

É a vez de Tristan retomar a história de que meu irmão e minha irmã se lembram com mais clareza do que eu.

— Nossa mãe disse que nunca o viu. Que uma mulher tinha sido responsável por cuidar dela até ter idade suficiente para morar sozinha. Como era humana, a mulher morreu muito antes de nascermos.

Tristan me encara, e seguro o medalhão ao redor do pescoço. Já concordamos que, mesmo se revelássemos a verdade sobre quem éramos, a joia vermelha que eu tinha em minha posse continuaria escondida do Príncipe Aurora e de seu círculo por enquanto.

— Com o tempo, nossa mãe cresceu e conheceu outro Feérico dos Reinos Arbóreos. Os dois se apaixonaram, e ele se mudou para a floresta com ela, onde deram à luz três filhos. Eles disseram que tentaram ter o maior número possível de filhos para reforçar a linhagem familiar de Coração, mas, depois de complicações no parto de Lor, não conseguiram conceber mais nenhum.

— Isso é inacreditável — Hylene diz. — Como foi mantido em segredo?

— Pelo visto, não foi, embora o Rei Aurora tenha levado duzentos anos para nos encontrar — digo, minha voz dura enquanto lembro daquele dia.

Como meus pais souberam que havia algo de errado no momento em que vimos uma série de luzes de tochas atravessando a floresta. Tristan estava explorando a floresta como costumava fazer, e meu pai havia me escondido junto com Willow num abrigo subterrâneo no quintal dos fundos.

Até aquele momento, eu nem sabia da existência daquele lugar, mas era óbvio que eles tinham se planejado para aquele dia desde o começo. Minha mãe deu a mim e a Willow o colar com a joia e falou para guardarmos, não importava o que acontecesse. Foi só quando Atlas me contou sobre os Artefatos e a pedra vermelha na Coroa Coração que desconfiei do que se tratava. Quando o Espelho Sol me falou para encontrar a Coroa, tive certeza.

Então meus pais fecharam a porta comigo e Willow lá dentro e disse para não sairmos até ele voltar.

Mas ele não voltou.

Ainda consigo ouvir seus gritos enquanto morriam. Ainda vejo aquele homem que nos encarou do alto ao abrir o alçapão, seu rosto manchado pelo sangue de minha mãe.

Com o passar dos anos, eu e Willow nos revezamos para manter as joias seguras, encontrando lugares cada vez mais criativos para escondê-las dentro ou fora de nossos corpos.

— Então sua mãe tinha magia? — Nadir pergunta.

Faço que sim.

— Bastante.

Nadir solta um suspiro e passa a mão pelo cabelo.

— Que foi? — pergunto, sentindo que havia algo que ele não estava dizendo.

— Você sabe que a magia de Coração não existe mais?

Pisco e balanço a cabeça.

— Não. O que isso quer dizer?

— Quando a Rainha Coração quase destruiu o mundo, ela levou a magia de Ouranos consigo. Por décadas, ninguém no continente conseguia canalizar nem uma gota de magia.

Eu arregalo os olhos.

— Por que não?

Nadir balança a cabeça.

— Ninguém sabe ao certo, mas existem muitas teorias. Quase todas dizem que ela tentou tocar em magia proibida, o que deu drasticamente errado. Depois de um tempo, a magia foi voltando, devagar no começo, como se o que quer que a estivesse bloqueando tivesse vazado até todos finalmente recuperarem a força. Todos menos os cidadãos de Coração, digo. Ninguém consegue usar seu poder há quase trezentos anos. Pelo menos era o que pensávamos.

Eu me permito assimilar essa informação, titubeando com a enormidade de suas palavras. Sabemos muito pouco sobre de onde realmente viemos e o que as ações de nossa avó causaram. Nossa mãe foi afastada de toda a família e lhe foi negado qualquer conhecimento, não tinha quase nada para passar adiante. Apenas uma pedra sobre a qual ela não sabia nada e um legado que tinha que ser mantido escondido.

Presos dentro de Nostraza, não estávamos em condição de aprender muito mais.

— É por isso que todos falam dela dessa forma — digo. — Como se ela fosse uma praga.

Nadir faz que sim com os lábios crispados.

— Dá para imaginar o caos causado quando todos perderam sua magia, e como todos ficaram assustados com a ideia de ela nunca voltar a acontecer.

Eu, Willow e Tristan trocamos um olhar. Essa é a história de onde viemos? Queremos mesmo ser parte disso? *Magia proibida*.

— E vocês três? — Nadir olha para nós um a um.

— Mas vocês são todos *humanos* — Amya intervém. — Nada disso pode ser verdade. Vocês não estão sob um feitiço de glamour. Eu teria sentido alguma coisa.

— Não, não estamos sob um feitiço de glamour, você tem razão — Tristan diz. — Esse é um dos dons do Coração. A capacidade de se "dobrar" dentro de si mesmo e se tornar humano. Não somos humanos de verdade, claro, mas, para todos os efeitos, ninguém nunca conseguiria ver a diferença. A desvantagem é que você não tem acesso à magia nem a nenhum dos outros dons Feéricos.

— Fascinante — Amya murmura, nos estudando de novo como se fôssemos janelas e ela pudesse espiar através de nós.

— Como eu estava perguntando antes de ser interrompido — Nadir diz, olhando feio para a irmã. — E vocês três?

— Quase não tenho magia — Willow diz. — Na verdade, só o suficiente para fazer isto. — Ela aponta para o corpo, sua forma humana.

— Tenho um pouco mais — Tristan diz e então fecha a boca, sem disposição para revelar toda a verdade.

Ninguém insiste, mas é nesse momento que todos os olhos no quarto se voltam para mim. Engulo em seco o nó de tensão que cresce em minha garganta, enquanto Nadir aponta com a cabeça e arqueia a sobrancelha.

— E você?

— Tenho magia — digo, com cuidado. — Bastante, embora não toque nela desde pequena.

— Nossa mãe sempre usou seu disfarce e insistiu que fizéssemos o mesmo, morrendo de medo de que alguém pudesse descobrir nosso segredo — Willow diz. — Estamos nessas formas há muito tempo.

— Vocês podem sair? — Amya pergunta.

— Claro — Tristan diz. — É só que faz tanto tempo que nem consigo imaginar como seria a sensação.

— Saia — Nadir diz, e Tristan lança um olhar fulminante para ele, mas o príncipe não responde, só encara meu irmão.

Tristan então olha para mim e Willow, e nós duas consentimos. Depois de tantos anos nos escondendo, é hora de nos libertar. Que o príncipe saiba que isso toca um sino que não pode ser destocado.

Tristan fecha os olhos enquanto joga os ombros para trás, depois se concentra em desfiar os fios que mantêm sua forma humana. Demora apenas alguns segundos para ela se desfazer, e meu irmão surge diante de mim, transformado.

Suas orelhas são pontudas, e seus olhos estão mais brilhantes. Ele ainda é meu irmão, mas agora um pouquinho mais que isso. Noto os outros quatro Feéricos no quarto farejarem o ar ao registrarem a mudança.

— Que incrível — Amya diz. — Não sabia nem que isso era possível.

— Desconfio que seja o tipo de coisa sobre a qual qualquer corte gostaria de guardar segredo — Tristan diz, sua voz sugerindo que era melhor que ela também guardasse.

Tristan acena para Willow, que retribui o aceno e, então, também se transforma numa versão de minha irmã de que não me lembro. Eu não achava possível que ela ficasse mais bonita do que já é, mesmo com toda a devastação que Nostraza causou, mas ela está tão radiante que todos no quarto arfam ao mesmo tempo.

Meu coração bate forte no peito, sabendo o que vem em seguida, enquanto todos os olhares se voltam para mim. O peso do olhar de

Nadir é como um dedo descendo até o centro de meu peito. Penso no sonho que tive e sinto um calafrio. Seus olhos se obscurecem na mesma hora, e me pergunto o que ele consegue sentir em mim.

— Não consigo — digo, abanando a cabeça, lágrimas se acumulando em meus olhos. — Tento desde que vocês me raptaram e... — Willow pega minha mão, apertando-a, e me seguro nela, deixando que me estabilize. — E estou presa.

— Não entendi — Nadir diz. — Como assim, presa?

Tento explicar o que está acontecendo. É como se houvesse uma parede de tijolos que preciso desmantelar dentro de mim, mas não encontro a borda. É como tentar arrancar uma farpa do dedo com as unhas. Nadir franze as sobrancelhas enquanto falo, e não consigo evitar sentir que o estou decepcionando.

— Não sei o que fazer — digo ao terminar.

O quarto fica em silêncio quando nos retraímos em nossos pensamentos. Olho pela janela, o céu formando uma camada pálida de cinza. A neve cai suavemente, cintilando sob qualquer que seja a luz que existe lá fora.

— A Coroa — Tristan diz, e olho para ele, querendo perguntar *por que você está comentando disso agora*? Ontem à noite, expliquei para eles o que sabia sobre os Artefatos, e Tristan ficou particularmente fascinado pela existência da Coroa. Sua expressão continua reservada, mas ele insiste: — Talvez ela possa ajudar a libertar sua magia.

— Essa... não é uma má ideia — digo. — Mas ela está desaparecida. Ninguém sabe onde foi parar. O Espelho Sol me disse que ela se perdeu no tempo e que não sabia nem se ainda existia.

— Certo — Tristan diz. — Essa é a falha nesse plano. — Ele pisca para mim e não consigo evitar o sorriso que surge em meu rosto.

— Você não me contou isso — Nadir acusa. — Disse que o Espelho havia apenas rejeitado você.

Arqueio a sobrancelha.

— Sei muito bem que não contei. Estou contando agora. Mas só porque aceitei um acordo em troca da segurança de meu irmão e minha irmã. O Espelho me disse que a Coroa estava perdida e que eu precisava encontrá-la. Pronto. Agora você já sabe.

Julgo que essa informação é inofensiva o bastante considerando o que eles já sabem, e talvez, por algum milagre, eles possam nos ajudar a encontrá-la. Escondo a parte sobre voltar ao Espelho quando a encontrasse e lanço um olhar a Tristan que diz para ele também ficar de boca fechada.

— Vocês acham possível que nosso pai saiba? — Amya pergunta, se ajeitando na cadeira. — Ele descobriu de algum modo sobre vocês três. E se também souber onde está a Coroa?

Nadir lança um olhar pensativo para ela, apertando o queixo. Olho fixamente para a boca dele, pensando em como foi senti-la na pele ontem à noite.

Não era ele, lembro a mim mesma.

Foi apenas um sonho, e por que ainda estou pensando nisso?

— É possível — ele diz, antes de olhar para mim. — Como a Primária, você deve conseguir senti-la.

— Como o quê? — pergunto.

— A Primária. Todo Artefato denota um Primário quando ascende um novo rei ou rainha. Ele se torna o herdeiro quando o governante atual morre ou escolhe a Evanescência. Tipicamente, é aquele com mais magia em cada reino e costuma seguir as linhas familiares, embora nem sempre.

— Ah — digo. Várias coisas se encaixam. — Como você sabe que sou a Primária?

— Porque foi por você que meu pai e Atlas se interessaram. De algum modo, eles devem ter descoberto. E se você acha que tem mais magia do que seu irmão ou sua irmã, deve ser você.

Fico em silêncio, pensando.

— Quantos anos você tem? — ele pergunta.

— Tenho vinte e quatro. Vou fazer vinte e cinco daqui a uns dois meses.

Ele assente.

— Então você vai alcançar seu verdadeiro poder em breve. Você tinha uma magia forte quando era criança?

— Pelo que me lembro, sim.

— Então com certeza é poderosa. — Ele diz com tanta convicção que faz meu corpo se iluminar.

Sou poderosa. Sou forte. Se ao menos eu conseguisse me destravar.

— O que é a Evanescência? — Tristan pergunta, voltando às palavras anteriores de Nadir.

— É uma espécie de morte, mas não exatamente — ele responde. — Só pode haver dois Feéricos Imperiais por vez em cada reino. O Primário e aquele com quem ele decide se unir. Para o Primário seguinte ascender, o Primário atual deve falecer ou escolher a descensão e viajar para a Evanescência. Ninguém sabe exatamente o que é, mas é um estado de existência entre a vida e a morte.

— Parece horrível — Willow diz. — Por que alguém escolheria isso?

Nadir dá de ombros.

— Os Feéricos vivem por muito tempo, e governar por séculos pode se tornar exaustivo. Muitos tomam essa decisão depois que estão certos de que seu Primário se tornaria um governante digno. E dizem as lendas que a Evanescência é, na verdade, um paraíso.

Willow faz um som de desdém.

— Parece uma propaganda conveniente para convencer as pessoas a desistirem da vida.

Nadir abre um sorriso tranquilo, a expressão transformando seu rosto de uma forma como nunca vi antes. Ela provoca algo estranho em meu peito.

— Talvez.

— Quem é o Primário da Aurora? — pergunto.

— Eu — Nadir diz, sem um pingo de emoção, e por que isso não me surpreende nem um pouco?

— Faz sentido — digo, e juro que vejo a sombra de um sorriso perpassar pelos lábios dele. — O que você quer dizer quando diz que posso sentir a Coroa?

— Quero dizer que você deve conseguir sentir a presença da Coroa quando estiver perto dela. Se estiver com meu pai, o Torreão deve ser o lugar mais provável.

— Não posso entrar lá — digo, horrorizada com a ideia de entrar naquela fortaleza que assomou sobre mim no auge da minha pior agonia. De entrar por aquela porta dos fundos estreita que se tornou a origem de meu inferno mais tenebroso.

— Não achei que você fosse covarde, detenta — Nadir diz, e estou prestes a argumentar que ele não faz ideia do que está falando, mas sinto que ele está me testando. Me instigando a provar o contrário.

— Vai se foder — digo e, desta vez, a resposta dele é um sorriso presunçoso. — Como você me colocaria lá dentro?

Ele dá de ombros.

— As doze noites de Fogofrio começam em poucos dias. Até lá, preciso estar de volta ao Torreão de todo modo. Você pode ir comigo.

Estreito os olhos para ele.

— E quem vou dizer que sou? Seu pai ainda está procurando por mim, não está?

Ele se recosta na cadeira e cruza as pernas.

— Você vai estar lá como minha *acompanhante* para o festival. Podemos procurar a Coroa durante esse tempo.

— Nem pensar — desdenho.

A boca de Nadir se abre em um sorriso lento.

— Está com medo de gostar?

— Não mesmo. Não sei bem como eu suportaria isso. Ele vai enxergar a verdade na palidez esverdeada da minha pele.

— Você tem um plano melhor, detenta?

— Para de me chamar assim — digo, furiosa, me inclinando para a frente.

Mael sai de sua posição perto da lareira.

— Se vocês dois puderem parar de flertar, será que podemos andar logo com isso? Vão brigar e discutir nessa preliminar maluca de vocês e depois você vai aceitar, Lor. É o único jeito.

Olho feio para ele, que me abre um sorriso presunçoso.

— Por que quer nos ajudar? — Tristan pergunta. — O que você ganha com isso? Vocês não estão fazendo isso por bondade no coração.

Nadir solta o ar, se inclinando para a frente. Uma mecha de seu cabelo escuro cai sobre a testa, e retraio as mãos pelo desejo intenso de ajeitá-la. *O que está acontecendo comigo?*

— Eu disse que quero a mesma coisa que vocês — ele responde.

— E o que é isso exatamente? — Tristan pergunta.

— Derrubar o Rei Aurora.

Meu coração se aperta.

— Porque você o odeia — digo.

— Sim, e porque a Aurora merece alguém melhor do que ele.

— E essa pessoa seria você? — pergunto, com a voz incrédula.

Ele me lança um olhar sinistro.

— Por que você não pode se livrar dele sozinho? — Tristan pergunta. — Por que precisa de Lor?

Nadir nos encara com seu olhar inquietante, lampejos de esmeralda rodopiando em seus olhos.

— Isso nunca pode sair deste quarto.

Tristan retribui com seu olhar igualmente sério.

— Você conhece nosso segredo, e é um segredo grande pra cacete. Parece justo que compartilhe alguma coisa em troca.

— Tem razão.

Ele faz contato visual comigo e diz:

— Preciso de você por dois motivos. Primeiro, meu pai está unido e, por isso, é mais poderoso do que eu. Seria extremamente difícil para mim matá-lo. Mas o segundo é que, mesmo se eu conseguisse fazer isso, eu perderia minha posição como Primário.

— Continue — Tristan diz.

— Existe uma condição da magia do Artefato que diz que, se o herdeiro Primário matar o rei ou a rainha no poder, ele vai perder a magia e um novo Primário será nomeado. Mas não apenas um novo Primário. O poder da família real seria transferido para outro lugar.

— Onde?

— Não sei. Mas é um risco que não estou disposto a correr.

— E imagino que seu querido paizinho não esteja pretendendo escolher a Evanescência tão cedo? — Tristan pergunta.

— Não — Nadir diz, seu tom seco. — Nenhum dos outros governantes de Ouranos tem o tipo de poder de meu pai, e, mesmo se tivesse, seria difícil convencer qualquer um deles a matá-lo por mim. — Ele me encara ao falar. — Mas sua avó tinha um poder sem igual. Ela é a Primária mais forte que já existiu, segundo os livros de história. E, se tiver uma parcela desse poder, *você* pode ser mais forte do que o Rei Aurora.

Cai um silêncio absoluto no quarto enquanto a declaração desce sobre nós como um gigantesco paraquedas sugador de vida.

— Mais forte do que o Rei Aurora — sussurro, meu corpo inteiro vibrando pela sensação de potencial ilimitado.

Um potencial que conversa com todos os desejos e sonhos que sussurrei na escuridão, noite após noite que passei dentro da prisão dele.

Nadir faz que sim.

— Você pode ter a capacidade de derrubá-lo. E também tem a motivação necessária.

Solto um suspiro trêmulo.

Eu sabia que o legado de minha avó era importante, mas nunca imaginei que pudesse ser tão grande.

— Então, pronto. Meu maior segredo. Se alguém um dia descobrisse o que estou planejando, eu seria julgado por traição e executado sem piedade.

Nossos olhares se encontram, e aquela magia que vive sob minha pele dá um puxão forte e insistente.

Há algo de importante neste momento. Algo indelével sobre a promessa que estou prestes a fazer. Para mim e para Tristan e Willow. Para minha mãe e meu pai, que deram sua vida por nós.

— Você tem meu segredo, e eu tenho o seu — Nadir diz. — Espero que isso signifique que podemos confiar um no outro pelo tempo que for necessário para encontrar a Coroa e restaurar sua magia. Você quer que ele morra tanto quanto eu. Talvez mais. — Concordo, enquanto ele continua. — Então venha comigo para o Torreão para procurar por ela.

— Como sua acompanhante de mentirinha.

O canto da boca de Nadir se ergue num sorriso que, infelizmente, deixa meus joelhos bambos.

— Esse é só um bônus. Literalmente todo mundo sai ganhando de qualquer ângulo que você olhe.

— Certo. Vou aceitar — digo, sem gostar muito da ideia, mas entendendo que é minha única opção.

Embora eu achasse que Nadir ficaria satisfeito por ter vencido, uma apreensão perpassa seu rosto. Desaparece em um instante.

— Bem, então está decidido — ele diz, levantando. — Você vai precisar de roupas adequadas. — Ele se dirige a Amya. — Tire as medidas dela, e peça para Cora enviar algumas coisas para minha ala do Torreão.

Amya revira os olhos enquanto levanta, olhando para todos

nós mais uma vez como se ainda não conseguisse acreditar que somos reais.

— Vou mandar alguém vir para ver você, Lor.

Nadir está quase fora do quarto, mas se vira uma última vez para olhar para mim, uma expressão indecifrável no rosto antes de todos saírem atrás dele.

Quando fico sozinha com Tristan e Willow, damos um suspiro coletivo.

— Você acha que podemos confiar nele? — Willow pergunta, e balanço a cabeça.

— Não. Mas não sei se temos opção.

— Acho que vamos fazer isso, então — Tristan diz, passando a mão no cabelo.

A rede emaranhada de segredos que guardamos por tanto tempo paira sobre nós como uma forca ou uma tábua de salvação.

Só o tempo dirá qual das duas.

— Sim — respondo, assentindo devagar. — Acho que vamos.

15

Alguns dias depois, converso com Willow e Tristan durante o café da manhã em meu quarto. Passamos o máximo de tempo possível juntos, colocando a conversa em dia e aproveitando a presença uns dos outros. Ainda estou tão grata por eles estarem vivos e terem retornado a mim que fico achando que vou acordar e descobrir que nada disso é real.

Felizmente, minhas noites andam livres de sonhos eróticos com o Príncipe Aurora.

Não estou frustrada por isso. Com certeza não. Essa é uma dor de cabeça de que não preciso agora.

— Não acredito que tenho que partir tão pouco tempo depois de ver vocês de novo — digo antes de dar um grande gole de café e depois uma mordida em um bolinho com frutas vermelhas.

Willow franze as sobrancelhas.

— Eu sei. Mas tomara que não demore para descobrir se a Coroa está no Torreão.

— Não quero voltar para lá. — Minha voz endurece devido às memórias daquele passado.

— Odeio que você tenha que voltar — Tristan diz, cerrando os dentes.

Ele fica lançando olhares para a porta como se esperasse que alguma ameaça entrasse de repente.

— Tris — digo. — Promete para mim que vai relaxar? Você passou doze anos cuidando de nós, mas, aqui, vocês estão seguros. Pelo menos até eu voltar. Pare um pouco para descansar, está bem?

Tristan olha para mim devagar, de cima a baixo, e sei que é difícil para ele fazer o que estou pedindo. As coisas que ele fez para nos proteger o assombram, e me preocupo que as marcas deixadas nunca desapareçam. Ele faz que sim lentamente, embora seus ombros continuem tensos.

— Tente — digo. — Só tente.

— Vou tentar. Obrigado. Por nos tirar de lá.

— Não precisa me agradecer. Vocês são a única coisa que me fez seguir em frente com tudo que aconteceu durante as Provas. Tentei ser forte por vocês.

— Temos muito orgulho de você, Lor — Willow diz. — A mãe e o pai estariam muito orgulhosos de você.

Abro um sorriso triste para ela.

— Mesmo eu tendo revelado todos os nossos segredos?

— Foi uma atitude necessária. Não tínhamos como guardá-los por mais tempo. Era um fardo que nem deveria ter sido imposto a nós, e desconfio que haja muitas coisas que ainda vamos descobrir até isso tudo acabar.

Faço que sim.

— É. Acho que você tem razão.

— Você vai ficar bem com... ele? — Tristan pergunta, olhando para a porta de novo.

— Acho que sim — respondo. — Ele pode ser um cretino, mas não acho que seja *esse* tipo de escroto. Nunca me senti ameaçada. Não pra valer.

Tristan arqueia a sobrancelha, cético.

— Vou ficar bem — digo rápido, sem querer me aprofundar nos sentimentos complicados que tenho pelo Príncipe Aurora. — E que outra escolha nós temos?

— Só toma cuidado.

— Você me conhece — respondo com uma piscadinha. — Cuidado é meu nome do meio.

Tristan resmunga e esfrega o rosto.

— Tris, ela já sobreviveu a muita coisa sozinha. Tenho certeza que consegue dar conta disso. Nossa irmãzinha não é mais tão pequena.

Meu coração se aperta no peito, e sorrio para ela.

— Eu te amo, Willow.

— Também te amo, Lor. Mas toma cuidado *mesmo*, tá? Temos muito tempo perdido a recuperar, e quero ver você de novo em breve.

— Prometo — digo quando uma batida soa à porta e Amya coloca a cabeça para dentro.

— Está na hora de ir.

Dou um abraço de despedida em Tristan e Willow, apertando-os por alguns segundos a mais, tentando deixar claro que pisaria descalça em carvão quente por eles.

Eles também me abraçam com força, nossa conexão nos unindo em algo que vai muito além de amizade ou família. Passamos metade da vida unidos por nossa tristeza coletiva e uma determinação resoluta de simplesmente *sobreviver*. Mas, agora, tudo está mudando e nos foi oferecido um vislumbre de uma vida que mal poderíamos imaginar.

Nossa mãe sempre ponderava sobre a possibilidade de uma rainha voltar a ascender em Coração e, antigamente, essa ideia não passava de uma fantasia que usávamos para nos consolar quando o mundo parecia opressivo demais. Mas, juntos nesta mansão nos confins da Aurora, a possibilidade tece para nós uma nova corda cintilante com os fios desfiados a que nos seguramos por tanto tempo.

— Comam — digo, minha voz embargada enquanto nos separamos. — Ganhem um pouco de massa. Vocês precisam de sustância. — Eles concordam, então saio do quarto com Amya.

Depois que fecho a porta, hesito.

— O que foi? — Amya pergunta.

— Você jura que eles estão seguros aqui? Que nada de ruim vai acontecer a eles?

Amya comprime os lábios e baixa a cabeça.

— Juro, Lor. Não vou deixar nada acontecer. Alguém sempre vai estar aqui. Vou ter que ir e vir entre a mansão e o Torreão durante o festival, mas, quando eu não estiver, Hylene ou Mael vão tomar conta deles. Vamos protegê-los com nossas vidas.

Dou um passo na direção dela.

— Vou cobrar isso de você.

— Eu sei. Não esperaria menos.

Nossos olhares se encontram por um momento, e tento entender o que vejo na expressão dela. Sofrimento. Esperança. Tristeza. Remorso? Embora esse seja um novo começo para mim e para minha família, tenho a impressão de que também há alguma coisa importante acontecendo aqui para esses irmãos.

Do lado de fora, Nadir espera no pátio, usando uma armadura de couro fino que envolve seu corpo largo. Tento não notar o volume de suas coxas ou de seus ombros dentro do casaco. Seu cabelo comprido está amarrado num coque, destacando suas feições, e a luz matinal fraca brilha nas maçãs do rosto angulosas e no queixo forte.

Suas cachorras esperam sentadas obedientemente, as línguas para fora, mas o brilho nos olhos delas denota algo selvagem.

Impaciência cobre a testa franzida de Nadir enquanto saio da casa e puxo o casaco de lã com firmeza ao redor do corpo, erguendo a gola de pele larga para cobrir minhas bochechas. É cedo, e está mais frio do que estou acostumada. Embora eu tenha me habituado ao frio enquanto vivia em Nostraza, minhas semanas em Afélio diminuíram minha tolerância àquelas temperaturas inumanas abaixo de zero.

Amya me disse que o Fogofrio celebra os últimos dias de outono antes de mergulhar no frio eterno do inverno da Aurora, mas o fim do outono já é terrível por si só. Sinto um calafrio, torcendo para estar longe daqui com Tristan e Willow antes disso. Sinto mais uma vez falta do sol e do calor de Afélio quando uma rajada de vento cortante atravessa meu casaco.

— Mandei chamarem você uma hora atrás — Nadir diz, seus olhos faiscando, as cores me hipnotizando enquanto giram em seu olhar.

Me pergunto se um dia vou me acostumar com a sensação de ser enfeitiçada sempre que ele está por perto. Ou melhor ainda, como fazer isso parar?

— Eu estava me despedindo de meus irmãos, que eu não via há meses e que achei que estivessem mortos até poucos dias atrás. São seis da manhã. Por que precisamos partir tão cedo?

— Porque quero estar de volta ao Torreão antes de outros hóspedes começarem a chegar. Se você já estiver lá, haverá menos pessoas para notar sua chegada e menos questionamentos. — Seu lábio se curva com um sorriso sardônico. — A menos que queira que toda a nobreza da Aurora saiba que a Rainha Coração está viva e livre.

Estreito os olhos.

— Não sou a Rainha Coração.

Ainda.

O calor do medalhão em meu pescoço pulsa contra minha pele como se estivesse vivo, me puxando na direção de um destino que está se tornando ao mesmo tempo mais e menos obscuro a cada dia que passa.

— Certo — digo, subindo as mãos por meus braços e observando o pátio. — Só um cavalo? Não vou cavalgar com você.

Nadir me encara com um cotovelo pousado casualmente na sela do cavalo.

— Você sabe cavalgar? Imagino que não tenha tido muitas aulas em Nostraza.

Abano a cabeça.

— Por Zerra, como você é cuzão.

Ele solta uma risadinha sinistra antes de subir na sela.

— Você pode cavalgar comigo ou ir a pé.

Cruzo os braços e lanço um olhar arrogante para ele.

— Você não pode me deixar sozinha lá fora e, se eu decidir andar, vai ter que ir tão devagar quanto eu.

Infelizmente, a arrogância do sorriso dele acaba com o meu de um jeito irritantemente efetivo.

— Tenho séculos, detenta. Sem pressa nenhuma.

— Pensei que você quisesse chegar lá antes de todos.

— Pensei que *você* quisesse encontrar a Coroa Coração e reconquistar sua magia.

Merda. É claro que ele tem razão e, quanto mais discutirmos por bobagem, mais tempo vai levar até eu encontrar a Coroa e recuperar o que é meu.

— Eu te odeio — é tudo que digo enquanto me aproximo do cavalo, sem saber como subir.

Quase nunca saíamos de casa no bosque onde passamos nossa infância, e eu não tinha nenhum motivo para aprender a andar de cavalo. Embora meus pais soubessem, eu e meus irmãos íamos de carroça sempre que viajávamos aos mercados da vila.

— É seguro? — pergunto, olhando a penumbra do Nada.

A vida toda fui ensinada a ter medo desta floresta, e nas poucas vezes em que me encontrei em suas profundezas o resultado não foi muito bom para mim.

— Você vai ficar bem. As cadelas de gelo vão manter as criaturas da noite longe.

— E se a criatura da noite estiver montada no cavalo comigo?

Ele não responde, mas o brilho em seus olhos sugere que minha pergunta não está longe da realidade. Olho para as duas cachorras, ainda sentadas em alerta.

— É para isso que elas servem?

— Entre outras coisas — ele responde. — Agora para de enrolar. Vamos.

Nadir estende a mão. Olho para ela e de volta para ele. O homem não se move, inclinando o queixo de forma imperiosa enquanto me espera decidir. Com um grunhido, eu a pego, por fim, e me engasgo ao inspirar subitamente o ar quando nossa pele entra em contato, aquela sensação que não consigo ignorar prestes a explodir em uma chuva de faíscas.

Recentemente, me dei conta de que comecei a sentir isso na noite do baile das Tributos, quando dancei com ele. A mudança foi tão sutil que não cheguei a notar, mas, em retrospecto, quanto mais tempo passo com ele, mais forte fica. Não é o suficiente, porém, para libertar minha magia.

Noto seu piscar de olhos e a leve dilatação de suas narinas, mas, fora isso, Nadir parece indiferente, me puxando para montar atrás dele no cavalo. De repente, não sei o que fazer com as mãos, e as ergo sem jeito quando ele lança um olhar por sobre o ombro.

— Pronta?

— Acho que sim — digo, com medo de seu sorriso perverso.

— Talvez seja bom se segurar.

Antes que eu possa responder, ele dá as costas e esporeia o cavalo, que começa a se mover tão abruptamente que quase caio. Estendo os braços para ele, pegando sua cintura com uma das mãos e depois com a outra, sentindo a firmeza do músculo se flexionando por baixo do couro. O cavalo acelera, galopando na direção dos portões ainda trancados. Nadir faz um movimento com a mão, e os portões abrem bem a tempo de passarmos voando por eles. As cachorras seguem ao nosso lado, correndo com tanta velocidade que se tornam dois raios brancos se turvando contra a penumbra.

Soltam um uivo ressonante que ecoa pelo Nada e faz meu pescoço arrepiar.

O cavalo também ganha velocidade, e sou forçada a abraçar

firme a cintura de Nadir enquanto lanço um olhar na direção da mansão, desejando que Tristan e Willow fiquem bem sem mim. Continuamos a acelerar, a ponto de não parecer mais natural. É para os cavalos se moverem assim?

— Podemos ir mais devagar? — grito quando sinto que estou escorregando para trás.

Me segurando a Nadir com mais força, tento não pensar em como ele é forte nem em seu cheiro — como o ardor fresco e limpo de uma brisa de inverno. Lembro desse aroma do tempo em que morei em Nostraza. Naquelas raras noites de inverno em que eu ficava sozinha ao ar livre e a prisão silenciava. Era um instante raro de paz em que eu conseguia respirar e tentava lembrar da sensação de estar viva.

Seu cheiro me lembra muito do lugar que por tanto tempo foi minha prisão e meu lar.

Ele me ignora, batendo as rédeas, o cenário se tornando um borrão de folhas pretas e árvores. Meu rosto ainda toca suas costas, e noto a contração dos músculos do peito e da barriga enquanto ele nos guia à esquerda e à direita. O ar é frio em minhas bochechas, e meus dedos começam a ficar dormentes. Deixei minhas luvas nos bolsos, mas estamos viajando tão rápido que não me atrevo a me soltar para pegá-las.

Nadir se curva à frente, em um ritmo vertiginoso. Fecho as mãos, tentando aquecê-las, mas não adianta. Um momento depois, sinto a pele quente de Nadir tocando a minha, a mão grande o bastante para envolver as minhas com firmeza. Um formigamento de calor se infiltra em meus dedos e sobe por meus punhos e braços, antes de me banhar como se eu estivesse mergulhando de cabeça numa banheira de água escaldante.

Apesar de minha ascendência, passei pouco tempo perto da magia, e ela ainda me pega de surpresa. Parece natural que um Feérico de um lugar tão frio tenha o poder de gerar calor. Presumo agora que seja por isso que ele se vista com roupas tão leves. Talvez não sinta frio. Sua magia continua a se infiltrar em mim, e a minha responde, aparentemente suavizada por esse ato. Em vez de tentar sair de minha pele, ela se move devagar, deslizando por meus braços e pernas como folhas delicadas e flutuantes de alga marinha.

Um suspiro escapa de meus lábios, e meus olhos se fecham ao mergulhar na sensação, as ondas de nossa magia deslizando uma sobre a outra. Não entendo o que isso significa, mas agora só estou grata por estar mais quente.

Viajamos em silêncio, exceto pelo uivo periódico das cadelas de gelo, pelo que parece um tempo muito longo. Por Zerra, foi realmente estupidez pensar que eu conseguiria chegar a Nostraza sozinha.

Com as pernas encostadas às de Nadir e nossos corpos pressionados um no outro, é difícil não ficar pensando em meu sonho. Na verdade, não consigo parar de pensar nele. Fico grata que Nadir não consiga ver o rubor que sobe por minha face. Mesmo se conseguisse, eu poderia simplesmente culpar o frio.

Finalmente, o cavalo diminui o ritmo, e ergo a cabeça do ombro de Nadir. O Torreão da Aurora assoma ao longe, uma mancha escura contra um céu cinza. É exatamente como me lembro, aquela pedra preta que brilha inexplicavelmente apesar da ausência de luz do sol. Olho ao redor em busca de uma visão de Nostraza, mas as árvores densas do Nada escondem os edifícios atarracados do complexo. Não tem importância. Com Tristan e Willow finalmente livres de seus grilhões, aquele lugar nunca mais vai ter utilidade para mim.

Nadir diminui o ritmo para um trote quando nos aproximamos do Torreão, e engulo em seco a ansiedade que sobe pela garganta. Lembro em flashes de seu interior desolador. A noite em que fui trazida para cá, tantos anos atrás. Onde Nadir estava? Não sei ao certo quantos anos ele tem — ele parece pouco mais velho que eu, mas sei que não devo confiar nisso quando se trata de Feéricos.

O príncipe a que estou abraçada sabe o que o rei fez comigo? São memórias que enterrei muito profundamente para me proteger, e não estou preparada para encará-lo de novo. Em Afélio, eu estava pronta para vê-lo no baile, mas agora que estou aqui, de volta ao Torreão, não tenho tanta certeza.

Aqui, tudo é uma ferida exposta em carne viva.

Estamos num campo de batalha, e este é o território do Rei Aurora.

Atravessamos a cidade murada que cerca o castelo, e contemplo tudo com assombro. Os prédios feitos da mesma pedra cintilante ladeiam as ruas de paralelepípedos escuros, tudo mais quente e pitoresco do que eu imaginava graças às janelas de vitrais e aos adornos de joias coloridas em todo lugar que eu olhe.

Ao passarmos pelas ruas, há um ar de falsa alegria que não consigo expressar. Como se estivessem todos montando um espetáculo com um enredo alegre, sabendo que essa peça na verdade tem um final trágico. Mas me pergunto se não estou imaginando coisas enquanto passamos por comerciantes vendendo joias artesanais requintadas, rolos de tecidos de cores fortes alinhados como gotas de doce e canecas fumegantes de chocolate derretido com bolinhos cobertos de açúcar de confeiteiro que têm um cheiro absolutamente delicioso mesmo a vários metros de distância.

O que mais me surpreende é que a cidade não é composta apenas de humanos e Nobres-Feéricos. Existem também outros seres, a maioria com formas humanas ou Feéricas, mas peles em azul, verde e roxo e cabelos num arco-íris de tonalidades vibrantes. Alguns têm garras e dentes afiados, e outros têm asas nas costas como libélulas ou pássaros.

— Quem são eles? — sussurro no ouvido de Nadir, e juro que sinto ele se arrepiar.

— Feéricos menores — ele responde, a voz tensa enquanto passa o olhar pela multidão reunida lá embaixo.

Aceno com a cabeça, sem entender direito o que isso significa, mas decidida a fazer outras perguntas mais tarde.

Eu nunca tinha visto a cidade, e quero pedir para Nadir parar para eu poder explorar, mas tenho certeza que ele não vai deixar porque, pelo visto, estamos com pressa. Talvez haja tempo para isso mais tarde. Quando passamos pelas multidões, todos acenam e baixam a cabeça para o príncipe em sinal de respeito. Os olhos das crianças se iluminam ao verem as cadelas de gelo, e elas gritam, encantadas. As cachorras param, sentando e deixando pacientemente que as crianças façam carinho em seu pelo antes de trotarem para nos acompanhar, uma fila se formando atrás delas.

Nos aproximamos do Torreão antes de Nadir nos levar aos portões, acenando para os guardas que flanqueiam cada lado. Ele para o cavalo e desce, então coloca as mãos ao redor de minha cintura e me puxa para baixo. Fico surpresa demais para me opor, mas a sensação inconfundível de seu toque permanece muito depois que ele me solta.

— Vem — Nadir diz com um movimento de cabeça. Ele estende a mão para mim, e franzo a testa. Então ele se aproxima e sussurra em meu ouvido: — Você está aqui como minha acompanhante, detenta. Pelo menos finja que consegue suportar meu toque.

Fecho os olhos, e meu corpo reage à proximidade dele e a seu grunhido gutural. Por que esse som reverbera em meus ossos?

— Então talvez você deva parar de me chamar de detenta — sussurro com raiva, e ele dá um sorrisinho.

— Talvez. — Ele ergue o cotovelo desta vez, e o seguro, decidindo que é um pouco menos íntimo, e ao menos nossas peles não vão se tocar. — Vista o capuz. Por via das dúvidas.

Faço o que ele diz, escondendo o cabelo coberto de gelo antes de subirmos um lance de escadas largas e atravessarmos uma grande porta arqueada, servos se curvando e murmurando saudações quando passamos. Há mais feéricos menores aqui, vestindo libré real com o brasão da Aurora gravado no peito.

Ao apertar meu próprio ombro, penso no mesmo símbolo preto gravado em minha pele. Nadir olha para o ponto que estou tocando, nossos olhares se cruzando por um segundo tenso, antes de ele virar para a frente e me guiar pelas curvas e por diversos corredores. O Torreão é mais luxuoso do que me lembro. Ou talvez eu só nunca tenha sido levada aos lugares onde os membros civilizados desta corte viviam.

Mármore preto reluzente estriado com as cores da aurora se estende sob nossos pés. Os mesmos tons são entretecidos em tapeçarias grossas e móveis de veludo acolchoados pelos corredores.

— Alteza — uma humana diz, fazendo uma mesura. Ela está vestida com a libré de serva e deve ter poucos anos a mais do que eu. — Bem-vindo de volta.

— Minhas coisas chegaram? — Nadir pergunta, e a mulher faz que sim, entrelaçando as mãos e baixando a cabeça.

— As coisas de sua acompanhante também, alteza.

— Ótimo. Obrigado. — Nadir puxa meu braço de leve, e seguimos pelo corredor largo.

Paramos finalmente diante de portas com sentinelas posicionados do lado de fora. Nadir os cumprimenta com um aceno breve e me guia pelas portas de madeira preta esculpidas com uma variedade de desenhos intricados. Não tenho tempo para admirar sua beleza enquanto sou guiada para dentro de um quarto palaciano. É pelo menos duas vezes maior do que o quarto de Nadir na mansão e também tem um longo conjunto de janelas com vista para o céu.

Passo os olhos pelo quarto, notando a enorme cama de dossel coberta por lençóis pretos luxuosos. O quarto também inclui um conjunto de móveis elegantes dispostos na frente de uma grande lareira, além de fileiras e mais fileiras de estantes, recheadas de volumes com encadernação de couro.

Solto um assobio baixo só para encher o saco.

— Então é assim que o príncipe dorme enquanto os detentos se deitam no chão frio e duro. Sabia que eles nos alimentavam tão pouco que às vezes eu mal conseguia me levantar?

Viro para ele, parado à porta com as sobrancelhas escuras franzidas.

— Como você espera que tratemos criminosos, detenta?

— Eu não era uma criminosa — digo as palavras em voz baixa, mas juro que ele se encolhe como se eu tivesse chegado bem perto e gritado em sua cara. A reação é rápida, no entanto, como uma sombra repentina que cai sobre seus olhos.

— Aquilo não foi obra minha.

Ele entra no quarto, desabotoando o casaco enquanto se dirige a uma porta que deve levar a um banheiro. Intercepto sua fuga, dando a volta para me pôr diante dele, que quase tropeça, parando tão de repente que tem que se segurar em meus ombros para não cair e me levar junto. Tento controlar minha respiração pesada devido ao seu toque antes de encará-lo.

— Você deixou aquilo acontecer — digo, desejando que ele sinta a vergonha de saber que aquele lugar existe e que ele não faz nada.

— Eu não sabia que você estava lá — ele rosna, se inclinando para perto e assomando sobre mim como uma montanha, com raiva.

— Você não se importou em saber. Não se deu ao trabalho de ver quem estava atrás daqueles muros. Há muitos outros que não deveriam estar lá também.

Ele estreita os olhos.

— Se você está tentando provocar algum tipo de remorso em mim, não vai conseguir. Nostraza existe por um motivo e, mesmo que haja alguns injustiçados, é um preço pequeno a pagar pelos ladrões e assassinos e estupradores que devem *sim* estar lá.

Ele me encara mais uma vez e dá a volta por mim para se dirigir ao banheiro, batendo a porta ao entrar.

Por Zerra, que babaca.

16
NADIR

Bato a porta com tanta força que fico surpreso que as dobradiças não se soltem. Tiro o casaco e a camisa em seguida, quase rasgando os botões com a pressa. Minha pele está fervendo, e o calor me percorre em ondas sufocantes.

Quando estou perto dela, não consigo respirar. Não consigo *pensar*. Fico sem palavras e mal consigo falar quando ela me encara com aquele olhar acusador que mistura vulnerabilidade à flor da pele e petulância destemida.

Por que ela é a coisa mais deslumbrante que já vi na vida?

E não é apenas uma atração física. Embora, sim, quero tanto tocar nela que minhas mãos doem, mas nunca conheci alguém tão *segura* de si.

Como essa mulher passou metade da vida em Nostraza e saiu assim? Aquele lugar deveria ter acabado com ela. Deveria tê-la deixado como uma carcaça. Mas, de algum modo, ela sobreviveu a isso *e* às Provas de Atlas e chegou ao outro lado como uma bola de fogo confiante que ameaça me consumir toda vez que entra no ambiente.

É como se sua alma sempre tivesse entendido seu legado e seu propósito.

Ela se comporta exatamente como uma rainha. Uma rainha meio louca e de pavio curto, mas uma rainha mesmo assim. Pelos deuses, quando ela me repreende assim, minha vontade é de beijá-la.

Em parte para calar sua boca, mas sobretudo para sentir aqueles lábios nos meus e me deleitar com aquela *raiva* selvagem enquanto arranco suas roupas e a fodo com tanta força até ela ver estrelas.

Cometi um erro grave ao sugerir que ela cavalgasse comigo hoje. Pensei que daria conta e, seguidos por minhas cachorras de gelo, era o caminho mais rápido para chegar aqui. Mas eu conduzi aquele cavalo como se estivesse sendo seguido pelo senhor do submundo.

Ligo o chuveiro, deixando a temperatura gélida. Tiro a calça e entro, estremecendo de alívio quando a água gelada refresca minha pele febril. De cabeça baixa, deixo que escorra por meu cabelo e minhas costas, mergulhando meu corpo num frio ártico. Isso não diminui em nada as memórias de Lor se segurando em mim, suas pernas pressionadas contra as minhas e seu hálito quente em meu pescoço.

Ela tem o cheiro de todas as fantasias que já tive. De raízes crescendo na terra e dos corações de rosas florescentes. De raio e fumaça e chamas puras e selvagens.

Preciso de todas as minhas forças para manter o foco quando ela chega tão perto. Meu pau desperta pela centésima vez hoje, e, finalmente, sozinho no chuveiro, eu me dou o luxo de satisfazer minhas necessidades. Eu o seguro, acariciando-o devagar enquanto penso em como ela sorri quando não nota que estou olhando. Em como se porta como uma rainha que ela ainda não tem o direito de ser.

Pegando meu pau com mais firmeza, penso nos lábios fartos de Lor, naqueles seios redondos e em como ela se apoiou em minhas costas no cavalo. Penso em como ela sussurrou em meu ouvido, sem fazer ideia de como eu queria empurrá-la para fora do cavalo, jogá-la no chão e enfiar a cara entre suas pernas.

Preciso controlar isso. Vou ficar dia e noite com ela pelo tempo que for preciso até encontrar aquela Coroa. O Torreão é enorme, e é provável que levemos o festival inteiro para vasculhá-lo de cima a baixo.

E aquele sonho. Puta que pariu. Aquele sonho quase acabou comigo na outra noite. Eu precisei de toda a minha força de vontade para não jogar as cobertas para o lado e entrar no quarto dela para continuarmos exatamente o que meus pensamentos tinham começado.

Ainda posso ouvir sua respiração ofegante e seus gemidos toda vez que fecho os olhos. Mal consigo parar para pensar sobre os sons que ela realmente vai fazer quando eu de fato possuir seu corpo, porque decidi que, por mais que ela me odeie, eu preciso tê-la. De um jeito ou de outro, não vou conseguir viver comigo mesmo se ela não gemer daquele jeito fora de meus sonhos.

Começo a mover a mão mais rápido, apertando meu pau com tanta firmeza que minha barriga fica tensa. Estou tão excitado que não vai demorar. Um momento depois, sinto um espasmo e gozo no vidro do boxe com um grunhido. Eu provavelmente não deveria tê-la deixado sozinha em meu quarto. Fico me perguntando se ela consegue ouvir o que estou fazendo, mas expulso esse pensamento, porque basta pensar *nisso* para querer gozar de novo.

Me forço a focar no momento atual, tomo banho e saio da água, finalmente me sentindo capaz de encará-la de novo. Pelo menos por um tempo.

Fecho o registro, pego uma toalha preta grossa da prateleira e me seco antes de enrolá-la na cintura. Depois de abrir a porta, passo os olhos pelo quarto e vejo Lor mergulhada até os cotovelos num baú preto no centro do quarto.

Ela está tirando uma miríade de roupas e pendurando peças no sofá que fica na frente da minha lareira. Vestidos, túnicas e leggings, além de botas e sapatos, tudo em tecidos cor de nanquim decorados com detalhes em carmesim, esmeralda e violeta. Há meias de renda e seda, calças e espartilhos de couro, saias e vestidos pretos rodados, e me dou conta de que minha irmã decidiu vestir Lor com suas roupas favoritas. Passo a mão no rosto.

Lor para o que está fazendo e ergue os olhos para mim com a boca entreaberta da forma mais deliciosa, seus lábios tão rosados e fartos que só quero mordê-los até tirar sangue. Ela ruboriza quando seus olhos vagam por meu corpo, e isso me atinge diretamente no peito. Eu saí assim de propósito? Talvez.

Finjo não notar a reação dela enquanto meu pau desperta de novo. Seria fácil demais tirar a toalha, agarrar Lor pelos cabelos e enfiar o pau em sua boca. Minha pele é percorrida por um calafrio que não tem nada a ver com meu banho frio enquanto vou até meu closet e abro a porta.

Consigo sentir os olhos dela em mim, e não tenho interesse nenhum em dissuadi-la. Pego uma calça e uma camisa pretas e levo a mão à beira da toalha.

— Para. O que você está fazendo? — Lor pergunta antes de eu olhar para ela por sobre o ombro.

— Vou me vestir — respondo, em um tom de desafio.

Os olhos dela se estreitam.

— Não vai mesmo. Não desse jeito.

Ela solta suas peças e se empertiga, com uma postura também de desafio. É muito mais baixa do que eu, e quero pegá-la no colo e fazer todo tipo de coisas com ela. Coisas que eu nem deveria pensar.

Ela estende a mão para me impedir de chegar perto demais.

— Vai se trocar no banheiro. Preciso mesmo dividir o quarto com você? Este lugar é imenso. Não posso ter um só para mim?

Sua atração me puxa. Sei que eu deveria resistir. Sei que não deveria ceder a isso, mas não consigo me conter. Basta estar perto dela para toda a superfície de minha pele liberar a tensão que estou segurando o tempo todo.

— Você está aqui para fazer o papel de meu brinquedinho sexual — sussurro, e ela se eriça. Contenho um sorriso, adorando como suas bochechas coram e seus olhos faíscam quando ela fica irritada. — Se alguém ficar sabendo que você está dormindo em outro quarto, isso estragaria todo o seu disfarce, *detenta*.

Solto a última palavra com um tom provocante e observo a raiva se inflamar nos olhos dela de novo. Puta que pariu, por que deixá-la com raiva me dá tanto tesão? Por mim Lor pode me odiar à vontade enquanto fodemos, se bem que desconfio que toda essa provocação seja mais uma forma de convencê-la de que também precisa disso. Mas talvez ela tope a ideia de foder com raiva. Esse pensamento faz meu pau se agitar de novo.

— E só para constar, é melhor você fingir que está se divertindo muito aqui. Afinal, tenho minha reputação. Ninguém vai acreditar se não ouvirem você gritar meu nome em êxtase toda noite. — Arqueio a sobrancelha, e ela resmunga, cruzando os braços.

— Você só pode estar de brincadeira.

Com um sorriso malicioso, jogo minhas roupas no sofá.

— E este quarto é meu. Estou te fazendo um favor, lembra? Se não gosta, vá você ao banheiro.

Ela responde a meu comentário com a sobrancelha arqueada, seu olhar descendo à toalha pendurada lá embaixo em meu quadril antes de puxá-la para cima, um rubor irresistível destacando suas bochechas.

—Tá — ela diz, pegando a pequena pilha de roupas que separou, amassando-as junto ao peito e passando por mim.

É a vez dela de bater a porta, e com um som estrondoso.

Assim que ela sai, me afundo no sofá, passando a mão no rosto e ao longo da nuca.

Zerra, ela ainda vai acabar comigo.

17
LOR

Segurando as roupas novas, bato a porta do banheiro com o quadril e encosto as costas nela. Que porra foi essa? Ele estava prestes a tirar a roupa na minha frente? Ele tem tão pouca consideração por minha existência que mal me vê como uma pessoa com quem está dividindo o quarto? A ponto de ficar pelado na frente de uma verdadeira estranha como se eu nem estivesse lá?

Jogo as roupas na bancada, tentando organizar o conflito na mente: um lado que ficou em choque quando ele quase tirou a toalha e um que no fundo queria ver o que tinha ali embaixo.

Não. Para, Lor. Ele é um monstro. Não importa o que tem ali embaixo.

Tomo um banho furioso, me lavando com tanto vigor que fico maravilhada com a grande variedade de sabonetes e xampus organizados na prateleira. Não me admira que o cabelo do príncipe seja tão brilhante.

Perdida em pensamentos, esfrego o corpo mecanicamente, com cuidado para não molhar o cabelo. Após me acalmar, desligo o chuveiro e encontro uma toalha grande para me secar antes de me vestir com as roupas que Amya escolheu para mim.

Depois de colocar um par de meias pretas translúcidas, visto uma saia que bate no meio da coxa e se abre em uma nuvem de tule e chiffon preto. Em cima, visto um suéter cinza-escuro justo com um grande decote em V que se encaixa como uma luva em meu corpo, destacando meus seios e minha cintura. Faço um rabo de cavalo para tirar o cabelo do rosto.

Quando estou pronta, abro a porta com cautela, querendo, no fundo, encontrar Nadir deitado na cama vestindo nada além de um sorriso confiante.

Quando vejo que ele está completamente vestido na frente da lareira, lendo um livro, solto um suspiro aliviado misturado com uma pontada traiçoeira de decepção. Ele ergue os olhos quando saio do banheiro, e vou buscar um par de botas de cano curto e couro preto ao lado do baú.

O peso de seu olhar percorre meu corpo devagar enquanto me sento para calçá-las, então noto como ele se demora em minhas pernas antes de voltar ao meu rosto, as cores rodopiando nas íris. A magia sob minha pele é uma vibração sempre presente, querendo constantemente saltar e *encostar* nele. Não há como negar que é Nadir que ela quer — eu só gostaria de entender o porquê.

— E agora? — pergunto. — Por onde começamos?

Nadir fecha o livro e o coloca na mesa.

— Pensei que poderíamos começar pelos cofres lá embaixo. Há dezenas no subterrâneo, onde a fortuna de minha família está guardada. Uma relíquia como a Coroa poderia se integrar tão bem a ponto de passar despercebida. Seria um lugar seguro para armazená-la.

Bato nos joelhos e levanto.

— Então o que estamos esperando? Vamos.

Quero acabar com isso o mais rápido possível. Assim que encontrar a Coroa, posso destravar minha magia e ir com os meus irmãos para o mais longe possível da Aurora. Não ligo para o que Nadir quer de mim. Não confio nesse cara e, se ele acha mesmo que posso ser mais forte que o Rei Aurora, não preciso de ninguém. Vou cuidar desse monstro sozinha.

Ele me lança um olhar estranho do outro lado da mesa baixa que nos separa.

— O que foi?

Ele balança a cabeça, franzindo a testa.

— Você vai precisar ser discreta. Não haveria nada de mais em me encontrarem lá embaixo, mas não é um lugar aonde costumo levar minhas conquistas sexuais.

Meu sorriso é propositalmente irritante.

— Talvez suas conquistas sejam entediantes.

Há uma pausa que dura um segundo antes de ele dizer:

— Talvez. — Ele levanta e olha para mim com sua expressão arrogante. — Você não pode vestir algo mais... sutil?

Olho para minhas roupas.

— Qual é o problema? Sua irmã que escolheu.

Nadir joga a cabeça para trás.

— Eu sei, o que significa que você não vai passar despercebida assim.

Pisco devagar, uma, depois duas vezes.

— Em primeiro lugar, *você* não tem o direito de me dizer o que posso ou não vestir, em segundo, vou me esconder se alguém aparecer. Você não é o príncipe dessa tumba gelada? É só mandar a pessoa cuidar da própria vida.

Nadir cerra os dentes e me encara de novo, e não consigo entender qual é o problema dele. Acha mesmo que vou trocar de roupa só para deixá-lo feliz? Não é como se eu estivesse usando um farol vermelho piscante amarrado à testa.

Cruzo os braços e bato os pés. Ele dá um passo para perto, deixando apenas um pequeno espaço entre nós. Meu coração bate mais forte quando ele olha para a minha boca e depois me encara. Um calafrio faz meus braços arrepiarem, e tento escondê-los. Zerra, por que estou reagindo assim? Claro, ele é nitidamente atraente, mas é o *Príncipe Aurora*. Representa todas as camadas e câmaras trancadas de meu ódio mais profundo.

— Vamos ficar aqui parados o dia todo enquanto você me encara? — Quero que a pergunta saia seca e impaciente, mas pareço esbaforida, como se eu não conseguisse recuperar o fôlego.

— Não — Nadir diz, dando um passo para trás, sério. Ele vai a passos largos para a porta e vira para mim antes de abrir. — Vamos, detenta?

Durante as horas seguintes, vagamos por um labirinto de corredores de pedra que me fazem lembrar demais de minha antiga prisão. Faço o possível para controlar meu pânico enquanto percorremos uma série de pequenas salas fortificadas e portas de ferro. Penso quase conseguir ouvir os gritos incessantes e lamentos angustiados que compõem a sinfonia desolada de Nostraza.

— Vai devagar — ele diz —, tenta prestar atenção num chamado ou numa atração por sua magia. Você vai saber quando sentir. Para mim, é como um anzol puxando minhas entranhas.

— Você acha que vai funcionar com minha magia presa desse jeito? — pergunto, passando devagar por um armário de vidro cheio de coroas de vários estilos, tamanhos e complexidades.

Passo a mão pelo vidro, tentando sentir alguma coisa além da atração de minha magia a Nadir. Fico com medo de não conseguir saber a diferença entre a presença da Coroa e a dele. Mas definitivamente não posso revelar essas preocupações em voz alta.

— Não sei — ele diz. — Você consegue sentir sua magia agora?

— Um pouco — digo, oferecendo uma versão da verdade. — É como se fossem faixas se movendo embaixo da minha pele.

Nadir acena e me segue, e contenho o impulso de gritar para ele ficar longe. Perto de mim, ele atrapalha meus pensamentos.

— Significa que está aí, então é um bom sinal. Tomara que seja suficiente para você sentir a Coroa.

Aceno com a cabeça e continuo andando, observando as pilhas, as prateleiras e as salas cheias de ouro, joias e tesouro.

— A Aurora também tem favela como a Umbra? — pergunto, pensando no Palácio Sol banhado a ouro de cima a baixo, enquanto havia pessoas passando fome a quarteirões de distância.

— De certo modo — Nadir diz, se mantendo alguns passos atrás de mim.

— Por quê? — pergunto, dando meia-volta para encará-lo e apoiando as mãos no quadril. Atlas parecia tão despreocupado com a existência da Umbra. Todos os Feéricos da realeza eram insensíveis à vergonha de tamanha disparidade? — Como podemos estar neste cofre cheio de joias empoeiradas se há pessoas passando fome?

— Não sou o rei da Aurora — ele diz, o tom tão frio quanto um vento montanhoso.

Eu estreito os olhos.

— Isso está com cara de desculpa.

— Faço o que posso — ele diz, me surpreendendo com uma resposta. — Criei programas para ajudar as crianças, pelo menos, e oferecer consolo onde era possível.

— Ah — digo, baixando as mãos. — Isso é... louvável.

Ele resmunga e pega uma adaga cravejada de joias, jogando-a no ar e pegando-a pelo cabo com facilidade.

— Não pense que foi por bondade, detenta. Uma população bem alimentada é menos propensa a se rebelar ou causar confusão. É apenas para manter certa paz.

Minhas sobrancelhas se franzem.

— Sério?

— Sim.

— Então por que não ajudar a todos?

— Porque meu pai não concorda comigo. O estilo dele tem mais a ver com medo e intimidação. Com negação de necessidades básicas. Afinal, se todos estiverem felizes demais, como ele os controlaria? Há rumores constantes de rebelião por todo o reino, mas, em vez de responder às queixas, ele prefere força e ferro.

Sinto um aperto no peito com essas palavras. Claro, nada disso me surpreende.

— É por isso que você quer assumir?

Ele dá de ombros como se não fosse nada.

— Em parte. — Dou meia-volta e continuo a vasculhar a sala, passando devagar pelas pilhas de tesouro.

Talvez esse príncipe seja mais do que eu gostaria de admitir.

— Por que está me perguntando isso? — ele indaga depois de um momento.

Viro para ele de novo.

— Eu era próxima de um ladrão em Nostraza. Willow me disse que ele ainda está lá — digo, notando os olhos de Nadir se obscurecerem. — Ele roubava porque não tinha nada.

— Sim — Nadir responde. — Parece provável.

Não respondo, considerando tudo que ele acabou de compartilhar. Não é exatamente a benevolência que eu gostaria, mas também não é um completo descaso pelo sofrimento dos menos favorecidos.

Atlas era um ignorante em relação a essas questões. Pelo menos Nadir é consciente.

Importa *por que* ele quer alimentar a todos? O que ele faz não é o suficiente?

Continuamos a passar por mais algumas salas, ainda sem encontrar nada. Meus pés estão doendo, e paro para me apoiar numa parede, levantando a perna e alongando o tornozelo.

— Acho que é melhor pararmos por hoje — Nadir diz. — Está ficando tarde. Podemos retomar amanhã.

Faço que sim, agradecida, querendo descansar os pés. Voltamos em silêncio para o quarto dele, onde o jantar nos espera na mesa baixa à frente do fogo. Meu estômago ronca, e eu afundo no sofá, empilhando um pouco de comida no prato.

Nadir faz o mesmo. Eu contemplo as janelas grandes, notando os indícios das luzes fortes que começam a reverberar no céu. Seu olhar segue o meu, e me pergunto como elas o afetam. A magia dele se assemelha tanto às luzes. Será que também está associada a elas? Quero perguntar, mas algo na pergunta parece íntimo demais. Não estou aqui para conhecê-lo. Ele é meramente um meio para um fim.

O olhar penetrante de Nadir para em mim um momento depois, e o peso dele vibra por todo o meu corpo, enquanto a região entre minhas pernas se tensiona. Zerra, queria conseguir parar de reagir assim.

— A primeira festa do Fogofrio é daqui a uma hora. Você vai precisar vestir algo mais... — Ele gesticula em minha direção. — Outra coisa.

— Uma festa?

— Sim — ele responde e levanta, passando as mãos nas pernas. — Todos vão estar lá.

Agito as mãos para aliviar a dormência nos dedos.

— Até o rei?

— Claro que sim — Nadir diz, sem notar o dissabor de minha angústia. — Mas não se preocupe, comigo a seu lado, ele não vai se dar ao trabalho de olhar duas vezes para você. — Há uma amargura nesse comentário, e me pergunto por que Nadir odeia tanto o pai. O que o rei fez contra ele? É apenas seu modo de governar? — Parece que Amya enviou alguns vestidos. Escolha um.

— Não posso ficar aqui? Você pode ir sozinho.

Nadir está vasculhando o closet e olha por cima do ombro largo.

— Se você está aqui como minha acompanhante, seria muito suspeito se eu não a levasse ao baile de gala de abertura para te exibir, detenta. Vai. Se. Vestir.

Uma ordem. Eu me eriço com o tom dele, mas também entendo que faz sentido. Levanto e volto a vasculhar o baú, localizando um vestido e me dirigindo ao banheiro.

O vestido é comprido e preto com um espartilho de seda sobreposto, uma saia transparente e mangas de renda florida. O efeito é ao mesmo tempo discreto e ousado. Quando passo o vestido pelo quadril e deixo o tecido fino percorrer minhas curvas, me sinto uma rainha.

Amo como dei uma encorpada desde aqueles primeiros dias em Afélio, quando eu parecia um esqueleto raivoso. É espantoso me ver dessa forma — saudável e vibrante. Como eu deveria ser. Como se eu tivesse levado uma vida alimentada por mais do que apenas restos de desejos e sonhos despedaçados.

Amya também enviou uma bolsa de maquiagem, e eu escolho um batom vermelho-escuro da cor de cerejas negras e traço linhas pretas grossas ao redor dos olhos. Solto o cabelo, deixando que caia ao redor dos ombros em ondas suaves.

Quando estou satisfeita, volto ao quarto em busca de sapatos que combinem com meu visual. Calço um par de saltos pretos com tiras no tornozelo.

Nadir escolheu uma camisa preta impecável, coberta por um colete justo com rendas subindo pelas costas que parecem feitas sob medida para ele. Seu cabelo cor de meia-noite está parcialmente amarrado para trás, fios soltos emoldurando seu rosto. Odeio o frio que sinto na barriga quando ele me encara com aquele olhar avaliador. Nadir leva a mão ao queixo e coça antes de respirar fundo. Queria poder ouvir seus pensamentos. O que se passa por trás daquele olhar ardente que está praticamente me desnudando?

— Como estou? — pergunto.

Ele assente e engole em seco.

— Você tentou desbloquear sua forma Feérica?

Ele acabou de desviar da minha pergunta? Estou tão horrível assim?

— Claro que tentei — digo, olhando para minha roupa. Não parei de tentar, nem por um momento.

A expressão de Nadir sugere que talvez eu não tenha tentado o suficiente, e resisto ao impulso de ir até ele para esganá-lo.

— Tem alguma coisa errada com minha roupa? — pergunto de novo.

— Não — ele responde, seco. — Você está ok.

— Ah — digo, tentando não deixar que a resposta me incomode.

Achei que estivesse bonita, mas parece que o príncipe não se importa. Pare ele, sou apenas um instrumento. Apenas uma criminosa de Nostraza que ele está usando para conseguir o que quer. Por que estou preocupada com o que ele pensa, aliás?

Pelos deuses, Lor. Ponha a cabeça no lugar.

— Pronta? — Sua voz é áspera, e respondo com um aceno inseguro, não exatamente pronta, mas sabendo que não tenho muita escolha.

Estou aqui para representar um papel e conquistar o prêmio final. Ele não me dá mais tempo para pensar nisso porque estende o cotovelo, para me guiar.

Há quase um pedido de desculpa em sua expressão quando hesito.

— Pelas aparências — ele diz, a voz falhando, mas acho que está interpretando mal o motivo de minha insegurança.

Não é que eu não queira tocar nele. É que tenho medo da minha reação toda vez que faço isso. Mesmo assim, me obrigo a dar o braço a ele, o choque de seu toque me atravessando como um raio.

Nós dois respiramos fundo ao mesmo tempo.

Sem dizer uma palavra, Nadir me leva pelos corredores reluzentes do Torreão. Estão cheios de gente, e todos cumprimentam Nadir com a cabeça quando passamos. Ele retribui, mas dispensa todas as tentativas de conversa. Quanto a mim, é como se eu fosse um espécime em exposição, encarado com um misto de curiosidade e desdém.

Passamos por vários outros feéricos menores, com seus traços e cores inusitados.

— O que são feéricos menores? — pergunto, e Nadir trinca os dentes.

— Eles trabalham no castelo, entre outras coisas.

— Nunca vi um antes. Eles só vivem aqui? Não vi nenhum em Afélio.

Ele me lança um olhar sombrio.

— É porque os feéricos menores são considerados a forma mais inferior de cidadão. Em Afélio, todos moram na Umbra. Atlas não suporta que fiquem perto dele.

Inspiro fundo ao ouvir essas palavras.

— Por quê?

— Preconceito. Eles também conseguem fazer magia, e os Nobres-
-Feéricos não gostam da ideia de outros seres conseguirem usá-la. Por isso, decidiram há muito tempo tratar os feéricos menores como escória, colocá-los no *lugar* deles.

Isso é monstruoso. Odeio como isso tudo soa.

— Mas seu pai não se importa em tê-los por perto? — pergunto com cuidado, já sabendo que não vou gostar da resposta, e minha raiva contra o rei e seu filho já começa a aumentar.

Bem quando pensei que Nadir pudesse não ser tão terrível assim. Nadir resmunga.

— Aqui na Aurora eles são escravizados. Em vez de se afastar deles, meu pai os usa para trabalhos forçados.

— Como vocês podem fazer isso? — pergunto, erguendo a voz e fazendo com que várias pessoas olhem para nós.

— Calma — Nadir sussurra.

— Não. Isso é terrível!

Uma feérica menor com a pele rosa, o cabelo roxo e um par de asas de borboleta cintilantes passa por nós às pressas com uma bandeja de bebidas. Sua expressão é de incerteza e medo.

Nadir me puxa para uma sala e fecha a porta, me jogando contra a parede.

— Eu *sei* que é terrível — ele diz, furioso, as cores rodopiando em seus olhos pretos. — Não disse que concordava com isso.

Baixo os ombros.

— Não?

— Não. Não concordo. Sou totalmente contra essa prática.

— Ah. Isso é algo que você mudaria quando...

Ele tapa minha boca.

— Não ouse. Tome cuidado com o que diz quando está em qualquer lugar fora de minha ala.

Certo. Claro. Nadir está planejando cometer traição. Faço que sim, e ele me solta. Deixei uma marca vermelho-escura de batom na palma da mão dele. Nós dois a olhamos por um momento e então nos encaramos. Me dou conta de repente de como ele está próximo, fazendo meu pescoço arder de calor.

Ele pigarreia e pega minha mão antes de abrir a porta.

— Vamos.

Voltamos ao corredor, e alguns sorrisos maliciosos são lançados em nossa direção. Olho feio para eles antes de Nadir me puxar para si e colocar o braço ao redor de minha cintura.

— Tente fingir que está se divertindo — ele sussurra. — Talvez como se tivesse sido comida com força naquela sala e curtido.

Faço bico, irritada.

— Essa é minha cara de *Acabei de dar para um arrombado naquele quarto.* — Para minha surpresa, Nadir solta uma gargalhada antes de me direcionar pelo corredor, seu braço ainda ao redor da minha cintura.

Finalmente, chegamos a um par de portas altas de madeira preta onde pessoas estão entrando e saindo de um salão decorado com quilômetros de veludo roxo. Paro de repente quando estamos prestes a entrar, subitamente sufocada pela ideia de ver o pai de Nadir em carne e osso depois de todos esses anos.

Nadir ergue as sobrancelhas.

— Pronta, detenta?

Apertando a barriga, respiro profundamente, o que não acalma em nada meu nervosismo. Nunca estive tão despreparada para uma situação como agora. Enfrentei os piores tipos de monstros na vida, mas nada supera aquele que comanda este Torreão.

— Mais pronta, impossível — sussurro, endireitando os ombros e me preparando para encarar o Rei Aurora.

18

Nossa entrada é anticlimática. Existem tantos corpos aglomerados no espaço que mal consigo ver além deles. Nadir firma o braço ao redor de minha cintura, e deixo que ele me guie pela multidão.

Quando sou quase derrubada por um Nobre-Feérico gigante, Nadir me abraça com mais firmeza.

— Olha por onde anda — o príncipe rosna, e o homem fica visivelmente pálido.

— Perdão, alteza. — Ele faz uma grande reverência ao príncipe.

— Não é para mim que você tem que pedir desculpa.

O Feérico baixa os olhos para mim, desdém estampado no rosto. Aqui estou eu, uma humana nos braços do príncipe. Sua prostituta da noite. Não mereço seu respeito. Ele funga e lança um olhar de esguelha para o príncipe, claramente ofendido.

— Está tudo bem — digo, mas Nadir me aperta com mais firmeza.

— Não está. — Ele não olha para mim enquanto encara o Feérico ofensor. — Você é minha convidada, e Virgil aqui vai pedir desculpas pela desatenção dele. — Embora ele não diga expressamente, a ameaça é inconfundível.

— Você nã...

Nadir silencia meu protesto com um olhar, e fecho a boca antes de ele se voltar para Virgil de novo, a expressão séria.

— Claro — Virgil finalmente balbucia, voltando a reverência

para mim. — Peço desculpas por meu descuido, milady. Espero que me perdoe.

— Tudo bem. De verdade — digo e, antes que o homem possa responder, estamos avançando de novo.

Nadir me puxa para uma área aberta onde Feéricos circulam em meio a uma grande variedade de divãs de veludo, a maioria segurando copos de cristal lapidado. Nadir finalmente solta minha cintura e pega minha mão. Quero soltar, mas lembro que isso também faz parte da atuação.

— Não precisava ter feito aquilo — digo. — Eu estava bem.

— Virgil é um cuzão desrespeitoso — Nadir diz, as linhas de sua boca tensas. Ele me fixa um olhar. — E eu tinha sim que fazer aquilo.

Franzo a testa e mordo o lábio.

— Certo. Obrigada, acho. — Ele acena, seus ombros se enrijecendo quando desvia o olhar.

— Nadir! — diz uma voz esbaforida, e paramos quando uma Feérica linda se aproxima, o cabelo loiro-escuro caindo em ondas sedosas ao redor dos ombros.

O vestido verde-esmeralda dela forma um contraste perfeito com sua pele marrom-clara e tem um corte tão escandaloso que não sei direito como ele não cai. Deixa à mostra sua barriga chapada e suas coxas esguias, além de exibir um par impressionante de seios pelo decote. Ela é arrebatadora e completamente intimidante.

— Por onde você andou? — ela pergunta, sedutora, encostando o corpo todo em Nadir enquanto dá um beijo em uma bochecha, depois em outra, deixando uma marca rosa-escura.

Ver essa marca na pele dele faz meu estômago se contorcer, mas então me lembro da marca do meu lábio ainda na palma de sua mão.

Cheguei primeiro.

Estreito os olhos. De onde veio esse pensamento? Por que me importo de quem são os lábios nele?

— O Torreão é tão sem graça quando você não está aqui — ela continua, ainda encostada em Nadir e com as mãos na cintura dele.

Não voltou o olhar para mim em nenhum momento, embora eu ainda esteja de mão dada com ele.

— Vivianna — Nadir diz com um sorriso de canto de boca. — Certos assuntos me mantiveram longe. Você está uma delícia.

Eu me irrito com essas palavras. Ele disse que eu estava *ok*, e essa mulher ouve que está "uma delícia"? O olhar de Nadir se volta para mim por um momento e depois para nossas mãos, e é então que me dou conta de que estou apertando seus dedos com tanta força que os meus ficaram brancos.

Quando forço minha mão a relaxar, ele volta a atenção a Vivianna, que está fazendo beicinho com seus lábios fartos.

— Você vai me ver mais tarde? — ela pergunta, acariciando o braço dele de forma possessiva.

Ele abre um sorriso safado, e tento me soltar. Não consigo acreditar que eles estão agindo como se eu não estivesse aqui. Nadir me segura com força, sua mão esmagando a minha, tornando impossível que eu me solte. Que merda é essa que está acontecendo?

— Eu adoraria, mas infelizmente não estou livre hoje — Nadir diz, com tom de desculpa ao apontar o queixo para mim.

Por que essa resposta me irrita tanto? Ele adoraria? Faz parecer que o único motivo para não estar com o pau dentro dela é ter que bancar a minha babá.

É então que Vivianna finalmente se digna a notar minha presença, se afastando de Nadir, mas com o cuidado de manter a mão plantada no centro do peito dele.

— Ah. — Ela me analisa com seus olhos verdes de uma forma que me faz lembrar demais de como todos me tratavam em Afélio, e contenho um rosnado. — Entendi. Uma humana, Nadir?

Ele sorri com malícia e faz que sim.

— Você sabe que gosto de experimentar de tudo.

Vivianna funga, e quero meter um soco na boquinha rosa dela. Estou apertando a mão de Nadir com tanta força que juro que sinto seus ossos estalando.

— Outra hora — ele diz. — Prometo.

Ela relaxa diante da promessa, seu olhar se voltando para mim por uma fração de segundo.

— Vou cobrar, hein? — ela avisa.

— Estou contando com isso.

Zerra, odeio esse desgraçado. Como ele se atreve a flertar com ela bem na minha frente? Ele está praticamente a despindo com os olhos. Desta vez, solto a mão de Nadir e saio andando, sem fazer ideia de para onde estou indo, mas querendo me distanciar dele. Paro e olho ao redor. Preciso beber alguma coisa. Está claro que não falta álcool aqui.

Um momento depois, sinto um braço quente envolver minha cintura, seguido pela voz baixa do príncipe em meu ouvido.

— Qual é o problema?

— Nada — digo, tentado me soltar, mas ele me segura com força.

— Você está com ciúme? — Ele me guia para um pequeno divã claramente feito para dois.

— Não seja ridículo. Por que eu me importaria com quem você fode?

Ele senta e me puxa junto. Mantenho o corpo tenso e os braços cruzados. Se alguém estivesse olhando, ficaria muito óbvio que odeio o Feérico ao meu lado.

— Claro. Devo estar enganado — ele diz. — Você quase arrancou minha mão, mas deve ter sido por algum motivo totalmente diferente.

Olho feio para ele.

— Cala a boca.

Ele solta uma risadinha baixa que para de repente. Sigo seu olhar para ver o que chamou sua atenção e fico ainda mais rígida.

É ele.

O Rei Aurora desliza em nossa direção como se andasse sobre cetim. Ele é a imagem exata de Nadir, apenas um pouco mais largo e alguns anos mais velho. Embora os Feéricos sejam basicamente imortais, eles envelhecem lentamente depois de chegarem à fase adulta. A diferença de idade é quase imperceptível, exceto pelas rugas finíssimas ao redor da boca do rei, mas ele é exatamente como lembro. Aquele rosto implacável e aqueles olhos cruéis que me perseguem em meus pesadelos.

O rei se dirige a passos largos ao lugar em que estamos sentados, e me preparo, sem saber o que esperar. Não preciso me preocupar porque, assim como Vivianna, o pai de Nadir mal olha em minha direção. É como se eu nem estivesse lá. É porque sou humana ou porque estou marcada como o brinquedinho da semana de Nadir?

— Finalmente, você voltou — o rei diz. — Preciso falar com você.

— Estou ocupado — Nadir diz, se recostando e colocando um braço ao redor de meu ombro.

Estou prestes a lançar um olhar fulminante para ele quando um beliscão dolorido em meu braço faz com que eu me encolha. Certo. Tenho um papel a representar. Sem jeito, tento relaxar a postura e me recostar no príncipe.

— Agora — o rei diz, seu tom sem deixar espaço para dissidência.

Nadir suspira e tira o braço antes de se inclinar para a frente.

— Está bem. — Ele se levanta e olha para mim. — Volto em poucos minutos. Tente não se meter em encrenca, det... — Ele para e passa mão no cabelo, claramente constrangido pelo quase deslize.

— Volto logo — ele diz de novo, e passa pelo rei antes de os dois desaparecerem na multidão.

É só quando o rei sai de meu campo de visão que percebo que estou tremendo. Em parte por medo e em parte por raiva, afinal, depois de tudo, ele nem se digna a me notar. Nem sequer me reconhece. Lembro a mim mesma que é melhor assim. É primordial para minha segurança que o rei pense que estou morta, mas isso não me impede de me sentir tão insignificante quanto uma partícula de pó.

Um servo feérico menor carregando uma bandeja de bebidas passa, e eu pego uma taça, virando imediatamente para me acalmar. Com a mão no peito, me forço a respirar devagar enquanto busco uma segunda bebida.

Alguém coloca um copo diante de meu rosto, então um Nobre-Feérico se senta a meu lado no divã e abre um sorriso ofuscante que só não brilha mais do que seu cabelo prateado glorioso. Sua pele escura está salpicada de glitter dourado, e seus olhos são do mesmo tom escuro de ametista de seu casaco brocado.

— Você parece estar precisando — ele diz, estendendo a taça para mim. — Ser o *objet du jour* do príncipe não é tão bom quanto dizem?

Não pergunto como ele sabe quem eu sou ou, melhor dizendo, que papel estou representando, mas presumo que as fofocas corram como um fósforo em livro seco por aqui. Ignorando a pergunta, aceito a taça e tomo um longo gole fortificante.

O Feérico ri baixo, seus dentes brancos e brilhantes. Me pergunto se algum dos Feéricos tem uma aparência um pouquinho mais banal. Deve haver alguém entre eles que não pareça esculpido à perfeição.

— Meu nome é Tharos — ele diz, estendendo a mão.

— Prazer — digo, apertando a mão dele. Por que decidiu conversar comigo? — O meu é Lor. — Então me encolho, percebendo que dar meu nome verdadeiro pode não ser prudente, mas eu e Nadir nunca discutimos como devo me referir a mim mesma. Que motivo esse Feérico teria para saber quem eu sou, afinal? Se Tharos nota ou faz alguma conexão, não dá nenhum sinal. Em vez disso, leva minha mão, que ele ainda está segurando, à boca e dá um beijo.

— O prazer é meu, Lady Lor.

Retiro a mão e abro um sorriso desconfiado.

— Nunca vi você por aqui antes. Onde Nadir a encontrou? É nova na Aurora?

Por que Tharos está me perguntando isso? Ele está investigando ou só sendo gentil? Sabendo que não posso dar uma resposta direta, ofereço uma piscadinha sugestiva antes de tomar outro gole.

— Não posso revelar os segredos do príncipe — digo com uma cadência tímida, fazendo o sorriso de Tharos crescer e se tornar uma gargalhada calorosa.

— Justo, milady.

— Mas este é meu primeiro Fogofrio — digo, decidindo que essa informação é segura o suficiente. — Pelo menos é minha primeira vez vendo-o de dentro do Torreão.

Os olhos de Tharos brilham com isso.

— Bem, então me permita atualizá-la sobre todas as fofocas.

Ele chega mais perto, colocando um braço ao longo do dorso do divã enquanto sua perna encosta na minha. Incomodada com a ousadia, me afasto, mas ele não parece notar. Um servo oferece a ele um coquetel de uma bandeja prateada, e ele pega um antes de se recostar e apontar para alguém na multidão.

— Aqueles ali são Lady Wensel e seu marido, Archibald. — Ele então aponta o copo para o outro lado do salão, onde um Feérico bonito os está observando com uma expressão de desespero. — E *aquele* é o amante dela.

Solto uma risadinha, cobrindo a boca. Eu não deveria rir, mas, depois de estar no Palácio Sol, descobri como a maioria desses nobres é fútil e imprestável.

Pelos minutos seguintes, Tharos me entretém com histórias de quem traiu quem e quem está transando com quem e quem sabe o quê. Escuto com atenção, em parte por fascínio, mas também porque, se eu estiver mesmo destinada a assumir o trono de Coração, todos os outros reinos de Ouranos são potenciais aliados ou inimigos. O príncipe pode estar me ajudando agora, mas isso não significa nada em relação ao futuro.

Tharos chega bem perto enquanto fala, cochichando em meu ouvido para que não o ouçam. Vou ficando cada vez mais à vontade com a presença dele, que parece estar simplesmente se divertindo sem precisar de nada mais que isso. Ele é tão leve e despreocupado comparado com Nadir, e me pego curtindo essa trégua da intensidade do príncipe.

Avisto Amya do outro lado do salão usando um vestido magnífico de cetim preto. Ela acena para mim com a cabeça de modo sutil, em sinal de cumprimento e de confirmação de que meu irmão e minha irmã estão a salvo.

Não sei bem quanto tempo eu e Tharos ficamos conversando, mas, com algumas bebidas e um pouco mais de fofoca, estou muito menos tensa do que estava depois de encontrar com o rei e de ver Nadir flertar com Vivianna. Ele faz uma piada, e solto uma gargalhada sincera pela primeira vez em séculos, jogando a cabeça para trás.

É então que uma sombra para sobre mim, e quando ergo os olhos, vejo o príncipe da escuridão eterna fulminando Tharos com o olhar, como se estivesse prestes a enfiar a mão dentro do peito dele e arrancar seu coração.

— Saia de perto dela — Nadir diz, sua voz tão grave e ameaçadora que juro que todas as luzes do salão tremulam.

— Nadir — Tharos diz com a voz arrastada e um sorriso no rosto. — Só estava fazendo companhia para sua amiga enquanto você tratava de assuntos da realeza. — Ele acena com a mão, e Nadir torce o punho de Tharos até ouvir o estalo inconfundível de osso. Eu e o Feérico de cabelo prateado arfamos ao mesmo tempo, e a taça cai da mão dele. — Eu disse para sair de perto dela.

Somos o centro das atenções de repente, dezenas de olhares curiosos se voltando em nossa direção.

O rosto de Tharos ficou pálido, e ele está apertando o punho, seus olhos lacrimejando de dor.

— Não fiz por mal, alteza.

A fúria de Nadir seria capaz de derreter uma barra de ferro. Isso está ficando constrangedor. Por que ele está tão furioso? Tharos levanta enquanto Nadir parte para cima dele, sua postura curvada com agressividade. Os dois Feéricos têm praticamente o mesmo tamanho, mas de algum modo Nadir consegue parecer um gigante. Tharos está com cara de quem vai vomitar, e não consigo entender o que está acontecendo. Também levanto, com medo de isso ficar ainda mais violento, e pego Nadir pelo braço.

— Está tudo bem — sussurro. — Ele só estava me fazendo companhia e me falando sobre as pessoas da corte. Nada de mais. Dá para parar de agir feito um animal?

Me pergunto se isso tem a ver com o orgulho dele. Imagino que deva haver algum tipo de regra tácita sobre encostar na amante do príncipe, mas tudo parece meio exagerado. Nadir volta seu olhar raivoso para mim, mas, um momento depois, algo diferente acaba com a parte mais extrema de sua ira.

Ele se volta para Tharos.

— Se eu flagrar você perto dela de novo, vou cortar sua garganta. Esse é seu único aviso. — Ainda segurando o punho junto ao peito, Tharos engole em seco e acena com a cabeça. — Sai daqui.

Tharos não espera por outra ordem e sai correndo em desespero.

Depois, Nadir pega meu braço e me leva em direção ao divã.

— Quero ir embora — digo a ele, tentando soltar o braço, mas ele o segura e me puxa para si.

Envolve minha cintura e leva a boca a minha orelha.

— Fica aqui. — Um calafrio reverbera por minha pele, pela maneira como seu sussurro toca um lugar secreto dentro de mim. — Por favor.

Fico tão surpresa pelo "por favor" que pisco algumas vezes. Há um tom de angústia no pedido, como se ele estivesse desesperado. Ele recua, seu olhar escuro se cravando no meu, e me pego fazendo que sim com a cabeça.

— Está bem.

Nadir não sorri, mas há uma luz de triunfo contido em sua expressão enquanto ele me guia para o divã e me puxa para seu colo. Tento me levantar imediatamente, mas ele aperta meu quadril com sua mão grande.

— Não se esqueça do papel que você está representando, detenta — ele sussurra de novo, e me desespero com a reação de meu corpo.

É como ser seduzida por um vulcão estrondoso que está perto de entrar em erupção e me queimar viva.

Um Nobre-Feérico para e olha para nós. Seu cabelo é castanho e volumoso, e seus olhos são azuis brilhantes.

— Detenta? Está aí um apelido engraçado, Nadir. Quem é essa?

Nadir sorri e me abraça, enquanto ergue a mão para cumprimentar o homem.

— É só uma brincadeirinha nossa — ele responde, desconversando. — Ela gosta quando a algemo. — Ele aperta minha coxa e pisca para mim. — Não é, meu bem?

Olho feio para ele, em dúvida se vou arrancar seus olhos com uma colher ou uma faca. Ele está fazendo isso só para me irritar, e aperta minha perna de novo, como um lembrete.

— Eu amo — digo, rangendo os dentes.

O Feérico ri baixo e bate no ombro de Nadir.

— Um homem de sorte. Bom Fogofrio, milady. — Ele me faz uma reverência e sai andando, ainda rindo sozinho.

— Vou te matar — sussurro e, de novo, tento me levantar, mas Nadir me impede.

Estamos quase na mesma altura, para variar. Ele inclina a cabeça como se esperasse para ver o que vou fazer em seguida, mas sei que ele está certo. Estou aqui para representar um papel, e sair de repente não se encaixa nessa personagem.

— Mal posso esperar para você tentar — ele diz com uma voz grossa que faz meu ventre se contorcer com uma excitação deliciosa.

Ele sobe a mão por minhas costas, sua palma quente deslizando por minha pele exposta. Ele para por um breve momento, flexionando os dedos sobre as cicatrizes que sei que estão lá. Então me puxa, e faço o possível para fingir que é isso que quero, ao mesmo tempo que faço parecer que não estou gostando nem um pouco.

Quando me inclino, ele desliza a mão mais para cima, envolvendo minha nuca, fazendo minhas coxas se flexionarem em resposta. O que está acontecendo comigo? Por que estou tendo reações físicas tão fortes a ele? Preciso tomar cuidado.

Eu queria tanto confiar em Atlas que perdi a noção do que estava bem embaixo de meu nariz. Tinha passado tanto tempo da vida convivendo com os piores tipos de monstros que era difícil resistir a qualquer atenção calorosa. Sei que Nadir também está representando um papel, mas ele está se provando muito mais habilidoso nisso.

Com a mão ainda em minha nuca, Nadir observa o salão, e eu faço o mesmo, notando os olhares furtivos para nós.

Ele está traçando com os dedos um desenho distraído em meu quadril, e isso também faz um tremor percorrer minha pele. Minha magia é estabilizada pela proximidade dele e, agora, é como um deslizar suave se movendo por meu sangue. Consigo sentir, porém, que ela quer ainda mais. Mas o que mais?

— Posso colocar minha mão em seu joelho? — ele pergunta com aquele ar malcontido. — Seria esperado que eu fosse um pouco mais... afetuoso com minha acompanhante de Fogofrio publicamente declarada.

Lançando um olhar pelo salão, fica óbvio a que Nadir se refere.

Os convidados estão ficando mais ousados e libertinos com o passar da noite, os divãs espalhados pelo salão abrigando encontros sutis mas carnais. Isso me faz pensar nas festas em Afélio, e me recordo do que Callias me disse sobre os Feéricos e seus instintos primitivos.

— Podemos sair daqui a pouco — ele promete com um tom mais suave do que eu esperaria. — Mas para fazer isso parecer real, realmente devemos ficar um pouco mais.

Faço que sim, sem tirar os olhos do resto do salão.

Nadir pousa a outra mão em meu joelho, exposto pela fenda da saia, e sinto um frio na barriga. Meu olhar encontra o dele num afã, e nenhum de nós parece conseguir desviar a atenção.

— Pode ser bom colocar um braço ao redor de mim também — ele sugere, e faço que sim de novo, minhas palavras engasgadas no fundo da garganta.

Passo o braço por seus ombros, deixando meu corpo ainda mais encostado ao dele.

— Você está bem? — ele pergunta, e sou pega de surpresa pela preocupação em sua voz. Ele parece muito diferente de antes, e não sei o que pensar disso.

— Estou — digo, sem saber bem se é verdade.

Quando sinto sua mão subir pela lateral de minha coxa, perco o ar e mordo o lábio. Seus olhos se escurecem, sem as cores rodopiantes, enquanto ele continua o avanço lento de sua mão quente por minha perna.

Sinto um frio conflituoso na barriga enquanto sua mão desliza ainda mais para cima, a ponta de seus dedos roçando a beira do espartilho. O salão se desvanece, e a única coisa que noto é a música baixa ao fundo, conversas e gemidos suaves enchendo o ar. Nadir desliza os dedos por dentro da beira do tecido, tão perto e ao mesmo tempo tão longe do palpitar entre minhas coxas. Isso é de verdade? Ou é parte da atuação? O que eu quero? Minha mente diz uma coisa, mas meu corpo diz outra completamente diferente.

Só pode ser o salão, os sons e o cheiro de sexo pairando no ar. Nadir é bonito, e estou tendo uma reação puramente física. Não é muito diferente de Atlas. Eu o estava usando, assim como estou usando Nadir, mas quando a mão do príncipe sobe outra vez, a ponta de seus dedos deslizando pela barra do tecido de novo, sei que estou me iludindo. Não é nem um pouco parecido com Atlas.

De repente, o salão se torna sufocante. Este momento se torna opressivo. Preciso sair daqui.

— Não consigo... — Balanço a cabeça e me desvencilho, saindo do colo dele. — Desculpa — sussurro antes de dar meia-volta e correr para a saída.

19

De alguma forma, consigo encontrar meu caminho de volta ao quarto de Nadir depois de pedir direções a mais de uma dezena de servos. Todos me lançam olhares desconfiados enquanto corro pelos corredores como se estivesse sendo perseguida por um demônio.

Quando vejo as portas familiares da ala de Nadir, entro e corro até seu quarto, desejando que houvesse algum outro lugar onde eu pudesse me esconder, mas não me atrevo a vagar sozinha pelo Torreão.

Revirando o baú que Amya enviou, encontro uma calça macia e uma túnica. Rapidamente, tiro o vestido, suspirando de alívio com a roupa muito mais leve e confortável. Felizmente, há um carrinho de bar perto da janela, então vou até ele e pego uma garrafa de um líquido vermelho-escuro.

Sem me importar com o que é, encho o copo e viro tudo, definitivamente começando a notar os efeitos inebriantes de consumir tanto álcool. Mas não é o suficiente para aliviar os tremores de ver o Rei Aurora nem a dor embaixo de meu ventre quando reajo ao toque de Nadir. Não *quero* sentir nenhuma dessas coisas. Ele pode não ter sido diretamente responsável por meu confinamento, mas sabe o que se passa dentro de Nostraza. Como posso perdoá-lo por isso?

Há partes de minha vida que ainda não superei. Os piores momentos que escondi nas profundezas de minha alma. O que o diretor da prisão me obrigava a fazer. O que o rei fez durante aquelas noites no Torreão. As cicatrizes que perduram em minha pele e aquelas que vivem embaixo da superfície, que nunca vão cicatrizar por completo. Os lembretes constantes de tudo que perdi e tudo que ainda posso perder. Não tive a chance de processar nada daquilo durante o tempo que passei em Afélio, pois estava lutando para sobreviver, mas não posso continuar ignorando isso para sempre.

Meu copo está vazio de novo, então sirvo mais um e o viro também. Em seguida, pego a garrafa e me afundo no sofá, apoiando os pés com meias na mesa enquanto sirvo outro.

O fogo está aceso, as chamas aquecendo o quarto frio. Morana e Khione estão deitadas na cornija, me observando, relaxadas. Eu me pergunto como conseguem suportar o calor com tanto pelo. Apesar disso, um frio entra pelo conjunto de janelas grandes. Como este pode ser um lugar agradável para dormir?

Observo a cama enorme, imaginando o que vou descobrir em breve. Só espero que Nadir não tenha falado sério sobre nós dois dormirmos nela. A única outra opção seria este sofá, o que seria confortável o suficiente para mim, embora eu desconfie que seja pequeno demais para o corpo grande dele.

Suspiro. Ele nunca abriria mão daquela cama luxuosa por mim. Mesmo assim, este sofá é mil vezes melhor do que a cama que eu tinha em Nostraza.

A porta se abre e me recuso a olhar quando Nadir entra no quarto, me preparando para o sermão inevitável sobre abandonar a festa sem sua permissão ou seja lá sobre o que ele decida me repreender hoje.

Ele se aproxima, os passos abafados pelos carpetes grossos, e desabotoa o colete, jogando-o na cadeira antes de abrir as abotoaduras e arregaçar as mangas até os cotovelos, revelando um par de antebraços grossos e cheios de veias. Observo tudo isso pelo canto do olho enquanto tomo minha bebida, minha cabeça começando a girar. Eu realmente deveria parar de beber, mas essa é a única coisa que está relaxando minhas emoções em crise.

Nadir senta no sofá e estende a mão para pegar a garrafa que está definitivamente menos cheia do que quando comecei. Ele a inclina, verificando o conteúdo, e ergue a sobrancelha, mas não diz nada enquanto a devolve à mesa. Estende o braço sobre o encosto do sofá e seu joelho roça no meu.

— O rei queria saber sobre você — ele diz. Eu me empertigo, meus sentidos disparando em alerta. — Não se preocupe, não estou falando da versão de você que estava sentada naquele salão, mas sobre a prisioneira 3452 que escapou.

— O que você disse a ele? — pergunto, lançando um olhar para a porta, certa de que o rei está prestes a invadir o quarto com um dedo acusatório antes de me arrastar para aquele lugar deplorável nas entranhas do Torreão.

— Que encontrei seu corpo trazido pelo mar nas praias de Aluvião.

— Ele pensa que estou morta. — A pressão em meu peito relaxa.

— Sim. Então, por enquanto, você está a salvo.

Nadir para, soltando um pequeno suspiro que consegue envolver meu corpo.

— Você estava tremendo quando ele veio falar comigo — ele diz, mais uma vez me pegando de surpresa.

Não imaginava que ele tivesse notado. Olho nos olhos escuros dele, forçando um ar de resistência em minha expressão.

— Ele matou minha família. Não deveria tremer quando o vejo?

Nadir acena devagar, embora desconfie que não estou revelando toda a verdade. Não sei por que estou escondendo isso dele. Por que não consigo expressar a tortura que sofri nas mãos de seu pai. Talvez, se eu guardar as memórias bem o bastante, elas não possam se soltar e me estrangular.

— Esse é o único motivo? — ele pergunta.

— Não basta para você?

— Basta. Entendo por que você o odiaria por isso, mas tenho a impressão de que tem alguma coisa que não está me contando.

Dou mais um gole do copo, evitando o olhar dele.

— Não tem nada.

Ele não insiste mais, e nós dois ficamos em silêncio.

— Quem era aquela mulher? — pergunto, erguendo as mãos diante de mim para imitar um par de seios. Zerra, estou definitivamente bêbada.

Nadir bufa.

— Você está falando da Vivianna?

Fecho a cara. Até o nome dela é mais interessante e luxurioso que o meu.

— É uma velha amiga.

— Já transou com ela? — A pergunta sai por conta própria, e desejo poder retirar.

— Por que você se importa com isso?

— Não me importo.

— Pois parece que se importa sim.

Obviamente não respondo, dando mais um gole da bebida.

É claro que não me importo.

Contemplo o fogo, e ele faz o mesmo. Ficamos sentados por longos minutos. Apesar de tudo, é estranhamente confortável, nem tenso nem constrangedor. O quarto está girando a essa altura, e jogo a cabeça para trás, olhando para o teto rodando em cima de mim, e resmungo.

—Talvez você já tenha bebido demais. — Nadir tira o copo de minha mão e o coloca na mesa.

Ponho a mão sobre os olhos, minha cabeça latejando e meu estômago se revirando.

Dou um salto do sofá e tropeço em Nadir quando tento passar por suas pernas compridas.

— O que você está... — ele pergunta quando me vê cambaleando na direção do banheiro, abrindo a porta e praticamente escorregando de joelhos pelo piso liso de ladrilhos.

Ergo a tampa do vaso e imediatamente boto as tripas para fora enquanto gotas de suor escorrem por minha testa.

Respirando com dificuldade, desejo que o mundo pare de girar antes de notar o som suave de passos e então sentir mãos gentis em meu cabelo. Nadir o segura, afastando-o do meu rosto quando vomito de novo, sentindo ânsia vezes e mais vezes. Não sei bem quanto tempo demora, mas ele se mantém agachado atrás de mim, sem soltar meu cabelo e acariciando minhas costas enquanto as ondas de náusea me atingem.

Quando acho que finalmente acabei, escorrego para o chão e encosto a bochecha no piso frio. Minha pele está suada e sinto um gosto de esgoto na boca, mas pelo menos minha dor de cabeça diminuiu um pouco.

Nadir levanta e vai até a pia, onde serve um copo d'água e o traz para mim. Encostando o copo em minha boca, ele ergue minha cabeça apenas o suficiente para eu conseguir beber antes de cair de volta ao chão com um gemido agonizante. Zerra, eu me sinto um lixo.

Ele me dá um momento e então me faz beber mais um pouco de água antes de devolver o copo ao balcão. Minhas pálpebras estão tão pesadas que nem consigo mantê-las abertas. Elas se fecham, e sinto um calafrio com mais uma onda de náusea remanescente.

Um momento depois, o príncipe me pega no colo com seus braços fortes. Aquele cheiro — que me lembra de brisas de inverno e dos primeiros flocos de neve — enche meu nariz. Solto um suspiro instintivo. Por que isso parece uma memória que não consigo tocar?

Ele me leva para fora do banheiro e me coloca gentilmente em sua cama imensa. Os lençóis estão geladinhos e sedosos, provocando uma sensação incrível em minha pele úmida. Suspiro de novo ao me aconchegar no colchão enquanto Nadir estende uma coberta por cima de mim.

Ele afasta um fio de cabelo de meu rosto com seus dedos leves e o ajeita atrás da minha orelha. Não estou racional o bastante para registrar essa demonstração de ternura que é tão incongruente com o homem que venho conhecendo nas últimas semanas.

Ele roça o dorso da mão em minha testa, descendo por minha bochecha com um toque levíssimo.

— Amanhã, vamos procurar na ala leste perto dos aposentos de meu pai — Nadir diz em voz baixa. — Se você estiver em condições.

Há outra pausa e, então, um toque sutil de dedos ao longo de meu queixo.

— Não sei o que aquele desgraçado fez com você, mas vou ajudá-la a encontrar sua coroa, Rainha Coração, e vou fazê-lo pagar. Por tudo.

Com essa declaração arrepiante ecoando em minha cabeça, pego no sono.

20
SERCE

286 ANOS ATRÁS: REINOS ARBÓREOS

— É UM PRAZER REVÊ-LOS — SERCE DISSE, cumprimentando Rion e sua parceira, Meora, com um aceno de cabeça. Ela levava no colo um bebê com um cabelo preto e volumoso. — Vejo que trouxeram seu filho. Que... legal.

Ela abriu um sorriso sem graça para o bebê e jurou que a carinha franzida dele ficou cética. Era possível um bebê erguer a sobrancelha? Ela não entendia nada de crianças. Eles a deixavam vagamente desconfortável, como animais que podiam morder ou, pior, chorar quando se assustassem. O bebê fez um barulhinho e estendeu a mão na direção do rosto dela. Serce deu um passo repentino para trás, ajeitando o cabelo rapidamente.

— Desculpa por isso — Meora disse com um sorriso envergonhado. — Nadir gosta de pegar nas pessoas. Não é, meu amor? — Ela observou o menino com tanta afeição que Serce *quase* sentiu algo se contorcer em seu peito. Ou talvez fosse apenas indigestão.

Wolf, por outro lado, não tinha essas reservas com bebês. Seu rosto se abriu num sorriso largo enquanto ele pegava Nadir da mãe e o balançava no colo.

— Que neném Feérico lindo — ele disse.

Serce tinha que admitir que vê-lo assim com uma criança, com tanto amor e um entusiasmo tão tenro, era bastante encantador.

O bebê riu de Wolf com um som exaltado e alegre que encheu

a sala de leveza. Wolf envolveu o bebê em seus braços e abriu um sorriso largo para Serce antes de piscar para ela.

Ela levou as mãos à barriga. Embora Wolf não tivesse dito diretamente, dera a entender mais de uma vez que mal podia esperar para ser pai algum dia. Para ser sincera, o pensamento tinha passado poucas vezes pela cabeça de Serce até ela o conhecer. Ela sabia que em algum momento teria que gerar um herdeiro ou correr o risco de a magia de Coração ser transferida a outra linhagem, mas ficava arrepiada só de pensar. Por que eram apenas as pessoas com o fardo de um útero que ficavam com essa tarefa desagradável?

Quando Wolf tocou o nariz do garotinho, a criança abriu um sorriso desdentado imenso. Serce pensou que *talvez* ela conseguisse se ver como mãe se tivesse Wolf a seu lado. Mas qualquer alegria que o bebê havia manifestado em Wolf parecia ter o efeito contrário no Rei Aurora. Rion fulminava os dois com o olhar sem dizer nada, se acomodando em um dos sofás verdes opulentos dispostos no meio da sala de estar espaçosa.

Eles estavam no centro do Forte Arbóreo, cercado por paredes curvadas que davam a sensação de estar dentro de uma árvore oca. Assoalhos de madeira lustrados a ponto de brilhar eram cobertos por uma variedade de tapetes verdes grossos decorados com fios de ouro.

— Posso oferecer alguma coisa para vocês beberem? — Serce perguntou, fazendo sinal para um dos criados de libré do outro lado do salão.

Meora se acomodou ao lado do parceiro, e Serce notou a mudança imperceptível na postura do Rei Aurora, como se ele estivesse tentando se distanciar dela.

Rion arqueou a sobrancelha, avaliando o espaço antes de seu olhar recair sobre Wolf, que agora estava sentado ao lado de Serce, o bebê ainda no colo.

— Não é uma graça ver vocês dois brincando de casinha assim?

O que sua mãe pensa dessa situação? Soube que houve um certo escândalo na cúpula do mês passado. Imagino que meu convite tenha se perdido no correio.

Serce tentou não deixar sua raiva transparecer pelo tom condescendente dele. Ela se perguntou pela milésima vez se não fora um erro convidá-lo. Mas enviara inúmeras mensagens para a mãe, tentando fazer as pazes, e nenhuma foi respondida. Serce estava começando a entrar em pânico. Seus espiões tinham ouvido Daedra dizer que não faria a descensão agora que Serce rejeitara a união com Atlas.

Serce se lembrou das últimas palavras da mãe naquela noite do jantar: ela achava que a filha não estava pronta. A jovem não conseguia acreditar que sua mãe estava sendo *tão* mesquinha. As duas entendiam a importância de Coração se fortalecer o máximo possível. Serce não podia deixar isso acontecer. A única coisa que ela queria, antes de conhecer Wolf, era pôr as mãos na Coroa Coração.

Meora salvou Serce de ter que responder à pergunta de Rion colocando a mão no braço dele. E não correspondeu ao olhar sombrio do marido.

— Aceito uma taça de Varmique Annata. Ouvi dizer que a safra está especialmente boa este ano.

Serce assentiu e fez sinal para um dos servos dar a Meora uma taça do famoso vinho dos Reinos Arbóreos.

— Rion? — ela perguntou, e ele fez que sim.

Enquanto o criado servia as taças, Wolf erguia o bebê, que dava risadinhas. O sorriso largo de Wolf era comparável ao sol.

— Posso ficar com ele — Meora disse, com um tom de desculpas, estendendo os braços para o bebê. — Se estiver sendo muito incômodo. — Wolf fez que não precisava, voltando a aninhar o bebê no colo.

— De jeito nenhum. Acho que ele gosta de mim.

O bebê ergueu os olhos para Wolf, seu rostinho se franzindo

num sorriso sem dentes. Calor subiu pelo pescoço de Serce. Por que Wolf ficava tão atraente assim? O provedor. O protetor. Ela nunca soube que queria algo desse tipo em um parceiro, mas de repente passou a ser muito sexy.

Meora abriu um sorriso tenso para Wolf e voltou a se acomodar no sofá, claramente aliviada por ter um descanso da criança. Serce se perguntou por que a rainha não tinha uma babá.

— Então — Rion disse com a voz arrastada, dando um gole de vinho. — *Por que* você nos convidou aqui, Serce?

Ela torceu as mãos no colo. Estava usando um vestido comprido verde que descia até o chão, feito de um tecido suave esvoaçante que caía ao redor dela como folhas de primavera.

— Minha mãe não planeja me passar a Coroa Coração — ela disse, sabendo que não havia por que fazer rodeios. — Ela pretendia descender no ano que vem, mas, segundo os boatos, mudou de ideia.

É claro que, convenientemente, Serce não acrescentou o ponto principal sobre isso ser uma estratégia para superar a força de Rion. A verdadeira profundidade do poder dela era um segredo que eles haviam guardado por motivos como esse. Serce agradeceu em silêncio pela previdência da mãe.

Rion, porém, ficou grato pela objetividade, e Serce pôde ver que o havia intrigado quando uma luz se acendeu nos olhos dele. Ele soltou um assobio baixo.

— Eu sabia que sua mãe tinha um temperamento difícil, mas essa é uma mudança e tanto. O que poderia tê-la enfurecido a esse ponto?

Ela trocou um rápido olhar de esguelha com Wolf, que a encorajou em silêncio a responder.

— O plano era que eu me unisse ao Príncipe Sol mais novo, mas me recusei.

Culpa encheu sua garganta. Ela não apenas estava negociando com o inimigo como revelando os planos da mãe de agir contra

Rion. Mas tinha um propósito maior. Coração não poderia perder para a Aurora por causa da falta de visão de sua mãe.

— É mesmo? — Rion perguntou. — E por que isso? Os exércitos que eles prometeram não foram de seu agrado, princesa?

Serce mordeu o lábio. Claro. Se ele já sabia sobre a cúpula, era provável que soubesse o motivo.

— Ele me faria competir naquelas Provas bárbaras. Eu me recusei.

O olhar de Rion se voltou a Wolf.

— E?

— E então conheci Wolf, e o destino tem formas de nos guiar no caminho que somos destinados a seguir.

Rion soltou uma risada cheia de veneno.

— Entendi. Então isso tudo é porque você se *apaixonou*. — A inflexão na palavra "apaixonou" era mordaz.

Serce notou que Meora se encolheu visivelmente antes de se controlar e ficar completamente imóvel, como se fingisse que isso não havia acontecido.

O olhar de Serce encontrou o de Wolf, e não havia dúvida. Fazia poucos meses que eles se conheciam, mas ela já tinha se apaixonado tão profundamente que era como se tivesse mergulhado num poço sem fundo.

— E se for? — Serce perguntou, escondendo mais uma verdade de Rion.

Desde o momento em que conhecera Wolf, ela havia entendido que aquilo era mais do que *apenas* amor. A forma como a magia e o corpo dela respondiam à presença dele era reverente. Algo poderoso e sagrado. Poucas semanas depois de seu primeiro encontro, eles haviam confirmado o que já sabiam em seus corações. Eram almas gêmeas — um laço santificado tão raro entre Nobres-Feéricos que quase chegava a ser uma lenda. Serce nunca tinha ouvido falar de um caso assim, e Wolf também não. Os dois respeitavam esse fato e esse segredo, guardando-o bem para ser saboreado apenas por eles até chegar a hora certa de revelá-lo.

Rion riu e tomou um gole de sua bebida.

— Então vocês são ainda mais tolos do que eu imaginava.

Serce alongou o pescoço, ignorando o insulto. Rion sempre fora um sacana sem coração, e ela não esperava menos dele. A maneira como ele se mantinha afastado de Meora, como se não suportasse a presença dela, mostrou a Serce que ele nunca entenderia os sentimentos deles, de uma forma ou de outra.

— Seja como for, chamei vocês aqui para formarmos nossa própria aliança.

Um levíssimo erguer das sobrancelhas dele foi a única demonstração aparente de surpresa, e Serce tinha certeza de que o pegara desprevenido. Ela conteve o sorriso de triunfo quando o olhar dele se voltou mais uma vez a Wolf.

— Uma aliança com os Reinos Arbóreos? Depois de todo esse tempo?

Wolf fez que sim.

— Serce não pode perder a coroa. Não vou permitir que isso aconteça.

O coração dela se inflou com a paixão bruta na voz dele. Se não estivessem sentados ali com uma companhia relativamente cortês, já estariam fodendo feito dois animais no chão. Como se ouvisse os pensamentos dela, Wolf lhe lançou um sorriso ferino com uma promessa nos olhos. Arrepios cobriram a pele dela. Serce nunca tinha pensado que seria possível sentir isso por alguém.

— E o que essa aliança representaria? — Rion perguntou, mais uma vez voltando o olhar escuro espiralado para Serce.

— Os exércitos dos Reinos Arbóreos, óbvio.

— Seus exércitos são menos da metade dos meus — Rion disse, se voltando para Wolf. — Isso não é incentivo.

— Me ajude a tirar a Coroa de minha mãe — Serce disse, e Rion se empertigou.

— E como eu faria isso? — Rion perguntou, a sobrancelha erguida.

— Não vamos fazer joguinhos, majestade. — As palavras pairaram no ar.

Uma acusação. Um corredor da morte em chamas sobre um campo de grama morta.

Havia muitos rumores sobre como o Rei Aurora tinha sido forçado a descender à Evanescência, embora eles nunca fossem ditos em voz alta. Sugerir algo assim era o cúmulo do tabu. Mas, se alguém sabia como fazer isso acontecer, Serce tinha um palpite de que era o Feérico Imperial implacável sentado diante dela.

Rion não respondeu nada, apenas ergueu a cabeça e esperou pelo que ela poderia oferecer em seguida.

Serce então respirou fundo, se preparando para falar, sabendo que o que estava prestes a dizer seria como atravessar uma ponte que se reduziria a pó atrás dela, para nunca ser reerguida.

— E assim você também vai ter os exércitos de Coração à sua disposição. Vamos ajudar você a dominar o resto de Ouranos. Juntos, seríamos imbatíveis. Você sabe que é verdade.

Quando Serce ficou em silêncio, o pavio que ela acabara de acender crepitou entre eles.

— Você faria isso? Daria Ouranos para mim?

— Desde que você deixe Coração e os Reinos Arbóreos para nós — ela emendou rápido. — Eles pertencem unicamente a nós.

— Por quê?

— Porque quero minha Coroa, e vou fazer de tudo para conquistá-la — ela disse simplesmente, sabendo que um homem como Rion entenderia esse chamado intenso pelo poder, apenas pelo puro poder.

Rion coçou o queixo, considerando a oferta.

— Parece justo — ele disse devagar, como se testasse as palavras e decidisse se realmente falava sério. — Vou pensar.

Serce baixou a cabeça.

— É tudo que peço — ela disse, fingindo subserviência, na esperança de agradar o ego dele.

Ele estreitou os olhos, que brilhavam com astúcia, e observou a expressão de Serce e de Wolf, ainda balançando no joelho o bebê, que murmurava e balbuciava.

— Enquanto pensa, por favor, continuem como nossos hóspedes por alguns dias — Wolf disse. — O Bosque de Peras Sapientes é espetacular nessa época, e eu adoraria levar vocês para um passeio.

Rion se levantou, abotoando o paletó e acenando com a cabeça. Meora fez o mesmo, pegando o bebê de Wolf.

— Obrigada — Serce disse, se dirigindo a Rion, que a olhou de cima a baixo.

— Vamos nos falar de novo, Serce. Está claro que temos interesses semelhantes. Talvez haja mais coisas que possamos fazer juntos.

Ela acenou com um sorriso tenso. Não confiava nem um pouco nele, mas precisava que ele considerasse a proposta e, com sorte, aceitasse. Por ora, ela fingiria que os interesses deles estavam alinhados.

Porque Serce também não era confiável.

— Você acha que ele vai dizer sim? — ela perguntou a Wolf enquanto se retiravam para a câmara dele no fim da noite.

Rion e Meora tinham recusado o convite para jantar com eles, dizendo que estavam cansados da viagem e que veriam Wolf e Serce no dia seguinte.

Um alívio, na verdade. Eles tinham cancelado a refeição formal e, em vez disso, jantaram tranquilamente na mesma sala de estar em que haviam recebido o Rei e a Rainha Aurora mais cedo.

— Acho que sim — Wolf disse. — Você ofereceu mais da metade de Ouranos para ele. A ambição de Rion sempre o cegou, ele não vai recusar essa chance. Só quer fazer você esperar um pouco.

Wolf sentou no sofá de couro marrom que ficava embaixo de uma janela grande e puxou Serce para o colo.

— Você pareceu bastante encantado pelo bebê — ela disse com cuidado, quando ele a abraçou.

— Amo crianças. Você sabe disso.

Ela engoliu em seco e fez que sim.

— Sei. Você nunca disse que queria filhos. Comigo, quer dizer.

Wolf abriu um sorriso largo, seu rosto lindo se transformando, um brilho em seus olhos verde-escuros.

— Serce, você é a única mulher que conheci nesta ou em qualquer outra vida com quem eu gostaria de ter filhos. É minha agora e para sempre. Eu só tinha medo de que fosse cedo demais para dizer esse tipo de coisa, e você não demonstrou muito ter essa vontade.

Ela colocou os braços ao redor do pescoço dele.

— Talvez você pudesse me convencer. Aquele menino até que era… bonitinho. — Ela franziu o nariz, e Wolf soltou uma gargalhada calorosa.

Ele segurou a nuca dela e a puxou para um beijo.

— Você faz alguma ideia de como é linda?

— Você faz alguma ideia de como é sexy ver você cuidar daquela criança? Havia algo tão… paternal em você.

Ela roçou o quadril no colo dele, e ele gemeu, apertando a cintura dela.

— Se eu soubesse, teria convidado todas as crianças do reino para uma visita.

Ela soltou uma risada.

— Não se atreva.

Ele riu baixo antes de beijá-la novamente.

— Vamos precisar chamar a Alta Sacerdotisa em breve — ela disse em seguida, começando a puxar os cordões da camisa de Wolf, expondo um pedaço da pele bronzeada dele.

Ela colocou as mãos embaixo do tecido, saboreando a pele dura e firme do corpo refinado do homem.

— Vou mandar um mensageiro amanhã de manhã — ele respondeu, acariciando o pescoço dela, passando a mão pela abertura do robe, onde encontrou sua pele. — O que exatamente ela disse na carta?

— Que é possível que dois Primários juntem seus Artefatos, embora isso nunca tenha sido feito na história até onde ela sabe. Mas lembrava de ler sobre isso no Livro da Noite. Prometeu procurar a referência, e então, se tudo der certo, nos dar os detalhes sobre como podemos fazer isso.

Ele subiu mais a mão, puxando o laço que amarrava o robe, o tecido sedoso revelando partes da lingerie de renda. Wolf soltou um barulho gutural enquanto lambia o pescoço de Serce e deslizava a mão pela barriga dela.

— E depois? — ele perguntou, mordiscando a orelha.

Ela perdeu o fôlego quando Wolf desceu mais a mão, acariciando sua virilha, provocativo.

— E depois nossa magia vai se somar, como quando um Primário se une a um Nobre-Feérico ou a um humano, mas ela acredita que unir dois Primários vai ter um efeito dez vezes maior em nossa magia.

Wolf passou a mão entre as pernas de Serce, tocando o tecido já molhado da calcinha. Ela abriu as pernas e ergueu o quadril enquanto ele puxava a seda para o lado e deslizava um dedo grosso pela fenda já molhada.

— O que mais, Serce? — Sua voz era grossa, seu tom, rouco.

— Então eu e você vamos nos tornar os dois governantes mais poderosos de Ouranos. — Wolf enfiou o dedo dentro de Serce, que gritou enquanto ele massageava seu clitóris. — E... vamos... esmagar Rion. E conquistar... todos... os... cantos... do... continente.

As palavras saíram entrecortadas enquanto Wolf tirava a renda que cobria os seios dela e chupava um mamilo, brincando com a língua antes de dar uma mordida, provocando uma pontada repentina de dor que a fez gemer.

Ele continuou a enfiar o dedo nela seguidas vezes, e ela cavalgou, entregue, buscando o orgasmo que estava cada vez mais perto.

— *Você* vai ser a mais poderosa, Serce — ele disse, as palavras baixas e perigosas. — E vou estar a seu lado, minha rainha, meu coração, minha *alma gêmea*, e ajudar você a conquistar tudo.

21
LOR

TEMPOS ATUAIS: AURORA

Até a ausência sombria de luz da Aurora é uma agressão a meus sentidos de manhã. O cheiro de comida revira meu estômago, e aperto bem os olhos, desejando que minha náusea diminua. Ouço o tilintar de utensílios e o som de líquido sendo despejado num copo.

Um corpo quente está encostado ao meu, e estendo a mão, percebendo que é coberto de pelo grosso e macio. Uma das cachorras de gelo do príncipe — não sei qual — ergue a cabeça e olha para mim antes de voltar a se deitar e fechar os olhos. Devo me preocupar que ela esteja prestes a arrancar meu rosto com os dentes? Mas ela parece estar dormindo.

Um momento depois, uma sombra me encobre, e Nadir surge, me olhando com uma caneca branca na mão.

— Como está se sentindo, detenta? — Ele está com um brilho divertido nos olhos e um sorriso arrogante no rosto que quero tirar aos tapas. Exceto que não sei se consigo fazer isso sem vomitar em cima dele. — Você deu um showzinho e tanto ontem à noite.

Estreito os olhos e me encolho porque, puta merda, até isso dói agora. Pensando em ontem à noite, lembro de como ele segurou meu cabelo para trás e me carregou até a cama. Não resta uma gota dessa ternura em sua postura. Eu o imaginei fazendo aquilo tudo? Talvez fosse uma névoa por conta da bebida e só mais um sonho. Mas de algum modo vim parar nesta cama.

— Quero morrer — digo, massageando a têmpora, buscando algum alívio.

O riso baixo de Nadir é quase perverso enquanto ele toma um gole de café. Devagar, muito devagar, eu me sento, o quarto todo girando. A segunda cachorra do gelo está aconchegada a meus pés, e me pergunto de onde veio essa mudança, sendo que eu tinha certeza de que as duas queriam me devorar.

Mas estou com dor demais para me importar.

Gemendo, coloco os pés no chão, enfiando a cabeça entre os joelhos enquanto resisto a mais uma onda de tontura.

— Isso vai ajudar — Nadir diz, e pega um frasco da mesa de cabeceira e o entrega para mim. Está cheio de pequenos comprimidos brancos. — Tome dois e venha tomar café. Temos muito terreno a percorrer hoje.

— Você não tinha dito "se eu estivesse em condições"? — pergunto, me lembrando de algumas das palavras dele de ontem à noite.

— Se você comete um crime, sofre um castigo.

— Você tem esse lema tatuado na bunda? — pergunto, colocando dois comprimidos na mão e voltando a fechar o frasco.

Nós dois sabemos que estou falando de Nostraza, mas ele não parece afetado por minha pergunta. Senta na cadeira e morde uma fatia de bacon.

— Pensando na minha bunda, detenta?

Me engasgo com a bile que sobe por minha garganta e viro o rosto, enfurecida por sua atitude e profundamente decepcionada por ter *sim* imaginado aquelas palavras gentis, mas vingativas, que ele proferiu ontem à noite. Engulo os comprimidos, seguidos por um copo inteiro de água que está na mesa de cabeceira, e fico com os olhos fechados por alguns minutos, me concentrando no esforço agora impressionante de não vomitar.

Os comprimidos fazem efeito rapidamente, aliviando a dor latejante em minha cabeça e acalmando meu estômago revirado. Quando me sinto mais ou menos normal de novo, solto um suspiro de alívio e levanto. As cachorras finalmente saem de suas posições e pulam para o chão antes de se dirigirem a seus potes para seus próprios cafés da manhã.

Depois de olhar do outro lado da cama grande, franzo a testa.

— Onde você dormiu ontem à noite? — Viro para Nadir, que agora está me observando detrás de seu par de cílios grossos escuros.

— Na minha cama.

— Mas eu estava na sua cama.

— Eu sei disso — ele diz com desdém. — Foi difícil não notar seu cheiro de vômito durante a noite. — Ele pausa com seu garfo em pleno ar e franze o nariz antes de acrescentar: — E agora.

Baixo os olhos, alisando minha túnica amarrotada e me encolhendo com as evidências encrustadas de suas palavras.

— Desculpa — digo, percebendo que ele me deixou dormir em sua cama desse jeito. Eu deveria estar agradecendo.

— E não se preocupe — ele acrescenta —, não havia nada em que eu estivesse minimamente interessado. — Ele acena com a mão como se sugerisse minha completa e total falta de desejabilidade antes de voltar a comer.

— Você me lembra Gabriel — murmuro, finalmente levantando e chegando perto para pegar um pedaço seco de torrada e mordiscar a ponta.

— O que você disse?

— Nada. Só outra pessoa que sabia o jeito certo de me lisonjear.

Nadir abre um sorriso maldoso e toma seu café, sem desviar o olhar. Sento à frente dele, amontoando ameixas fatiadas no prato.

— Vamos procurar na ala leste hoje. É perto dos apartamentos de meu pai. Se estiver lá, talvez você sinta se chegarmos perto o bastante. Prefiro não entrar no escritório ou no quarto dele a menos que tenhamos absoluta certeza de que é necessário — Nadir diz na sequência. — Mas ainda vamos querer manter você escondida. Uma coisa sou eu vagar pela ala leste, outra é levar minha mascote até lá.

Ignoro o "mascote", sabendo que ele só está tentando me irritar. Estou cansada e de ressaca demais para encher o saco dele agora. Em vez disso, faço que sim e dou mais uma mordida na torrada. Meu estômago gorgoleja furiosamente, mas me obrigo a engolir, sabendo que vou ficar zonza se não comer nada.

— Café? — ele pergunta, erguendo a garrafa.

Estendo a xícara. Depois que acrescento uma dose generosa de creme, dou um gole grande e suspiro quando a cafeína começa a reanimar meu corpo fraco.

— Ainda estou com medo de não conseguir senti-la — digo, expressando a preocupação que ocupa minha mente desde que traçamos esse plano frágil.

Nadir me observa com cuidado.

— É uma possibilidade, mas não temos como saber se não tentarmos. Ser incapaz de acessar sua magia não nega a existência dela. Posso não ter absoluta certeza, mas estou confiante de que você vai conseguir senti-la mesmo assim.

Bufo, frustrada.

— Você tentou destravá-la?

— Tentei — digo. — Estou tentando. — Enquanto penso nisso, mergulho dentro de mim, buscando aquele lugar que não consigo desatar. É como puxar um fio solto pequeno demais para segurar com os dedos, sempre escapando de suas mãos.

— Posso? — Nadir pergunta.

— Pode o quê?

— Usar minha magia para ver se posso ajudar. Se você for a Primária, deve ser forte o suficiente para eu tocar nela.

Não hesito diante da oferta. Quero tanto desvendar isso que consigo sentir o gostinho. Quero me libertar dessa jaula. Nenhum de meus objetivos ou sonhos será possível enquanto eu estiver presa desse jeito.

— Sim. Por favor.

Nadir solta uma faixa de luz violeta translúcida. Ela rodeia meus ombros, e a observo como se fosse uma cobra pronta para dar o bote. Talvez eu não devesse ter aceitado isso, afinal, mas se ele realmente quisesse me matar, já teria conseguido fazer isso muitas vezes. Meus olhos acompanham o fio de luz que envolve meu tronco, e minha própria magia responde, suavizada por sua presença. Ela se revira em ondas suaves, vibrando sob minha pele delicadamente, feito xarope frio.

— Belo truque — digo, enquanto mais fios de luz me cercam. O que mais você consegue fazer com isso?

Ele faz uma expressão sensual.

— Várias coisas interessantes, detenta. Coisas que fariam você se arrepiar.

Há uma sugestão clara em suas palavras, e, quando entendo a que ele se refere, fico boquiaberta.

— Você é nojento.

Nadir ri baixo, e sua magia me envolve com mais firmeza e se afunda em minha pele como água absorvendo areia seca, seguida por outra sensação, algo mais próximo e mais profundo no meu coração. Perco o fôlego quando ela fica mais forte e tensa em volta dos meus órgãos.

— Você consegue me guiar aonde sente o bloqueio? — Nadir pergunta, pura praticidade agora.

— Como?

— Consegue sentir minha magia em você? — Faço que sim com um arrepio. — Feche os olhos e imagine que a está segurando, como um pedaço de fita ou barbante. Puxe.

Faço o que ele pede, e a suavidade de sua luz me atravessa, se entrelaçando com o poder preso sob minha pele. Os dois fios de magia resvalam um sobre o outro, e sou tomada de repente por vibrações de calor úmido e escorregadio. Abro a boca e pressiono minhas coxas uma contra a outra. Pigarreio, tentando recuperar o foco, e a sensação finca raízes lá no fundo, rodopiando enquanto tento guiar sua magia ao alçapão bem no meio do meu peito.

Quando penso que o guiei ao lugar certo, abro os olhos e o encontro me encarando com uma expressão febril tão franca que perco o fôlego. Isso é incrivelmente íntimo. É como se eu tivesse me desnudado e me deitado na maca para que ele me examinasse. Sua magia se contorce dentro de meu peito, e a sinto tentar arrombar aquele portão trancado que se recusa a ceder.

Ele passa alguns minutos fazendo as mesmas coisas que tentei diversas vezes, em vão. Foca na tarefa com uma expressão de concentração, e aproveito esse momento de silêncio para observá-lo, traçando as linhas de seu nariz, queixo e maçãs do rosto. Nadir é realmente muito bonito, com um certo ar frio e selvagem. Quando não está rosnando para mim, pelo menos. Alguém poderia dizer que ele não é bonito no sentido tradicional, mas há algo muito mais magnético do que se poderia apreender com sentimentos tão banais.

Como se sentisse minha observação atenta, ele me encara e nossos olhares se fixam. Sinto sua magia se afastar do centro do meu peito e deslizar por meus braços e pernas, atravessando meu corpo como se nossas duas metades estivessem dançando uma melodia cadenciada que apenas nós conseguimos escutar.

Ficamos presos num transe, nossas respirações são os únicos sons do quarto. Mas nunca me senti mais em paz do que me sinto agora. Nunca me senti tão à vontade em meu próprio corpo. Há uma sensação desconcertante de que encontrei algo perdido. Como se tivesse voltado para casa.

Pisco e desvio o olhar, interrompendo a conexão, tentando dissipar essa emoção estranha. Essa parece uma complicação a que não posso me dar ao luxo agora. Pigarreando, empurro a cadeira alguns centímetros para trás, como se isso pudesse fazer alguma diferença.

— Viu? Mais trancada do que um cofre subaquático. — Minha voz é áspera e trêmula, e queria entender por que ele está me afetando dessa forma.

Nadir não diz nada por um momento, as cores em seus olhos girando mais rápido do que o normal.

— Vi — ele diz finalmente e, então, se recosta, cortando o último fio de tensão no quarto. — Talvez possamos trabalhar nisso.

Engulo em seco e concordo, pensando em fazer isso com ele de novo. Seja lá o que *isso* for. Talvez eu esteja fora de mim agora.

Depois de mais duas torradas, uma fatia de bacon e uma montanha de ameixas, estou me sentindo muito melhor. Os comprimidos até que estão fazendo efeito, minha têmpora lateja de leve, de um jeito que consigo suportar.

Nadir me espera tomar banho e me vestir. Eu me apresso, embora ele não pareça impaciente. Sinto seu olhar enquanto ando pelo quarto e, por algum motivo, não consigo fazer meus braços e pernas funcionarem direito. Derrubo coisas e me atrapalho com tudo que tento pegar. Sua presença é uma força constante que me envolve. Graças a Zerra eu estava completamente desmaiada ontem à noite. Estremeço só de pensar nos sonhos que eu poderia ter com ele deitado a meu lado se eu estivesse consciente.

Depois de encontrar uma calça limpa e uma blusa preta justa com mangas que descem até os ombros e com argolas para os polegares, calço um par de botas pretas macias. Meu cabelo ainda está úmido do banho, então o deixo assim, mas prendo alguns apliques coloridos falsos que Amya enviou. São exatamente iguais aos do cabelo dela, mas acho que os dela talvez sejam naturais. Eu me pergunto se o povo da Aurora compra essas imitações para se parecer com a princesa. Não sei por que esse pensamento me faz sorrir.

— Certo, estou pronta — declaro, me sentindo muito melhor do que uma hora atrás.

Nadir olha para mim de um jeito estranho, com a boca franzida.

— O que foi? — pergunto, baixando os olhos. Será que estou abaixo do esperado de novo?

Suas narinas se alargam, e ele desvia o olhar.

— Nada. Vamos.

Saímos do quarto, e ele me guia pelos corredores sinuosos. Paramos de repente quando estamos prestes a fazer uma curva.

— Vai ter guardas posicionados na entrada. É melhor que eles não vejam você. Posso fazer um escudo para você por um período curto. Eles não vão notar quando passarmos, mas você vai ter que se manter perto de mim.

— Não vai ser como o que fizemos... lá dentro? — Aponto vagamente na direção de onde acabamos de vir, ao mesmo tempo apavorada e animada pela ideia de sua magia me tocando de novo.

— Não — ele responde, balançando a cabeça. — Não vai ser... daquele jeito.

— Certo.

— Coloque os braços em volta da minha cintura. Quanto mais tocar em mim, melhor.

Ergo a sobrancelha, mas atendo o pedido sem protestar.

— Boa garota — ele diz, e então me lança um olhar surpreso, como se não tivesse pretendido dizer isso.

As palavras soam estranhas e familiares em um sentido que não consigo identificar. Mas acho que é melhor do que "detenta".

Depois de mais um momento, o turbilhão de sua magia surge ao meu redor em fios de luz brilhante. É tão lindo que fico hipnotizada pela maneira como se move feito flâmulas na brisa. Elas se aproximam, me envolvendo e, então, penetram no tecido de minha roupa.

Nada parece diferente quando olho ao redor, mas Nadir me guia à frente com mais confiança. Sigo atrás, tentando não fazer nenhum barulho e me segurando a sua cintura. Eu me sinto bem idiota e tento não deixar minhas mãos vagarem pelos músculos durinhos de sua barriga e peito.

Ele acena para os dois guardas que cercam cada lado da grande arcada. Os dois são feéricos menores, com a pele verde-clara, usando o uniforme preto de soldado da Aurora. Um deles é careca com as orelhas grandes e pontudas, e o outro tem uma linha fina de cabelo preto descendo pelo centro do crânio.

— Alteza — o careca diz com um tom respeitoso. — O que o trouxe à ala leste?

— Estou indo para a biblioteca — Nadir diz antes de entregar um papel aos guardas. O guarda franze a testa e coça um ponto na bochecha antes de passá-lo ao outro. Ergo os olhos para Nadir, que finge que não estou ali. Apenas o príncipe a caminho de uma visita à biblioteca completamente sozinho enquanto fico pendurada nele, invisível. Que constrangedor.

Eles trocam mais algumas palavras, e os guardas abrem caminho com relutância. Não sei por que fico surpresa de o rei tentar impedir até o próprio filho de chegar perto de seus aposentos, mas não deveria ficar. Parece que ele trata todos com o mesmo nível de desdém.

Passamos pelos feéricos menores e entramos num corredor largo e silencioso. Nadir me guia a uma alcova e retira sua magia, as mesmas faixas de cor se abrindo e se dissipando no ar.

— Fique atenta a outros guardas — Nadir diz. — Só consigo manter o feitiço de glamour por um tempo de cada vez, e podemos ter que fazer de novo se alguém chegar perto. Demora alguns segundos para o efeito total, então talvez não tenhamos tempo suficiente. Nesse caso, se esconda o mais rápido possível.

Sem esperar por minha resposta, ele pega minha mão e me puxa para um corredor vazio. Tento não notar o calor de sua palma e a pequena excitação doentia quando ele a aperta. Essa coisa que executamos com nossa magia me desestabilizou, me fazendo reagir de maneiras indesejadas. Odeio esse cuzão.

Nadir me guia por vários corredores e diversos cômodos que se confundem. Paramos em cada um deles, esperando que alguma coisa ocorra, mas é um período vazio em que nada acontece. A cada cômodo que passamos, fico mais e mais abatida.

E se a Coroa nem estiver aqui? E se estiver escondida em outro lugar de Ouranos? Podemos ficar procurando para sempre. Pior ainda, e se nem existir mais?

Seguro o medalhão ao redor do pescoço e o aperto, pensando na pequena lasca de pedra vermelha dentro dele. Mas isso veio de algum lugar e essa Coroa tem que existir.

Tudo depende dela.

Enquanto passamos por corredores, encontramos um ou outro guarda, criado ou servo, mas conseguimos evitá-los. Parece que Nadir tem muita prática em passar despercebido pelo Torreão. Alguém seria tolo o bastante para se opor ao rei dentro dessas paredes, afinal? Talvez não. Mas eu, sim. Não ligo para o que acontecer comigo. Vou destruí-lo parte por parte, de modo excruciante, assim que puder.

Fazemos outra curva, e Nadir recua rapidamente, trombando em mim e pisando em meu pé.

— Ai!

— Cala a boca — ele sussurra, me empurrando para trás.

— O que...

Ouço uma voz grave no corredor e travo. Conheço essa voz como conheço meu próprio coração. Eu a escuto em meus pesadelos e no turbilhão vazio das minhas piores memórias.

Nadir dá meia-volta e avalia o espaço enquanto o rei e a pessoa com quem ele está conversando se aproximam. Nadir me puxa na direção de uma porta estreita e me empurra para dentro. Ele a fecha, nos envolvendo em completa escuridão. O espaço é tão apertado que minhas costas ficam esmagadas na parede, Nadir de frente para mim. Mal consigo me mexer.

Ele cobre minha boca com a mão, e sacudo a cabeça, mas ele não cede, apertando com mais força. Fico imóvel quando escuto a voz do rei de novo. Ele parece ter parado e agora está conversando bem à frente da porta, que abafa suas palavras. Tudo que sei é que o rei está a poucos passos de distância, e não faço ideia do que ele faria se nos flagrasse aqui.

Nadir baixa a mão, satisfeito com o fato de que entendo a necessidade de ficar quieta. Nós dois esperamos em um silêncio tenso, e eu tento controlar minha respiração e meu coração palpitante. Uma pequena luz se acende, iluminando os contornos do rosto de Nadir graças à leve aura que o cerca.

Ele está com os antebraços apoiados na parede, me cercando. Em mais um lembrete, leva um dedo aos lábios, e faço que sim, meu cabelo roçando na parede atrás de mim.

As vozes do lado de fora continuam, e sinto mais e mais o corpo do príncipe encostado ao meu. Um calor sobe por minha nuca e bochecha quando ele baixa os olhos, as linhas de seu rosto formam uma máscara de intensidade.

Não sei bem se imagino que ele está se inclinando ainda mais para perto, mas minha pele vibra em todos os lugares que ele toca. Mesmo completamente vestidos, a sensação é tão inebriante que é como se estivéssemos nus.

Não, não é *bem* isso. Tenho a impressão de que estar nua com ele seria bem diferente.

Meu sonho de duas noites atrás volta à tona, e o ponto entre minhas coxas pulsa de forma perceptível. Como seria ser tomada por esse príncipe rebelde e temível? Atlas tinha sido caloroso, mas doce. Algo me diz que não existe nenhum aspecto da vida em que Nadir sinta a necessidade de ser doce.

Minha respiração fica mais tensa. O espaço parece cada vez menor à medida que a pulsação latejante em meu ventre ocupa todo o armário. Finalmente, as vozes lá fora começam a se dissipar, se afastando à medida que o som de passos se distancia. Mesmo quando parece que eles foram embora, nenhum de nós se mexe.

O rosto de Nadir está tão próximo do meu que consigo sentir a suavidade de sua respiração em meus lábios. Quero inspirar o cheiro ártico e me perder nele. Ele aproxima o rosto do meu, e todo o meu mundo se resume a este momento e ao príncipe. A sensação de seu corpo forte contra o meu e de seus braços me cercando. Sua boca é tão bonita que dá vontade de comer, e quero que ele me devore por inteiro.

— Lor — ele sussurra. Sua voz é baixa, mas há algo afiado como uma lâmina nessa única sílaba.

Ele disse meu nome. Meu nome de verdade, e nunca amei mais o som de meu nome do que neste momento. Esse nome simples e sem valor que me foi dado para me manter o mais anônima e discreta possível. De algum modo, ele o faz soar como se fosse um nome forjado em fogo e criado para uma rainha.

— Nadir — sussurro em resposta, também querendo sentir o nome dele em minha língua. Sentir aquelas partes cortantes em que penso desde que o ouvi pela primeira vez. Por que os pais dele escolheram marcá-lo com uma palavra que significa o ponto mais baixo?

Ele está tão imóvel que é quase como se fosse feito de vidro, e estou com tanto calor que quero explodir em um milhão de pedaços. Ele baixa a cabeça em seguida e passa o nariz ao longo da curva de meu pescoço, fazendo uma longa inspiração luxuriante enquanto inclino a cabeça de lado. Eu me seguro à parede atrás de mim, com medo de desabar sob o peso do meu desejo.

Devagar, ele vai subindo até chegar ao ponto sensível logo atrás da minha orelha e solta uma respiração pesada que me envolve de todos os lados. Fico imóvel, sem saber ao certo aonde quero que isso vá. Racionalmente, eu o vejo um degrau abaixo do pai. Ele é o filho do meu inimigo. Mas, fisicamente, não consigo parar de reagir a ele de uma forma que me deixa quase despedaçada e ofegante de desejo.

Sinto seus dentes mordiscando minha pele e sua boca calorosa descendo por meu pescoço. Meu quadril se move por conta própria, se arqueando contra o dele, e ele responde, roçando o corpo no meu. A evidência de como isso o está afetando, deixando-o duro como pedra, faz toda uma onda nova de reverberações descer por minha espinha.

Ele ergue a cabeça e me olha nos olhos, aquelas cores rodopiantes visíveis na penumbra do armário. Há tanta coisa escrita na maneira como elas se movem que não acredito que nunca me dei conta de que essas luzes estão associadas a suas emoções. Há conflito nelas. E um desejo tão visceral que meu coração parece derreter.

Mas um segundo depois elas se apagam, se transformando num céu cor de meia-noite, seus punhos se cerrando na parede antes de ele desviar os olhos tão abruptamente que é como se estivesse tentando atravessar uma parede de concreto.

— Vamos — ele diz, sua voz rouca. — Precisamos sair antes que meu pai nos encontre.

— O quê? — pergunto, desnorteada com sua mudança brusca de humor.

Ele se afasta e me envolve em seu glamour. Desta vez, não me convida a tocar nele, e me pergunto se fiz alguma coisa errada. Em seguida, ele abre a porta, sai e faz sinal para eu acompanhá-lo.

Faço o que ele manda, seguindo a passos apressados, confusa pelo que acabou de acontecer.

22

— Então, o que exatamente minha avó fez? Como ela cortou a magia de todos? — pergunto, folheando o livro em meu colo. Passei os últimos dois dias vasculhando a biblioteca de Nadir, me aprofundando na história da minha avó, tentando preencher os buracos em minha educação.

Foi porque meus pais não sabiam a verdade ou porque estavam guardando segredos de mim? Espero que seja por ignorância e não porque quisessem esconder isso. Seria difícil para mim entender como eles poderiam me fazer enfrentar tudo sem me dar esse conhecimento de que preciso tão desesperadamente. Eles deviam saber que eu acabaria sozinha em algum momento.

Nadir desvia os olhos do livro que está lendo, sentado no sofá a minha frente. Estamos no quarto dele, o incidente no armário parecendo um peso sobre nós. Não expressamos verbalmente o que aconteceu, mas a situação paira em cada olhar e toque acidental desde então. À noite, quando nos deitamos em lados opostos da cama grande, dá quase para sentir a tensão se acumular. Fico grata ao menos por não ter mais sonhos eróticos, porque eu nunca mais conseguiria olhar na cara dele.

Enquanto fingimos que nada aconteceu, passamos mais dois dias revirando o Torreão, mas não encontramos nada de útil.

— Ninguém sabe ao certo — Nadir responde, fechando o livro

e se recostando antes de cruzar um tornozelo sobre o joelho. Seu cabelo escuro está solto e inexplicavelmente bagunçado pelo vento, embora eu tenha certeza de que ele não saiu do Torreão o dia todo.

— Quando seus avós tentaram dominar Ouranos, dizem os boatos que eles estavam trabalhando com uma das Altas Sacerdotisas de Zerra, mas todos morreram antes que alguém entendesse como ou por quê. Não restou ninguém vivo no final. A única pista que sugere que eles estavam trabalhando com magia poderosa era que o Cajado Arbóreo foi encontrado entre os destroços, milagrosamente intacto.

— Só o Cajado? — pergunto. — A Coroa não?

— Só o Cajado.

Viro a página e então volto.

— Como exatamente a magia Nobre-Feérica funciona? O que quer dizer magia Imperial?

Nadir se inclina para a frente, apoiando os cotovelos nos joelhos.

— Existem dois tipos de poder Nobre-Feérico — ele diz. — Existe a linha regular de magia que pode pertencer a qualquer Feérico. Alguns têm, outros não, e alguns têm as duas em graus variados de força e afinidade.

— Não sei se entendi.

— É como humanos com o dom da pintura. Eles podem estar estudando com um professor, mas, no fim das contas, alguns vão ser melhores do que outros. E esse mesmo humano pode ter uma voz terrível. É a mesma coisa com magia.

— Conheci um cabeleireiro que dizia ser especialista em magia da beleza.

— Esse é um exemplo — Nadir responde. — Essa era a afinidade dele e provavelmente uma habilidade que ele desenvolveu.

— E magia Imperial?

— É a magia que se origina de cada reino. É a força vital e o fio que une a terra a seu povo. Quando a magia desapareceu, todos sentimos. A terra começou a ruir, os lagos e rios secaram, doenças dizimaram animais, humanos e Feéricos. Algumas áreas de Ouranos ainda não se recuperaram. A magia Imperial é mais forte em todos que pertencem à família real, particularmente naqueles da linhagem direta.

— Como você e Amya.

— Sim. Ou você e seus irmãos.

— Mas eles não têm muito.

Nadir assente.

— Andei pensando sobre isso. Talvez seja um efeito colateral da mesma aflição que amaldiçoou a magia de todos.

— Então você acha que eles poderiam ter mais?

— Possivelmente.

Reflito sobre essas palavras, me perguntando o que Tristan e Willow achariam disso. Eles nunca sugeriram que se ressentiam por sua falta de poder, mas não consigo deixar de pensar que poderiam se proteger melhor se fossem mais fortes.

— O Espelho revelou alguma coisa a você sobre sua magia? — Nadir pergunta, e faço que não, sendo sincera desta vez.

— Ele me disse que aquilo era proibido. — Não sei por que decido revelar isso agora, mas as palavras estavam pesando em minha consciência. Será que também foram ditas a minha avó?

Nadir arqueia a sobrancelha.

— Aquilo o quê?

— Não sei. Ele disse que aquilo nunca poderia acontecer de novo, e pensei que estava se referindo à união entre mim e Atlas. Você sabe por quê?

Nadir nega antes de fazer uma expressão pensativa.

— Que estranho.

— O quê?

— Nunca ouvi falar de alguém que não ascendeu falando com os Artefatos dessa forma.

É minha vez de arquear a sobrancelha.

— Nunca?

— Nunca — ele diz. Abro a boca para protestar, mas ele me silencia com um gesto. — Não estou dizendo que não acredito em você. Só que isso é peculiar.

Volto a me recostar no sofá.

— Não acredito que minha avó se aliou a seu pai — murmuro, virando mais uma página com raiva. O riso sinistro de Nadir me faz olhar para ele.

— Parece que a história está se repetindo. Isso te incomoda, detenta?

— Sim — retruco, voltando para o livro.

— Bem, não se preocupe. Foi a palavra dele contra a de uma rainha morta. Tenho certeza de que há mais coisas dessa história que ele nunca revelou. Tudo que ele disse foi sem dúvida manipulado para fazê-lo parecer o herói.

O silêncio enche o quarto com uma tensão pesada, e volto a olhar para Nadir, que está me observando com atenção.

— Que foi?

— O que ele fez com você? Sei que ele é responsável pela morte de seus pais...

— Ele os assassinou — interrompo. — A sangue-frio.

Nadir baixa a cabeça antes de erguer os olhos.

— Sim, ele os assassinou. Mas isso não explica totalmente o seu olhar assombrado toda vez que o menciono. O que mais aconteceu?
— Ele inclina a cabeça, e é como se estivesse olhando no fundo de minha alma, onde está a carcaça dos meus segredos.

— Nada — digo.

— Não acredito em você.

Eu o encaro, apertando os lábios.

— Que pena. Vamos conversar sobre o que aconteceu no armário? — pergunto e me arrepio. Eu queria mudar de assunto, mas esse tópico é tão cheio de armadilhas quanto o anterior.

A mandíbula de Nadir se cerra e seus ombros ficam tensos.

— Aconteceu?

Ergo o olhar, irritada.

— Não finja que não sabe do que estou falando, caralho. — Eu me levanto do sofá, boto o livro na almofada e vou furiosamente até a janela. Não tenho para onde ir neste lugar e vou enlouquecer, sempre presa neste quarto com ele.

Um momento depois, sinto a presença dele atrás de mim. Ele apoia as mãos no vidro em volta de minha cabeça. Está tão perto que fico completamente imóvel.

— O que você está fazendo?

— Vamos conversar sobre o que *aconteceu*, detenta.

— Não me chame assim — digo, furiosa, olhando por sobre o ombro para seu sorriso malicioso. Quero dar um soco naquela cara, mas também quero muito fazer outra coisa. *Acho*. Balanço a cabeça. *Merda*.

— Vamos conversar sobre como você se esfregou em mim. Eu conseguia sentir como você estava molhada naquele armário.

Cruzo os braços com firmeza, soltando um som indignado e me recusando a olhar para ele.

— Eu não fiz nada. Foi você quem roçou em mim. — Nos aproximamos aos poucos, com um espaço mínimo entre nós. — Exatamente como está fazendo agora.

Ele chega mais perto, e não resisto. Não recuo. Em vez disso, eu me entrego a ele, gostando até demais da sensação de seu corpo no meu.

— Então você não nega que estava molhada?

— Eu também senti como você estava — digo. — Não fui a única afetada lá dentro.

— Não foi. — Sua voz fica rouca e seus lábios roçam em minha orelha. — Sinto isso toda vez que você está por perto. Você deixa meu pau tão duro que não consigo pensar direito. Bato punheta no banheiro todo dia, pensando em você. Pensando em quanto você me odeia.

Minha respiração se prende em meu peito feito areia úmida.

Ai, Zerra, o que está acontecendo aqui?

Eu deveria sair andando agora. Deveria dar um soco nas bolas desse babaca.

— Eu te odeio *mesmo* — digo, mais ofegante do que pretendo.

Ele tira a mão da janela e ergue uma mecha grossa de meu cabelo, levando-a ao nariz e respirando fundo com um grunhido. Eu deveria ficar indignada com isso — não sou um animal para ser farejada. Mas não fico. Zerra, por que isso está fazendo minhas bochechas queimarem?

— Odeio tudo em você e sua família maldita e este lugar horroroso. Quando eu sair daqui, não quero nunca mais ver Aurora.

— Eu sei. *E* você odeia o quanto me quer. — Ele se aproxima, seu corpo rente ao meu, e todas as curvas de seu corpo firme estão dilacerando minha frágil determinação.

— Você está delirando — digo, torcendo para minha mentira não ser tão transparente quanto parece. — Não quero nada com você. Só estou aqui para conseguir minha Coroa.

O riso de Nadir é grave e sombrio. Ele solta meu cabelo e desce a mão por minha barriga antes de me puxar junto a ele, minha bunda encontrando seu pau duro. Quase deixo um grito escapar da minha boca quando ele movimenta nossos quadris juntos em um círculo lânguido.

— Sei disso também, detenta. Isso não me impede de querer arrancar essas roupas e te comer com força até quebrar a cama.

— Eu... Você... Isso é totalmente inapropriado. — Digo a mim mesma para me soltar dele, mas não consigo juntar forças para me mexer.

— Passe uma noite comigo. Vou deixar você em pedaços. Vou foder sua boca e sua boceta com minha língua, meu pau e meus dedos, e te fazer gozar tantas vezes que você vai perder a conta. Vou fazer você implorar por mais várias vezes.

Aperto as pernas, e tento engolir em seco. Meus nervos estão ardendo de calor e de desejo que ele faça todas essas coisas.

— Tive um sonho com você — digo, sem entender por que estou contando isso para ele. Ele fica paralisado.

— O que aconteceu?

Hesito antes de Nadir me puxar pela barriga com mais força.

— Me conta.

— Foi na mansão. Você entrou no meu quarto e deitou em cima de mim e...

Ele solta um sopro de ar, a respiração entrecortada e irregular.

— Tive o mesmo sonho.

Algo estranho, mas distantemente familiar, palpita em meu peito.

— Pareceu... tão real — digo em voz baixa, encarando a imensidão do céu lá fora onde cai a noite, onde surgem as tênues luzes boreais.

— Sim — ele concorda, seus movimentos começando de novo. Ele desliza a mão embaixo de meu suéter, passando a palma por minha barriga, traçando uma linha de calor que irradia por meus braços e pernas. — Pareceu *muito* real.

Não sei como, mas ele consegue chegar ainda mais perto. Como se quisesse me puxar para dentro de si.

— Diga sim — ele pede. — Uma noite. Uma longa noite sem fim. Te prometo mais prazer do que você nunca imaginou ser possível.

Minha boca se abre e se fecha. Uma parte patética de mim quer dizer sim, mas quase me entreguei a um Feérico da realeza que só estava atrás de uma coisa.

— Como posso confiar em você? — Odeio como minha voz sai baixa e insegura.

Atlas não partiu meu coração. Sei agora que eu não o amava. Mas alguma coisa ele quebrou. Por um momento fugaz, eu tinha acreditado que alguém me queria do jeito que eu sou, mas fui cega e ingênua. Deveria ter aprendido que as únicas pessoas neste mundo em que posso confiar são Willow e Tristan.

— Não vai significar nada além de sexo — ele diz, e eu deveria ficar indignada com *isso* também, mas algo em sua honestidade atrevida acende uma chama em meu ventre. — Não é nada além de pele e calor e eu metendo em você até sua mente virar gelatina.

Eu me viro e dou um passo para trás. Sinto a janela fria em minhas costas, e Nadir se ajeita mais alguns centímetros, seu calor fervendo em minha pele.

— Eu... não acho que seja uma boa ideia.

Não há nenhuma credibilidade no tom de minha voz, e ele sorri.

Não é um sorriso afetuoso. É lento e sedutor e dá uma fisgada entre minhas pernas com teimosia, apesar das minhas tentativas de resistir. Não, de afetuoso não tem nada, porque está praticamente me ateando fogo.

— Pensa um pouco — ele diz. — Não diga não ainda.

Balanço a cabeça, mas é como se mover em seiva fria de árvore. É muito difícil encontrar forças para dizer não na cara dele.

— Não posso.

— Por que não?

— Não sei.

O canto de sua boca se ergue.

— Promete para mim que vai pensar nisso.

Concordo antes de saber o que estou fazendo. Já *estou* pensando nisso, mas seria um erro terrível. Nadir se inclina para a frente e me encosto mais no vidro firme. Ele não está tocando em mim, mas bastaria uma respiração profunda para cortar essa distância.

Ele baixa a cabeça ao lado de minha orelha, roçando seus lábios lentamente.

— Saiba que vou estar pronto no momento em que estiver pronta para dizer sim.

Finalmente, forço minhas pernas letárgicas a reagirem, meus joelhos se dobrando para passar por baixo do braço dele, que me prende contra o vidro.

— Não vai rolar — digo, tentando soar confiante, mas a frase sai trêmula e nem eu acredito nela.

Nadir se vira, cruzando os braços diante do peito e acenando com a cabeça.

— Veremos, detenta.

— Sim. — É a resposta mais articulada que consigo dar quando dou meia-volta e escapo para o banheiro. Tem uma fechadura na porta, e é o único lugar para onde posso fugir.

23
NADIR

Eu me agacho na frente da mulher, que olha pela janela, seus olhos escuros vazios e desprovidos de emoção ou consciência.

— Mãe — digo suavemente, apoiando a mão na dela. Sua pele é fria e seca. Fina, como um pergaminho velho que se rasgaria com qualquer pressão. Não consigo me lembrar da última vez em que ela saiu, e faz muito tempo que perdi a esperança de que voltasse a sair.

— Como você está?

Não sei por que sempre pergunto. Nunca vou ouvir uma resposta. Às vezes ela pisca em resposta. Se ela estiver em um dia bom, consigo notar a pressão de seus lábios e um breve lampejo de consciência em sua expressão. Mas nunca nada mais do que isso. Mesmo assim tento, na esperança de que, se eu continuar perguntando, ela saiba que estou aqui e que a perdoo por tudo.

Amya se senta na cama, um braço ao redor do dossel com a têmpora encostada nele. Seus olhos são escuros, e ela me observa.

— Quer conversar com ela? — pergunto a minha irmã.

Ela abana a cabeça, recuando.

— Hoje não.

— Você nunca quer.

Amya se levanta e dá a volta para o outro lado da cama.

— Porque não sei o que dizer.

— Conte sobre você.

— Ela não está ouvindo, Nadir.

— Você não sabe.

Amya fecha os olhos e massageia o rosto com as duas mãos.

— Não quero brigar, tá? Venho vê-la quando posso, mas nunca a conheci, Nadir.

Eu me levanto e beijo a testa de minha mãe antes de ajeitar seu cabelo preto. Ela é linda — Amya se parece muito com ela —, mas é uma casca comparada à mãe que cheguei a conhecer.

— Amanhã eu volto — prometo, como faço todos os dias, e tento cumprir sempre que posso.

Então me volto para Amya.

— Ela ainda é sua mãe — rosno, empurrando-a para fora do quarto e fechando a porta com delicadeza atrás de mim.

— Eu sei! Acha que não sei? Quero sentir amor por ela, mas nunca tive a chance. Como posso sentir alguma coisa se essa é a única forma como a conheci?

Lágrimas enchem seus olhos, e minha raiva diminui. Ela tem razão. Não é culpa dela. Amya nunca presenciou a luz e a bondade dela, então por que sentiria o mesmo que eu?

— Desculpa — respondo. — É só que fico muito...

— Eu sei — ela diz em voz baixa, pegando minha mão. — Eu sei.

Saímos da ala da minha mãe e atravessamos o Torreão, a caminho dos aposentos de Amya.

— Recebeu alguma notícia de Afélio? — pergunto quando entramos no quarto dela. É parecido com o meu em tamanho e formato, mas é muito mais colorido. Carmesim, violeta, verde-azul e fúcsia estão espalhados em lençóis, móveis, tapetes e almofadas.

— Atlas está procurando por ela — ela diz, seguindo para a penteadeira enquanto ando de um lado para o outro do quarto, passando a mão no cabelo. — Está enviando equipes de busca secretas a todos os reinos.

— Ele suspeita de nós?

Ela faz que não, olhando para mim pelo espelho enquanto penteia o cabelo com uma escova.

— Não sei. Ou sabe e está supondo que não esconderíamos no lugar mais óbvio ou está diversificando suas apostas e investigando todos os governantes. Se ele descobriu o segredo dela, é totalmente possível que outros também saibam.

— Precisamos dessa informação — digo, e ela concorda com a cabeça.

— Eu sei. Meu pessoal está fazendo o possível.

— Ótimo. — Eu me viro e começo a andar na outra direção, considerando tudo que Amya acabou de dizer, me perguntando como Atlas descobriu quem Lor era e o que especificamente ele planejava fazer com ela. Conheço Atlas há muito tempo, e nunca pensei que ele fosse tão impiedoso, mas talvez eu o tenha interpretado mal.

Amya continua, ainda olhando para o espelho enquanto maquia os olhos com um lápis preto.

— Dizem que ele está se recusando a marcar uma data para a cerimônia de união com a vencedora das Provas.

Não respondo nada, os pensamentos correndo por minha cabeça.

— O que mais está te incomodando? — ela pergunta, cobrindo os lábios com uma camada grossa de batom roxo-escuro.

— Nada — digo rápido demais. Qual *é* o problema, exatamente? São tantas coisas implorando minha atenção que não consigo decidir qual é a mais irritante.

Lor. Ela é a mais irritante. A forma como não consigo tirá-la da cabeça e como ela fica olhando para mim, como se eu fosse arrancar um pedaço dela. Bem que eu queria. Por Zerra, como eu queria cravar os dentes naquela pele quente. Eu não deveria ter dito aquelas coisas em meu quarto. Deveria ter continuado fingindo que ela não causa nenhum efeito em mim, mas esse nunca foi meu estilo. Mas agora ela está agindo como uma coelhinha assustada, e fico com medo de tê-la afugentado.

Colocando a tampa de volta no tubo dourado, Amya o deposita em cima da penteadeira e dá meia-volta.

— Claro. Dá para ver.

— Alguma sorte com a Coroa?

— Não — digo, me afundando numa poltrona violeta elegante disposta em volta de uma mesa de centro baixa perto do pé da cama. — Procuramos nos cofres, e na maior parte das alas leste e oeste, mas ela diz que não sente nada. Fico preocupado que o que quer que esteja bloqueando a capacidade dela de tocar a própria magia a impeça de sentir a Coroa.

— Ou simplesmente não está aqui.

Amya se senta a minha frente. Ela está usando um vestido curto com camadas de tule, suas pernas nuas e um par de saltos pretos subindo por suas panturrilhas.

— Ou simplesmente não está aqui — concordo, sem querer aceitar esse fato. — E, se for esse o caso, pode estar literalmente em qualquer lugar de Ouranos.

Amya assente, pegando a garrafa de vinho na mesa ao lado dela e servindo uma taça do líquido vermelho sangue. Ela dá um gole e então aperta os lábios.

— Mas você tem uma ideia.

— Sou tão óbvio assim?

— Só para mim, irmão.

Sorrio e me recosto na poltrona.

— Se não estiver aqui, não faria sentido que estivesse mais perto de onde foi vista pela última vez?

Amya me encara.

— Você a levaria para Coração?

— Se for preciso.

— Aquela região já foi vasculhada exaustivamente. Muitas vezes. Por anos.

— Mas nenhuma delas tinha a Primária — argumento, e os ombros dela se afundam.

— Nadir... o que você está planejando? Se vocês encontrarem a Coroa lá, você pode não ser capaz de controlar Lor.

— Não estou preocupado com isso — digo com desprezo.

— Por que não?

— Ela pode ser forte, mas não faz ideia de como usar a própria magia, e ainda não tem uma parceria. Além disso, tenho certeza de que sou mais forte.

Amya inclina a cabeça.

— Como você pode ter tanta certeza?

Arqueio a sobrancelha para ela, que revira os olhos.

— Ah, como eu queria ter a confiança de um homem privilegiado.

Balanço a cabeça, me inclinando para a frente e entrelaçando as mãos entre os joelhos.

— Não acho que ela *precise* ser controlada. Ela quer acabar com nosso pai tanto quanto nós. Às vezes, acho que o ódio dela por ele é ainda mais profundo do que o meu.

Amya bufa.

— Impossível.

— Ela fica com uma expressão atormentada toda vez que ele é mencionado. Quando ela o viu no evento na outra noite, estava tremendo a ponto de bater os dentes.

Amya franze a testa, a taça parando em pleno ar.

— Ele fez alguma coisa com ela.

Cerro os dentes. Sei que Lor está escondendo algo de mim sobre meu pai.

— É a única explicação.

— Mas ela era uma criança. — Nossos olhos se encontram e Amya prende a respiração. — Ele não faria mal a uma criança.

Ela diz isso de uma forma que faz parecer um desejo que ela sabe que nunca vai ser concedido. Amya quer acreditar que ele é mais do que aparenta. Ela ainda se apega a um frágil resquício de esperança de que existe bondade em alguma parte dele.

— Ele a jogou na prisão. Jogou todos os três.

Ela concorda com a cabeça, soltando um suspiro tenso.

— Isso não faz você reconsiderar tudo? — Amya pergunta, inclinando a cabeça.

— Em que sentido?

— Sobre este lugar que chamamos de casa? Três crianças inocentes foram jogadas dentro de Nostraza por mais de uma década e nós não fazíamos ideia.

— Como poderíamos saber?

— Não fazíamos ideia — ela continua —, porque nunca nos importamos. Não sabíamos, porque partíamos do princípio de que entendíamos os tipos de pessoas que estavam lá dentro. E se houver outros que não deveriam estar lá?

Meu estômago dá um nó, e eu me lembro das mesmas palavras que Lor me gritou.

— Não seja boba, Amya. O que vamos fazer? Libertar todos?

— E o que ela nos contou, Nadir? Sobre o que aconteceu com ela?

O sangue ferve em minhas veias quando penso no diretor da prisão. Por Zerra, como eu queria poder ter arrancado o coração dele e entregado para ela. Quanto a meu pai, preciso de todo meu autocontrole para não atravessar esses salões e arrancar cada membro dele. Danem-se as consequências. Ele pode não ter empunhado a faca que cortou aquelas cicatrizes pelo corpo dela, mas é responsável por todas mesmo assim.

É *óbvio* que isso me fez pensar de maneira diferente a respeito de tudo. Minha única preocupação sempre foi manter a paz na Aurora, e é aí que meu envolvimento com Nostraza acabava. Nunca parei para pensar em quem ficava atrás daquelas grades.

Batem à porta, e nós dois nos viramos quando Mael entra.

— Como estão Willow e Tristan? — Amya pergunta quando Mael se afunda em outra poltrona vazia. Lanço um olhar curioso para minha irmã, querendo saber por que ela está tão preocupada.

— Estão bem. Hylene vai ficar de olho neles por alguns dias.

Amya se recosta e acena, aparentemente satisfeita com a resposta.

— Recebeu alguma notícia de Etienne? — pergunto a Mael quando ele serve uma taça de vinho para si.

— Só mais do mesmo. Os homens de seu pai passaram pela maioria dos assentamentos e cercaram todas as mulheres. Etienne está trabalhando com a resistência para esconder o maior número possível delas, mas as que os soldados de seu pai encontram estão sendo levadas a uma tenda grande, onde são feitos testes nelas.

— Que tipo de testes? — Amya pergunta, se inclinando para a frente.

— Ele acha que estão testando para ver se elas têm magia. Dá para ouvir muitos gritos.

Eu e minha irmã franzimos a testa.

— Ele está procurando pela Primária — digo. — É a única coisa que faz sentido.

— De Coração? — Mael pergunta.

— De onde mais?

— Mas nós estamos com a Primária. — Amya comenta. — Não estamos?

— Estamos — respondo.

Mael se recosta e me lança um olhar cético.

—Tem certeza? Talvez sua querida prisioneira esteja mentindo para todos nós.

— Ela não está mentindo.

— Preciso mesmo que você comece a pensar com a cabeça, e não com o pau — Mael zomba.

— Vai se foder — respondo, baixando a voz. — Estou, *sim*, pensando com a cabeça.

Por Zerra, tomara que eu esteja. Lor confundiu tanto meus pensamentos que não sei mais ao certo o que estou fazendo na maior parte do tempo.

Mael bufa e dá um gole de vinho.

— Sei.

Depois de mais uma pausa, ele continua:

— Andei investigando, e a votação agora está cinco a três a favor.

Amya se empertiga.

— Que votação?

Olho para ela com seriedade.

— Não tive a chance de atualizar você ainda, mas, na outra noite, o pai disse que estava apresentando um projeto de lei para alterar as leis de trabalho nas minas.

Amya estreita os olhos.

— Os feéricos menores.

Assinto.

— Ele quer eliminar a cláusula que impede o recrutamento deles antes de chegarem à maioridade.

— Para ele colocar crianças trabalhando lá — Mael acrescenta, como se não entendêssemos as implicações dessa mudança.

Algo sinistro perpassa a expressão de Amya. Sei que é a morte daquele último resquício de esperança. Nosso pai é um tirano, e isso é tudo que ele sabe fazer. Sua opressão contínua dos feéricos menores é um ponto de dissidência em seu reinado. Há aqueles que discordam de seus métodos, mas os preconceitos contra os feéricos menores são profundos, e a maioria se contenta em deixar as coisas como estão. Tentei convencer meu pai de que a escravidão não é necessária, mas, como era de imaginar, ele não se comoveu por minhas palavras.

Os acordos implementados quando os feéricos menores foram escravizados decretavam que toda decisão tomada em relação à servidão deles tinha que ser votada de maneira unânime pelo conselho. O poder do rei é absoluto, mas nem tanto. Um fato pelo qual sou eternamente grato.

— Ele quer que *eu* ajude a convencer todos a votarem a favor dele — digo, sacudindo a cabeça.

Quando ele me ordenou a fazer sua vontade na festa de Fogofrio na noite de abertura, precisei de toda minha força de vontade para não quebrar a cabeça dele. Talvez isso tenha sido parte do motivo por que fiquei tão furioso quando vi Tharos com Lor. Mas talvez não. Quando o vi encostando nela, perdi a cabeça.

Meu pai sabe que não suporto a escravidão dos feéricos menores, mas sente prazer em me forçar a fazer coisas contra minha vontade. Sempre foi assim, e ele vai fazer o que for necessário para me curvar a seus caprichos.

Mal posso esperar para tirar aquele sorrisinho de merda do rosto arrogante dele.

— Enfim, estou fazendo todo o possível para garantir que não votem a favor — digo.

— Ele vai saber — Amya diz em voz baixa.

— Depois eu lido com as consequências. O objetivo principal é nos livrar dele. Então vou ter o poder para pôr um fim nisso tudo.

Mael olha para mim de esguelha. Os dois estão preocupados comigo, e sei que estou ficando descuidado, mas também estou desesperado. Estamos em um ponto crítico, embora eu ainda não saiba quais sejam as implicações. Tudo que sei é que algo está mudando, e preciso aproveitar essa chance enquanto posso.

Trocamos um olhar carregado quando ouvimos mais uma batida à porta.

— Entra! — Amya grita, e um servo aparece.

— Altezas — ele diz, fazendo uma reverência a todos nós antes de se dirigir a mim. — Vossa alteza pediu que a dama lhe fosse trazida quando estivesse pronta para a festa.

Lor passa pela porta, e meu coração quase para. Ela está deslumbrante com um vestido preto e um decote baixo decorado com renda violeta. A saia justa tem uma fenda que sobe até o quadril e exibe as curvas de sua perna. Sua pele marrom-clara brilha como se estivesse coberta de glitter prateado. Nossos olhos se encontram e tudo — *tudo* — se agita dentro de mim. Minhas preocupações sobre o reino são deixadas de lado quando ela para, nos encarando abertamente com aquela expressão franca que faz meu peito doer.

Quando fiz a proposta a ela alguns dias atrás, precisei de todas as minhas forças para não jogá-la contra aquela janela e beijá-la até ela esquecer o próprio nome. Eu a desejo como desejo o ar e a magia que corre em minhas veias. Por que minha atração por ela é tão poderosa?

Um silêncio constrangedor paira no quarto enquanto Lor alterna o olhar entre nós, me encontrando e me encarando. Estou completamente arrebatado, e não sei ao certo o que fazer em relação a isso. Nunca me senti dessa forma em relação a ninguém, muito menos alguém que mal conheço.

Um gritinho atravessa meus pensamentos quando minha irmã se levanta em um pulo e corre até Lor.

— Eu sabia que isso ficaria perfeito em você — ela diz, pegando Lor pela mão para admirá-la. — Ela não está perfeita? — Minha irmã olha para mim, seu rosto resplandecente e um brilho cúmplice no olhar.

— Sim — digo, com a voz rouca. — Perfeita.

Perfeita pra caralho.

Lor está me observando e, pela primeira vez em dias, não está com cara de quem quer virar e sair correndo. Em vez disso, há uma curiosidade que ilumina seus olhos. Algo que demonstra mais expectativa do que pavor.

É difícil não ter esperança de que ela tenha pensado em minhas palavras e mudado de ideia. Talvez eu tenha sido direto e honesto demais. Sei o que aconteceu com ela em Nostraza, e talvez ela nunca tenha estado com um homem de forma consensual.

Merda. E parti para cima dela feito um animal. A culpa se contorce em meu peito. Não me admira que ela não consiga olhar para mim.

Eu me levanto e me aproximo. Lor ergue a cabeça antes de seus lábios deliciosos se abrirem e ela passar a língua por eles. Como desejo com todas as partes de minha alma poder pegar aquela língua entre os dentes e…

E é então que noto como o quarto ficou em silêncio. Amya, Mael e até o servo que deixou Lor estão nos encarando — Amya com um brilho sagaz no olhar e Mael com um sorrisinho sarcástico.

Eu me controlo, fingindo que não há nada de errado.

— É melhor irmos logo — digo, estendendo o cotovelo. Lor olha para ele e hesita antes de eu baixar a cabeça. — Devemos continuar mantendo as aparências.

— Certo, claro. — Ela entrelaça o braço no meu e ergue os olhos para mim com um misto de pura inocência e malícia que faz meu pau acordar.

Juro nesse momento que vou mostrar a ela como pode ser o sexo com alguém que não a force a nada. Posso ser muitas coisas, mas não sou *esse* tipo de homem. Vou esperar até ela pedir. Até ela ter certeza de que quer. Então vou mostrar a ela como pode ser transar com alguém que venera de joelhos cada centímetro de seu corpo.

Só espero não perder a cabeça antes disso.

24
LOR

A FESTA DE HOJE É NUMA ÁREA DO CASTELO que reconheço de nossa busca, mas foi transformada, decorada com velas e tecidos estendidos de maneira suntuosa para o Fogofrio. Entro com Nadir, Amya e Mael, admirando a exuberância do ambiente. O Torreão não é nada como eu imaginava. É muito mais bonito do que quando eu olhava para ele durante aquelas noites miseráveis na Depressão.

— Como estão meus irmãos? — pergunto a Amya, meu braço apoiado no de Nadir.

Minhas pernas ainda estão bambas de antes. Eu não tinha conseguido recuperar a respiração quando entrei no quarto. Nadir estava tão deslumbrante com seu terno preto perfeito, com um corte que envolvia as linhas de seu corpo como se o tecido tivesse criado toda uma religião apenas para venerá-lo.

— Estão bem. Juro — Amya diz. — Mas estão com saudade.

Faço que sim, comprimindo os lábios, odiando termos ficado reunidos por tão poucos dias antes de eu ter que deixá-los de novo.

— Eles insistiram em ajudar, então pedi para fazerem uma pequena pesquisa, procurando quaisquer referências obscuras que possam nos ajudar a encontrar a Coroa.

— Ah, é uma boa ideia — respondo, me lembrando de que é por isso que tive que abandoná-los por um tempo.

Depois daquele discursinho no quarto de Nadir alguns dias atrás, comecei a me perguntar se ele está me distraindo intencionalmente de meu propósito. Existe algum plano maior que não estou enxergando? Ele estava falando sério ou está tentando me confundir? E qual eu quero que seja a resposta?

Mas ele também está me ajudando durante todas as horas livres do dia e parece completamente dedicado a encontrar a Coroa. Mas será que isso tudo não passa de uma artimanha? Não confio em ninguém. Não *posso* confiar neles.

As palavras dele se repetiram em minha cabeça sem parar, e são praticamente tudo em que consigo pensar. Preciso me manter focada.

— Obrigada por cuidar deles — digo, voltando ao presente, e Amya sorri.

— O prazer é meu.

Aceno e me viro, desconcertada pela princesa. Ela parece tão desesperada para ser minha amiga, mas a culpo tanto quanto culpo Nadir e o rei pelo que aconteceu a nós três. Ela não é inocente, uma vez que permite que Nostraza exista no estado atual.

Entramos por um corredor largo e decorado por centenas e centenas de velas intercaladas em alturas variadas ao longo das paredes. Músicos tocam instrumentos de cordas enquanto hóspedes bem-vestidos caminham pelo centro rumo a um arco enorme que dá para o lado de fora.

Passamos por baixo dele, mas, quando atravessamos o batente, percebo que na verdade estamos sob um imenso domo transparente. Está cheio de sofás elegantes em tons de joias, os pisos cobertos de tapetes grossos. Garçons atravessam o espaço com bandejas nas mãos carregando pequenos petiscos e coquetéis.

Olhando para cima, entendo por que o domo é transparente. As luzes boreais estão visíveis e ainda mais deslumbrantes do que o normal. Fico hipnotizada pelas faixas lentas que atravessam o céu.

— Elas estão no auge da beleza durante o Fogofrio — Nadir diz, sua voz baixa em meu ouvido.

Solto uma lufada de ar pelo nariz.

— Quando eu estava presa, era como se uma parte minúscula e cansada de mim voltasse à vida nas raras noites em que eu as via. Sempre parecia um lembrete de que havia a possibilidade de uma existência fora daqueles muros se ao menos eu conseguisse suportar mais um dia.

Fecho a boca. Eu não pretendia dizer isso tudo. Nadir está me observando com algo indecifrável em sua expressão. Parece uma linha entre conflito e arrependimento, mas então ele pisca.

— Senti a mesma coisa algumas vezes — ele responde. — Sobre como restauram uma parte de você, claro. Não... a outra parte.

Olho ao redor, notando as roupas e joias elegantes, as conversas e risadas. Sempre tive muita certeza de que nada digno de vida pudesse existir dentro do Torreão durante todas aquelas noites em que sonhei em um dia invadir seus muros. Mas isso é bonito. É cheio de vida e risos, e não consigo decidir se isso me deixa esperançosa ou ainda mais ressentida em relação a tudo.

Não quero sentir pena de mim mesma. As circunstâncias de minha ascendência sempre implicaram que meu destino nunca seria normal nem seguro. Isso eu entendo. Mas é difícil não desejar que as coisas tivessem sido diferentes para minha avó, para que eu e meus irmãos pudéssemos ter a vida que fomos destinados a ter. Em vez disso, vamos ter que lutar para reconquistar isso.

Mas talvez seja melhor assim. Talvez valha mais quando conseguirmos.

— Vamos? — Nadir pergunta, pegando minha mão e me guiando até um conjunto de sofás no centro do salão. Perco o ar quando vejo o Rei Aurora, uma perna cruzada sobre a outra, um braço estendido ao longo do dorso e uma bebida na outra mão.

Ele está falando com uma Nobre-Feérica deslumbrante. O cabelo ruivo comprido dela está preso numa trança grossa que cai sobre o ombro, e ela esfrega os seios fartos nele.

Paro, e Nadir também, e nós dois ficamos observando. Noto a expressão dele pelo canto do olho e entendo que estamos olhando para essa cena através de contextos completamente diferentes. Sinto a mão dele se tensionar, e me dou conta de que não faço ideia se existe uma Rainha Aurora. Nunca ouvi falar de nenhuma, e acho que entendo o que pode estar incomodando Nadir quando o rei flerta descaradamente com a Feérica ao seu lado.

Mas a raiva de Nadir me estabiliza. É como se ele precisasse de mim e eu não pudesse desabar agora. Com um leve movimento de cabeça, eu me pergunto de onde veio isso. Por que importa se ele precisa de mim? E por que eu pensaria que ele é minha responsabilidade, afinal?

Amya passou por nós e está cumprimentando os convidados com beijinhos no rosto, se sentando onde é claramente um lugar de honra.

Finalmente, Nadir volta a si e me puxa. Quando entramos no círculo, o rei observa o filho, olhando para mim como se eu não importasse mais do que as floreiras altas que formam o perímetro. Encaro o rei, esperando algum sinal de reconhecimento, mas seu olhar me atravessa como se eu não fosse nada.

Sou puxada para um assento onde me acomodo entre Amya e Nadir. Mael não se senta; em vez disso, vigia o perímetro de nosso recanto, analisando os convidados.

— Isso é mesmo necessário? — pergunto, apontando para o capitão.

— Você menospreza tanto assim minha segurança? — Nadir pergunta, com o tom quase irônico. É um lado dele que ainda não vi e quase me faz sorrir. — Mael leva o trabalho dele muito a sério.

— Exceto quando não leva — Amya acrescenta ao mesmo tempo que aceita um coquetel azul-claro. Mael, que claramente está nos escutando, olha para mim e dá uma piscadinha. A naturalidade deles uns com os outros me faz lembrar tanto de mim, Willow e Tristan que suspiro, desejando que eles estivessem aqui.

Nadir estende o braço na parte de trás do sofá e começa a traçar com os dedos círculos suaves em meu ombro. Entrando no papel, eu me aconchego nele, tentando não notar como é gostosa a sensação e o cheiro de sua pele. As palavras que ele me declarou não saem de minha cabeça, envoltas por trevas que me imploram para eu deixar que elas tomem conta.

Amya está falando com alguém à esquerda dela, e sinto que eu e Nadir fomos absorvidos em uma bolha em que só nós dois existimos. A outra mão dele está em meu joelho exposto, e encontro seu olhar, me perguntando se é essa a verdadeira atuação ou se foi aquela em seu quarto, quando ele disse que me queria.

— Desculpa se assustei você. No outro dia — ele diz.

— Não assustou — digo, com sinceridade. Não foi assustada que me senti, embora eu não conseguisse nomear a emoção exata nem se eu tentasse. — Só fiquei surpresa.

Ele se inclina mais para perto, como um amante sussurrando coisas fofas em meu ouvido. Mas ele não é meu amante e não há nada de *fofo* no que ele disse.

— Você está deslumbrante. Eu... — Ele se interrompe e parece estar se recompondo.

— Por que você me quer? — pergunto em voz baixa, sem querer que ninguém escute nossa conversa. — Tem a ver com o que posso fazer? Atlas dizia coisas muito parecidas, mas ele só estava me usando.

— Não. Não tem nada a ver com isso — ele diz, e há algo sincero em sua expressão. Como se ele fosse a página de um livro aberto em que eu pudesse ler cada palavra, mas só conheço parte da língua.

— Ainda não entendo.

Ele pressiona mais o meu joelho.

— Dance comigo — Nadir pede, se levantando e me puxando consigo.

Eu o acompanho enquanto ele nos guia através da multidão com seus ombros largos até encontrarmos a pista de dança, onde as luzes estão baixas e os casais dançam juntos.

— Nunca fui de esconder minha atração por uma mulher — ele diz, sua boca perto da minha orelha. — Entendo que ele tenha quebrado sua confiança, mas não estou prometendo nada a você. É apenas sexo, detenta.

Admito que ouvi-lo dizer essas coisas me faz me sentir mais segura. Como se realmente fosse o que ele diz. Penso em meu velho amigo de Nostraza, Aero. Em como nosso relacionamento tinha sido muito parecido. Fomos unidos por nossas circunstâncias e pelo desejo mútuo. E nada mais.

Vivendo dentro da prisão, eu não tinha motivo para querer ou sonhar com algo mais. Aquilo também era apenas sexo, e eu gostava. Gostava muito. Mesmo sem entender por quê, não posso negar a atração que sinto por Nadir.

Eu deveria odiá-lo. Eu o *odeio*. Por muitos motivos. Mas também quero continuar tocando nele.

— Sei que seu passado é... complicado em relação a isso — ele diz, quase com hesitação, e ergo a sobrancelha.

Eu poderia jogar sal na ferida e dizer que é culpa dele ou, pelo menos, do rei sentado a poucos metros de distância, mas não. Dessa vez, seguro a língua.

— Estou bem — digo. Não vou mostrar fraqueza nenhuma na frente dele. Ele não entende nada sobre o que passei, e não estou disposta a me abrir para que ele possa revirar minhas vulnerabilidades mais profundas.

— Eu deveria ter sido mais cuidadoso com isso antes de falar.

— Eu disse que estou bem.

— Você já esteve com alguém por vontade própria? — ele pergunta com cautela, e não sei o que ele quer escutar. Qual é o objetivo dessa linha de questionamento? Ele se importa com meus sentimentos?

— É claro que já. E não preciso da sua pena. — Eu o encaro com uma expressão impetuosa, e ele assente.

— Me sinto atraído por você — ele diz na sequência. — Não quero você por seu poder. Já tenho o suficiente sozinho, mas você também deve sentir o que sinto. Sabe quando nossa magia se toca? O que nós dois sentimos quando entrei em você?

Ignorando a maneira como sua voz murmura as palavras "entrei em você", engulo em seco e faço que sim. Ele desce mais a mão, se apoiando na curva de minhas costas, me puxando mais para perto.

É impossível negar que estou sentindo o mesmo que ele. E estou escondendo muito mal.

— O que acha que significa ter tido o mesmo sonho que eu? — pergunto.

Ele se empertiga para olhar para mim com um sorriso malicioso.

— Que o universo também quer que a gente transe.

Solto uma risada envergonhada.

— Só se formos devagar — digo, sem conseguir impedir as palavras de saírem.

Ele arqueia a sobrancelha.

— Então vai ser tortura? — Seu sorriso cresce e me faz pensar em um leão arrogante quando sabe que encurralou sua presa. — Quero você do jeito que você preferir, detenta.

— Para de me chamar assim — rebato.

— De jeito nenhum.

— Eu te odeio — dizendo, também com sinceridade.

— Eu sei — ele responde. — É por isso que quero tanto te partir ao meio.

— E se eu disser não? Agora, amanhã e todos os outros dias? Você ainda vai me ajudar?

— Sim — ele diz, sem hesitação. — Uma coisa não tem nada a ver com a outra. Minha promessa a você não tem relação com isso. — Sua expressão firme não vacila, e quero acreditar nele.

— Zerra. Vou me arrepender disso.

Mas a ânsia cresce embaixo de meu umbigo, exigindo que eu dê o que ele quer.

— E se eu disser que quero que você me toque? — pergunto, sem saber ao certo qual resposta quero ouvir. Na verdade, sei, sim, mas sou covarde demais para admitir.

— Então eu diria para você abrir as pernas — ele diz, a voz se infiltrando em todas as células de meu corpo.

— Como assim? Aqui?

— Por que não?

Olho ao redor pelo salão. Está cheio de pessoas comendo, bebendo, conversando e praticando seus próprios atos luxuriosos. Ninguém está prestando a mínima atenção em nós.

— E se alguém perceber?

O canto da boca dele se ergue.

— Você está tímida?

— Não me olha assim. Como se fosse tão superior. É óbvio que estou tímida, porra. Não me diga que quer um salão cheio de gente assistindo.

De algum modo, ele consegue me puxar ainda mais perto.

— Olha ao redor. Você está entre os Feéricos e ninguém daria a mínima. Se me pedisse, eu abriria suas pernas no meio do salão e a chuparia para todos verem. Fico grato que você não tope apenas porque quero você só para mim.

Suas palavras são como pimenta e fios escuros de fumaça envolvendo minhas coxas e entrando muito, muito profundamente no lugar pulsante em que quero, *sim*, que ele toque.

— Se faz você se sentir melhor, não vou deixar ninguém ver. Vai ser nosso segredinho.

Ele me guia até a beira da pista de dança, onde a luz nos envolve em sombras. Não chega exatamente a nos esconder, mas oferece uma sensação frágil de segurança. Ele desce a mão por meu quadril, segurando-o com uma possessividade que faz um calor disparar entre minhas pernas. Nadir atiçou um tesão tão grande em mim, só com suas palavras, que estou com medo de me derreter numa poça no chão se permitir que ele prossiga. O que mais posso fazer senão ter essa experiência?

— Certo — digo, minha voz trêmula, enquanto aperto seu paletó, já me sentindo uma pedrinha chutada de um penhasco.

Ele ergue a mão e a desliza por meu cabelo, seus olhos brilhando com fios rodopiantes de azul.

— Seja uma boa garota — ele murmura em meu ouvido, e meu coração se agita. — Abra as pernas. — Ele desce mais a mão, pousando-a em minha coxa nua. — Você está gostosa pra caralho nesse vestido. Quase desmaiei quando entrou no quarto.

— Quem é você? — pergunto, erguendo os olhos para ele, completamente dominada.

— Sou seu pior pesadelo, detenta. Mas, agora, vou fazer você gozar tanto que não vai nem ligar para isso.

Ele desliza mais a mão, subindo por dentro da minha saia, roçando um dedo na frente de minha calcinha. Ele aperta, me massageando através do tecido fino, e perco o ar.

— Parte da diversão é obrigar você a ficar quieta. Acha que consegue? — Ele enfia a ponta do dedo, deslizando pela parte úmida, e solto um gritinho.

— Não sei — digo.

Ele roça o lábio em minha orelha, mordiscando meu pescoço, cravando os dentes em minha pele com tanta força que me faz soltar um gemido. Quando ele pressiona meu clitóris, meu corpo todo fica mole e tenso ao mesmo tempo.

Eu não deveria estar fazendo isso. Não deveria estar *deixando* que ele fizesse isso.

Já me deixei levar por um Feérico da realeza que me prometeu o mundo.

Estou cometendo o mesmo erro.

— Não — digo, me afastando de repente. É tudo opressivo demais. — Desculpa. Eu não deveria ter feito isso.

Quando dou meia-volta, não quero esperar pela resposta dele. Estou fugindo de mais uma festa, e ele vai ficar furioso comigo. Deixou passar na última vez, mas não deve pegar bem que sua amante saia de novo. Mas estou perturbada demais para ligar para isso.

O que eu tinha na cabeça? Não posso baixar a guarda de novo.

Atravesso o salão a passos duros, chegando ao corredor onde alguns convidados estão socializando, e inspiro fundo. Minha pele está elétrica, meu corpo todo ardente de tesão, confusão e vergonha por ter me deixado levar.

— Lor, volta. Está tudo bem. — Ele segura meu braço e me faz parar, me puxando. — Não temos que fazer nada se não quiser. — Ele me leva pela mão e me guia por uma porta que dá para uma pequena sacada de pedra. Inspirando o ar frio, eu me recosto na parede e levo a mão ao peito, fechando os olhos.

Quando sinto sua presença, volto a abrir. Ele está diante de mim e coloca as mãos na parede, uma em cada lado de minha cabeça.

— Você está bem? Não queria te deixar desconfortável.

— Você não deixou. Desculpa. É só que eu...

— Atlas traiu sua confiança. Eu entendo.

Mordo o lábio, erguendo os olhos para ele.

— Entende?

— Sim. Mas estou sendo sincero com você. Sei que ainda não te dei motivos para acreditar em mim, mas não estou tentando tirar nada de você. Nada que você não queira dar por livre e espontânea vontade. Não vou mais tocar em você, Lor. A menos que me peça. — Ele inclina a cabeça. — Exceto para manter as aparências, é claro. — Ele olha em direção à festa e então de volta para mim.

— Pelas aparências? — pergunto, erguendo a sobrancelha, e ele encolhe os ombros. — Isso parece uma brecha.

— Uma brecha necessária. E da qual posso tirar vantagem. — Ele pisca, mas não acredito mais nessa mentira.

Embora esse Feérico definitivamente tenha princípios duvidosos, me violentar não é um deles. Disso tenho certeza. Esse lembrete ajuda a acalmar meu nervosismo, e relaxo os ombros.

— Me beija — digo, e ele franze a testa, surpreso, antes de seus olhos se escurecerem.

— Tem certeza?

Faço que sim, minha boca subitamente seca e meu estômago se revirando de uma maneira agradável mas aterrorizante. Não sei se *devo* acreditar quando ele diz que não está planejando tirar nada de mim, mas *acredito*. Com Atlas, eu queria tanto acreditar que me convenci que suas mentiras eram verdade.

Mas não parece ser esse o caso agora. Desta vez, confio nas palavras dele. Talvez seja idiotice, e talvez eu não tenha vivido tempo suficiente para entender quem realmente quer me enganar, mas alguma coisa em sua expressão me diz para confiar nele, pelo menos nesse ponto.

— Sim, tenho.

Ele não perde mais tempo e sua boca encontra a minha. Não há nada de doce ou suave no beijo — não que eu esperasse isso.

É selvagem, forte e cheio daquela mesma intensidade que ele leva a tudo. Nadir desliza a língua pela minha boca e solto um gemido antes de colocar os braços ao redor de seu pescoço. Ele chega mais perto, seu corpo me apertando contra a parede de pedras às minhas costas.

É energizante. Todos os fios de cabelo de meu corpo se arrepiam e minha magia... minha magia ganha vida como nunca antes. Ela dança e faísca sob minha pele. Mas ela não está tentando se libertar, está rodopiando e se movendo como se estivesse com os braços abertos e celebrasse sob uma chuva de estrelas cadentes. Eu sinto a magia nele quando Nadir pressiona seu quadril no meu, seu pau duro e grosso contra meu ventre. Ele intensifica o beijo, me devorando com a boca. Suas mãos ainda plantadas obedientemente na parede, e lembro que ele disse que só tocaria em mim se eu pedisse.

— Termine o que estávamos fazendo lá dentro — digo, interrompendo o beijo por um momento. — Coloque as mãos em mim. Me toque de novo.

Ele solta um grunhido.

— Aqui?

— Sim. Aqui mesmo.

— Caralho — ele diz, enquanto devora a minha boca de novo, agarrando meu quadril, seu aperto firme e possessivo. — Caralho, como seu gosto é bom. — Nós nos beijamos mais um pouco, a voracidade entre nós crescendo e minhas coxas ficando molhadas pela minha vulva que escorre e lateja.

— Por favor — digo, minhas palavras ásperas.

— Como quiser, Rainha Coração.

Ele leva a boca ao meu pescoço, onde deixa um rastro de beijos quentes e molhados por minha clavícula, descendo ainda mais. Envolvendo meu seio com as mãos, seus dedos transformam meu mamilo num ponto sensível através do tecido.

— Mas vou fazer mais do que isso.

— O quê? — digo, abrindo os olhos e vendo-o se ajoelhar antes de ele subir as mãos por minhas coxas.

Erguendo as mãos, Nadir beija minha barriga, encaixando os dedos no elástico da minha calcinha. Ele para, me encarando, pedindo permissão, e faço que sim com o coração preso na garganta e o ardor entre minhas coxas quase dolorido.

Ele baixa minha calcinha, erguendo um pé e depois o outro e passando-a por meus sapatos. Depois que a retira, ele a coloca no bolso do paletó e me abre um sorriso vilanesco que sei que vou ver toda vez que eu fechar os olhos, até o dia que morrer.

Metade de mim está ofegando de ansiedade, enquanto a outra está com pavor de estar envolvida demais com esse Feérico que poderia fazer picadinho de mim e ainda palitar os dentes com meus ossos.

Nadir sobe a mão por minha panturrilha, apertando minha pele com firmeza. Ele ergue minha perna e passa o nariz ao longo de minha coxa, mordendo a pele macia com tanta força que me faz perder o fôlego, minha perna de apoio quase cedendo. Quando um arrepio ardente sobe por onde ele está mordiscando minha pele, jogo a cabeça para trás.

Nadir chega mais perto, apoiando meu joelho sobre o ombro antes de apertar o rosto entre minhas pernas e inspirar fundo.

— Caralho, até seu cheiro é gostoso.

Estou vagamente ciente dos sons da festa não muito distantes, mas estamos escondidos aqui nesta sacada. É o suficiente para me fazer me sentir ao mesmo tempo segura e exposta, de um jeito extremamente excitante. Pressiono a mão na parede e então apoio a outra sobre a cabeça de Nadir, puxando seu cabelo enquanto ele dá uma lambida longa e obscena em minha vulva encharcada.

— Ai, Zerra! — exclamo, puxando o cabelo dele com mais firmeza, adorando o toque de seus dedos. Faz tanto tempo que quero tocar nele. Ele passa a ponta da língua em meu clitóris em círculos fortes e lentos. Jogo o quadril para a frente, mas ele usa o braço para me prender à parede.

— Não se mexa — ele ordena. — Não pretendo ter pressa, detenta.

Meus joelhos já estão bambos, e não sei bem como vou continuar em pé por muito mais tempo. Ele faz o que promete, saboreando, mordiscando e chupando, me levando tão perto do clímax que mal consigo suportar.

Ele desliza um dedo em mim e depois outro, enfiando e tirando, enquanto traça círculos em meu clitóris com a língua. Movimento o quadril, e ele me deixa cavalgar em seu rosto enquanto solta um gemido grave de satisfação.

— Boa garota — ele murmura, me fodendo com os dedos enquanto olha para mim. — Vou quebrar você ao meio. — Como prometido, ele volta ao que estava fazendo, curvando os dedos dentro de mim, me chupando e lambendo.

Solto um gemido, e a tensão em meu ventre cresce sem parar.

— Ai, deuses. Vou gozar.

Sou recompensada por mais um murmúrio de satisfação antes de ele chupar meu clitóris entre os lábios, e me desfaço em pedaços com um grito rouco, ondas de prazer descendo por minhas pernas. Arqueio as costas e raspo a cabeça pela parede de pedra dura enquanto me seguro à beira do orgasmo que me puxa para baixo.

Zerra, nunca senti nada parecido com isso antes.

Quando finalmente paro de tremer, Nadir sobe por meu corpo. Ele envolve meu pescoço com sua mão enorme e pressiona os lábios nos meus, enfiando a língua na minha boca, onde sinto meu próprio gosto. Seu beijo me devora, me possui, deixando meus joelhos bambos de novo. Há tanta ferocidade por trás dele que quase sinto como se ele estivesse me contando alguma coisa. Tentando escrever uma mensagem que ainda preciso decodificar.

Finalmente, ele recua, nossos olhos se encontrando enquanto nós dois respiramos rápido, nossos peitos arfando pelo esforço.

— Que bom que viemos aqui fora, porque você não é nem um pouco silenciosa.

Minhas bochechas ardem, mas reviro os olhos e jogo o cabelo para trás, tentando fazer parecer que estou no controle.

— Sim. Bem… até que foi gostosinho.

Ele sorri com malícia, claramente sabendo que estou mentindo.

— Mal posso esperar para fazer você gemer assim de novo. E de novo. E de novo.

Ele pontua suas palavras com mais um beijo intenso e então recua.

— É melhor voltarmos para a festa.

— E você? — pergunto.

— O que tem eu?

— Você não quer…

Ele abre um sorriso malicioso.

— Quero muito, mas você queria ir devagar e estou tentando ganhar sua confiança.

Inclino a cabeça.

— Me fazendo gozar?

Ele abre um sorriso largo que transforma seu rosto. Eu nem sabia que ele era capaz de um sorriso tão doce.

— Acho que mal não faria.

Solto uma risada e franzo a testa.

— Isso não deixou você frustrado? — pergunto, sem saber se isso tudo não passa de um jogo. Ele está apenas tentando me distrair? Estou repetindo a mesma história de Atlas?

Ele pega minha mão e a leva até a frente da calça, onde sinto seu pau grosso e duro sob minha palma.

— Parece que não fui afetado? — ele grunhe. — Estou precisando de toda minha força de vontade para não jogar você no meu ombro, levar você para o quarto e te foder inteira.

Meu estômago se revira com suas palavras, e oscilo entre pensar que isso tudo é uma péssima ideia e querer que ele faça exatamente o que diz. Ele passa um dedo por minha bochecha.

— Mas, se não se importa, eu deveria representar meu papel como bom herdeiro, e me faria parecer um pouco menos patético se minha acompanhante não me abandonasse em todos os eventos, não é? — Ele baixa a cabeça, e entendo que essa é uma pergunta. Ele está me perguntando e me dando a opção de dizer não.

— Certo — digo. — Posso fazer isso. E vou tentar não fugir.

Ele sorri e dá um passo para trás.

— Obrigado.

Dirigindo-se à porta, ele a segura aberta e passo. Começamos a andar quando paro e apoio meu braço no dele.

— Espera. Você ainda está com minha calcinha.

Ele dá um tapinha no bolso do paletó com um sorriso ferino.

— Agora é minha. — Então ele pisca e volta a andar, me fazendo correr atrás dele com as pontas das orelhas ardendo.

Eu o alcanço assim que entramos no salão, completamente consciente da umidade em minhas coxas e de como me sinto exposta, sem usar calcinha numa multidão com tanta gente.

— Preciso beber alguma coisa — digo, e essa é a maior verdade que eu já disse em toda minha vida.

Nadir se vira para mim com aquele sorriso malicioso, apertando a mão em minha lombar.

— Você disse que não tocaria em mim a menos que eu pedisse — digo, me endireitando.

— Quando estivermos sozinhos. Agora, você ainda está representando o papel de meu brinquedinho. Brechas, lembra?

— Lembro — digo, antes de me entregar a seu toque.

Eu não deveria amar a sensação da mão de Nadir na pele exposta de minhas costas. Mas acho que já saltei desse penhasco e mergulhei nas águas turbulentas lá embaixo.

É só atração física. Ele é lindo. Tem uma boca obscena e é gostoso receber sua atenção. Mas também tinha sido gostoso receber as atenções de Atlas, e olhe no que deu. Nadir compartilhou suas verdades, e posso ser ingênua por acreditar que ele não quer mais nada de mim.

Ele me guia na direção de um bar onde estão fazendo uma variedade de coquetéis nos tons da aurora. Quando nos aproximamos, um bartender bonito ergue os olhos e pisca. A mão em minhas costas se tensiona, e um rosnado baixo escapa de Nadir.

— O que você quer, gatinha? — o bartender pergunta com a cabeça inclinada. O sorriso dele é brilhante, e seus olhos, joviais.

— Ela vai querer um...

— Ei — interrompo Nadir. — Posso pedir meu próprio drinque.

O bartender está parecendo um pouco menos relaxado agora que Nadir o encara de cima a baixo.

— Então esse idiota deve flertar o mínimo possível.

Empurro Nadir para trás e vou até o bar, revirando os olhos. Eu e Nadir pedimos coquetéis antes de eu espiar por sobre o ombro e estreitar os olhos para ele.

— Não pertenço a você, Príncipe Aurora. Não precisa desse showzinho.

Não, não pertenço a Nadir, mas sinto um frio na barriga evidente com seu ciúme óbvio.

Ele chega mais perto, cochichando em meu ouvido.

— Eu estava agora há pouco com a língua dentro de você, detenta. Você não sabia que os Feéricos são muito territorialistas?

Rio com escárnio, mas ele envolve meu quadril com a mão, me puxando na direção dele.

— Só estou tomando um drinque — digo, com a voz seca.

Ele desliza a mão por minha barriga e, apesar do fato de ter tido um orgasmo arrepiante há menos de dez minutos, sinto o desejo voltar a crescer. Minha magia se revira sob minha pele. Em vez do rodopiar de sempre, é mais como se milhares de cordas estivessem tentando se libertar.

— Ele sabe que não deve tocar no brinquedinho do príncipe.

Eu o fulmino com o olhar, sua boca se abrindo em um sorriso que não é nada menos que selvagem.

— Você também é meu brinquedinho, então? — Pressiono a mão em seu peito e a deslizo para baixo, saboreando a sensação do corpo dele sob a camisa.

— Sou o que você quiser que eu seja.

Nossos olhares se encontram, e resisto ao impulso de desviar os olhos.

O bartender termina nossos pedidos, entregando dois copos curtos de cristal pelo balcão. Pelo visto, ele está se sentindo corajoso, porque abre um sorriso em minha direção. Nós dois pegamos nossos copos e nos viramos, atravessando a multidão.

— Acho que vou mandar matar esse homem. — Nadir casualmente dá um gole de sua bebida, e me engasgo com a minha.

— Por quê?

— Não gosto de como ele estava olhando para você. Ele ficou olhando para sua bunda quando você saiu.

Solto um suspiro, soprando uma mecha de cabelo da frente dos olhos.

— É assim que você vai ser agora?

— Sempre fui assim. Só não estou mais escondendo.

Fico olhando para ele, me perguntando se vou me arrepender de onde me meti. Tenho certeza de que foi um erro, mas há algo nisso que parece inevitável. Eu poderia ter continuado a resistir, mas mais cedo ou mais tarde, não importa o que eu fizesse, acabaria aqui. Não faço a menor ideia do porquê.

Mesmo assim, não consigo deixar de lado a sensação de que ele ainda vai me destruir. Talvez não como Atlas fez, mas vai ser minha perdição, e talvez com consequências muito mais permanentes.

— Você também vai ser minha perdição, detenta — ele diz baixinho, me fazendo perceber que acabei de falar em voz alta. — Sorte a sua de que vamos queimar juntos.

25

Passamos os dois dias seguintes vasculhando cada ala e cômodo do Torreão, na esperança de que eu sinta alguma coisa enquanto investigamos cada canto escuro. O tom de nossas interações mudou significativamente. Nadir não fez nenhum avanço, cumprindo sua promessa de que não tocaria em mim a menos que eu pedisse. Preciso de mais tempo para pensar antes de seguir em frente com isso.

Tenho muitos traumas a elaborar que não se resumem ao que aconteceu com Atlas. Passar anos compartimentalizando minha tortura e meu abuso me permite funcionar de uma forma relativamente normal, mas não sou idiota a ponto de pensar que isso significa que não vou ter que enfrentar isso mais cedo ou mais tarde. Mas não tenho tempo para esse tipo de luxo agora. Um dia, quando eu tiver garantido que Tristan e Willow estejam relativamente seguros, quando eu tiver assegurado um futuro estável para nós, talvez eu tenha essa liberdade. Por enquanto, faço o que for preciso para sobreviver.

— Vamos descer para as catacumbas — Nadir diz depois de mais uma tarde infrutífera de buscas.

— O que é isso?

— Uma área abandonada do Torreão. Acho que não é usada há séculos, mas agora que parei para pensar, pode ser um lugar ideal para esconder alguma coisa de valor.

Ele me guia pelos corredores largos com uma expressão pensativa. Ao descermos uma escada de pedra estreita, fico quieta. Dizem que o cheiro pode ser um dos gatilhos mais fortes da memória, e é nesse momento que sou atacada por uma onda de lembranças sepultadas. O cheiro fresco de magia. Os odores de suor, sangue e vômito. O gosto de cantos empoeirados e esquecidos e o fedor de desespero.

Quando chegamos perto do pé da escada, cambaleio nos degraus de pedra, tombando para a frente e batendo de cara com Nadir. Ele se vira para me agarrar pela cintura antes que eu caia no chão. Minha respiração está ofegante, e aperto o peito, meu coração se debatendo contra minhas costelas.

— Qual é o problema? — ele pergunta, me segurando e descendo os degraus restantes antes de me colocar no chão.

O corredor ao redor ganha uma nitidez agonizante. Conheço essas arcadas e essas portas e os lugares escuros aonde elas levam. Gritos, que reprimi por tanto tempo, ecoam em meus ouvidos. Meu corpo fica tenso, e minhas pernas e braços estremecem.

— Você está tremendo. O que aconteceu? — ele pergunta, seu tom firme e seus olhos ardentes. — Me fala qual é o problema.

— Não consigo. — Chacoalho a cabeça, lágrimas ardendo em meus olhos. — Não consigo... — Não sei o que estou tentando dizer. Não consigo falar para ele. Não consigo ficar aqui. Preciso sair. — Por favor.

Finalmente, ele entende o que não consigo expressar, porque me pega nos braços e me leva depressa escada acima. Só para quando voltamos ao andar principal e me leva diretamente de volta a seu quarto.

Quando entramos, ele senta no sofá, cobrindo meus ombros com uma manta. Então vai até a lareira, onde atiça a lenha, causando uma chama crepitante. Não consigo parar de tremer. Minhas roupas estão grudadas em minha pele sob uma fina camada de suor.

Ele segue para o bar sem parar de olhar para mim, serve uma dose generosa de uísque e então senta antes de colocar o copo na mesa. Um momento depois, me puxa para seu colo e me abraça.

No mesmo instante, me aninho, apoiando a cabeça em seus ombros enquanto ele apoia o queixo em minha testa. Não falamos nada por vários longos minutos enquanto o príncipe fica parado e espera até eu processar o que estou passando.

Enfim, ele pergunta com a voz suave:

— O que acabou de acontecer? — Solto um longo suspiro, profundo e trêmulo. — Tem alguma coisa a ver com meu pai?

— Como você sabe? — pergunto, olhando para ele.

Ele inclina a cabeça, contraindo os lábios numa expressão insegura.

— Palpite.

Mordo o lábio, as palavras grudando no céu da boca. As únicas pessoas que sabem o que aconteceu são Tristan e Willow, e eles tentaram por anos me fazer falar sobre isso, mas sempre me recusei. Em parte, porque não queria que eles sentissem nenhuma culpa pelo que sofri e, em parte, porque revisitar aqueles momentos só me trazia dor.

— Me fala — ele diz. As palavras são suaves, mas há um comando em seu tom. — Quero saber o que ele fez com você. Por favor.

Nadir está me observando com um misto de ferocidade e compreensão estoica. Lembro de suas palavras sobre o pai. Quando ele me disse que também o odiava. Havia uma brutalidade naquela declaração, como uma ferida aberta que tinha inflamado. Esse Feérico, que me deixa completamente desnorteada, pode ser a única pessoa no mundo que realmente entende meu ódio pelo rei.

Respirando fundo, saio de seu colo, não porque não quero que ele toque em mim, mas porque tudo nele me sobrecarrega, e preciso da clareza do distanciamento. Tirando a coberta, sento à mesa para que ele possa olhar para mim e pego o copo de uísque. Tento acalmar meu nervosismo com um gole longo e demorado.

— Quando os soldados de seu pai nos encontraram na floresta, eles mataram meus pais — digo em voz baixa, as palavras se formando ao meu redor com brutalidade, como se tivesse sido ontem. — Eles me encontraram com Willow num abrigo subterrâneo onde meu pai nos escondeu. Eu nem sabia da existência daquele abrigo até aquele dia, mas claramente meus pais o haviam construído, sabendo que algo assim aconteceria.

Minha voz parece vir de um boneco de madeira, as palavras ocas e, ainda assim, pulsando com as vidas que foram tiradas. Nadir apoia a mão em meu joelho, sua palma grande calorosa, mas não há nada de sugestivo no toque. Ele só está tentando me reconfortar.

— Pode me contar — ele diz. — Não há nada que você diga que me choque quando o assunto é meu pai.

Faço que sim e continuo:

— Encontraram Tristan escondido na floresta, e ele brigou como um gato selvagem. Matou três dos soldados antes de o amarrarem. Fiquei tão orgulhosa dele. — Sorrio com a lembrança, mesmo sendo uma memória tão horripilante. — Meu irmão é o homem mais corajoso que conheço.

"Fomos trancados numa carroça e trazidos para a Aurora. Não sei quanto tempo demorou, mas mal nos davam comida e nos obrigaram a fazer nossas necessidades nas calças. Eles se recusavam a nos deixar sair. Dormimos assim por dias. Foi horrível."

A mão de Nadir fica tensa em meu joelho, seus olhos escuros ardendo de fúria.

— Finalmente, chegamos a Nostraza. Lembro como seu pai parecia grande. Como um gigante. Ele nos disse que tínhamos que esquecer quem éramos. Nunca comentar com ninguém. Se contássemos, ele mandaria matar dois de nós enquanto o terceiro assistia, e só descobriríamos na hora quem seria esse terceiro. Mas ele não só nos largou lá. Pelo menos não de cara.

Engulo em seco enquanto as lembranças vêm à tona. Tomo mais um gole de álcool.

— Estávamos todos presos em nossas formas humanas, como minha mãe tinha nos instruído, mas seu pai sabia que estávamos escondendo nossas formas de Nobre-Feéricos. Ele começou por Tristan e Willow e facilmente forçou os dois a mudarem para poder testar os níveis da magia deles. Como contamos para vocês, eles tinham pouco e deixaram que seu pai visse.

Respiro fundo, olhando para minhas mãos e apertando o copo com força.

— Então ele focou em mim. Na época, eu não sabia por que seu pai estava tão decidido a encontrar minha magia, mas quando você me explicou na mansão o que é um Primário, eu entendi. É isso que ele estava buscando. Mas, mesmo sem entender, algum instinto meu me dizia que seria perigoso se ele soubesse o que eu era capaz de fazer. Eu podia ser criança, mas entendia que magia poderosa era um dom cobiçado.

"Por isso, disse para ele que não tinha magia. Que era tão fraca quanto Willow e que a única coisa que eu conseguia fazer era entrar em minha forma humana. Não sei por que ele não acreditou. Talvez já soubesse de alguma coisa. Fosse o que fosse, ele estava determinado a me desmentir.

"Por meses, anos, ele me trouxe regularmente para o Torreão… as catacumbas, como você chamou. Lá, tentou de tudo para arrancar a magia de mim. Ele me torturou e me atormentou com o poder dele."

Levanto a cabeça e vejo uma miríade de emoções refletida em seus olhos. Fúria. Dor. Raiva.

— Mas fui mais forte. Resisti. — Solto o ar. — Mas a magia dele não era como a sua. Tinha uma cor diferente. Uma sensação diferente. Era mais escura e esfumaçada. Tinha cheiro de morte. Ele vasculhou meu coração, minha mente e meus ossos sem parar, à procura dela. Depois de um tempo, eu soube que, se ele descobrisse, minha vida estaria acabada. Ou ele me mataria ou encontraria outra maneira de me usar. Por isso, suportei. Mantive a magia presa.

"Aguentei as surras quando ele ficava tão frustrado que chegava a me espancar com os próprios punhos. Aguentei tudo até que, finalmente, um dia, ele me jogou de volta em Nostraza, e eu nunca mais soube dele nem o vi de novo."

Minha respiração está entrecortada, e meu peito está subindo e descendo como se eu tivesse acabado de correr uma grande distância. Nunca disse essas palavras em voz alta para ninguém, e me sinto ao mesmo tempo mais leve e pesada como um bloco de ferro. Quando olho para Nadir, há uma fúria tão tenebrosa em sua expressão que pisco e me encolho.

Ele balança a cabeça e fecha os olhos, inspirando fundo e devagar. Suas mãos estão tremendo como se ele estivesse se esforçando muito para se controlar.

— Então ele não acha que você seja a Primária — Nadir diz devagar. — Faz muito mais sentido.

— Não sei o que ele pensou no fim, mas ele desistiu. O que faz sentido?

— Que tenha desistido de você tão facilmente. Quando descobrimos que você foi levada, ele me mandou te procurar, mas nunca pareceu tão preocupado assim. Me disse que, embora tivesse esperança de que você um dia se revelasse útil para ele, você não tinha mais serventia. Por que ele não matou vocês três logo de uma vez?

Eu me encolho com as palavras, e ele curva os ombros antes de passar a mão no rosto.

— Desculpa. Não foi isso que eu quis dizer.

— Acho que por segurança. Caso nós nos provássemos úteis. Mas quando todos viramos adultos, acho que ele entendeu que isso não aconteceria. Talvez só tenha esquecido que estávamos lá.

—Talvez — ele concorda. — O que sua magia faz? Você lembra?

Faço que sim antes de dar mais um gole, pretendendo manter algumas cartas na manga.

— Lembro um pouco. Raios. São vermelhos e capazes de destruir quase qualquer coisa. E consigo curar pessoas, mas também consigo destroçá-las. Fazer com que se esvaiam em sangue por dentro. Esses são os dons mais notáveis.

— Quando foi a última vez que você a usou?

— Faz mais de uma década. Eu tinha uns dez anos quando minha mãe insistiu para eu parar. Ela vivia com medo de sermos descobertos e tinha certeza que isso atrairia atenções indesejadas. Claro, agora sei por quê.

Nadir trinca os dentes.

— E seu irmão?

— Você vai ter que perguntar para ele. Cabe a Tristan contar os segredos dele — digo, sabendo que meu irmão não gostaria que eu revelasse isso sem seu consentimento. Nadir me lança um olhar duro. — Não se preocupe: na próxima vez que eu o vir, vou falar bem de você para ele.

O canto da boca de Nadir se ergue por uma fração de segundo. Então ele me observa e baixa a cabeça. Apoia a mão em meu joelho de novo e o aperta.

— Sei que essas memórias são dolorosas, mas você acha que consegue continuar as buscas nas catacumbas comigo?

Inspiro fundo, colocando o copo na mesa e apertando as mãos embaixo das pernas. Nadir muda de posição para que seus joelhos se encaixem nos meus. Os nós de seus dedos roçam minhas panturrilhas, e sinto até demais seu toque e sua presença. Ele está quebrando sua regra sobre não tocar em mim, mas não me importo. Não estava me referindo a gestos de amparo quando estabeleci esses termos.

— Vou tentar — sussurro. — Também quero encontrar. Não quero mais ficar assim.

— Desculpa — ele diz, e franzo a testa. — Desculpa ter ficado parado e deixado isso tudo acontecer. Eu não sabia, mas se...

Ele não acaba a frase, e nossos olhares se encontram, um momento estremecido entre nós. Desvio o olhar, pegando o uísque e dando mais um gole, que arde em minha garganta e aquece meu estômago.

— Isso ajuda? — ele pergunta, suas mãos ainda em volta de meus joelhos, e dou de ombros.

— Curaram a maior parte em Afélio, mas eu era coberta de cicatrizes — digo, e seus olhos se escurecem com mais fúria ardente. Ele estende a mão, seu polegar roçando minha bochecha suavemente, onde sei que está a ponta inferior de minha cicatriz.

— É feia, eu sei. Mas é um lembrete — digo, pensando que ele vai fazer careta ou um comentário mordaz.

— Não é nem um pouco feia. É nobre.

Solto um resmungo baixo.

— Nobre?

— O fato de você ostentá-la com tanto orgulho mostra algo importante sobre seu caráter. Nunca, nem por um momento, achei feia. Lembro da primeira vez que a vi no baile, como você estava linda.

Dou mais um gole de minha bebida só para poder desviar os olhos, porque estou à beira de desabar.

— Vou fazer com que ele se arrependa de tudo — Nadir diz, um tom feroz em suas palavras. — Vou acabar com ele. Esse sempre foi meu desejo mais profundo, mas agora é uma necessidade mais violenta do que a necessidade de respirar no fundo de um lago. Vou fazer com que ele sofra.

Há uma certeza tão brutal nessa frase que meu estômago se revira.

— Quero que ele morra — digo. — É uma das poucas coisas que me faz seguir em frente. A determinação de fazer com que ele pague.

Nadir acena com a cabeça, aquele turbilhão nos olhos ardendo com cores enquanto ele me encara.

— Beba mais um pouco.

— Por que você o odeia? — pergunto, querendo entender mais desse príncipe das trevas. — Seus sentimentos por ele são mais complexos do que as coisas que ele faz na superfície. Por que *você* o odeia tanto, príncipe da Aurora?

Murmuro as palavras, mas elas ecoam no quarto silencioso. O fogo crepita e estala, e Nadir parece ponderar alguma coisa em sua mente.

— Você me confiou mais uma de suas verdades — Nadir diz. — Não é pouco o valor que dou a isso. Portanto, em vez de contar, vou mostrar para você.

26

Eu e Nadir atravessamos uma área que não me é familiar.

— Não procuramos aqui — comento.

— Não. Duvido que meu pai guardaria qualquer coisa de importante nesta ala. Mas mantenha os sentidos atentos por via das dúvidas.

Faço que sim e ele continua nossa caminhada através dos corredores. Nadir está quieto e tenso, sua expressão ficando mais séria conforme avançamos.

Finalmente, chegamos a um par de portas pretas largas, e ele pega a maçaneta antes de abrir suavemente. Tenho a impressão de que está prestes a me confiar um segredo que revela a pouquíssimas pessoas.

— Vem — ele diz, e o sigo para dentro de um quarto grande decorado com prata e cobalto. Tem os mesmos pisos pretos e uma das janelas compridas com vista para o lado de fora, mas é como se alguém tivesse tentado deixar esse quarto mais acolhedor e aconchegante do que o resto do Torreão. Uma iluminação suave projeta sombras sobre o quarto, e um fogo crepita alegremente na lareira.

Nadir olha para mim com a mandíbula tensa, e meus sentidos disparam em alerta.

Finalmente, noto a cadeira ao lado da cama que está voltada para a janela. Há uma pessoa sentada nela, tão imóvel que é fácil ignorar sua presença. Nadir estende a mão para mim e, sem pensar, eu a seguro. Seu calor sobe por meu braço e se espalha por meus poros, minha magia ronronando como um gato se deleitando sob um raio de sol.

Ele me guia na direção da pessoa na cadeira. É uma Feérica de cabelo escuro e olhos cor de ametista. Ela se parece muito com Nadir e Amya, e não há absolutamente nenhuma dúvida em minha cabeça que essa deve ser a Rainha Aurora.

— É por isso que o odeio. Ou pelo menos é esse o maior motivo — Nadir diz em voz baixa.

Ele solta minha mão e se agacha na frente da rainha. Ela continua a olhar pela janela. Percebo que ela não faz ideia de que estamos aqui enquanto observo seu olhar perdido e a maneira como está sentada, como se tivesse sido esculpida em granito.

— O que aconteceu com ela? — pergunto, me ajoelhando ao lado dele. Não sei por quê, mas quero estar na mesma altura.

— Meu pai aconteceu.

Eu me afundo mais, me sentando no carpete e me recostando na janela, minhas pernas curvadas e os braços ao redor delas enquanto a contemplo.

— Ela é linda.

Nadir concorda antes de se sentar a meu lado. Mal estamos nos tocando, e resisto ao impulso de chegar mais perto.

— Ela era. Ainda é. Mas não tanto quanto antes.

O príncipe inspira fundo, e espero até ele se recompor, sentindo que ele precisa de um momento antes de desafogar a mente dos demônios que o atormentam.

— Quando meus pais eram jovens, quando meu pai ainda era o Príncipe Aurora, ele conheceu minha mãe numa festa. O nome dela é Meora. Foi inclusive durante o Fogofrio. Eles tinham bebido um pouco demais. Uma coisa levou à outra, e os dois acabaram dormindo juntos.

"Mas meu pai não tinha interesse nela. Ele só estava usando minha mãe para fazer ciúme na mulher que ele amava. E funcionou. Ele rejeitou minha mãe e a mandou embora, com planos de se unir com a Feérica que ele amava."

Curvo os lábios em desdém. Por que nada disso me surpreende até agora?

Nadir estende uma perna comprida e apoia o braço no outro joelho, mantendo o olhar em sua mãe.

— Mas então, alguns meses depois, minha mãe ressurgiu, grávida de mim. No começo, meu pai tentou se livrar dela, mas, assim que ela foi mandada embora, a Tocha Aurora ficou descontrolada.

— Como assim? — pergunto.

— Ela se intensificou, chamas coloridas faiscantes que quase incendiaram a sala do trono quando pegaram nas cortinas. Ninguém nunca tinha visto aquilo antes. Foi só quando minha mãe foi chamada de volta que a Tocha finalmente se acalmou, e foi então que todos souberam. Minha mãe estava carregando o futuro Primário Aurora no ventre. Naquele dia, todos os nossos destinos foram selados.

Nadir encontra meu olhar, e leio a dor em seus olhos.

— Meu pai não teve escolha senão se unir com minha mãe e ascender com ela para se tornarem rei e rainha. Não sei o que aconteceu com a Feérica que meu pai amava. Se chegou a voltar, nunca a vi.

Nadir ergue a cabeça para trás, fazendo barulho quando ela bate na janela.

— Meu pai ficou furioso. Culpou minha mãe por seduzi-lo e enganá-lo para que eles transassem. — Nadir bufa. — Como se o pau tivesse entrado nela por acidente.

Franzo a testa com a amargura na voz de Nadir, louca para reconfortá-lo. É claro que isso o está afetando, e parte de mim quer oferecer consolo, mas não acho que nosso relacionamento já tenha chegado a esse ponto. O que quer que signifique um relacionamento entre nós.

— Ele nunca a perdoou. E, consequentemente, nunca me perdoou por ser o filho que o afastou da Feérica que ele amava. Minha mãe me protegia em todos os momentos porque não confiava no que ele pudesse fazer. Ela se recusava a deixar que uma babá ou alguém mais a ajudasse, com medo de que alguma delas pudesse estar trabalhando para ele.

"Ele foi um monstro com ela durante todos os dias de sua vida, exceto por um breve interlúdio quando eu tinha uns cinco anos. Não sei por quê, mas eles foram felizes por um curto período. Nunca vou me esquecer disso. Foi então que Amya nasceu, e pensei que meu pai finalmente tivesse visto nela a vida que tinha imaginado para si. Mesmo que ainda me odiasse, eu não ligava, desde que ele amasse minha mãe e minha irmã."

Eu me viro para ele, apoiando a cabeça na janela enquanto o contemplo. O vidro frio me relaxa.

— Mas Amya me escolheu em vez dele. Desde bebezinha, ela era tão encantada por mim que me seguia para todo canto. Talvez sentisse a crueldade em nosso pai. Talvez soubesse o quanto, mais cedo ou mais tarde, ele a magoaria e decepcionaria. O que quer que fosse, ela me escolheu numa batalha que eu nem sabia que estava lutando.

"Aquela breve trégua de alegria temporária que ela havia trazido a meu pai se evaporou quando ele entendeu que perdia para mim aos olhos dela. E pronto. Ele excluiu minha mãe de vez. Foi por volta dessa época que ela simplesmente parou de... existir. Acho que tinha criado tanta esperança de que as coisas estivessem finalmente mudando que, quando percebeu que não mudariam, isso simplesmente destruiu o que restava de seu coração. Não sei se ela o amava, mas sei que ela queria tentar. Ela se retirou para este quarto e parou de falar.

"Outro motivo pelo qual quero que meu pai morra é para libertá-la disso. Uma pessoa unida a um Primário não pode morrer por conta própria. Enquanto ele continuar vivendo, ela também vai viver, não importa o que acontecer com ela. Por mais que eu queira que ela melhore, não acho que isso vá acontecer. Faz mais de duzentos anos que ela vive desse jeito, e acho que o que minha mãe mais deseja agora é a paz prometida da Evanescência."

Franzo a testa.

— Ele também não estaria lá?

— Estaria, mas se for o paraíso que dizem, espero que ela encontre alguma alegria longe dele. Em seu estado atual, ela permanece presa aqui.

— Como isso funciona?

— O laço da ascensão é forte. Eles conseguem sentir as emoções um do outro, e nunca podem ficar muito distantes. A dor se torna terrível, pelo que dizem. Quando se está unido a alguém que odeia você, é uma verdadeira prisão.

— Uau — digo, sem palavras. Era *isso* que Atlas queria fazer comigo. Me unir a ele para sempre, acabando com a minha possibilidade de ter uma vida própria.

Nadir solta um suspiro prolongado.

— Amya se culpa. Ela não admite para mim, mas sei que pensa que, se simplesmente tivesse escolhido nosso pai, nossa mãe não teria definhado.

— Ela era uma criança — digo, saindo em defesa da princesa. — Ela não sabia. É óbvio que ela ficou perto da pessoa com quem se sentia mais segura.

Nadir está sério.

— É o que digo a ela também, e ela diz que aceita isso, mas vejo pela maneira como ela evita vir aqui que a culpa a corrói. Se alguém é culpado, sou eu.

— Por que você diz isso?

— Se eu a tivesse protegido melhor, talvez ela não tivesse se transformado nisso. — Nadir olha para a mãe com uma nostalgia que nunca imaginei que veria nele.

Alguma coisa se contorce no fundo do meu peito. Sei que não havia por que falar que isso não era culpa dele. Consigo ver que ele usa essa culpa como um escudo. É um sentimento que entendo bem até demais, e que isso é algo que só ele pode resolver.

Solto um suspiro.

— Coitada da Amya. — Olho para ele em seguida. — E de você também. Isso meio que explica certas coisas.

Nadir ergue a sobrancelha.

— Que coisas?

— Nada. Deixa para lá.

Não vou explicar que talvez as tendências dele a ser cuzão sejam um resultado direto de como ele foi tratado pelo pai. O risinho sinistro que Nadir solta me diz que talvez ele entenda o que não estou dizendo.

— Você vem aqui com frequência? — pergunto.

— Todos os dias em que estou no Torreão. Tento não passar muito tempo longe.

— Não entendo você — digo, e o príncipe olha para mim com expectativa. — Você não parece se importar com ninguém além de sua irmã e Mael, mas faz coisas como isso ou tentar despoluir as favelas e alimentar as pessoas. Você não faz sentido.

Ele retorce a boca em uma careta.

— Não sinto prazer com o sofrimento dos outros. — Nadir trinca os dentes, e nós dois sabemos a quem ele está se referindo. — Não quero governar por medo ou por imposição. Isso não gera lealdade ou devoção. Uma pessoa muito sábia me disse há bastante tempo que um reino com súditos felizes sempre vai ser o mais próspero. É isso que a Aurora merece. Não ter a ameaça de isso ser tirado deles se colocarem um pé para fora da linha.

— Por que você faz vista grossa quando o assunto é Nostraza, então? — pergunto. — Por que permitir a existência daquele lugar?

Ele balança a cabeça.

— Porque eu acreditava que algumas pessoas, independentemente do que é dado a elas, são incorrigíveis. Que todos que estavam lá mereciam.

— E agora?

— E agora tenho menos certeza disso.

Não é muito, mas é uma mudança clara desde minhas primeiras semanas de volta à Aurora, quando ele me manteve presa na mansão.

— Por que só existem humanos em Nostraza? Há outras prisões para Nobres-Feéricos? Ou feéricos menores? — É algo que me pergunto desde que descobri a existência de feéricos menores.

— Não — ele responde. — Feéricos menores que são acusados de crimes são executados sem hesitação. Não há julgamento nem interrogatório. — Eu fico boquiaberta. — E Nobres-Feéricos não vão para a prisão. Pagam uma multa ou, se seus crimes forem muito ruins, podem ser submetidos a algumas semanas de prisão domiciliar. Mas não passa disso.

Solto um suspiro, entendendo que o príncipe, o reino e a batalha que estou travando têm muito mais camadas do que apenas o que está em jogo para mim e minha família.

Então ele levanta a cabeça e me encara com um olhar sombrio.

— Apesar de tudo que eu acabei de dizer, não se engane, detenta. Se alguém ou alguma coisa tentar me impedir de conseguir o que quero, não vou parar por nada até destruí-la.

Suas palavras são como uma promessa, e acredito nelas com todo meu coração.

— E o que você quer, ó príncipe da Aurora?

— De imediato, um fim ao reinado de meu pai. E de resto... ainda estou decidindo. Noto que minhas prioridades podem estar mudando.

— E o que você *realmente* quer de mim?

O sorriso dele é malicioso, a sugestão em seus olhos, óbvia.

— Acho que deixei isso claro.

— Só isso?

— Quero sua ajuda para depor meu pai, mas além disso... nada. — A última palavra sai estrangulada, como se não fosse toda a verdade. — E você está errada. Existe mais uma pessoa com quem me importo.

— Quem? — pergunto.

— Você.

Rio com escárnio.

— Você não se importou comigo quando eu estava apodrecendo em Nostraza.

— Foi um erro.

— Não sei se acredito.

— Talvez eu ainda consiga provar para você. — Parece uma promessa, e a ideia me deixa nervosa, minhas entranhas se contorcendo com desconforto. Não quero nada do Príncipe Aurora.

Quero conquistar minha Coroa e ficar o mais longe possível daqui.

Pisco algumas vezes e digo:

— Quem sabe.

27

Continuamos sentados em silêncio por mais alguns minutos. A Rainha Aurora fica olhando sem piscar pela janela, e me pergunto o que se passa na cabeça dela. Isso não é vida, e meu ódio pelo rei assume uma forma ainda maior e mais cortante. Não conheço essa rainha e ela não significa nada para mim, mas a maneira como Nadir acabou de falar arranca um pedaço de mim.

Penso no que ele disse. Sobre a Tocha ter começado a agir de modo estranho quando ela o estava carregando no ventre.

— Você acha — começo com cautela — que a Tocha Aurora também falaria comigo?

Nadir se volta para mim, as cores em seus olhos rodopiando. Ele pisca.

— Porra, como não pensei nisso antes?

— Você acha que funcionaria?

— Só existe um jeito de descobrir. — Nadir se levanta e estende a mão para mim. Eu a pego e ele me levanta. Estamos tão perto um do outro que tenho que esticar o pescoço para olhar para ele, e toda essa interação parece ter mudado a trama entre nós.

Ele desce o olhar para minha boca, e sinto aquela leve flecha atravessar meu tronco enquanto pressiono as coxas. Ele estava com a língua dentro de mim há poucos dias, mas aquilo foi apenas puro desejo e necessidade. Uma ânsia que nós dois estávamos saciando. A expressão em seus olhos agora é um tanto diferente, e não sei como lidar com isso. Nadir ainda representa cada minuto de sofrimento pelo qual passei nos últimos doze longos anos.

Pigarreando, dou um passo para trás e ajeito a blusa. O príncipe se liberta de qualquer que seja o feitiço que o domina. Ele se curva e dá um beijo na testa dela, se demorando por um longo segundo antes de recuar. Quando olha para mim, está com a expressão ferrenha de sempre.

— Vamos ver se a Tocha vai falar com você, detenta.

Voltamos a andar, atravessando os salões e seguindo até o centro do Torreão. Os corredores estão em silêncio, todos descansando depois das festas até tarde da noite.

Cruzamos um corredor largo com guardas aqui e ali que nos observam ao passarmos. Nadir pega minha mão, depois coloca os braços ao redor de meus ombros.

— É *muito* grande, meu bem — ele diz. — Você vai amar. Sabe o que dizem sobre o tamanho da Tocha de um príncipe? — Então ele pisca e reviro os olhos. Acho que tenho que fingir que sou sua amante, e ele está tentando me impressionar.

No fim do corredor está um par de portas largas que se estende até bem acima de nós. Dois guardas as flanqueiam, e um deles acena para Nadir quando ele pega a grande argola de ferro que serve de maçaneta e puxa a porta, que se abre com suas dobradiças silenciosas.

Fico maravilhada quando entramos no espaço enorme, me lembrando do dia em que acordei em Afélio e fui levada à sala do trono do Palácio Sol para conhecer Atlas. Mas enquanto a sala do trono de Afélio era brilhante e reluzente, a da Aurora era o oposto, com pisos pretos lustrosos e paredes pretas cintilantes faiscando com lampejos de cores. Assim como em Afélio, o teto é um domo de vidro curvado, se abrindo para o céu cinza da Aurora.

Nossos passos são audíveis ao entrarmos, o som ecoando pelos cantos altos do salão. À frente ficam dois tronos pretos imensos, esculpidos com aquela mesma pedra cintilante com que estou acostumada. Na parede atrás deles há uma espécie de mural, mas não é uma simples pintura. Faixas de cor se movem e deslizam uma contra a outra, criando uma dança lenta e fascinante, assim como as luzes verdadeiras no céu. Por um momento, fico perdida em suas ondas hipnotizantes.

Nadir ainda está segurando minha mão e a aperta, me trazendo de volta ao momento presente. É um contraste direto com o Palácio Sol, mas existe algo de monumental neste lugar. Algo profundo na ausência de luz. Com um revirar estranho no estômago, olho para o Feérico a meu lado, que se encaixa perfeitamente neste salão, com esse cabelo escuro e esses olhos rodopiantes. Tenho o estranho pressentimento de que estou olhando para um futuro que ainda vai acontecer.

— Você está bem? — ele pergunta, e respondo com a cabeça antes de ele me puxar pela mão e nos dirigirmos até a frente do salão.

Há um sustentáculo suspenso entre os dois tronos, onde fica uma grande tocha preta, uma chama calorosa bruxuleando em seu bocal. Paramos na frente dela, e sou mais uma vez tomada pela sensação extremamente profunda de destino. Como se todos os momentos dos últimos vinte e quatro anos tivessem sido tramados e planejados para me trazer a este lugar.

— Não é tão grande assim — brinco, tentando dissipar a tensão que sobe por minhas costas, e Nadir bufa.

— Espere até ver de perto — ele responde, e tenho quase certeza de que não estamos mais falando da Tocha.

— O que eu faço? Como a levanto?

Sinto-o balançar a cabeça a meu lado.

—Tente levantá-la. É como acontece a ascensão. — Engulo em seco e olho fixamente para ela, me perguntando se isso tudo é ridículo. Por que o Espelho falou comigo? Será que eu simplesmente imaginei aquilo tudo?

Soltando a mão de Nadir, dou um passo à frente. Então me viro para ele, que agora espera com as mãos nos bolsos. Ele acena com a cabeça, mas não me apressa, e eu crio coragem para o que virá na sequência.

Então, estendo a mão e pego a Tocha. É entalhada com um material escuro que não reconheço e é fria ao toque. Eu a tiro de seus suportes, surpresa ao constatar que é relativamente leve. Por um momento, nada acontece, a chama laranja vibrante continuando a bruxulear, mas então ela muda de cor, passando para violeta e carmesim e esmeralda.

Um momento depois, Nadir chega perto de mim com a testa franzida.

— É para ela fazer isso?

Ele assente.

— Sim, mas normalmente só para os ascendidos. — Ele baixa os olhos para mim, uma ruga entre as sobrancelhas. — Quem *é* você, Rainha Coração?

Abro e fecho a boca, sem saber ao certo como responder a isso.

Ah, o que temos aqui?

A voz surge em minha cabeça, e o salão ao meu redor se dissolve. Estou em outro salão agora, e a Tocha não está mais em minhas mãos. Os pisos são cobertos de vidros nas cores do arco-íris, e não parece haver paredes. Apenas imensidões de cores turvas que se estendem ao longe.

Ora, ora, ora. Veio me ver, majestade? Ouvi rumores de que você estava à solta.

— Você sabe quem sou?

É claro que sei. Eu me lembro de você. Todos aqueles anos que você passou tão perto de mim. Quase a meu alcance.

A voz se move a meu redor como se fosse uma pessoa me cercando devagar, me avaliando de todos os ângulos.

Então foi vossa majestade que deixou o príncipe tão envolvido assim nos últimos tempos. Nunca senti a turbulência dele de maneira tão intensa, Rainha Coração. O que em vossa majestade o afeta tanto?

Engulo em seco, sem saber como responder.

— Estou procurando a Coroa Coração. Você sabe onde ela está?

Há uma pausa, e penso que ela não vai responder.

Não está no lugar em que vossa majestade está procurando.

— Não está no Torreão? Nem na Aurora?

Isso não posso responder com certeza. Mas não a sinto perto de mim.

— Você consegue sentir os Artefatos?

Às vezes sim. Isso não quer dizer que não esteja perto, mas está longe o suficiente para eu não conseguir senti-la.

— Isso não faz sentido nenhum.

Lamento, mas é o melhor que posso fazer, Rainha Coração.

— Você sabia quem eu era desde o começo? Por que nunca contou para o Rei Aurora?

Minha lealdade é primeiro a Ouranos e a minha deusa Zerra, majestade. Depois a meu rei. Mas o coração dele é sombrio, e Ouranos só teria a perder se ele soubesse. Isso só traria sofrimento.

— Mas o príncipe sabe. Não é perigoso?

A Tocha pausa de novo e espero, girando no estranho vazio, sem saber para onde devo olhar. A sensação é completamente desorientadora.

Não. Não acho que seja. O príncipe quer algo de você, mas não é seu poder.

Inspiro fundo, sentindo uma mudança estranha em meu coração.

Mas... esse caminho só leva a um coração partido, majestade. Esse caminho só leva à ruína.

Pisco.

— Como assim?

Ela não diz nada, então aguardo.

— *O que você quer dizer com isso? Por favor, me diga.*

Mesmo assim, ela não diz nada, e cerro os punhos.

— *Ei? Me responde!*

De repente, minhas mãos ficam escaldantes, e grito quando sou lançada de volta à sala do trono, quase derrubando a Tocha.

Eu me atrapalho, então Nadir a pega e a recoloca nos suportes antes de se voltar para mim. Chacoalho as mãos, olhando fixamente para elas, mas a pele está imaculada.

— O que aconteceu?

— Ela falou comigo — digo em um sussurro, e Nadir solta uma respiração profunda.

— Por que os Artefatos falam com você? Você ainda não ascendeu.

— Não sei. — Abano a cabeça e esfrego os braços, arrepiada de uma forma que não tem nada a ver com frio.

— O que ela disse?

Ergo os olhos para ele, ainda esfregando as mãos para tentar recuperar a sensação, um frio em minha barriga. A Tocha disse que eu estava segura com Nadir. Que ele queria algo de mim, mas que não era meu poder.

E que isso só poderia acabar em um coração partido e ruína.

Por que de repente sinto que perdi alguma coisa que nunca cheguei a ter?

— O que ela disse? Você perguntou sobre a Coroa?

— Sim — respondo. — Ela disse que não acha que esteja perto.

— Como assim? Perto do Torreão ou da Aurora?

— Fiz a mesma pergunta, e ela não sabe. Só disse que não consegue senti-la.

Nadir passa a mão no cabelo e solta um resmungo frustrado.

— Mas quer dizer que ainda existe, pelo menos.

Assinto devagar.

— Sim, acho que sim.

— Bem, já é alguma coisa. — Nadir dá alguns passos de um lado para o outro e então se volta para mim. — O que foi?

Percebo que estou encarando o príncipe, ainda pensando no que a Tocha disse. De que modo esse Feérico quebrará meu coração? Como vai me destruir?

— Nada. É só que foi um pouco constrangedor. Estou bem.

Nadir faz que sim lentamente.

— Ainda precisamos verificar as catacumbas, só para ter certeza. Depois disso, acho que podemos dizer com segurança que não está no Torreão. Você acha que consegue fazer isso? E se dermos um dia ou dois?

— Sim — respondo. — Posso tentar. E se eu não sentir nada lá?

Nadir passa a mão na nuca, seus olhos escuros girando com fios carmesins de luz.

— Então teremos que decidir nosso próximo passo.

28

Depois que saímos da sala do trono, voltamos à ala de Nadir no Torreão. Sem conseguir me esquentar, decido tomar um banho quente. Preciso de um pouco de espaço para pensar. Há muitas coisas para considerar: a falta de mais notícias sobre a Coroa e o fato de que a Tocha sempre soube quem eu era enquanto eu apodrecia dentro de Nostraza.

E, claro, o que ela disse sobre Nadir.

Que eu o deixei envolvido e que ele buscava algo mais em mim. Nadir disse que me deseja fisicamente, e só, e estou tentando acreditar nele. Mas às vezes, quando o pego me observando, sinto que há algo mais que ele não está dizendo. Balanço a cabeça. Isso é bobagem. Ele é um príncipe, e sou uma prisioneira de Nostraza. Não quero nada com esse Feérico.

Mas o que a Tocha quis dizer sobre coração partido? Que *Nadir* partiria meu coração? Ele não vai conseguir fazer isso se eu não entregar meu coração a ele. Isso é uma coisa que ele nunca vai ter de mim. Quase perdi meu coração para Atlas, e não vou cometer esse erro de novo.

O problema é que não consigo parar de pensar na festa, quando ele me beijou, me tocou e me chupou. Aquilo me deixou num estado constante de inquietação. Não sei onde colocar as mãos ou onde olhar quando estou perto dele. Não consigo fingir que não quero que ele me beije de novo ou que cumpra tudo que prometeu.

A água esfria de tanto tempo que fico pensando no príncipe, desfazendo todo o propósito deste banho quente relaxante. Resignada a ficar tremendo pelo resto da noite, finalmente saio, vestindo um sutiã e uma calcinha de renda preta e amarrando um robe magenta de seda.

Quando saio do banheiro, o quarto está quente e a lareira crepita onde as cadelas de gelo de Nadir estão deitadas de olhos fechados. Elas definitivamente andam menos hostis comigo na última semana, o que me permite relaxar um pouco em minha posição aqui.

Ele está sentado numa poltrona macia, de olhar erguido. Há algo de luxurioso e desgrenhado nele, os botões de cima da camisa abertos e seu cabelo caído ao redor dos ombros. Um copo está equilibrado em sua coxa, cheio com o uísque que ele tanto adora, sua mão grande cobrindo o topo.

Ele é lindo, mas ignoro esses pensamentos. Ele é meu inimigo. O príncipe Feérico que estava neste Torreão luxuoso enquanto eu vivia com menos do que nada.

Esse príncipe sombrio *nunca* vai ter meu coração.

A Tocha me fez um favor hoje, me lembrando de me manter focada no que importa. A Coroa. Willow e Tristan. Nosso legado familiar.

Não, ele nunca vai ter meu coração, mas depois do que fez na festa naquela noite, preciso igualar o placar. Eu me recuso a dever algo para o Príncipe Aurora. Sexo nunca teve relação com amor para mim. Tem a ver com sobrevivência e, muitas vezes, prazer.

Hoje, vai abranger os dois.

Eu me aproximo devagar, a seda de meu manto roçando em meus tornozelos, com o nível perfeito de nudez para o plano que subitamente fincou raízes na minha cabeça.

Ele não desvia o olhar do meu em nenhum momento conforme vou chegando mais perto. Os olhos de Nadir estão cheios de uma calma voraz. Como uma águia prestes a atacar um camundongo. Não digo nada quando pego o copo de sua mão e o coloco na mesa. Então ergo um joelho e monto em seu colo, sua respiração respondendo com uma inclinação abrupta. O robe ainda me cobre, o tecido se juntando em meu quadril. Mas basta puxar o cinto para que se abra. Fica claro que nós dois estamos pensando nisso quando olhamos para baixo e voltamos a erguer os olhos.

Lambo os lábios antes de dizer:

— Você disse que não tocaria em mim a menos que eu pedisse, certo?

Ele acena, me observando.

— Você me deixou segurar sua mão hoje — ele diz.

— Verdade. Mas você sabe que não me referi a esse tipo de toque.

Ele sorri com malícia, o canto de sua boca se erguendo e revelando uma covinha em sua bochecha que praticamente rasga meu coração.

— Posso tocar em *você*? — pergunto, inclinando a cabeça.

— Você pode fazer o que quiser comigo. — A voz dele é áspera, como uma lixa raspando pedra, e deixa meu ventre tenso. Ele cochicha: — Quanto mais indecente, melhor.

Coloco as mãos nos ombros do príncipe e as desço até seu tórax, sentindo os sulcos de seus músculos através do tecido da camisa.

Ele desce as mãos para meu quadril, me apertando. Isso provoca uma onda de desejo que mal reconheço antes de envolver os dedos ao redor de seus punhos e pôr as mãos dele atrás dos braços da cadeira.

— Na-na-ni-na-não, não disse que você pode tocar em mim.

Seus olhos brilham, pontos de esmeralda faiscando.

— Então você pode tocar em mim, mas não posso tocar em você?

Inclino a cabeça.

— Isso muda sua resposta anterior?

— Nem fodendo.

Contenho o sorriso que ameaça surgir com o fervor de seu tom antes de voltar minhas mãos ao peito dele e continuar a explorar. Ele fica imóvel e parece estar ao mesmo tempo tentando não respirar e buscando ar como se estivesse se afogando.

Coloco a mão no botão de sua camisa e o abro, passando para o próximo, abrindo o tecido.

— O que você está fazendo? — ele pergunta com aquele tom malcontido na voz. Abro mais um botão e então outro, expondo a pele marrom lisa e as espirais daquelas marcas coloridas que ondulam sobre seu peito.

— Gosto de olhar para você — sussurro, respirando com dificuldade. Aperto a palma da mão na pele dele, onde consigo sentir a batida rápida de seu coração.

— Também gosto de olhar para você. Muito.

Em resposta a isso, abro um sorriso tímido. Eu me levanto da poltrona, dou um passo para trás e puxo o cinto do robe, deixando que deslize de meus ombros e caia no chão.

— Caralho — ele diz com um suspiro esbaforido antes de passar a mão no rosto. Há uma voracidade tão inflamada em seus olhos que sinto um latejar quente embaixo do umbigo. — Gostaria de olhar mais partes de você. — Suas sobrancelhas se erguem com a sugestão esperançosa.

Solto uma risada.

— Não vai rolar.

— Então o que vai rolar, Rainha Coração?

Zerra, por que ele tem que me chamar assim? Eu deveria mandá-lo parar, mas amo como ele faz essas palavras soarem. Como se isso sempre estivesse esperando por mim e tudo que eu precisasse fazer fosse chegar lá e pegar.

Coloco meu joelho de volta na poltrona e retorno à posição anterior, sentindo a evidência reveladora de como isso o está afetando quando o pressiono contra o tecido fino de minha calcinha. Mexo o quadril, e nós dois gememos. A sensação é melhor do que deveria. Talvez seja uma má ideia, mas também não consigo me conter.

Por mais que eu o odeie, também não paro de querer tocar nele. Essa se tornou uma necessidade fundamental tão importante quanto água e ar.

Nadir aperta os braços da poltrona, seu corpo todo tenso.

— Me deixa tocar você — ele pede com um tom autoritário que quase me faz ceder, mas nego.

— Então se toca para mim. Aperta seus peitos.

Ergo a sobrancelha, me excitando com a ordem de uma forma que me surpreende. Mas faço o que ele pede, colocando as mãos ao redor dos seios e os apertando um contra o outro enquanto ele solta uma respiração trêmula e seu pau fica ainda mais duro.

— Toca a sua boceta — ele diz com um rosnado. — Tira a calcinha. Me deixe ver como você é rosa e molhadinha.

Quero fazer isso. Todo o meu ser se pergunta como pode ser a sensação de tê-lo me assistindo. Mas não vou dar o que ele quer. Agora é o que *eu* quero. Retomar um mínimo do controle que deixei escapar.

Ignorando o pedido, brinco com os meus mamilos através da renda do sutiã. Ele não para de olhar para mim em momento nenhum. Me apoio em seus ombros antes de mexer o quadril de novo, esfregando seu pau grosso em minha boceta úmida e ardente.

A poltrona range, porque ele está apertando os braços com tanta força que penso que está perto de arrancá-los. Rebolo mais uma vez, soltando um gemido quando ele joga a cabeça para trás e grunhe.

— Puta que pariu, você está me matando.

Termino o que comecei com sua camisa, abrindo o resto dos botões e expondo sua barriga. Decido que quero lambê-lo, então rebolo de novo, desta vez por mim, antes de sair de seu colo e me ajoelhar.

— O que você está fazendo?

Dou um beijo no centro de seu peito e desço a boca por seu tanquinho, lambendo e mordiscando a pele enquanto seus músculos vão ficando tensos.

— Por favor — ele implora. — Preciso tocar em você.

Ergo os olhos para ele, abrindo meu melhor sorriso perverso, enquanto levo a mão ao botão de sua calça e o abro.

— Puta que pariu — ele diz de novo quando entende o que pretendo fazer.

Subo as mãos por suas coxas, Nadir me apertando com elas, e me inclino para a frente e coloco a boca no tecido que pressiona seu pau inchado.

Há apenas um momento de hesitação de minha parte. A última vez que fiz isso eu estava em Nostraza, sendo forçada, em troca de sobrevivência. Quando essa era a única coisa que eu tinha para oferecer. Quando não tive escolha.

Mas com Atlas a escolha foi minha, e agora também. Não vou dar meu coração a ele, mas vou dar isso, sim. Não sou cega demais para entender que, embora eu possa nunca perdoar o papel dele em minha tortura, ele também amoleceu um lugar escondido dentro de mim que eu pensava que tinha se calcificado para sempre.

O olhar de reverência no rosto dele me diz que essa é a escolha certa. Quero acabar com ele como ele vive acabando comigo.

Baixando o zíper, puxo sua cueca para baixo e inspiro fundo quando seu pau grosso e inchado sai.

— Nossa! — digo, notando como é grande e me perguntando como isso caberia em mim.

— Falei para olhar mais de perto — ele diz, e vejo seu sorriso malicioso quando ergo os olhos.

Já passou da hora de tirar esse sorriso presunçoso da cara dele.

— Zerra — Nadir geme quando começo a masturbá-lo, enquanto os músculos em seu pescoço ficam tensos. — Vou morrer se não puder tocar em você. Vou literalmente morrer nesta porra desta poltrona. — O desespero em sua voz me faz sorrir, revelando uma parte sádica de mim que está curtindo fazê-lo sofrer, embora ele esteja prestes a receber uma recompensa.

Ignorando esse apelo também, bato uma para ele apertando com firmeza, e então me debruço para chupar a cabeça inchada, passando a língua pela abertura e sentindo o sabor salgado de seu tesão.

Nadir inclina o quadril e o enfio mais dentro da boca, ainda massageando com a mão. Seu gemido me faz tremer inteira, encontrando o lugar úmido que lateja entre minhas pernas. Esse ato nunca me deixou assim antes, e fico tão excitada quanto ele.

Ergo os olhos para o príncipe, que me observa com uma expressão vulnerável, as bochechas coradas e a boca entreaberta.

— Por Zerra, você é linda pra caralho — ele diz. — Você fica tão perfeita com meu pau na boca.

Eu não deveria gostar dessas palavras tanto quanto gosto, mas elas fazem uma nova onda de tesão percorrer meu clitóris. Continuo meus movimentos, enfiando o pau dele mais e mais na boca, e ele começa a mover o quadril. Depois de um tempo, paro de tentar controlá-lo, aperto suas pernas e deixo que ele meta, seu pau acertando o fundo da minha garganta.

Nadir está grunhindo, o som tão bruto que chega a ser animalesco.

— Caralho, você é tão gostosa. Boa garota — ele diz, as mãos ainda apertando obedientes os braços da poltrona, e os sons da madeira rachando e do tecido se rasgando se misturando a seus gemidos.

— Vou gozar — ele murmura e, um momento depois, eu o sinto inchar antes de um jato quente e úmido encher minha boca.

Faço o possível para engolir tudo até parecer que ele terminou. Limpo o queixo e ergo os olhos para ele. Seu olhar é uma combinação de tesão desnorteado, satisfação presunçosa e, se não estou imaginando coisas, uma pitada de perplexidade. Não acho que muita coisa deixe o Príncipe Aurora estonteado, mas espero ter acabado de virar o mundo dele de cabeça para baixo.

O couro do braço da poltrona range, e nós dois olhamos para os rasgos fundos no tecido, o estofo saindo e a madeira lascada mais parecendo palitos de dente. Ele me encara com um olhar sinistro.

— Tira a roupa. É a sua vez.

O rosnado gutural em sua voz faz meu ventre se contorcer. Estou desesperada de desejo, e quero correr para o banheiro para tocar uma ou, melhor ainda, deixar que ele toque para mim. A maneira como ele me fez gozar naquela sacada na outra noite deixa meus joelhos bambos toda vez que lembro. E isso aconteceu mais vezes do que gostaria de admitir.

Mas resisto ao impulso de obedecer a suas ordens. Não vou devolver a vantagem para ele. Essa foi a minha jogada, e vou manter a vantagem. Levanto suavemente, olhando para ele.

— Tenho que encontrar sua irmã. Vamos fazer compras. Ela vai me mostrar o Distrito Violeta.

Nadir levanta num instante. Se aproxima a passos largos de onde estou pegando meu robe e guarda o pau dentro da calça.

— Não vai, não. — Ele me alcança e cerra o punho, vibrando de frustração. — Detenta.

— Ah, virei detenta de novo? Eu era uma boa garota até um minuto atrás.

Ele rosna, e uma onda de adrenalina me atravessa. Zerra, como é bom provocá-lo dessa forma.

— Agora estamos quites. — Enfio os braços no robe e o amarro.

— Quites? É disso que se trata? — Nadir chega mais perto, e sinto o peso imponente de sua presença. Ele não toca em mim, mas está tão perto que não há nada além de tensão e uma névoa densa de desejo entre nós. — Não estamos *quites*. Só vamos estar quites quando eu fizer você gozar cinco vezes para cada vez que eu gozar. Se você abrir as pernas, vou fazer você gozar tanto e tão forte que não vai nem lembrar seu nome.

Meu coração palpita no peito. Por que ele tem que dizer essas coisas? E por que tenho que gostar?

— Um a um, príncipe — digo, tentando soar como se fosse verdade. — E é só você quem tem dificuldade para lembrar meu nome.

Dou um tapinha de leve na bochecha dele com um sorriso condescendente enquanto suas pupilas se dilatam em poças pretas e vazias.

— Lor — Nadir me chama quando passo por ele e me dirijo a meu baú para escolher algumas roupas.

— Ah, então você lembra — digo com indolência no momento em que escolho uma calça de couro e uma camisa preta fina de manga comprida.

Espero que ele não note o calafrio que perpassou por meu corpo quando ele grunhiu meu nome.

— Volta aqui agora, senão Zerra que me perdoe, mas eu vou...

Viro e o encaro.

— Vai o quê? Você prometeu não encostar em mim a menos que eu pedisse.

Seus punhos se cerram ao lado do corpo, e ele está com cara de quem quer socar a parede. Ou algo muito mais grosso e com muito mais força. Pego minhas roupas e atravesso o quarto, fazendo o possível para não sair correndo ao sentir seus olhos cravados em minhas costas. Quando chego ao banheiro, entro depressa e bato a porta, com o sangue pulsando em meus ouvidos.

29
NADIR

Depois que Lor se tranca, fico encarando a porta, os dentes rangendo com tanta força que estão prestes a virar pó. Meu sangue está fervendo, e não consigo respirar o suficiente, ainda me recuperando da intensidade com que acabei de gozar. Estraguei aquela poltrona, mas eu compraria todas do reino para passar por aquela experiência de novo.

Enquanto a escuto se movimentando do outro lado da porta, tudo que consigo ver é como ela estava quando deixou o robe cair. Cada curva, linha e toda aquela pele macia, e puta que pariu, nunca vou tirar aquilo da cabeça pelo tempo em que viver.

Espero andando de um lado para o outro, me perguntando o que ela vai fazer quando sair. Sou como um dragão protegendo seu tesouro. Ela é minha agora, mesmo que ainda não saiba disso. Não acredito que ela chupou meu pau e saiu andando. Que tipo de jogo é esse? Foi algum tipo de transação? Olho por olho?

Se ela acha que acabou por aqui, ela nunca esteve mais errada na vida.

A maçaneta gira, e ela abre a porta, prendendo a respiração quando me vê. Minha camisa continua aberta, e tenho certeza de que meus olhos devem estar cheios de cores agora. Eles sempre brilham mais quando minhas emoções estão em alta. Meu pai sabe como controlá-las, mas nunca consegui administrar isso com a mesma proficiência.

Ela desvia os olhos rapidamente, se recusando a retribuir meu olhar, e atravessa o quarto, pegando um par de botas. Ela é quase tão deslumbrante de roupa quanto é sem. A calça preta de couro e uma blusa ajustada ao corpo oferecem uma insinuação tentadora do que há por baixo. Quase chega a ser melhor. Agora que sei o que está lá, é como um presente à espera de ser desembrulhado. Por mim. E apenas por mim.

Ainda sem olhar em minha direção, ela se senta no baú ao pé da minha cama, e eu a observo, tentando avaliar seus pensamentos. Suas mãos estão tremendo, mas será porque ela ficou num estado de tesão desenfreado ou porque a estou deixando nervosa?

Depois de calçar as botas, ela joga o cabelo por sobre o ombro e dá uma olhada rápida no espelho antes de se dirigir à porta.

Lor vai sair sem dizer nada, então a impeço, bloqueando o caminho. Ela para e ergue os olhos, conseguindo manter o olhar altivo, embora seja quase um palmo menor do que eu.

— Sai da frente — ela manda.

— Não.

Ela tensiona a mandíbula, e há um conflito tumultuando seus olhos castanho-escuros.

— Sai da frente — ela repete, desta vez com mais força. — Estou atrasada para encontrar sua irmã.

— Ela vai superar. Fica aqui comigo.

— Não — ela responde —, preciso sair.

O que ela quer dizer com isso? Ela não está dizendo o que quer dizer, apenas que precisa sair.

Ela me encara, uma expressão desafiadora no rosto. É assim que ela fica mais radiante. Quando eu teria o maior prazer em cair de joelhos e destruir continentes inteiros se ela pedisse. Até se não pedisse.

— Não acabamos por aqui — digo.

— Acabamos por enquanto. Sai da minha frente. Ou você também vai me fazer prisioneira de novo?

Suas palavras são incisivas, e cumprem o efeito pretendido, causando uma forte pontada e explodindo no meio de meu peito. Quando ela me contou a história sobre sua magia e o que meu pai havia feito, precisei de toda minha força de vontade para não atravessar o Torreão a passos duros e arrancar a cabeça dele.

— Não me compare com ele — rosno, cerrando os punhos ao lado do corpo.

— Então me deixa ir embora.

Não tenho escolha. É claro que não vou mantê-la aqui contra sua vontade.

Finalmente, dou um passo para o lado, e ela não olha para mim quando leva a mão à maçaneta da porta. Eu me forço a não reagir. A não estender o braço e puxá-la junto a mim como quero desesperadamente. Para que ela seja minha, preciso ir com calma. Por mais forte que pareça, a vida que ela levou significa que ganhar sua confiança não vai ser simples.

— Não acabamos por aqui — digo de novo. Penso notar uma mera contração em seus ombros, mas fora isso, ela não reage, apenas sai e fecha a porta atrás de si.

Passando a mão no cabelo, eu me afundo no baú ao pé da minha cama e solto um grunhido ao me lembrar dela de joelhos. Zerra, nunca me senti assim antes. Como se pudesse explodir se não a tivesse de novo em breve. Ela está me provocando. Me mantendo a certa distância. E isso está me enlouquecendo.

Baixo a cabeça entre as mãos, pensando de novo em meu pai e em suas ações. Eu sabia que Lor tinha levado uma vida infernal dentro de Nostraza, mas estava tentando me convencer de que eu não era o responsável.

Mas não consigo mais continuar fingindo. Assim como meu pai, deixei que ela apodrecesse lá. E fiquei de braços cruzados enquanto ela era torturada por aquele monstro. Eu poderia ter feito alguma coisa. Sempre soube o que Nostraza era, mas fiz vista grossa, focado demais em minhas próprias ambições e alheio a meus pontos cegos. A culpa está me comendo vivo.

Já estou me dirigindo à porta antes de entender direito o que estou fazendo. Abotoando a roupa enquanto ando, atravesso o Torreão, meus passos tão enérgicos que praticamente fazem o chão vibrar.

— Nadir! — Ouço uma voz feminina suave que me faz parar de repente.

Vivianna vem rebolando em minha direção, com seus seios fartos e a pele seminua, usando um vestido verde-azul colado que normalmente faria meu pau acordar. Hoje, porém, não me causa efeito nenhum.

— Quase não vi você esta semana! — ela diz, fazendo beicinho. — Por onde andou?

— Ocupado — digo, prestes a sair, mas ela entra na minha frente.

— Com o quê? Com aquela *humana*? — Ela franze o nariz, me enchendo de raiva. — Estou tão sozinha. Vem para o meu quarto. Posso satisfazer você melhor do que ela.

Ela passa um único dedo por meu peito. O mesmo ponto em que Lor acabou de me beijar e me lamber, e um calafrio percorre todo o meu corpo com a lembrança. Preciso, *sim*, de uma boa foda. Estou tão nervoso que tenho que aliviar essa tensão e, embora eu normalmente não hesitasse ao convite de Vivianna, a ideia faz meu estômago se revirar.

— Não, obrigado — digo, mais uma vez tentando voltar a andar, mas ela coloca a palma de uma das mãos em meu peito e a outra no meio de minhas pernas.

— Nadir — ela choraminga. — Você não pode me deixar na mão. Não me rejeite. Seu pau já está duro. — Ela me acaricia por cima da calça, e minha tensão estoura. Agarro o punho de Vivianna e o empurro contra o peito dela.

— Não encosta em mim. Eu disse não — rosno e, com isso, ela finalmente pestaneja. Recado dado. — E não é por causa de *você*.

Solto seu braço, e ela dá um passo para trás, sua boca vermelha cor de sangue formando um "O" perfeito. Nunca a recusei antes e, quando lanço um último olhar para ela, algo me diz que nunca mais vou tocar nessa mulher de novo.

Mais uma vez, volto a andar até chegar perto do escritório de meu pai. Os guardas posicionados do lado de fora tentam entrar na minha frente, mas não estou no clima. Ergo a mão, faixas coloridas de luz se dispersando no ar. Elas envolvem as gargantas dos guardas, silenciando-os antes de eles caírem no chão. Eles vão se recuperar em algum momento. Eu acho. Sinceramente, não estou nem aí. Mais um para a lista de meus pecados.

Depois disso, ninguém mais se dá ao trabalho de me incomodar, então avanço na direção do escritório de meu pai e abro a porta. O rei está sentado à escrivaninha com uma Nobre-Feérica loira no colo, seus narizes encostados. Os dois viram a cabeça em minha direção quando invado o cômodo.

Encontro mais uma coisa para me irritar, e meu olhar furioso recai sobre a mulher, que fica visivelmente pálida. Eu não deveria culpá-la por isso, mas mesmo assim a odeio por estar aqui enquanto minha mãe está do outro lado do Torreão definhando.

— Pois não? — meu pai pergunta com um tom imperioso, como se o fato de eu encontrá-lo com alguém que não é sua parceira não fosse relevante. Sei que os Feéricos não são conhecidos por serem fiéis, mas depois de tudo que ele fez a ela, qualquer transgressão passa dos limites. Cerro os punhos, resistindo ao impulso de pular sobre a mesa e apertar o pescoço desse filho da puta.

Isso nunca acaba. Tudo que Rion faz é cuidadosamente planejado para convir a seus prazeres e desejos. Consigo ouvir os gritos de Lor ecoando em minha cabeça, imaginar as lágrimas dela, mas sempre com aquela expressão orgulhosa no rosto. Ele tentou subjugá-la e fracassou. Qualquer um poderia ver isso.

Abro a boca quando estou prestes a dar um sermão nesse desgraçado que machucou quase todas as pessoas que amo, todos os dias de sua vida deplorável. Mas me contenho, lembrando o que está em jogo para Lor. Que ela precisa se manter anônima por enquanto. Vou ajudar, e não apenas por meus próprios fins, mas porque quero isso para ela. Quando foi que comecei a me importar com essa mulher que não deveria significar nada para mim?

No momento em que coloquei os olhos nela, isso, sim. Puta que pariu.

— Sai — rosno para a Feérica no colo de meu pai, e a mulher olha para ele em busca de confirmação. Ele faz que sim, e ela se levanta, alisando a saia e fazendo uma mesura para nós antes de sair correndo do escritório.

Depois que ela sai, eu me volto contra meu pai.

— Sua *rainha* não diz uma palavra há anos, sabia?

Rion revira os olhos, se recostando em sua cadeira.

— Essa história de novo, Nadir?

Ranjo os dentes mais uma vez, uma dor incômoda latejando em minha têmpora.

— O que você quer? — meu pai pergunta, e alongo o pescoço, tentando me acalmar. Não posso castigá-lo pelo que ele fez com Lor. Pelo menos, não ainda.

— O que você está buscando nos assentamentos de Coração? — pergunto em vez disso.

Meu pai ergue as sobrancelhas.

— Anda me espionando, é?

Ignorando a pergunta, planto os punhos na mesa.

— Por que você está prendendo as mulheres?

O rei pode achar que é intocável, mas estou aqui para lembrá-lo que também posso jogar esses jogos.

Ele aperta a boca.

— Não é da sua conta.

— Por que você está testando se elas têm magia?

Meu pai se levanta, apoiando as mãos na escrivaninha, seus olhos ficando pretos.

— Se eu encontrar aquele patife do Etienne perto de meus soldados...

— Não termine essa frase — rosno. — *Não* ameace nenhum dos meus amigos.

Rion estreita os olhos antes de dar a volta pela mesa e parar diante de mim. Ele é mais largo do que eu, mas alguns centímetros mais baixo. Ele puxa a barra do terno, o único sinal de que ficou constrangido com essa conversa.

— Amigos — ele bufa. — *Amigos* são apenas uma fraqueza. Você já deveria ter aprendido isso.

— Você está falando como alguém que nunca teve um amigo de verdade na vida.

Ele ignora meu comentário e vai até a janela, olhando para fora com as mãos entrelaçadas atrás das costas.

— O que estou buscando não é da sua conta neste momento. Quando precisar de você, eu aviso.

É uma dispensa óbvia, e estreito o olhar. Por Zerra, como eu queria poder ler a mente dele. É óbvio que ele está mentindo sobre buscar a Primária, mas por que a está procurando agora? Por que tentou com tanto afinco tirar a magia de Lor de dentro dela? Ele não pode se unir a ela como Atlas pretendia. Existe alguma outra maneira de usar o poder dela? Tem alguma coisa vital nessa situação toda que não estou enxergando.

Eu o observo, suas costas eretas, o queixo erguido, e tenho certeza de que consigo sentir o gosto da mentira em todas as suas palavras.

Quando hesito por mais um momento, ele olha por sobre o ombro de novo.

— Você conseguiu os votos de Âmbar e Violeta? Disseram que Jessamine está resistindo a nós. Gostaria de ter essa lei aprovada antes do fim do Fogofrio. — Ele se vira para me encarar com as mãos ainda atrás das costas e os ombros alinhados. E se referindo às leis de trabalho nas minas que quer alterar.

A animosidade paira sobre nós como uma nuvem preta no ar. Quero dizer a ele que não existe "nós". Quero ir até ele e arrancar seu coração. Ele acha mesmo que vou apoiar isso *e* tentar atrair outros para sua causa? Ele já sabe minhas opiniões em relação aos feéricos menores.

Ele vai recorrer a suas ameaças de sempre para me colocar na linha?

Uma resposta ácida se forma na ponta da minha língua, mas me lembro que Lor precisa de mim. Manter meu pai distraído com essa tolice pode ajudar a nos dar tempo suficiente para encontrar a Coroa antes dele. E para descobrir quais são seus grandes planos. Então, baixo a cabeça, e o esforço é tão grande que é como se eu fosse feito de peças enferrujadas.

— Estou trabalhando em Jessamine — digo, torcendo para que soe, ao menos um pouco, como se eu estivesse falando a verdade. Em parte, estou. Vou, sim, trabalhar nela, mas apenas para convencê-la de como essa seria uma má ideia para a Aurora.

— Que bom — Rion diz. — Não me decepcione, Nadir.

Ele não acrescenta "de novo", mas as palavras ecoam tão claramente quanto um sino de cristal.

30
LOR

— Experimenta — Amya diz, erguendo um colar de prata cravejado de ametistas que cintilam sob a luz. A loja em que estamos está cheia, com dezenas de clientes escolhendo joias para usar nas várias atividades de Fogofrio. Amya me disse que, embora as festas continuem no Torreão, os cidadãos da Aurora também fazem suas celebrações noturnas na cidade.

Pego o colar dela e o prendo ao redor do pescoço, deixando que caia sobre meu medalhão de ouro. Não vou tirá-lo em hipótese alguma.

— Por que você sempre está usando isso? — Amya pergunta, olhando para o colar que roubei de Afélio. Eu o envolvo na mão.

— É a última coisa que tenho da minha mãe — digo, e os olhos dela escurecem.

— Ah. Desculpa.

Balanço a cabeça, depois me olho no espelho, admirando o colar ornamentado.

— Nadir ama violeta — Amya diz casualmente, pegando um anel e admirando-o no dedo.

— E daí? — Lanço um olhar cético para ela.

— Nada — ela responde, dando de ombros. — Só pensei que você gostaria de saber.

Eu a encaro, e ela me lança um sorriso inocente cheio de dentes brancos brilhantes.

— Seu irmão é...

— Eu sei. — Amya capta minha frase, parecendo entender exatamente o que estou prestes a dizer. — Mas juro que ele não é tão ruim assim depois que você o conhece. Ele só tem a casca grossa.

Penso em todos os dias que passamos juntos. Não sei bem como eu terminaria aquela frase. Ele é confuso? Ele me deixa sentindo todo tipo de coisas que eu não deveria? Coisas que não quero sentir? Revelamos tantas coisas em tão pouco tempo. Tantas verdades e tantos segredos.

Meus joelhos ainda estão bambos, e minhas bochechas estão coradas pelo que fiz no quarto dele hoje à tarde. Eu rio sozinha, me lembrando da cara que ele fez quando saí. Deixá-lo na mão é mais gostoso do que deveria ser. O que será que ele fez depois?

— É, deu para perceber — digo, e Amya me lança um olhar cúmplice que decido ignorar.

O Príncipe Aurora ainda é o lembrete de tudo que perdi. Como posso olhar para ele e não ver o passado? A morte de meus pais? Meu confinamento por doze longos anos infernais? As palavras funestas da Tocha ressoam em minha cabeça como um tambor batendo em um ritmo constante.

Coração partido.

Ruína.

O Príncipe Aurora *não* terá meu coração.

— Vem — Amya diz. — Vamos encontrar um vestido para você usar amanhã. — Ela acena para o lojista. — Ela vai levar esse. E eu vou levar essas. — Amya aponta para uma pilha de joias amontoadas no balcão.

O lojista baixa a cabeça.

— Vou mandar levarem para o Torreão, alteza.

— Amya, não precisa ficar me comprando coisas, e eu já tenho vestidos de sobra.

Amya revira os olhos.

— Até parece. Vestido nunca é demais.

Não consigo conter o sorriso. Tenho que admitir que amo todas as rendas e sedas que Amya escolhe. Depois de usar apenas túnicas cinzentas e sem graça durante a maior parte da vida, essas roupas lindas me fazem me sentir uma pessoa completamente diferente. Em Afélio, eu nunca conseguia me adaptar aos vestidos dourados. Eles sempre pareciam errados, como se fossem feitos para outra pessoa. Mas, aqui, eu me adapto melhor às roupas.

Entramos numa loja de vestidos tranquila, com apenas meia dúzia de freguesas. Sentadas em poltronas confortáveis, elas bebem taças de champanhe enquanto os funcionários trazem uma variedade de vestidos para examinarem.

Quando vejo a etiqueta da peça mais próxima de mim, entendo por que não é tão cheio aqui dentro.

— Amya — digo, me sentindo mal por usar o dinheiro dela. — Não sei se é uma boa ideia. — Não estou aqui como convidada ou amiga dela. Estou aqui para destruir seu pai e abalar as estruturas de Ouranos.

— Imagina! Cora! — Amya não parece pensar como eu, porque me puxa pela mão e me arrasta pelo lugar até onde a lojista, uma Nobre-Feérica de cabelo grisalho cintilante, espera por nós com um sorriso paciente. Imagino que a princesa da Aurora receba um serviço de alto nível aonde quer que vá.

— Alteza — Cora diz com um aceno reverente de cabeça. — Separamos algumas coisas de que achamos que você pode gostar. E sua acompanhante?

Amya me puxa para a frente.

— Ajude Lor a encontrar algo perfeito para a festa de Fogofrio de amanhã. — Ela entra num provador e solta uma exclamação de alegria do outro lado da cortina. — Que lindo!

Cora sorri e me avalia de cima a baixo.

— Você é a convidada do príncipe?

Ela inclina a cabeça e pisco, surpresa por ela saber, mas não há julgamento em sua expressão, apenas uma curiosidade profissional. Respondo que sim, e ela aponta para um canto da loja.

— Os vestidos pretos estão por aqui, então.

— Preciso usar preto? — pergunto, e ela hesita, voltando o olhar para a cortina fechada, onde consigo ouvir Amya se trocando.

— É o que as acompanhantes do príncipe costumam usar.

Estreito os olhos para ela.

— Quantas "acompanhantes" você já vestiu?

As bochechas de Cora enrubescem, e ela abre e fecha a boca.

— Algumas, milady.

Não sei por que isso me afeta tanto. É claro que Nadir já esteve com outras mulheres e as trouxe para o Torreão. Mesmo assim, o pensamento me causa um aperto no peito. Olho de canto de olho para a lojista, apesar de não ser culpa dela.

— Certo, pode me mostrar.

Ela relaxa os ombros de alívio antes de me guiar para uma arara de vestidos pretos cintilantes, decorados com detalhes nas cores da aurora. Passo os dedos nos tecidos macios, sem saber qual devo experimentar.

— Mas devo dizer, milady — Cora diz em voz baixa, parando atrás de mim. — Você é a primeira a chegar com a princesa. E sabe todas aquelas roupas que enviei para você? — Aceno. — Ele nunca fez aquilo antes.

Ela me abre um sorriso discreto com as mãos entrelaçadas na frente do corpo. Essas palavras me fazem relaxar, mas não consigo entender o motivo. Isso é relevante? Eu me importo?

É então que meu olhar recai sobre o vestido mais deslumbrante que já vi na vida. O tecido é vermelho-vivo, o decote, baixo, com um corpete que sobe pelas costas. Dou a volta pelo manequim, admirando o caimento da saia vermelha comprida, e penso na pedra guardada no medalhão em meu pescoço.

Vermelho.

A cor de casa.

Do legado que me foi tirado.

Dos rios de sangue que vão escorrer do Rei Aurora quando eu finalmente me vingar.

— Este — digo. — Quero este.

Cora assente, embora eu possa ver que ela tem suas reservas em relação a minha escolha. Ela o tira do manequim e me guia até um provador, onde visto a peça.

O vestido me serve perfeitamente, deslizando sobre meu quadril e chegando ao chão como pétalas de rosa.

— Quero ver — Amya diz do outro lado. Abro a cortina e saio, e Amya fica boquiaberta.

A família real usa preto. As acompanhantes de Nadir usam preto.

Mas não sou sua conquista. Não sou sua posse.

Não sou parte de sua linhagem real.

Tenho minha própria família.

E sou meu próprio castelo, porra.

Nossos olhares se encontram, e consigo ver que Amya entende o que isso significa para mim.

— É perfeito — ela diz. — Vamos levar.

Um tempinho depois, atravessamos o Distrito Violeta em busca de alguma coisa para comer. Me disseram que a Aurora abrange oito distritos, batizados com as cores das luzes no céu. Cada um é famoso por algum ofício ou recurso. Violeta é das joias e tecidos.

Amya nos guia na direção de um pub aconchegante com mesas

compridas de madeira colocadas na frente. Escolhemos uma e nos sentamos uma na frente da outra.

— Bem, foi um dia produtivo — Amya diz, secando a testa como se tivéssemos feito um grande esforço. Abro um sorriso discreto para ela. Foi divertido, não vou negar, mas é difícil me sentir confortável com a ideia de diversão quando nunca tive esse luxo antes, nem quando há tanta coisa em jogo.

Um momento depois, Amya se levanta.

— Eles chegaram!

Dou meia-volta, sentindo um aperto no peito. Tristan e Willow estão descendo a rua, cercados por Mael e Nadir. Eu me levanto de um salto e vou correndo até lá, dando um abraço em cada um deles.

Voltamos à mesa.

— Por que vocês estão aqui?

— Pensei que você poderia gostar de uma dose de estímulo — Amya diz a todos nós. — Não é seguro para eles no Torreão, mas pensei em infiltrar os dois na cidade para um jantar.

Lágrimas ardem em meus olhos, e envolvo Tristan em um grande abraço, o ar carregado em meu peito já mais leve.

— Obrigada — digo a Amya, percebendo de repente a saudade que eu sentia dos dois. Willow se senta ao lado de Amya, e Tristan se senta a meu lado.

— Cadê Hylene? — Nadir pergunta a Amya.

— Está esperando uma mensagem de Etienne — Amya responde, e uma comunicação secreta é trocada entre os dois.

— Quem é Etienne? — pergunto, mas Amya sacode a cabeça.

— Um amigo. — Ela dá um gole de sua bebida, e tenho certeza de que está escondendo algo de mim.

— Como vão as coisas? — Willow me pergunta, e olho ao redor, com medo de que alguém nos escute. Amya gesticula com a mão, lançando alguma forma invisível de magia protetora.

— Ninguém pode ouvir vocês agora — ela diz. — Falem à vontade.

— Nada ainda — digo. — Não encontramos nenhum vestígio da Coroa. — Engulo em seco quando todos se aproximam para escutar. — Peguei a Tocha Aurora. Ela falou comigo.

Amya arregala os olhos, olhando para o irmão.

— Você fez o quê?

— Pensamos que, como o Espelho falou comigo, talvez a Tocha também falasse.

— O que ela disse? — Amya pergunta.

— Que a Coroa não está perto o bastante para ela conseguir senti-la.

— O que isso quer dizer? — Tristan pergunta.

— Não sei. Temos mais alguns lugares para olhar no Torreão, e depois...

— O quê? — Willow pergunta, franzindo as sobrancelhas.

— O príncipe disse que teríamos que pensar onde procurar em seguida. — Solto uma respiração profunda. Aquela Coroa pode estar em qualquer lugar. Ouranos é imenso, e sei muito pouco sobre tudo.

— Estamos pesquisando relatos e registros antigos das Guerra de Serce — Willow comenta. — Há menções aqui e ali, mas é difícil saber se não são só pistas falsas. Amya disse que houve muitas supostas aparições ao longo dos anos, mas que a Coroa nunca chegou a ressurgir.

Meus ombros se afundam, e ela segura minha mão sobre a mesa.

— Vamos continuar procurando. Não se preocupa. Vamos achar.

Tristan passa o braço ao redor de meus ombros e me puxa para perto, dando um beijo em minha testa.

— Você não está sozinha, Lor. Vamos encontrar a Coroa.

— Ela não vai estar sozinha. — Nós olhamos para cima e vemos Nadir diante de nós, os braços cruzados. Minhas bochechas coram quando noto que ele está me encarando. — Vou continuar procurando com ela.

Tristan se eriça visivelmente ao ouvir o comentário.

— Lor precisa da família dela. Pessoas em quem ela pode *confiar*.

— Ela pode confiar em mim. — Ele diz isso com tanta certeza que sinto um frio na barriga.

— Parem, vocês dois — digo.

Tristan me ignora.

— Não gosto disso. Não gosto que você fique longe de nós, e não gosto que fique sozinha com ele.

— Tristan, chega. Ele está me ajudando.

Nadir abre um sorriso maldoso para meu irmão e dá a volta pela mesa, parando do meu outro lado.

— Oi — digo, me sentindo subitamente tímida na presença dele, aliviada por ele não parecer mais bravo como estava quando o deixei. Essa tarde trouxe à tona alguma coisa dentro de mim que eu não sabia que existia, mas agora que não estamos mais sozinhos, uma pequena faísca de incerteza me perpassa.

— Oi — Nadir responde. Ele está montado no banco de frente para mim, de maneira que fico entre suas pernas. — Você se divertiu à tarde?

Ele arqueia a sobrancelha, e quase consigo ouvir as palavras em sua expressão. Se me diverti abandonando-o quando ele me ofereceu um entretenimento muito específico?

— Me diverti — digo, sem morder a isca e decidindo responder com outra bomba. — Conheci Cora, a lojista que me contou sobre a *série* de acompanhantes do príncipe que compraram vestidos dela.

Nadir chega mais perto enquanto o resto da mesa continua conversando, sem prestar atenção em nós.

— Devo fingir que você é a primeira mulher com quem já estive? — ele pergunta baixinho no pé do meu ouvido.

— Não, eu...

— Não sou o primeiro homem com quem você já esteve.

— Claro que não.

Seus olhos se escurecem em resposta.

— Sei que não posso ficar com raiva por você ter transado com outros antes de mim, mas isso não me deixa menos propenso a cortar a garganta deles.

Bufo.

—Tecnicamente, eu não transei com você — digo, com a voz leve.

— Ainda — ele diz, e olho para ele de rabo de olho. — Eu te comi com a língua, detenta. E o que você fez hoje à tarde...

Ele para de falar, olhando por cima do ombro. Felizmente, todos os outros estão concentrados demais em suas próprias conversas para prestar atenção em nós.

Ele chega mais perto, sua boca no meu ouvido de novo.

— Caralho, foi o melhor boquete que já recebi na vida. Vou pensar naquilo por muito, muito tempo, Rainha Coração.

Um calafrio me consome, e um sorriso se abre em meu rosto com a gravidade em seu tom. Adoro como ele parece aberto desde que contou de sua atração. Como se não estivesse escondendo nada.

— Não precisa agradecer — digo, e a risada dele em resposta é maliciosa e baixa.

— Falei que os Feéricos são territorialistas, e não tenho interesse em mais ninguém. Enquanto houver a chance de te tocar de novo, só tenho olhos para você.

— E se não houver essa chance? E se disser que foi isso e acabou?

Ele ajeita os ombros, a luz em seus olhos faiscando.

Ninguém nunca disse "não" para ele, isso está na cara.

— Então vou me esforçar muito para convencer você do contrário.

Solto um suspiro trêmulo.

Porra, esse príncipe ainda vai acabar comigo.

★ ★ ★

O céu escurece conforme terminamos nossa refeição, e a Boreal começa a riscar o céu. Willow e Amya passaram para uma mesa ao lado e estão conversando. Claramente, elas se conheceram melhor enquanto eu estava no Torreão. Espero que Willow esteja tomando cuidando e não caia em nenhuma das mentiras de Amya. Ainda não confio plenamente nela.

Mas quem sou eu para falar? Mael e Nadir estão conversando na outra ponta da mesa, e paro um momento para observar o príncipe, admirando as curvas de seus ombros largos e o modo como seus bíceps marcam o tecido de sua camisa. Por que Zerra fez esse Feérico, o filho de meu maior inimigo, tão bonito?

Quer dizer, todos eles são bonitos à maneira dos Nobres-Feéricos, mas perto de Nadir, mal consigo respirar. Minha magia desliza sob minha pele, me lembrando do que ela quer. É só quando ele toca em mim que ela finalmente se curva com satisfação.

— Ele está te tratando bem? — Tristan pergunta, notando a direção de meu olhar e se aproximando para falar comigo em voz baixa. — Porque, se ele machucar você, vou quebrar a cara dele de tanta porrada. Aquele príncipe só pensa nele mesmo.

Sorrio para Tristan, tocando a bochecha dele.

— O que foi?

— Eu te amo, irmão. Você cuidou de mim durante toda a nossa vida, mas já saímos de Nostraza. Não preciso mais que lute minhas batalhas por mim.

Tristan resmunga e coloca um amendoim na boca, mordendo-o.

— Não luto suas batalhas desde que você aprendeu a dar socos e acertar as bolas de um cara até ele chorar.

— Sim, mas quem me ensinou a fazer isso?

Tristan olha para mim, há preocupação em seu rosto.

— Sempre vou cuidar de você, Lor. Sou seu irmão. Essa é minha função. Por mais poderosa que você se torne. Mesmo depois de encontrarmos a Coroa e você se sentar naquele trono, onde é seu lugar, ainda vou cuidar de você.

Eu me recosto nele, pousando a cabeça em seu ombro.

— Você acha que é aí que tudo isso vai acabar? Acha que, depois de tudo, nós três vamos ter a chance de sermos simplesmente felizes?

Ele coloca outro amendoim na boca e inclina o rosto, apoiando a bochecha em minha cabeça.

— Não sei, mas vou fazer todo o possível para isso acontecer.

Eu o encaro.

— Quer saber, Tris? Tem dias que quero gritar e chorar pela injustiça disso tudo. Nada disso deveria ter acontecido. Era para termos crescido seguros e contentes com nossos pais, mas penso em como poderia ter sido muito pior se vocês dois não estivessem do meu lado, e isso me torna a pessoa mais sortuda do mundo.

Tristan franze a testa.

— Que foi? Por que você está me olhando assim?

— Você mudou muito. Tenho um orgulho enorme de você.

Minhas bochechas coram com suas palavras. Talvez eu tenha, sim, mudado. Ou talvez só nunca tivessem me deixado ser eu mesma. Tudo que sou estava escondido sob um grosso manto de dor.

Ele solta outra risada.

— E pensar que da última vez em que a vi, você quase matou uma mulher por roubar seu sabonete.

Balanço a cabeça.

— Eu era um pouco... impulsiva. Ainda sou. É só que é mais fácil me controlar quando não estou o tempo todo morrendo de fome e frio.

Ele me lança um olhar triste e sério.

— Entendo o que quer dizer. Essas últimas semanas foram...

— Eu sei. — Coloco a mão em seu braço. — Eu sei.

— Mas esse seu espírito um pouco descontrolado é o que torna você adorável — ele sorri com ironia e bate o ombro no meu. — Você vai ser uma rainha incrível.

— Ainda falta muito para isso, mas obrigada. Eu não seria nada do que sou sem você em minha vida.

Tristan passa um braço ao redor do meu ombro e me puxa para perto dele, me segurando com firmeza. Ficamos em silêncio por um tempo, ouvindo os sons da cidade e o corre-corre das pessoas ao redor. É uma sensação peculiar existir em algo tão normal quanto um fim de tarde movimentado.

— O que está rolando entre aquelas duas? — pergunto, apontando com o queixo para Willow e Amya.

Tristan solta um suspiro.

— É, tem isso. Pelo visto, elas viraram "amigas" agora.

— Por que você não está olhando feio para ela como faz com o príncipe?

Tristan ergue a sobrancelha.

— Quer mesmo que eu responda?

— Sei que ela pode parecer boazinha, mas...

— Mas o quê?

— Nada — digo. — Acho que talvez ela seja mesmo.

Tristan sorri e dá um gole demorado de sua bebida.

— Cuida dela, tá? — digo, e ele me abraça com mais força.

— Era para você ser a irmã caçula.

— Nós dois sabemos que a ordem de nosso nascimento nunca teve nada a ver com o papel que representamos, Tris.

— Pois é — ele diz, com a voz suave.

31

Algumas horas depois, quando o sol se pôs e a cidade está vibrando com os sons da noite, Tristan e Willow se despedem. Trocamos abraços apertados, na esperança de nos revermos em breve.

O único lugar que falta procurar são as catacumbas, e o Fogofrio está quase acabando. Depois disso, não sei bem aonde meu caminho vai me levar. Sei apenas que vou ter os dois do meu lado. Pensar naquelas profundezas tenebrosas do castelo faz um calor formigar em minha nuca. Nadir disse que me daria alguns dias, mas, mais cedo ou mais tarde, vou ter que enfrentar aqueles corredores tenebrosos.

Depois que Mael e Amya escoltam minha família de volta à mansão, ficamos apenas eu e Nadir para trás. Ele estende o cotovelo, e apoio o braço no dele antes de seguirmos pelas ruas.

— É difícil acreditar que isso tudo existe — digo. — Que havia pessoas felizes e saudáveis vivendo aqui tão perto da prisão.

Olho para Nadir, que está me observando com desconfiança.

— Não se preocupa, hoje não vou dar sermão em você sobre Nostraza. É só que é fascinante ver isso tudo. Nunca estive em uma cidade de verdade. Morávamos tão no meio da floresta que quase nunca víamos ninguém. Em Afélio, eu nunca saía do palácio, exceto para as Provas. Li livros e histórias sobre lugares como este, mas eles não transmitiam toda a energia de uma cidade cheia de vida.

Nadir olha ao redor, uma expressão pensativa no rosto.

— Quando você se acostuma com uma coisa, é difícil valorizar a beleza dela — ele diz. — Esqueci como esse lugar é cheio de vida. Essa região era parecida com a Umbra.

— Jura? — Olho para os prédios de pedra ao redor, todos limpos e arrumados. Eles assomam à nossa volta, as janelas quadradas decoradas com cortinas e floreiras. As ruas estão pavimentadas com pedras cinza largas, e não há dúvida de que as pessoas aqui são bem cuidadas. A emoção aperta meu peito. — Sempre pensei que a Aurora fosse um lugar muito infeliz. Que não houvesse nenhuma felicidade aqui.

Nadir puxa o braço, de modo a me deixar um pouco mais perto dele. Não sei se o gesto é intencional, mas coloco a mão ao redor de seu bíceps para me apoiar.

— Entendo por que você poderia pensar isso. — Ele para e abana a cabeça. — Mas é tênue. Sempre à beira de desabar por causa de meu pai.

Ele para, comprimindo a boca em uma linha fina.

— Que foi? — pergunto, sentindo que ele quer me contar algo mais.

— Depois do que você me contou, fui atrás do meu pai hoje à tarde para arrancar a garganta dele.

Aperto o braço dele.

— Por quê?

— Porque eu estava puto com ele. Queria que ele sofresse por ter feito você sofrer.

Paramos de andar, e a multidão se move ao nosso redor, tudo se dissolvendo, menos nós dois.

— Por favor, fale que você não fez nada — digo, confusa pela reação dele.

— Eu me segurei. Sabia que não ajudaria você em nada.

— Que bom — respondo, puxando-o pelo braço. — Mas foi gentil da sua parte, eu acho. Mesmo que um pouco assassino.

Ele solta uma risada baixa e sombria.

— Não finja que não gosta, detenta.

Não respondo, mas talvez eu goste, sim. Minha vida foi tão cheia de violência que estou cansada, mas também sei que é o único caminho a seguir.

Continuamos andando em silêncio até nos depararmos com uma praça grande onde casais dançam ao som de uma música. Em meio ao barulho, crianças gritam, felizes, e risos preenchem o ar. No alto, as luzes estão correndo pelo céu em faixas ondulantes de cor.

— É lindo — digo.

— É mesmo — Nadir concorda, mas, quando me viro para ele, ele está olhando fixamente para mim. Desvio o olhar, assoberbada pela confusão de sentimentos em meu peito.

— Quer dançar? — ele pergunta, apontando com a cabeça para os casais que rodopiam. Há alguns rostos voltados em nossa direção que reconhecem a presença do príncipe entre eles.

Balanço a cabeça.

— Não sei dançar.

— Você dançou comigo em Afélio.

— Muito mal — digo com uma risada, que tira um sorriso dele.

— Não notei.

A intenção na voz dele é clara, e engulo em seco um nó de nervosismo.

— Vem. — Ele pega minha mão. — Não precisa fazer nada além de me deixar conduzir.

Ele me puxa pela multidão, parando no meio, onde me puxa mais para perto, envolvendo minha cintura com um braço.

— Deixar você conduzir? — brinco, e ele entrelaça os dedos nos meus. — Não sei não.

— Só para a dança. Prometo.

Deixo que ele faça o que pede, me guiando por uma série de passos simples enquanto giramos com a música. As luzes riscam o ar, pintando a todos com arco-íris iluminados. Quando olho para Nadir, cores rodopiam em suas íris, rosa e azul e violeta. Sua expressão é tranquila, as linhas de seu rosto diferentes do que estou acostumada.

— O que você está pensando? — ele pergunta.

— Não sei como agir perto de você.

Seu rosto se abre naquele sorriso arrogante, e ele me puxa tão para perto que nossos corpos se roçam.

— Por que não?

Reviro os olhos.

— Não finja que não sabe do que estou falando. O que é isso? Eu e você?

Ele sobe e desce a mão por meu pescoço antes de puxar meu cabelo e curvar minha cabeça para cima gentilmente. Nossos lábios estão tão próximos que quase consigo sentir o gosto dele em minha língua.

— Já falei, só estamos curtindo a companhia um do outro. Eu desejo você e sei que você me deseja.

Ele me aperta contra ele, interrompendo minha risada fingida.

— Pode admitir.

— Eu não admito nada — digo, e ele sorri.

— Está bem. Continue mentindo para si mesma. Prometi que não faria nada que você não quisesse. É você quem decide se vamos rápido ou devagar.

Por Zerra, como quero confiar nele. Sei que não deveria acreditar. Não posso me deixar levar pelas palavras bonitas de um Feérico da realeza de novo, mas tenho medo de já ter deixado isso ir longe demais. A expressão de Nadir é fervorosa, e suas palavras parecem uma verdade tirada do fundo de sua alma. Elas me fazem me sentir confiante e segura, mas não posso continuar ignorando a voz de alerta em minha cabeça.

— Então, continuamos a dividir a cama? — pergunto.

— É com isso que você está preocupada?

— Não estou preocupada. É só que nunca fiz esse tipo de coisa antes.

— Que tipo de coisa?

— Não sei. Ter um relacionamento como este. Quando eu estava em Nostraza, nunca havia nada além do amanhã. É só que era... era diferente.

Ele me aperta.

— Que bom. Quero que seja diferente.

O príncipe me gira, e rio quando ele me ergue no ar, me fazendo rodopiar. Estou me divertindo. Não me lembro de um dia em que eu tenha me divertido de verdade em muitos anos. Agora, tudo que está em jogo parece longínquo e distante e, pela primeira vez em muito tempo, eu me permito respirar.

Lágrimas enchem meus olhos, e pisco para contê-las. É por isso que estou lutando. Essa é a esperança que nutri em cada dia que vivi em Nostraza. Tudo pelo que lutei durante as Provas. Por mim, por Tristan e por Willow, que tivemos tudo isso tirado de nós.

Penso nas pessoas que vivem nos assentamentos de Coração à espera de sua rainha. Elas também perderam tudo no dia em que minha avó destruiu suas casas.

Amanhã, vou enfrentar aqueles corredores escuros do Torreão, afastando as memórias do que o rei fez. Encontrar a Coroa é o mais importante. É a única forma como posso salvar todos nós.

— Onde você está? — Ouço uma voz suave e pisco, erguendo os olhos para Nadir, que ainda está nos balançando ao som da música. — Você não está *tão* perplexa assim por causa da cama, certo?

Solto uma gargalhada e balanço a cabeça.

— Não. É só que eu estava pensando que já estou pronta para as catacumbas. Obrigada por me dar tempo. Você deve achar que estou sendo dramática.

Ele baixa a cabeça para mim.

— De jeito nenhum. Acho que você é muito corajosa.

Minhas bochechas coram, e desvio os olhos, a intensidade do olhar dele começando a acabar comigo. Ele chega bem perto, encostando a bochecha em minha testa e me girando de novo.

— Quanto à cama, podemos continuar dividindo-a. Tem espaço de sobra, e você não tem nada a temer de mim.

Há mais coisas escondidas nessas palavras que ele não está dizendo. Um clarão brilhante de luz risca o céu, e a música cresce numa batida animada.

Assinto devagar, olhando nos olhos do príncipe, e sussurro:

— Eu sei.

32
SERCE

286 ANOS ATRÁS: REINOS ARBÓREOS

— Adivinha quem é? — Serce perguntou, cobrindo os olhos de Wolf por trás. Ele estava sentado no chão de pernas cruzadas, com os braços balançando atrás do corpo, puxando-a para junto de si.

— Hmm? O amor da minha vida? Minha alma gêmea? A rainha mais bela e destemida a habitar neste plano?

Serce riu e passou os braços ao redor do pescoço dele, beijando-o atrás da orelha.

— Você sempre foi tão sedutor com as mulheres?

Ele olhou por sobre o ombro e deu uma piscadinha.

— Nunca importou antes, e nunca mais vai importar.

— Acho bom — Serce brincou antes de Wolf colocar a mão atrás da cabeça dela e puxá-la para um beijo intenso. Depois que se soltaram, ela perguntou: — O que você está fazendo?

Diante dele estava o que parecia um tabuleiro de xadrez coberto por uma variedade de peças esculpidas. Ele segurava outro bloco de madeira na mão, que estava talhando com uma faca pequena. As peças eram cheias de lindos detalhes, feitas para lembrar os sprites e elfos que habitam as florestas do reino.

Ele encolheu os ombros largos.

— Só fazendo uma coisinha caso Zerra queira nos agraciar com um herdeiro. Quero ensinar nossa criança a jogar. Meu pai me ensinou. É meio que uma tradição familiar.

Serce não disse nada enquanto ele enfiava a ponta da faca na madeira macia, arrancando uma lasca. Ele lançou um olhar por sobre o ombro.

— Tem algum problema eu dizer isso?

Ela sorriu.

— Claro que não. Conversamos sobre isso, e estou aberta a ter uma família. Você sabe disso. Precisamos de um herdeiro, afinal.

Wolf franziu a testa.

— Sim, mas você ainda não está inteiramente à vontade com a ideia. Não precisa fingir comigo.

Ela soltou uma respiração trêmula.

— Vou ficar. A ideia ainda é nova. Nunca pensei muito nisso antes de conhecer você. Eu te amo, Wolf, e se te fizer feliz, quero te proporcionar isso.

— Sua felicidade também importa — ele disse. — Não quero que se sinta pressionada.

— Eu sei — ela disse com a voz tranquila, ao mesmo tempo que afundava o queixo na curva do pescoço dele, observando-o trabalhar. — E é por isso que não me sinto pressionada. Porque você está me dando uma escolha. Além disso, você sabe que ninguém poderia me obrigar a fazer nada que eu não quisesse.

Ele riu baixo, o som tão caloroso quanto uma chama.

— Sim, sei disso também.

Nesse momento, houve uma batida firme na porta.

— Entre — Serce chamou antes de uma de suas damas de companhia entrar.

— Alteza — ela disse, fazendo uma mesura rápida. — A Alta Sacerdotisa chegou.

Serce soltou Wolf e se levantou, as mãos apoiadas nos ombros dele.

— Excelente. Onde ela está?

— No salão, alteza.

— Obrigada, Stiora. Já estamos indo.

Stiora fez mais uma mesura e fechou a porta enquanto Wolf espanava as aparas de madeira da calça de couro marrom antes de se levantar. Ele pegou o tabuleiro de xadrez e o deixou em cima da mesa, junto com a faca. Puxou Serce junto a si e passou os braços ao redor da cintura dela. Ela olhou no fundo de seus olhos verdes brilhantes que cintilavam de malícia.

— Pronta?

— Mais pronta, impossível — ela respondeu.

Ele sorriu e pegou a mão dela para se dirigirem ao salão e encontrarem com Cloris Payne. Como prometido, ela estava esperando no Salão Carvalho, sentada na ponta de uma cadeira verde estofada com um jogo de chá posicionado na mesa à frente dela, entrelaçando e soltando as mãos no colo.

Quando eles entraram, Cloris se levantou e fez uma mesura.

— Majestade — ela disse, se dirigindo a Wolf antes de se voltar para Serce. — Alteza.

— Obrigada por vir — Serce disse. — Estávamos ansiosos esperando sua chegada.

A sacerdotisa baixou a cabeça, seu cabelo prateado caindo sobre os ombros. Metade descia até o meio das costas, enquanto o resto estava trançado e enrolado num nó elegante atrás da cabeça. Ela usava um vestido preto simples que conseguia parecer ao mesmo tempo humilde e majestoso em seu corpo anguloso.

As sacerdotisas eram Nobres-Feéricas que juravam suas vidas a Zerra, agindo como suas emissárias no plano corpóreo. Dizia-se que elas possuíam um tipo específico de magia, cujos detalhes eram conhecidos, convenientemente, apenas por elas.

— Quando se recebe uma convocação do Rei Arbóreo e da Primária Coração, não se deve demorar.

Serce abriu um sorriso que não se refletiu em seus olhos. Essa era a segunda vez que ela se encontrava com Cloris, e alguma coisa na sacerdotisa a deixava desconfortável.

— Sente-se, por favor.

— Prefiro que passemos para o chão — Cloris disse. — À frente do fogo. É onde me sinto mais à vontade.

— Claro — ela respondeu, sem se incomodar com o pedido inusitado. Serce tinha ouvido falar que as sacerdotisas derivavam seu poder do fogo.

Wolf tirou algumas das almofadas do sofá e as colocou à frente da imensa lareira. Cloris se ajoelhou em uma delas, e Serce fez o mesmo. Wolf optou pelo chão, um joelho erguido com o braço apoiado nele. Ele estava usando sua túnica verde de sempre, o tecido fino marcando os músculos firmes.

— Obrigada — Cloris disse. Seu rosto não correspondia a sua idade. Também se dizia que a longevidade das sacerdotisas seguia de maneira diferente dos outros Nobres-Feéricos, e era difícil saber se Cloris tinha vinte ou dois mil anos, apesar das rugas finas que cercavam seus olhos e de sua longa cabeleira grisalha. Havia uma atemporalidade nela que era difícil de determinar.

— Andei lendo algumas coisas, como prometido — ela disse, procurando algo na bolsa pendurada no ombro. Ela tirou um livro fino com uma capa desbotada. — Existem tantos livros de história conflitantes em Ouranos que é difícil discernir quais são legítimos. Imagino que, de certo modo, todos sejam. É um desafio quando desfrutamos de uma expectativa de vida tão longa. A história não é exatamente história quando aqueles que a viveram ainda estão entre nós.

Ela se acomodou, se apoiando sobre uma das pernas e abrindo o livro.

— Encontrei algumas referências esparsas a Primários que ascenderam com Artefatos de outros. Vocês entendem que faz milhares de anos que ninguém tenta isso?

Ela observou Serce. Não havia julgamento em sua expressão, apenas a curiosidade de uma profissional interessada em ver o que era possível. Serce soube quando conhecera Cloris que era ela a Feérica perfeita para executar seus planos. A sacerdotisa era conhecida por seguir as regras da magia e contestar limites. Serce trocou um olhar com Wolf, mas a confiança dele nunca vacilou. O homem acreditava nisso tanto quanto ela.

— Por quê? — Serce perguntou.

Cloris balançou a cabeça.

— Os Primários normalmente não costumam estar dispostos a dividir seu poder com alguém de força comparável. O laço sempre favoreceu um lado e nunca foi destinado a ser uma união entre iguais. Além disso, o processo é difícil pelo que compreendi. O mais próximo que consigo apurar é que, quando dois Primários se unem, sua magia pode se tornar errática, a menos que ambos sejam poderosos o bastante para controlá-la. Vamos precisar instalar algumas proteções. Somado a isso, um laço de Primários só pode ser atingido usando um receptáculo disposto da magia da deusa, o que é obviamente raro de se encontrar.

Serce pensou sobre aquilo. Ela sabia que era poderosa — talvez a Primária mais poderosa que já existiu. Se havia alguém capaz de controlar, seria ela. E ela não tinha reservas em compartilhar seu poder com Wolf. Serce observou, astuta, a sacerdotisa, com uma sensação incômoda de que Cloris não estava sendo inteiramente franca em relação ao que falava. Magia da Deusa, sei.

— Houve outros Primários que se atraíram uns pelos outros? — Serce perguntou. — Ou que fossem até almas gêmeas, talvez? — Ela fez a pergunta com um tom casual, sem querer revelar nada à discípula de Zerra.

Cloris encolheu os ombros estreitos.

— Nunca ouvi falar de um caso de almas gêmeas, embora seja improvável que não tenha havido Primários que nutrissem um interesse mais do que amigável uns pelos outros. Imagino que devam ter entrado em relacionamentos sem a união, contentes em manter sua magia separada.

Serce sacudiu a cabeça com veemência. Não apenas havia a questão de usar a união para aumentar seu poder como ela *precisava* se unir a Wolf. Diziam que almas gêmeas que não se uniam acabavam por sucumbir à morte permanente mais cedo ou mais tarde. Sequer passariam pela Evanescência; simplesmente deixariam de existir. Perder um amor como aquele deixaria de honrar a dádiva sagrada que Zerra havia concedido a eles. Não havia dúvida de que isso tinha que ser feito.

— Não, não é bom o bastante.

— Entendo, alteza. — O canto do lábio de Cloris se ergueu de uma maneira que sugeria que ela já tinha entendido que Serce e Wolf eram almas gêmeas e estava apenas fingindo que não sabia.

— O que teria acontecido se eu tivesse me unido a Atlas e Tyr morresse? Não teríamos nos tornado dois Primários unidos nesse caso? — Serce perguntou, querendo entender todas as possíveis brechas e armadilhas dessa magia.

Cloris fez um aceno com desprezo.

— Ah, o Príncipe Sol caçula não é o próximo Primário. Isso não seria um problema.

Serce franziu a testa.

— Não? Então por que eles queriam que eu competisse nas Provas para o caso de alguma coisa acontecer ao irmão dele?

— Bem, *eles* não sabem que ele não é — Cloris disse com um brilho astuto no olhar. — Estão apenas supondo. Entendo por quê, considerando que é o mais próximo do Rei Sol e de Tyr, mas os Artefatos fazem suas escolhas com base em muitos fatores.

— Mas você sabe?

— Sou a condutora de Zerra, alteza. Sei muitos dos segredos dela.

— Você deveria estar me contando isso?

Cloris inclinou o queixo pontudo.

— Somos aliadas, não? — Ela piscou os olhos arregalados, e Serce fez que sim, definitivamente de sobreaviso. Que jogo era aquele que a sacerdotisa estava jogando?

— Claro.

— Mas *pode* ser feito? Entre mim e Serce? — Wolf questionou.

Cloris fez que sim, folheando o livro.

— Ao que tudo indica, sim. Mas vocês vão precisar dos dois Artefatos. — Ela olhou para Serce e Wolf com uma pergunta nos olhos.

— Vou conseguir — Serce disse. — Não será um problema.

— E a questão de sua mãe descender? — Havia uma nota de condescendência envolta nessa pergunta e Serce não gostou daquilo, mas tentou não deixar sua irritação transparecer.

— Deixa isso comigo — ela respondeu.

Cloris assentiu.

— Ótimo. Então vou orar a Zerra pedindo orientação. Que ela veja essa união com bons olhos. — Ela fechou o livro e acenou com a cabeça para Serce. — Você está de quantos meses?

— Como é?

Ela apontou para a barriga de Serce.

— Você está grávida, não está?

Serce sentiu a mudança de Wolf se animando ao seu lado, apoiando a mão na lombar dela. Ela levou as mãos à barriga e olhou para ele. Havia tanta esperança e tanto amor nos olhos dele que seu coração parou por um momento.

— Serce?

Ela abriu a boca, quase sem palavras.

— Acho que ando me sentindo um pouco estranha nos últimos tempos. Pensei que só estava cansada de todo o estresse.

Wolf abriu um sorriso enorme e puxou Serce para si, envolvendo-a em um abraço enorme antes de afundar o rosto no cabelo da mulher.

— Eu te amo — ele sussurrou, a voz embargada. Ela passou os braços ao redor de Wolf também, apertando-o, sentindo o peso desse momento nas costas. Uma mãe. Será que ela conseguiria fazer isso?

Wolf recuou, tirando uma mecha de cabelo da frente do rosto dela.

— Me diga que você está bem com isso, Serce. Quero que você queira isso também.

Ela engoliu em seco e tocou a bochecha dele, a barba rala e áspera espetando seus dedos. Wolf era tão lindo que fazia seu coração se apertar toda vez que ela o olhava.

— Eu quero, Wolf. Com você, eu quero.

Ele sorriu de novo, puxando-a para perto e abraçando-a com firmeza.

— Você me deixa tão feliz.

Como se finalmente lembrassem que havia outra pessoa ali, os dois se voltaram para Cloris, que observava com um sorriso paciente.

— Posso? — ela perguntou, estendendo as mãos para Serce. Ela consentiu, e Cloris as colocou na barriga dela, fechando os olhos. Serce ficou paralisada enquanto as pálpebras da sacerdotisa tremulavam.

Wolf chegou mais perto, uma linha de preocupação se formando entre suas sobrancelhas grossas. Serce lançou um olhar tranquilizante para ele e, então, Cloris abriu os olhos e sorriu.

— Eu diria que três ou, talvez, quatro meses.

Serce soltou um longo suspiro e passou as mãos na barriga.

— Tem certeza?

— Por volta disso — Cloris respondeu.

Se fosse verdade, ela teria engravidado enquanto eles ainda estavam em Coração, durante a cúpula. Saber que essa vida tinha começado em sua terra a fez sentir como se esse fosse mesmo seu destino. Era assim que tudo deveria acontecer. Ela nunca teve tanta certeza de seu propósito.

Os olhos de Wolf estavam cheios de amor e fascínio.

— Serce — ele sussurrou. — Será que é verdade mesmo?

Um sorriso brotou no rosto dela. Ela estava, *sim*, feliz com isso. Vê-lo feliz a deixou feliz também.

— Acho que sim. — Wolf passou os braços ao redor dela, lágrimas molhando suas bochechas. Eles ficaram abraçados por um longo momento até se lembrarem de novo que tinham companhia.

— Desculpa — ele disse a Cloris, que balançou a cabeça.

— Sem problemas. É uma ocasião importante. Vocês devem celebrar.

— Isso muda alguma coisa? — Serce perguntou. — Sobre nossos planos?

Cloris fez que não, entrelaçando as mãos.

— Creio que não. Como é muito provável que você esteja carregando mais um Primário, acho que isso só deve agir a seu favor.

Wolf apertou a mão de Serce e beijou o dorso dela, com um brilho nos olhos.

— Então o que fazemos depois que tivermos os dois Artefatos? — Serce perguntou, voltando ao assunto.

Cloris ergueu o livro na mão.

— Há um tipo de ritual descrito aqui. Não é exatamente como a ascensão, mas é semelhante. Vou precisar estudar os detalhes um pouco mais. Quando você acha que consegue pegar a Coroa?

Serce mordeu o lábio, pensando nos próximos passos. Ela teria que tomar cuidado em relação a como encararia isso. Ninguém poderia saber o que eles estavam planejando. Havia meses sua mãe vinha fazendo a cabeça dos governantes de Ouranos, e convencer Daedra a descender ficava mais difícil a cada dia que passava.

Serce olhou para Wolf.

— Vamos ter que fazer uma visita em breve.

Ele acenou sabiamente.

— Vou deixar tudo pronto.

— Ótimo. — Ela se voltou a Cloris. — Não sei como lhe agradecer por tudo. Por essa informação e esse presente. — Serce apontou para a barriga, passando as mãos nela.

— Não tive nada a ver com isso — a sacerdotisa disse com um sorriso acanhado. — Quanto à informação, espero a compensação que discutimos.

— Claro — ela respondeu. — A Arca do Coeur será sua quando isso acabar. Juro.

— Ótimo. — Cloris bateu as palmas.

— Quer passar a noite aqui? — Serce perguntou. — Amanhã é lua nova, e um banquete está sendo preparado. Você precisa comemorar conosco.

Cloris sorriu antes de guardar o livro na bolsa.

— Preciso voltar para casa, mas uma noite não faria mal.

— Perfeito — Serce respondeu com um sorriso. Wolf se levantou e a ajudou a se levantar, envolvendo sua cintura com o braço. Ela chamou um dos criados atrás da porta.

— Pois não, alteza?

— Por favor, leve a Alta Sacerdotisa a um dos quartos de hóspedes. E mande levarem alguns refrescos. Tenho certeza de que ela está faminta.

— Obrigada, aos dois — Cloris disse antes de se curvar e seguir o criado para fora do quarto. Quando ela já estava fora do alcance da voz, Serce foi até a porta e se dirigiu a um dos guardas de Wolf.

— Cuide para que Cloris não saia do quarto. Ela é, a partir de agora, uma prisioneira de Coração e dos Reinos Arbóreos.

O guarda baixou a cabeça e saiu às pressas para acatar sua ordem. Wolf a envolveu em seus braços por trás enquanto ela fechava a porta e se virava para olhar para ele.

— Ela vai vir conosco a Coração. Podemos realizar o ritual lá. Vai ser mais fácil do que trazer a Coroa até aqui. Menos peças em movimento.

— Vou preparar meu exército para a viagem — Wolf disse, olhando para a porta pela qual Cloris tinha acabado de sair. — Ela não vai gostar disso.

— Não dá para evitar. Ninguém pode saber de nossos planos, e ela agora é uma ponta solta. Depois que terminarmos com a sacerdotisa, ela vai precisar ser eliminada. Não sei o que ela quer com uma das relíquias mais antigas da minha família, mas não tenho nenhuma intenção de entregá-la.

Wolf concordou e roçou o polegar no lábio inferior de Serce. Seus olhares se encontraram, e os dois olharam para a barriga dela antes de erguerem os olhos de novo. Wolf abriu um sorriso glorioso.

— Você me deixou tão feliz, Serce. Você vai conseguir sua coroa e vamos dominar todo o Ouranos e começar nossa família juntos. Em breve, vamos ter tudo que sempre quisemos.

33
LOR

TEMPOS ATUAIS: AURORA

Na manhã seguinte ao jantar no Distrito Violeta, honro minha promessa e deixo Nadir me guiar de volta às catacumbas. À medida que descemos para os corredores arqueados de pedra, sinto o cheiro que me fez entrar em parafuso na última vez, quase me derrubando.

Oscilando sem sair do lugar, fecho os olhos e forço meu coração acelerado a se acalmar. Nadir fica perto de mim, esperando em silêncio enquanto me recomponho. Quando me sinto pronta, abro os olhos e espio a penumbra.

Estimulada por saber que esse é mais um passo rumo à felicidade para mim e meus irmãos, tento encarar essa missão desagradável com coragem. O Rei Aurora só pode continuar me fazendo mal se eu permitir. Vou fazer isso por Tristan e Willow. Por todos os cidadãos de Coração que também perderam seu lar.

— Você está bem? — Nadir pergunta, e faço que sim.

— Vamos acabar logo com isso.

Ele cerra os dentes antes de pegar minha mão, e começamos a andar. Os limites entre nós vêm ruindo devagar, e essa ação simples parece natural de uma maneira que eu nunca teria imaginado quando definimos esse plano, apenas duas semanas atrás. Avançamos rapidamente, tentando percorrer o máximo de terreno possível. Mantenho o olhar fixo à frente, bloqueando a visão de tudo que possa parecer familiar demais.

Prendendo a respiração, eu me esforço ao máximo para me concentrar no que quer que devo sentir se a Coroa estiver perto. É frustrante, mas não sinto nada. Nada mudou. Nenhuma diferença discernível. A única coisa que sinto é o puxão da minha magia, e seu único interesse é Nadir. Parei de resistir tanto quanto antes, e ela responde ronronando baixo como um gatinho recém-nascido, principalmente quando ele toca em mim.

— Acho que é o suficiente — ele diz depois de um tempo. — Dá para ver que não está aqui. — Ele toca minha bochecha e abre um sorriso tranquilo para mim. — Você está bem? Estou muito orgulhoso de você por fazer isso.

— Estou — respondo. Um pouco trêmula, mas tê-lo aqui comigo tornou tudo isso um pouco menos aterrorizante. — Mas o que vamos fazer agora?

Ele dá uma piscadinha.

—Tenho mais uma ideia. Vamos.

Quando subimos para a área comum do castelo, finalmente solto a respiração tensa que estava presa, enquanto passamos às pressas pelos corredores e voltamos à ala de Nadir. Uma bandeja de comida foi deixada para nós, com nozes, queijos, fatias de pão macio e biscoitos, além de uma garrafa de vinho. Sirvo uma taça para mim e tomo um gole demorado.

— Então, qual é sua ideia? — pergunto ao mesmo tempo que Nadir se senta a meu lado.

— Meu pai nunca fez amizades, mas descobri hoje cedo que Vale, a coisa mais próxima que ele tem de um amigo, chegou no Torreão hoje de manhã.

— Por que isso importa?

— Porque é estranho que ele tenha perdido quase todo o Fogofrio. Acho que talvez meu pai o tenha mandado numa missão que poderia ser útil sabermos qual é.

— Acha que ele contaria para você?

Nadir dá de ombros.

— Vale ama ouvir a própria voz. Ainda mais se tiver bebido um pouco. E, por algum motivo, ele sempre gostou de mim.

— Bem, nesse caso, não sei se posso confiar em nada que ele diga.

O rosto de Nadir se abre em um sorriso irônico antes de ele baixar a voz e me encarar com um olhar sombrio.

— Você vai pagar por isso mais tarde, detenta.

— Só se eu deixar — retruco, e ele sorri, fazendo um nó se apertar em meu estômago.

Apesar de tudo, a presença dele é agradável demais. Confortável demais. A maneira como ele segurou minha mão o tempo todo hoje foi a única coisa que me impediu de desabar. Por que ele está tão impregnado em minha pele? É emocionante e aterrador ao mesmo tempo.

— Vou fazer você deixar — ele promete.

Tentando quebrar a tensão e dissipar a ânsia constante em meu peito, eu me levanto abruptamente.

— Nesse caso, é melhor eu me aprontar.

Nadir assente, e eu me dirijo a meu closet e tiro um vestido antes de entrar no banheiro para me trocar.

Alguns minutos depois, estou colocando um par de brincos quando ouço uma batida suave na porta.

— Pode entrar — digo, então a porta se abre e Nadir entra, ajeitando a manga da camisa social preta ajustada ao corpo.

Ele está usando um paletó preto que se molda a seu peito largo e sua cintura afilada de uma forma que me faz perder o fôlego.

— Minha Zerra — digo, as palavras escapando. Seu cabelo escuro cai sobre os ombros, e ainda consigo sentir aqueles fios sedosos por meus dedos. Tendo terminado de pôr as joias, cerro os punhos, forçando minhas mãos a se comportarem.

Nadir me observa dos pés à cabeça, seus olhos se escurecendo.

— Deuses — ele diz, a palavra estrangulada em sua garganta. — Você está tão linda que dá vontade de lamber.

Enquanto passo o batom, Nadir se aproxima por trás de mim. Eu me endireito, e nós nos observamos pelo reflexo. Minha magia vibra sob minha pele, sempre tentando chegar a ele.

— Por que não faltamos à festa e ficamos aqui? — ele diz, com a voz sedutora.

— E fazer o quê? — Pisco para ele pelo espelho, e ele sorri com malícia.

— Consigo pensar em algumas coisas.

Sua boca está tão perto de minha orelha que sua respiração desce pela frente de meu vestido, causando uma série de arrepios. Ele desce seu dedo quente por minhas costas nuas, tracejando minha pele devagar. A magia corre até esse pequeno ponto de contato, envolvendo todos os ossos da minha coluna.

— O que houve com o vestido vermelho que vi no closet? — ele pergunta.

— Não preciso usar preto?

— Por que eu me importaria com isso?

— Preto não diz a todos que pertenço a você? — digo, revirando os olhos.

— Não preciso de um vestido para que todos vejam isso.

Solto uma risada e balanço a cabeça.

— Amya comprou para mim por impulso, mas eu não queria chamar atenção demais com ele.

— Talvez você possa desfilar com ele para mim depois.

— Temos que ir. Precisamos falar com Vale.

— Eu sei, mas você não faz ideia de como quero arrancar esse vestido e te comer em cima dessa bancada.

Minha respiração vacila, e torço para que ele não note como

minhas mãos tremem quando tampo o batom e o largo na bancada em questão.

— Vou mostrar para você as coisas divertidas que consigo fazer com minha magia — ele acrescenta com tanta sugestão na voz que meu ventre arde.

Eu me recomponho e encaro seus olhos escuros pelo espelho.

— Jogue bem suas cartas, príncipe da Aurora, e talvez você consiga tudo isso hoje à noite.

As narinas de Nadir se alargam, e sinto que ele está tentando se recompor também. Dou meia-volta, meus seios roçando nele.

— Vamos?

Ele pega meu braço, me puxando para trás.

— Me deixe sentir seu gosto de novo — ele diz, com a voz áspera. — Antes de descermos.

Sinto um nó na garganta.

— Você vai bagunçar meu cabelo. E estragar minha maquiagem — digo, apelando para qualquer justificativa possível. Tudo em meu corpo quer dizer sim, mas ainda hesito.

— Prometo que não — ele diz, dando um passo para perto, sua boca roçando em meu ouvido. — Você só vai ficar sentada como uma rainha enquanto venero você de joelhos.

Nossos olhares se encontram e sinto um frio na barriga. Nadir desliza a mão por meu quadril e sobe por minhas costelas. Faço que sim sem pensar, e sua boca se curva em um sorriso. Ele pega minha mão e me puxa devagar para o quarto, me deixando na frente do baú ao pé da cama.

Ele se ajoelha e põe as mãos sob minha saia, encaixando os dedos na cintura da calcinha. Sem tirar os olhos dos meus, ele a desce por minhas pernas e me ajuda a passar os pés por ela enquanto me equilibro com a mão em seu ombro. Minha respiração está entrecortada, e meu coração bate tão forte que o sinto até nos dedos dos pés.

Quando Nadir tira minha calcinha, ele a joga para o lado e se levanta. Olho para ele, seus olhos girando em magenta, verde-azul e violeta.

— Senta — ele comanda, e sou incapaz de resistir quando desmorono em cima do baú, querendo de repente obedecer a todos os seus caprichos.

Ele passa um dedo por minha bochecha e põe o polegar dentro da minha boca. Eu o mordo e ele geme, as cores em seus olhos se movendo mais rápido.

— Por Zerra, você vai me destruir, não vai, Rainha Coração?

Ele volta a se ajoelhar e coloca as palmas das mãos dentro de minhas coxas, abrindo mais minhas pernas.

— Se inclina para trás — ele diz, e obedeço. Nadir sobe minha saia, me expondo, e por um momento ele não se mexe. Fica apenas olhando antes de apertar meus joelhos e erguer os olhos com um sorriso que ilumina seu rosto inteiro. Ver esse sorriso faz meu coração se contorcer. — Não se atreva a fechar as penas. Quero ver como você é linda.

Então ele se inclina para baixo e passa o nariz pela minha vulva molhada, inspirando fundo com um gemido. Chegando mais perto, ele ergue uma de minhas pernas e a pendura sobre o ombro sem parar de me lamber, passando a língua de forma demorada e luxuriosa.

Meu quadril cede e eu grito, enterrando uma de minhas mãos em seu cabelo enquanto uso a outra para me equilibrar. Ele me lambe de novo, a ponta da língua cercando meu clitóris, minhas costas inteiras se arqueando em resposta.

— Por Zerra, você é melhor do que vinho caro e uísque de mil anos — ele grunhe e puxa meu quadril para a frente. O príncipe me chupa, me fodendo com a língua e me lambendo como se estivesse perdido no deserto e procurasse água.

— Nadir — eu suspiro, apertando os fios de seu cabelo grosso e escuro, minha cabeça tombando para trás. — Ai, deuses, não para.

Ele redobra os esforços quando digo isso, a barba rala em seu queixo oferecendo um atrito delicioso enquanto roço o quadril em seu rosto.

— Isso — arfo, certa de que a maquiagem que ele prometeu não estragar deve estar derretendo.

Sinto a ponta do dedo dele mergulhar dentro de mim, e olho para baixo. Ele me observa com uma expressão intensa ao enfiar o dedo devagar. Nós dois ficamos olhando, e ele me fode com o dedo antes de acrescentar mais um e meter de novo, girando a ponta da língua ao redor do meu clitóris com vontade.

Meu orgasmo está logo ali, mas resisto, querendo prolongar apenas mais um pouco. Nunca me senti tão livre quanto agora. Neste Torreão que antes assombrava meus sonhos com esse príncipe das trevas a meus pés, eu me sinto mais poderosa do que nunca em toda minha vida. Ainda há muitas coisas a vencer, mas a possibilidade — a mais pura e brilhante possibilidade — assoma diante de mim com a promessa do futuro que me foi negado.

— Lor — Nadir grunhe, metendo os dedos em mim e os curvando —, goza para mim. — E eu gozo, soltando um grito.

Uma onda de sensações me atravessa, um calafrio desce até meus dedos. Continuo gozando, a onda se quebrando sobre mim pelo que parece uma eternidade, até eu finalmente prender a respiração.

Nadir continua no chão, me observando com uma espécie de reverência que não consigo interpretar. Seu rosto brilha com a evidência de meu orgasmo, e ele abre um sorriso sombrio para mim antes de se erguer e beijar meu pescoço, chupando minha pele de leve.

— Viu, Rainha Coração? — ele sussurra. — Como prometi, não tem um fio de cabelo fora do lugar.

34

Quando minha respiração finalmente volta ao normal, Nadir se levanta e me puxa para eu ficar de pé, beijando o dorso da minha mão.

— Temos que ir — ele diz, com a voz áspera. — Terminamos isso depois da festa.

Faço que sim com o coração na garganta, ao mesmo tempo decepcionada por termos que sair e aliviada por ter um tempo para contemplar a ideia de me entregar completamente a ele. Está ficando mais difícil separar minhas emoções de meus desejos e, se continuarmos assim, posso me entregar a um ponto em que jurei que não me perderia.

Ele não vai ter meu coração.

Ao menos por enquanto, isso me dá um certo tempo para colocar a cabeça no lugar e me lembrar que isso tudo é apenas físico. Ele me dá mais uma olhada de cima a baixo que sinto no fundo do meu ventre latejante e, então, dá um passo para trás, estendendo o cotovelo para mim.

— Vamos, Rainha Coração.

— Você vai me devolver minha calcinha desta vez?

Ele abre um sorriso predatório.

— De jeito nenhum.

Suspiro, fingindo irritação, e apoio meu braço no dele. Atravessamos o Torreão, seguindo o fluxo de convidados também enfeitados para uma noite de entretenimento, até chegarmos a um salão diferente destinado à festa de hoje. O espaço está forrado por tapetes de pele e bancos de madeira cobertos por mantas grossas. O teto está aberto para o céu noturno, e uma fogueira imensa queima no centro do salão, chamas saltando e faiscando no ar. Vejo Amya reunida com um círculo de Feéricos encantados, seu sorriso brilhante, e todos rindo de alguma coisa que ela acabou de dizer.

Nadir pega minha mão e nos guia pela multidão. A essa altura, a elite da Aurora já está acostumada com minha presença e sabe quem eu sou. Ou, ao menos, sabe a história que estamos contando.

— Nadir — diz uma voz fria, e nós dois paramos na frente de seu pai. Nadir aperta a minha mão antes de me puxar para mais perto.

— Pai — ele diz, o tom igualmente frio. O rei olha para trás de Nadir e, pela primeira vez em anos, seus olhos recaem em mim.

— Você não me apresentou a essa linda moça com quem você está ocupando todo seu tempo. Que grosseria.

Nadir fica tenso e minha respiração parece se prender em meu peito. Será que ele desconfia de alguma coisa? Por que está me notando agora de repente?

No entanto, o olhar do rei é um misto de certo tédio e, acima de tudo, desdém. Ele só está perguntando para irritar Nadir, não porque realmente se importa com quem eu sou. De todo modo, algo flamejante se acende em meu peito. Como esse monstro pode ficar a meio metro de mim e não fazer ideia de quem eu sou? Signifiquei tão pouco que ele não consegue nem se lembrar de meu rosto?

Claro, eu era uma versão mais jovem e muito diferente de mim, mas um ódio tão puro e incandescente arde até a ponta de meus dedos, forçando-os a se curvarem no tecido de minha saia. Eu achava que Nadir era frio e insensível, mas ele é um incêndio furioso comparado com o rei, cujo comportamento tem a indiferença de uma tundra varrida pelo vento. Solitária, desolada e morta.

Nadir me puxa para trás, entrando discretamente na minha frente. Sei que é para me proteger, mas me recuso a ser ignorada.

— É um prazer conhecê-lo — digo, estendendo a mão para o rei, deixando-a parada em pleno ar.

Trinco os dentes e noto a indecisão em seu rosto antes de ele finalmente se dignar a pegá-la e acenar com a cabeça. Escondo o calafrio que desce por minhas costas enquanto ele baixa a mão, seu lábio se curvando.

— O prazer é meu — ele diz com indiferença, me olhando de novo com uma apatia fria.

É claramente óbvio que ele pensa que estou abaixo dele.

— Nadir — o rei diz, me dispensando de novo. — Preciso que você fale com Karlo quando ele chegar. Ele está interessado em minha proposta, e sei que vocês dois se conhecem há muito tempo.

Resisto ao impulso de gritar com o rei enquanto ele finge que não existo. De chacoalhá-lo e confrontá-lo pelo que ele fez. Nadir me puxa de leve, apenas o suficiente para me tirar de meu transe. Vou ter minha oportunidade, lembro a mim mesma. Só preciso ser paciente.

— Por que você precisa de mim? — Nadir pergunta.

O rei lança um olhar duro para ele.

— Você não é o herdeiro do reino? Ao menos finja mostrar algum interesse em governá-lo.

É minha vez de apertar a mão de Nadir quando sua mandíbula tensiona. Ele baixa a cabeça.

— Claro, pai. Vou fazer o possível — diz entredentes, e Rion arqueia a sobrancelha antes de responder com um aceno breve e dar as costas.

Quando ele desparece em meio à multidão, Nadir se volta contra mim.

— Que porra foi aquela?

Balanço a cabeça.

— Desculpa. É só que, quando ele me trata como se eu fosse invisível daquele jeito... — Perco a voz, encarando o espaço onde o rei desapareceu, meu coração batendo forte no peito. — Às vezes não penso. Ele mal prestou atenção em mim, de todo modo.

Tristan pode dizer o que for sobre como amadureci, mas é em momentos como esse que me lembro que ainda tenho um longo caminho a percorrer. Um dia vou aprender a controlar meu caráter impulsivo e impetuoso que tanto me meteu em problemas em Nostraza.

A expressão no rosto de Nadir quando me volto para ele faz com que alguma coisa se revire em meu peito.

— Eu... entendo — ele diz em voz baixa. Ainda segurando minha mão, ele me puxa para mais perto, colocando o dedo sob meu queixo para erguer meu rosto. — Entendo. Mas você precisa tomar cuidado.

Seu rosto está tão perto do meu que o burburinho e o caos ao redor se reduzem a um murmúrio sussurrado. Por que fico sem fôlego toda vez que ele olha para mim dessa forma? *Por que* ele vive olhando para mim dessa forma? Como se quisesse me despir e consumir os pedaços de minha alma?

— É melhor procurarmos por Vale — Nadir diz, se afastando, e não sei por que isso me decepciona.

O que quero fazer neste salão cheio de gente? Ele já me disse que estará pronto quando eu também estiver, mas estou pendurada na beira de um penhasco e tento não olhar para baixo.

Ele puxa minha mão de novo, me guiando pela multidão. Pego um coquetel de um garçom que passa e dou um gole do líquido escuro e terroso. É decorado com um pau de canela flutuante e uma fatia de laranja. O álcool aquece minhas entranhas e ajuda a entorpecer a eletricidade de minhas frágeis emoções.

Nadir me leva a uma área cercada por sofás de couro estofados onde está sentado um Nobre-Feérico. O rosto dele tem rugas como as do rei, que demonstram que ele é um pouco mais velho, embora ainda pudesse se passar por um quarentão em idade humana.

— Vale — Nadir diz, a voz estranhamente calorosa enquanto o homem se levanta e o abraça. Ele tem o cabelo ruivo bem aparado ao redor das orelhas pontudas e usa um terno esmeralda impecável. Depois de cumprimentar Nadir, ele me nota com os olhos azuis brilhantes.

— O que temos aqui?

— Essa é minha amiga — Nadir diz, claramente se recusando a dizer meu nome. Vale não hesita em pegar minha mão e dar um beijo no dorso dela, com um sorriso muito mais aprovador do que o do rei.

— Ah, que coisinha adorável! — Ele chega mais perto, como se fosse cochichar em meu ouvido. — Se o príncipe a estiver entediando, garanto que posso mostrar todo tipo de prazeres a você.

Nadir rosna baixo, levando a mão ao peito de Vale e o empurrando para trás com um pouco mais de força do que o necessário.

— Não me faça banir você aos poços de ozzillers, Vale. — Seu tom é leve, mas a ameaça é óbvia. A pele bronzeada de Vale se empalidece um pouco, e ele abre um sorriso largo em seguida.

— Você sabe que só estou brincando, meu rapaz. — Ele aperta o ombro de Nadir com sua mão grande, e os olhos de Nadir se escurecem enquanto ele encara Vale de modo fulminante.

Por Zerra, nenhum de nós parece capaz de controlar nossas emoções hoje. Fazemos um par e tanto.

— Nadir, não seja tão grosseiro. Você estava me dizendo agora mesmo que Vale é um grande contador de histórias, e quero ouvir algo... interessante — digo, mantendo a voz leve e descontraída.

Para tirar informações desse Feérico, precisamos ganhar sua confiança.

— Claro — Nadir diz, tenso, captando minha deixa. — Podemos nos sentar com você?

— Seria maravilhoso — Vale diz, apontando para o espaço vazio no sofá. Nadir se posiciona de maneira muito deliberada entre nós dois enquanto nos acomodamos no couro macio.

Um garçom para, baixando a bandeja e nos oferecendo uma bebida. Troco minha taça vazia por uma pequena taça de vinho tinto rubi. Vale pega um uísque, e Nadir recusa uma bebida. Ele desliza o braço pelo dorso do sofá, envolvendo meus ombros. Sei o que ele está fazendo e Vale também nota, olhando para minhas pernas, que agora estão expostas graças à abertura de minha saia. Eu me pergunto se posso usar isso em minha vantagem sem fazer Nadir ter um ataque Feérico possessivo e irritante.

— O que você anda aprontando? — Nadir pergunta com a voz descontraída, percorrendo o salão com o olhar.

— Vou abrir uma boate nova no Distrito Carmesim. Coisa muito empolgante — Vale diz, esfregando as mãos. — Você precisa ir visitar quando abrir — ele diz para mim, seus olhos descendo descaradamente para meu decote. Que porco.

— Acho difícil — Nadir diz, lançando um olhar fulminante para Vale. Para alguém de quem ele diz gostar, Nadir está se comportando com tanta simpatia que parece estar sentado num porco-espinho em chamas. É por minha causa? Não sei por que Nadir acha que não vou visitar a boate de Vale, mas pretendo lembrar a ele mais tarde que ele não é o árbitro do que posso ou não fazer. Talvez eu vá só para irritá-lo.

Vale continua a falar, divagando sobre um empreendimento aqui e outro investimento ali, e Nadir está ficando visivelmente frustrado. Nenhum de nós consegue abrir a boca. Quando estou tentando decidir como guiar a conversa em uma nova direção, uma criada feérica menor sai da multidão. Ela tem a pele cinza e uma longa cabeleira verde, além de escamas cintilantes em suas bochechas. Ela faz uma reverência a Nadir.

— Com licença, alteza, mas o rei me pediu para buscá-lo.

Nadir suspira e passa a mão no rosto.

— É melhor eu ir. — Ele olha para mim. — Você vai ficar bem por alguns minutos?

— Sim, claro — digo. — Pode ir.

Nadir hesita, abrindo e fechando a boca, antes de ele se levantar. Ele me lança mais um olhar demorado antes de seguir a criada pela multidão. Assim que ele sai de nosso campo de visão, Vale se aproxima, o braço se acomodando no dorso do sofá.

— Pensei que ele nunca iria embora — Vale diz e pisca. Abro um sorriso tímido para ele, embora todos os ossos em meu corpo queiram resistir.

— Que tal outro drinque? — pergunto, erguendo minha taça vazia.

— Gostei da ideia — ele diz, acenando para um criado que nos entrega mais dois uísques. Vale dá um gole demorado do seu e solta um suspiro, jogando a cabeça para trás. Aperto o meu entre as mãos, deixando-o intocado. Preciso diminuir o ritmo. Não quero uma repetição da minha primeira noite aqui, e preciso manter a cabeça coerente.

— Ah, sempre sinto falta disso quando estou viajando. Nada supera a safra que fazem no Distrito Âmbar. Ninguém em Ouranos sequer chega perto.

Olho dentro de meu copo e dou um gole minúsculo, que desce por minha garganta em um misto de canela e mel, aquecendo meu estômago.

— É uma delícia mesmo.

Vale dá outro gole demorado e pede outro drinque para um garçom.

— Mais? — ele pergunta, e ergo meu copo ainda cheio.

— Estou bem por enquanto, obrigada.

Vale dá de ombros e aceita outra bebida. Sua postura está ficando mais relaxada, e começo a me perguntar quantos exatamente ele já tomou.

— Por onde você estava viajando? — pergunto, tentando fazer uma voz de fascínio e ingenuidade. Aqui estou eu, uma pobre humana tola, que nunca se aventurou além das fronteiras da Aurora. Pena que seja praticamente verdade.

Um sorriso se abre nos lábios de Vale, e ele se recosta, observando o salão lotado. Resisto ao impulso de revirar os olhos diante de sua arrogância.

— Você viaja muito? — ele pergunta.

— Não tive a oportunidade.

Vale chega mais perto, seu corpo encostado ao meu agora, e engulo em seco para afastar a tensão em meus ombros. Meu passado lúgubre volta para me assombrar, e quantas vezes devo fazer isso para conseguir o que quero? É *isso* que volta toda vez? Fico completamente imóvel, apertando o copo com força.

— Eu estava em uma missão, por assim dizer — Vale diz, seus olhos verdes brilhando.

— Uma missão? Que fascinante — respondo, pensando que lisonja não poderia fazer mal.

— Sem dúvida — Vale diz. — Fui encarregado de encontrar um objeto muito especial para o rei.

Prendo a respiração.

— Que tipo de objeto? — Mantenho a voz cuidadosamente neutra, arregalando os olhos, continuando minha farsa de mocinha ingênua.

Vale sorri, encostando ainda mais em mim. Ele terminou a bebida e coloca o copo na frente dele. Sua mão pousa em meu joelho, e eu respiro fundo, torcendo para ela entender esse gesto por interesse, e não pelo pavor frio e sinuoso que desce por minha coluna.

— Um objeto muito raro e poderoso — responde com uma voz baixa que imagino ter a intenção de ser sedutora. Bile sobe por minha garganta, mas acho que ele está prestes a revelar alguma coisa importante, e essa pode ser minha chance.

— O quê? — pergunto, baixando a voz em um murmúrio. *Ele é o homem mais fascinante que você já conheceu*, digo a mim mesma repetidas vezes. *Acredite nisso.*

— Ah, você nunca deve ter ouvido falar. — A voz dele transborda de condescendência. — A Arca é um dos objetos mais raros que já existiu. Não é vista há séculos. — Ele bate no lado do nariz enquanto franzo a testa.

— A quê?

Ele sobe mais a mão, seus dedos parando logo antes do tecido de meu vestido. Eles se contraem em minha pele como se o homem estivesse tentando refrear cada parte de seu corpo. Disfarço a respiração trêmula com um gole de uísque.

— É...

De repente, Vale é puxado para longe, derrubando o copo de minha mão, o líquido entornando no tapete grosso a meus pés, molhando minhas canelas nuas. Nadir segura Vale pelo colarinho, a fúria estampada no rosto. Ele ergue o braço e soca Vale com tanta força que escuto seu nariz se quebrando enquanto sua cabeça voa para trás. O salão inteiro prende a respiração, todos os olhares recaindo em nós.

Minhas bochechas ardem de raiva e vergonha pelo encontro constrangedor que acabei de permitir que acontecesse. Mais uma vez, tive que usar meu corpo para conseguir o que queria, e estou de saco cheio disso. E nem consegui nada. Ele sequer está procurando a Coroa.

— Mas que porra, Nadir — digo com um chiado, me levantando do sofá. Não sei bem ao certo com que estou brava. Comigo por deixar isso acontecer. Com ele por reagir de maneira exagerada. Com tudo que nos trouxe a mais um beco sem saída.

Não dou a ele a chance de responder, apenas me viro e saio andando a passos duros. A multidão abre espaço para mim, todos boquiabertos. Não olho nos olhos de ninguém ao me dirigir à saída, minha pele quente e ardendo, meu vestido de repente apertado demais.

Finalmente, chego à porta e saio batendo os pés, inspirando fundo.

— Lor! — Nadir me alcança. — Espera.

— Que porra foi aquilo? — Dou meia-volta e aponto para o salão.

— Ele estava tocando em você — Nadir rosna, seu rosto coberto por uma máscara de fúria.

— E daí? Eu estava tirando informações dele, já que você não estava chegando a lugar nenhum.

— Você é minha. Ninguém toca em você sem minha permissão — Nadir diz, baixando a voz. Ele segura meu braço, seu toque quente e elétrico. Minha magia estala na direção dele, mas me desvencilho.

Não é isso que quero. Não é ele que quero. Isso não pode acontecer. A Tocha já me alertou, e eu seria a maior idiota do mundo se me metesse nisso de novo.

— Não sou sua — sussurro.

— Ainda consigo sentir seu gosto, detenta — ele ronrona, baixo e mortal.

— É só sexo. Foi o que você disse. Sou eu quem decide quem pode tocar em mim, não você!

— Lor...

Ergo a mão.

— Não. Para. Acabou. — Faço um gesto, apontando para nós. —

Era uma ideia terrível desde o começo. Não conseguimos cumprir nossa tarefa, e não quero ver você de novo nunca mais. Vou fazer isso sozinha.

— Que seja — Nadir rosna, seu comportamento mudando totalmente. — Volte para Vale. Abra as pernas para ele.

Eu o encaro, boquiaberta. Apesar do que acabei de dizer, essas palavras dilaceram uma ferida aberta em minha alma.

— Como você se *atreve*? — Dou um passo para trás, precisando de espaço.

— É isso que você fez com Atlas também?

Balanço a cabeça e passo os braços ao redor do meu corpo. Não consigo acreditar que ele está dizendo essas coisas para mim.

— Eu te odeio — digo, as palavras ácidas como veneno.

— Eu sei. — Seus olhos são um turbilhão de raiva e desejo, e tenho que conter minhas emoções, enterrando-as onde vivem todos os meus demônios. Onde vou trancar todas, porque tenho coisas muito mais importantes para fazer do que me preocupar com meus sentimentos confusos por esse desgraçado.

Ele é meu inimigo.

Ele *sempre* foi o inimigo. O lembrete e o símbolo de tudo que perdi.

Como posso ter me esquecido disso?

— Vai se foder — sussurro. — Arranje outro lugar para dormir hoje. Não quero você perto de mim.

Dou meia-volta e saio batendo os pés.

35
NADIR

Com a respiração presa na garganta e os punhos tão cerrados que chegam a doer, eu a observo ir embora. Vou pagar pelo que acabei de fazer a Vale, mas quando vi a forma como ele estava tocando nela, e como ela estava desconfortável, perdi a cabeça.

Qual é meu problema, porra? *Por que* me importo tanto?

Ela é um desafio, só isso. Ela me odeia tanto que quero ficar insistindo. Obrigá-la a admitir que ela me quer. Mas, se for esse o único motivo, então por quero dizer que ela é minha? Balanço a cabeça e passo a mão no cabelo, apertando-o com força apenas para ter algo a que me segurar. Nunca vou vê-la de novo depois que isso tudo acabar, concluo. Se sobrevivermos a isso tudo, talvez em uma ou outra ocasião formal depois que ela assumir o trono. Depois, posso seguir a vida e tirá-la da cabeça.

Mas não sou idiota a ponto de acreditar que nada disso é verdade. Respiro fundo, tentando me obrigar a relaxar. Preciso falar com ela e me desculpar. Lor sabe se virar sozinha, e eu deveria ter deixado que ela lidasse com a situação. Ela já provou isso vezes suficientes.

Mas eu não queria. Ela é minha. Não sei por que acredito nisso com tanta convicção, mas, no fundo de meu ser, sei que ela pertence a mim. E prefiro morrer a deixar que outra pessoa toque nela.

Por Zerra, não acredito que falei aquelas coisas para ela. Eu mereceria se ela nunca mais falasse comigo de novo. Vou dar um pouco de espaço para ela se acalmar e então vou apaziguar a situação. Custe o que custar, vou fazer de tudo para me redimir.

Dou meia-volta, sem saber ao certo para onde ir. Eu é que não vou voltar à festa nem a meu quarto. Inspiro fundo quando vejo meu pai me observando, as mãos nos bolsos e a postura relaxada.

— Que ceninha, hein? — ele diz com a voz arrastada e se aproxima, a voz glacial.

Dou de ombros, fingindo uma indiferença que definitivamente não sinto. Porra, nunca estive tão tenso em toda minha vida.

— Você sabe como as mulheres são — digo, sabendo que já dei minha cartada atacando Vale. Sei que não devo perder o controle perto do meu pai. Não sou melhor do que Lor em controlar minhas emoções. Falhei com ela em muitos sentidos hoje.

— Onde você arranjou essa daí? — o rei pergunta, me encarando com uma luz estranha nos olhos.

— Na Flor Escarlate — digo, tirando do nada o nome de um bordel no Distrito Carmesim. — Ela foi uma... compra especialmente entusiasmada — acrescendo, tentando manter a voz calma.

— Ah, é? Não sabia que você era um cliente.

Abro um meio-sorriso.

— Por que eu não seria?

— Do que você a chamou agora? Lor, não foi?

— Um nome de guerra — digo, alguma coisa afiada parecendo arranhar minha cabeça.

— Claro — Rion diz, coçando o queixo. — Você vai voltar à festa? Vale está massageando a mandíbula, mas era para ele saber que não deveria ficar de intimidade com algo que claramente pertencia a você. Águas passadas, tenho certeza.

— Sim. Volto daqui a um minuto. Estava prestes a procurar Jessamine para discutir a lei trabalhista, como o senhor pediu.

Esse sou eu. O filho sempre obediente, cumprindo as vontades do pai no fim das contas.

— Ótimo. — Ele diz com um aceno lento, me observando com apreço. — Talvez você finalmente seja digno desse papel e veja que essa é a coisa certa, Nadir.

Com esses comentários mordazes, o rei se vira e se dirige ao salão de baile, e tento cravar buracos em sua pele com o calor de meu ódio.

Eu o observo cumprimentar a líder do Distrito Fúcsia e seu parceiro, que o bajulam como os puxa-sacos nauseantes que são.

Mas, assim que meu pai desaparece pela multidão, eu me viro e saio correndo.

Ele sabe.

Com o coração trovejando no peito, atravesso o Torreão em disparada, as pernas voando. Quando chego a minha ala, ordeno a meus guardas que não deixem ninguém passar, muito menos os homens do rei.

Depois de esmurrar a porta do quarto, um pânico cai sobre minhas costas quando o encontro vazio.

— Lor!

Entrando com tudo no quarto, noto o vestido que ela estava usando caído no dorso do sofá. Olho ao redor. Não consigo pensar direito. Onde ela está?

— Lor!

Eu a encontro no banheiro, tirando a maquiagem com um lenço, se recusando a olhar para mim.

— Falei para encontrar outro luga...

— Ele sabe — interrompo.

Ela para, arregalando os olhos escuros.

— Sabe o quê?

— Sabe quem você é.

A cor se esvai de seu rosto enquanto ela segura o lenço junto ao peito.

— Aquela ceninha que você deu...

— Que eu dei? Foi você quem fez um escândalo!

Não temos tempo para discutir sobre isso.

— Ele sabe. Ele não disse, mas deu para ver. Ele sabe, puta que pariu.

Dou meia-volta e lanço uma rajada de magia na direção da porta, erigindo uma barricada contra qualquer pessoa que tente invadir, antes de eu revirar o closet. Lor me segue, seus olhos febris de pânico.

— Vista-se com o máximo de roupas quentes que conseguir. Vamos embora. Agora.

Por Zerra, quero matar meu pai. Quero enfiar a cabeça dele num buraco cheio de escorpiões e assistir a ele se engasgar com a própria língua. Quero fazer picadinho dele com minhas próprias mãos e me banhar em seu sangue.

Mas, antes, tenho que tirar Lor daqui.

Pela primeira vez, ela não discute, seu rosto pálido e suas mãos trêmulas. Ela calça as botas e passa um suéter grosso sobre a cabeça. Está se recusando a olhar para mim porque estraguei essa porra toda.

Mesmo agora, com a ameaça de Rion sobre nossas cabeças, não consigo ignorar como ela é linda. Como me faz sentir toda vez que está por perto e, talvez mais importante, como me faz sentir quando não está.

Fico com medo de que Lor nunca mais me deixe tocar nela de novo. Hoje seria perfeito, e estraguei tudo. Pelos deuses, como eu queria desbravá-la. Tê-la de formas que nunca tive ninguém.

Eu me visto rapidamente, me forçando a respirar fundo e manter o ouvido atento à porta. Será que o rei entendeu que eu sei? Será que ele vai mandar os guardas dele agora ou depois? Merda. Como pude ser tão descuidado? Eu deveria protegê-la.

Ela revira o baú ao pé da cama, tirando luvas e um cachecol e um gorro felpudo grosso. Olho constantemente para a porta, esperando que se abra. Mas não me arrependo de ter socado Vale. O filho da puta mereceu por ter colocado as mãos nela.

Quando Lor está encapotada, aponto com a cabeça para a sacada. É então que a porta de meu quarto estremece, o escudo de minha magia reverberando contra o ataque. Nós nos viramos para ela e trocamos um olhar.

— Vamos.

Audácia e raiva cintilam nos olhos dela. Ela me odeia mais do que nunca, mas não é idiota. Ela faz o que peço, correndo para a sacada.

— Vou precisar carregar você. — Não sei por que isso é tão difícil de dizer. Lor ergue o queixo, seus olhos castanhos brilhando enquanto outra batida alta chacoalha a porta, a barreira segurando, por enquanto.

— Certo. — A palavra sai cortante, e o som arranca um pedaço de meu coração.

Ignoro a pontada de dor quando a pego nos braços. Por um momento, não consigo respirar com nossos narizes quase se tocando e nossa respiração enevoando no ar frio. Quero dizer que vou protegê-la. Que vou fazer de tudo para deixá-la segura, e que estraguei tudo hoje. Mas não consigo fazer as palavras saírem.

Em vez disso, pergunto:

— Pronta? — Porque não passo de um puta covarde.

— Sim — ela responde. — Pronta.

Pulo no parapeito, minha magia irrompendo ao nosso redor em uma confusão de faixas antes de formarem um par de asas largas. Com um último olhar por sobre o ombro, resmungo ao pensar em como essa noite *deveria* ter terminado. Quando me volto para Lor, sua expressão é neutra, seus lábios comprimidos com dureza.

A porta estremece de novo, se curvando sob o peso da força do outro lado, a madeira começando a rachar. Estamos oficialmente sem tempo. Salto da sacada, e Lor me aperta com mais força enquanto despencamos por alguns metros antes de minhas asas baterem. Então, subimos ao ar, desaparecendo noite adentro.

36
LOR

A MAGIA DE NADIR NOS ENVOLVE enquanto atravessamos o céu. Enlaço o pescoço dele com os braços, o ar frio me cercando. Ainda estou furiosa com ele, mas agora sua proximidade é reconfortante, porque meu coração está preso na garganta. O rei sabe. Ele descobriu. O que isso significa para mim? Será que ele vai se esforçar muito para tentar me encontrar?

Voamos por alguns minutos até Nadir descer à terra. Estamos no meio do Nada agora, as ameias do Torreão assomando ao longe.

— Lor — ele diz, a voz áspera, uma camada de suor na testa. — Precisamos continuar voando. Só preciso de um minuto.

Faço que sim e tento controlar o medo, tentando fazer minhas mãos pararem de tremer.

— Você está bem? — pergunto.

— Estou. — Ele aperta o punho no peito e solta uma respiração profunda. — Essa foi por pouco. Acho que nunca tive tanto medo na vida.

— Será que estou mesmo em perigo? Ele ainda acha que sou inofensiva. Faz anos que ele não acredita que eu seja a Primária.

A expressão no rosto de Nadir é cheia de remorso.

— Ele sabe que eu estava mentindo para ele. Que trouxe você ao Torreão por um motivo que ele ainda está tentando adivinhar. Ele vai perceber que se enganou, se é que já não percebeu. Não havia motivo para esconder você além disso.

Enquanto Nadir fala, entendo que ele está certo. Por que não consegui ficar de boca fechada?

— Estraguei tudo — digo, sentindo o peso de todos que decepcionei.

Nadir chega mais perto.

— Você não fez nada de errado. Foi minha culpa. Ele me ouviu dizer seu nome, e sempre houve o risco de que ele descobriria.

Ele observa o céu, que está pontilhado de estrelas e das estriações da Boreal. Hoje, não vejo beleza nenhuma nelas. Hoje, são a lembrança de doze anos trágicos de cativeiro. Das mortes de meus pais e de todos que sofreram nas mãos do Rei Aurora.

— Temos que ir. — Concordo com a cabeça, lançando um olhar para trás na direção do Torreão, achando que o rei está prestes a aparecer por entre as árvores.

— Você está brava. Por favor, olha para mim.

— Agora não é a hora para isso.

Claro que estou brava. Ele agiu como um escroto possessivo e me insultou na minha cara. Não preciso que ele lute minhas batalhas. Eu sabia que era um erro desde o começo, e hoje isso foi provado de uma vez por todas. A Tocha já me alertou, e agora Nadir bateu o último prego em meu coração.

Ele trinca os dentes e volta a observar o céu.

— Vamos. — Nadir estende a mão, e eu a seguro, grata por minhas mãos estarem cobertas por luvas grossas. Embora isso não pareça importar, porque meu coração traiçoeiro palpita quando ele aperta meus dedos.

Ele me segura de novo e, embora queira resistir, eu aceito. Ficar o mais distante possível do Torreão é a prioridade agora. Podemos lidar com essa coisa entre nós depois. Ou essa coisa que agora acabou entre nós, porque me recuso a continuar com isso.

A magia dele nos envolve mais uma vez, e não consigo evitar

pensar no que ele prometeu me mostrar antes de sairmos para a festa hoje. Nadir olha para mim, mas desvio o olhar, sem querer que ele leia minha mente.

Está congelando aqui fora, e me encolho nele, tentando me esquentar. Alguns momentos depois, a mesma corrente de magia que ele usou no dia em que atravessamos a floresta me envolve em um casulo quente.

Nós dois ficamos em silêncio enquanto ele atravessa o ar em alta velocidade, nos mantendo o mais perto possível das árvores. Ele parece querer dizer alguma coisa, mas continua em silêncio, olhando para a frente rumo à escuridão. Não sei quanto tempo se passa até que eu reconheça uma imagem familiar.

— Não — digo, e Nadir faz uma curva, nos descendo no pátio da frente da mansão antes de me colocar no chão.

— Não?

— Não vamos trazer o rei para onde Willow e Tristan estão. É perigoso demais. Você precisa me levar a algum outro lugar. Se acontecer alguma coisa com eles, nunca vou te perdoar.

Ele põe as mãos em meus ombros e me vira para olhar para ele. Estou surtando por mil razões diferentes.

— Lor. Calma. Meu pai não sabe que este lugar existe. É escondido de todos de quem escolho esconder. Ele não vai encontrar seus irmãos aqui. Nem você. Prometo.

— Jura?

— Não vou deixar que nada aconteça a você ou sua família.

Não sei por que ainda acredito nele depois de tudo que aconteceu, mas acredito.

— Certo — digo, olhando na direção da casa que está praticamente escura, com apenas algumas luzes fracas tremulando nas janelas.

Nadir me guia para dentro, fechando a porta suavemente atrás de nós. Não há nenhum movimento no vestíbulo, mas ouvimos os sons de conversa vindo da biblioteca. Chego à porta e encontro meu irmão e minha irmã com Mael e Hylene.

— Lor! — Willow grita, se levantando de um salto e me dando um abraço apertado. — O que você está fazendo aqui?

Nadir entra no cômodo e serve um copo grande de uísque de uma garrafa na mesa.

— Ele sabe — ele diz, e o cômodo todo fica em silêncio, exceto pelo crepitar do fogo na lareira. — Nós estragamos tudo. — Ele olha para mim. — Eu estraguei tudo — Nadir se corrige.

— Não, eu também estraguei. Não consegui me segurar. Toda vez que o via, eu queria... — Eu me interrompo, tremendo pela intensidade da minha fúria.

E então começo a chorar. Tudo quebra de repente sobre mim como uma onda de trinta metros. Venho contendo tanta dor e tantas memórias que hoje minhas provações passaram dos limites. Willow me puxa para uma cadeira e afundo o rosto em seu ombro, meu corpo naufragado em soluços.

— Está tudo bem — Willow sussurra. — Vai ficar tudo bem. Vamos dar um jeito nisso.

Faço que sim, mas não acredito nela. O rei nunca vai me deixar em paz. E agora ele sabe. Ou, se não sabe a verdade toda, agora desconfia de algo. Nadir está certo. Não havia nenhum motivo além disso para manter minha presença em segredo. Corremos um risco ao me infiltrar no Torreão e perdemos o jogo, causando, com toda a certeza, consequências desastrosas.

É então que a porta se abre, e Amya entra na biblioteca. Ela está usando as roupas da festa, suas bochechas coradas e seu cabelo normalmente perfeito solto e desgrenhado.

— O que aconteceu? Por que você saiu correndo daquele jeito e por que o pai mandou os guardas dele para sua ala?

Ela leva a mão ao peito, respirando com dificuldade. Nós a atualizamos sobre o que acabou de acontecer, e os ombros de Amya vão se afundando cada vez mais.

— Não — ela murmura, a voz um pouco embargada.

— O que vamos fazer agora? — Tristan pergunta, se dirigindo a todos na biblioteca. — Imagino que vocês não tenham encontrado a Coroa, certo?

— Não — Nadir diz, balançando a cabeça. — Mas temos motivos suficientes para acreditar que não está no Torreão.

— Então onde está?

Nadir se levanta da cadeira e se aproxima de onde estou sentada com Willow, seu rosto carregado de uma determinação profunda. Algo me diz que ele está criando forças para o que está prestes a dizer.

— O quê? — pergunto, me sentando e secando as lágrimas do rosto. — O que foi?

Eu me levanto devagar para poder olhar nos olhos dele quando ele baixa a cabeça para mim.

— Sei onde precisamos buscar.

Suas palavras são tão pesadas quanto um teto de mármore. O ar no cômodo é denso, como a pressão antes de uma tempestade iminente, mas não há chuva nem trovão nem raio, apenas uma sensação ostensiva de que tudo está prestes a mudar, mais uma vez.

— Vou levar você para Coração, detenta. Está na hora de ir para casa.

37

— Não vou a lugar nenhum com você — são as primeiras palavras que saem de minha boca.

— Bem, você não vai lá sem mim. É perigoso demais.

Nós nos encaramos, a discussão da festa pairando sobre nós, mas estamos cercados por muitas pessoas, e essa não é uma conversa que quero ter na frente de uma plateia.

— Nadir — digo, com a voz baixa.

— Lor — ele grunhe —, ou você vai comigo, ou não vai. Não pode ir sozinha, e ninguém pode levar você para lá tão rápido quanto eu. Além disso, se meu pai for atrás de você, estou em melhor posição para protegê-la.

Olho para meus irmãos.

— E eles? É a casa deles também.

— Quando isso acabar, quando você recuperar a Coroa e tiver sua reina de volta, vocês todos podem ir para casa. — Nadir inspira fundo. — Prometi que ajudaria você, e pretendo cumprir essa promessa.

— Mesmo agora? — pergunto, erguendo o queixo, nós dois sabendo a que me refiro. Agora que eu disse que sexo está fora de cogitação, ele ainda vai me ajudar?

— Sim — ele diz, sem hesitar. — *Aquilo* nunca foi uma condição e você sabe disso.

— Do que vocês estão falando? — Tristan pergunta, parando perto de mim, sempre protetor. — Que condição?

— Nada, Tris. Está tudo bem — respondo, meu foco voltando a Nadir. — Ainda não entendo por que você quer me ajudar. — Estou tentando entender o ponto de vista dele. O chão está balançando embaixo de mim, e mal consigo me equilibrar. — Você tem que descobrir uma forma de se livrar do seu pai sem mim.

— Não, não consigo — Nadir diz de uma forma que me dá um nó na garganta.

— E quando encontrarmos a Coroa e recuperarmos minha reina? Nadir franze a testa.

— Como assim?

— O que vamos fazer? Voltar aqui? — Meu estômago se revira com as implicações do que estou perguntando. Não faz nem uma hora que falei que não queria mais vê-lo de novo nem pintado de ouro, e parece que estamos presos um ao outro por mais tempo. Mas e depois? Ele pretende me deixar governar em paz? Sabendo o que posso fazer?

— Não — Nadir diz —, quer dizer, sim. Quer dizer, não sei. Tudo depende.

— De quê?

— Do que acontecer — ele responde.

— Do que acontecer quando você tirar a Coroa de mim? — pergunto, tentando obrigá-lo a entregar qualquer que seja a verdade que está escondendo.

— Não. — Ele sacode a cabeça. — Não quero a Coroa de você. Não queria antes. Não quero agora. A Coroa não importa para mim, não no sentido que você está insinuando. Só quero que você esteja segura. — Há um tom condoído em sua voz que me força a baixar a guarda, meus ombros se curvando.

— Não sei como me manter segura — sussurro. — Nunca estive segura.

A expressão dele fica mais soturna.

— Você vai estar mais segura comigo do que sem mim. Juro que vou proteger você.

— Lor — Tristan diz, colocando a mão em meu ombro. Ele me vira. — Você deveria ir com ele.

Pisco, surpresa.

— Deveria?

— Tudo já está em marcha agora. Não dá mais para voltar atrás. O Rei Aurora sabe quem você é ou pelo menos desconfia. Ele quase te matou tentando provar que você era a Primária e não vai parar agora que tem você na mira de novo. A única maneira de chegar ao fim é seguir em frente.

Tristan aponta para Mael.

— Conta para ela.

— Me contar o quê?

Mael olha para Nadir, uma pergunta no rosto. Nadir faz que sim.

— O rei está reunindo todas as mulheres dos assentamentos de Coração e realizando testes nelas.

O peso dessas palavras quase me esmaga, ameaçando cortar meu ar.

— Ele está procurando pela Primária — digo.

— É o que achamos — Nadir acrescenta. — Mas deve ter se dado conta de que você estava embaixo do nariz dele esse tempo todo.

— Você sabia? — acuso. — E não me contou? Ele está machucando essas mulheres? Está matando essas mulheres?

Ergo a voz pelo horror de saber o que aquelas mulheres devem estar sofrendo por eu estar escondida.

— Não achei que você precisasse de mais esse fardo em seus ombros.

— Ele está testando mulheres porque está procurando por mim! E eu estava desfilando pelo Torreão, frequentando festas nas duas últimas semanas, porra. Você não tinha o direito de esconder isso de mim!

— De que teria adiantado? Você não tem poder sem aquela Coroa. E, mesmo assim, não sabemos se essa é a chave para destravar sua magia.

Meu corpo todo enfraquece, e sei que Nadir está certo, mas de qualquer forma estou magoada que ele tenha escondido isso de mim.

— Mesmo assim, você deveria ter me contado.

Ele comprime os lábios.

— Talvez eu devesse, mas isso é prova de que meu pai não vai parar por nada até colocar as mãos em você e, quanto mais tempo você ficar aqui discutindo comigo, mais perigo vai correr.

Agora Willow se junta a Tristan.

— Vá para casa, Lor — ela diz em voz baixa, e sou tomada de repente por uma saudade de um lugar em que nunca estive, exceto em minha cabeça.

Casa.

Um lugar que só conheci por histórias que reconstituí em minha imaginação. Nem mesmo nossa mãe morou lá. Ela também não teria como preencher essas lacunas para nós. Tudo que tínhamos eram histórias e rumores soprados ao vento. Nada concreto. Nada em que pudéssemos nos segurar.

— Vamos esperar por você aqui. Você tem que fazer isso. Tristan tem razão. Não dá mais para voltar atrás. O momento em que você foi levada a Afélio desencadeou um curso do destino que não pode mais ser desfeito. Acreditamos em você. Tenho certeza de que é assim que Zerra sempre quis que acontecesse.

É então que finalmente desabo, o peso esmagador das últimas semanas quase me dobrando ao meio. As memórias que vieram à tona na presença do Rei Aurora. O terror que senti quando andei por aqueles corredores escuros nas profundezas do Torreão. A maneira como Nadir me virou do avesso até eu não saber mais como me sinto.

Meus irmãos me envolvem em um abraço e, por um momento, somos transportados de volta a Nostraza. A um daqueles dias em que um de nós estava se sentindo melancólico. A um daqueles dias em que não precisávamos de palavras para transmitir as profundezas infinitas de nossa perda e mágoa. Quando tudo de que precisávamos era dos nossos abraços, porque nosso amor era a única coisa que nos restava.

— Consigo fazer isso — sussurro, tentando acreditar nisso, mas nunca tive menos certeza de nada em minha vida. Willow pega meu rosto nas mãos e fica na ponta dos pés para me dar um beijo na testa.

— Você sempre foi muito corajosa, maninha. Não tem problema ter medo. Essa é a maior coisa que poderíamos ter pedido. É assustador, mas se há alguém capaz de enfrentar isso, é você.

— Você sabe que irmãos deveriam ser maldosos uns com os outros — digo, entre um soluço e uma risada. — Pegar no pé um do outro como esses dois. — Aponto para Amya e Nadir, que nos observam com atenção. Os dois piscam quando aponto para eles, depois olham um para o outro com um sorriso.

Willow abre um sorriso irônico.

— Acho que isso não vale quando crescemos juntos na prisão.

Engasgo com mais um soluço.

— Pelos deuses, isso é deprimente pra caralho.

Essa frase quebra a tensão no ambiente, e todos riem antes de Willow me abraçar de novo.

Olho para Nadir por sobre o ombro.

— Certo, príncipe da Aurora. Você não é o aliado que eu esperava ter e ainda não sei se confio em você, mas é tudo que tenho.

Nadir baixa a cabeça e abre um sorriso debochado.

— Você sabe mesmo lisonjear um príncipe. Vamos sair ao raiar do dia. É arriscado demais viajar à noite; dá para ver minhas asas muito facilmente. Tente dormir um pouco.

Seco os olhos e solto Willow, e ela pega minha mão.

— Está com fome? — minha irmã pergunta.

— Não — respondo.

— Seu quarto ainda está arrumado — Amya diz. — Vou confirmar se está tudo em ordem.

Willow sai com Amya, seguida por Tristan e, depois, por Mael e Hylene.

Depois que todos saem da biblioteca, Nadir se volta para mim.

— Você acha que todos eles fizeram isso de propósito? Para nos deixar sozinhos?

— Muito sutil.

— Sobre hoje à noite, com Vale. Desculpa.

— Pelo quê?

— Não por socar o desgraçado, se é isso que você quer ouvir. Mas desculpa por isso ter chateado você. Eu não penso aquelas coisas que falei.

Solto um suspiro profundo, minha irritação de antes se reacendendo.

— Então por que você falou aquilo?

— Porque sou um babaca cheio de defeitos. — Ele faz uma pausa. — Mas não é como me sinto. Sua irmã está certa, você é corajosa, forte e passou por muita coisa, e tenho o pressentimento de que ainda vai ter que enfrentar muito mais até isso acabar. Quero te ajudar. Fico admirado com sua coragem e sua resiliência.

Minha raiva diminui um pouco com essas palavras, mas, no fim das contas, elas não mudam nada.

— Nadir, eu estava falando sério hoje. Isso entre nós acabou. Não posso mais me distrair. Não sou teimosa demais para entender que preciso da sua ajuda se você está disposto a oferecê-la, mas preciso aprender a me proteger, e *não* sou sua.

Nadir inspira fundo, e é óbvio que ele quer discutir. Sua mandíbula trinca, e seus olhos brilham com faíscas vermelhas.

— Não, mas vai ser — ele diz, e há uma promessa solene escondida nessas palavras. A expressão dele me diz que essa está longe de ser a última vez que escuto isso, mas devo me manter forte.

Ele nunca vai ter meu coração.

Não respondo, preferindo endireitar os ombros e encará-lo com um olhar que espero demonstrar que estou certa da minha decisão.

— Até amanhã cedo.

Nadir dá um passo na minha direção, e sinto o que é esse momento. É um acerto de contas e, em algum ponto do caminho, vou ter que enfrentar as consequências de tudo que já aconteceu entre nós.

— Boa noite, Rainha Coração.

38

MAL PEGO NO SONO. Fico virando de um lado para o outro da cama, minha cabeça a mil com imagens horríveis do que está acontecendo com aquelas mulheres nas mãos do Rei Aurora. Praticamente consigo ouvir os gritos delas do outro lado de Ouranos.

Ele usou a magia dele para me subjugar e quase me destruir. Ele se infiltrou em minha pele e em meus órgãos e tentou derrubar a muralha de minha magia. Mas ela resistiu. Durante tudo que aconteceu, ela se manteve firme. E agora essa mesma força está agindo contra mim, e aquelas mulheres estão sendo torturadas, e preciso encontrar uma forma de romper minhas próprias muralhas. Tenho que encontrar aquela Coroa e rezar para que essa seja a resposta que estou buscando.

Vejo o rosto de Nadir também. A maneira como olhou para mim quando eu disse que não era dele e a forma como ele respondeu. Por que ele tem tanta certeza disso? Por que se importa?

Ele é um príncipe. Um homem que pode escolher a mulher que quiser. Por que fica voltando para mim? Sou apenas uma rata de prisão sem nada além da promessa efêmera de um futuro a que dificilmente vou sobreviver. É confuso. Frustrante. E, sinceramente, não tenho tempo para isso agora. Tenho que encontrar aquela Coroa. E, de algum modo, tenho que deter o Rei Aurora. Tenho mais certeza do que nunca de que as intenções dele para mim são parecidas com o que Atlas queria.

Sei que eu deveria ter medo, mas esse momento já passou. Isso se tornou muito maior do que eu.

Finalmente caio em um sono inquieto, e meu corpo nem sequer chega a relaxar de verdade. Não demora para o céu da Aurora se iluminar, passando de um preto sedoso a um cinza estranhamente reconfortante. E pensar o quanto eu odiava aquela monotonia infinita. Quando foi que ele começou a parecer um cobertor quentinho? Provavelmente por volta da mesma época em que beijei Nadir.

Merda. Não. Isso acabou.

Depois de um tempo, eu me arrasto para fora da cama e visto uma roupa adequada para viagem. Amya já tinha deixado algumas opções antes de eu ir dormir ontem à noite.

O que espera por mim nas ruínas da Reina de Coração? O que resta do império que antes existia?

Visto uma calça macia de camurça cinza-escura e um suéter preto fino antes de prender o cabelo num rabo de cavalo alto. Calço um par de botas resistentes e pego o casaco, as luvas e o cachecol com que cheguei ontem à noite.

Meu estômago ronca, então vou atrás de café da manhã. Antes, preciso ver Willow e Tristan para me despedir deles mais uma vez. Se tudo der certo, essa vai ser a última, mas sempre que os vejo tenho menos e menos certeza de que vou voltar.

Bato na porta de Willow, torcendo para que ela já esteja acordada. Ouço um barulho do outro lado.

— Quem é?

— Sou eu — digo.

— Ah. — A voz dela é hesitante e, um momento depois, a porta se entreabre. Ela está usando uma camisola, o cabelo desgrenhado pelo sono.

Há um movimento atrás de Willow. Amya está atrás dela, também de camisola e robe, com uma expressão bastante insegura.

— Oi, desculpa. Estou interrompendo?

— Não, de jeito nenhum — Willow diz. — A gente estava prestes a tomar café. — Ela abre mais porta e aponta para dentro. — Vem comer com a gente. Tem de sobra.

— Tá — digo, entrando no quarto, me sentindo cada vez mais constrangida. Por que Amya está de camisola no quarto da minha irmã?

Sério, Lor. O que é que você acha que está acontecendo aqui?

— Senta — Willow diz, me colocando na cadeira ao lado dela. — Chá?

— O que está acontecendo aqui? — pergunto, e as duas se endireitam. — Vocês estão... juntas?

— Hum — Willow diz, suas bochechas ficando vermelhas. — Estamos... nos conhecendo.

— Entendi. — Aceito o chá que Willow me oferece, envolvendo a caneca entre as mãos e olhando para Amya. — Você sabe que ela nunca ficou com ninguém desse jeito antes, né?

— Lor! — Willow exclama, o rosto ficando vermelho-vivo. — Para!

Olho feio para Willow e então de volta a Amya, que está sentada na cadeira à minha frente.

— Willow me contou tudo sobre o passado dela — Amya diz com a voz baixa. — Já sei disso.

— Então você sabe que deve tomar cuidado com ela.

— Lor! Juro pelos deuses — Willow exclama, escondendo o rosto entre as mãos. — Você é pior do que Tristan. Não que seja da sua conta, mas nós só conversamos. Somos amigas.

Ergo a sobrancelha, cética.

— Na sua cama? De camisola?

Willow franze as sobrancelhas.

— Eu tenho sonhos, Lor. Pesadelos. Eles me mantêm acordada.

A presença de Amya ajuda. Não estou acostumada a dormir nesse quarto grande sozinha. — Sua voz é um sussurro dolorido, e me sinto imediatamente culpada pelo que eu disse.

Claro, eu entendo o que ela quer dizer. Eu me sentia da mesma forma quando acordava em Afélio no começo. Mas também estava muito sobrecarregada pelas Provas para processar tudo de verdade. Esperando aqui por mim, Willow e Tristan não têm o luxo das mesmas distrações.

Amya se inclina para a frente na cadeira, sem desviar o olhar do meu.

— Sua irmã é a pessoa mais gentil e altruísta que já conheci. Ela é absolutamente linda por dentro e por fora e, como ela disse, só estamos nos conhecendo. Entendo por que você está protegendo Willow, mas juro que só quero o melhor para ela.

— Amya, não precisa fazer isso — Willow diz, me lançando um olhar fulminante. — Não é da conta dela.

—Tudo bem — Amya diz. — Sei como é se preocupar com você.

Willow ergue as mãos.

— Bem, só vou deixar vocês conversarem sobre mim, então, como se eu nem estivesse aqui.

Não consigo conter o sorriso que se abre em meu rosto. Amya também sorri, e nossos olhares se cruzam, um entendimento hesitante pairando sobre nós.

— Está bem. Vou ficar fora disso. — Finalmente, dou um gole de meu chá, saboreando o calor enquanto ele desliza por minha garganta e, então, encaro Amya com um olhar fulminante. — Mas entenda o seguinte, princesa da Aurora, se você machucar minha irmã, eu te mato.

Amya assente com seriedade.

— Entendido, Rainha Coração.

— Ótimo. Agora me passa um desses folhados.

Willow pega a cesta e a ergue para longe de mim.

— Não antes de termos uma conversinha sobre você e o príncipe. — O olhar dela é incisivo e, depois do que acabei de dizer, eu com certeza mereço.

— É, não vamos falar disso. — Eu me levanto de um salto e tiro a cesta da mão dela, pegando um folhado com um glacê dourado e o enfiando na boca.

Amya e Willow riem. É então que volto ao presente por uma batida na porta. Tristan entra sem esperar por uma resposta.

— Tristan! Você não pode entrar assim no meu quarto! — Willow exclama. — Com você e Lor aqui, vou ter que arranjar outro lugar para ficar.

A testa de Tristan se franze.

— Por quê? O que Lor fez?

— Nada — digo. — Venha comer com a gente.

Tristan encolhe os ombros e se afunda na outra cadeira. Ele não parece nem um pouco surpreso com a presença de Amya no quarto de Willow, e imagino que isso deva estar acontecendo há um tempinho, pelo menos. Não que eu tenha o direito de falar alguma coisa, e minhas bochechas ardem quando penso em tudo que já fiz com Nadir.

Pouco depois, Mael e o príncipe se juntam a nós. Nadir também parece surpreso ao encontrar Amya aqui de camisola. Mas não diz nada.

— É melhor partirmos em breve — Nadir diz para mim. — Não quero ficar aqui mais do que o necessário.

— Você disse que seu pai não sabe sobre este lugar e que eles estão seguros aqui. — Aponto para meus irmãos.

— Eles estão — o príncipe diz, rangendo os dentes. — Mas mesmo assim é mais seguro que você não fique parada.

— Certo, estou pronta para quando você estiver.

— Quanto tempo vai demorar? — Tristan pergunta.

— Algumas horas — Nadir diz. — Sou um pouco mais devagar quando estou carregando alguém, mas podemos chegar lá antes de o sol se pôr.

— Aonde exatamente vocês vão? — Willow pergunta. — O que tem lá?

Meus irmãos têm todas as mesmas perguntas que eu. Queria que eles também pudessem ir e ver. Parece errado ir lá pela primeira vez sem eles.

— É basicamente um buraco negro de nada — Mael diz, se recostando na cadeira. — Floresta morta e quilômetros de pântano intercalados pelas ruínas da cidade que existia ali antes.

— E as pessoas que morreram? — questiono. É uma pergunta mórbida, mas preciso saber.

Mael dá de ombros.

— Tudo se foi. Faz séculos.

Engulo em seco, sentindo um nó súbito na garganta.

— E os assentamentos? Quem mora lá?

— As pessoas que sobreviveram — Nadir diz. — Elas estão esperando...

— Esperando por... mim.

Ele faz que sim.

— Esperando pela rainha deles.

Respiro fundo e me levanto, alisando a parte da frente do suéter.

— Então é melhor não os deixarmos esperando por mais tempo.

Willow pega minha mão e se levanta, me envolvendo em um abraço.

— Volta logo para nós, Lor.

— Sim — respondo, abraçada a ela, e torço para que eu consiga cumprir essa promessa.

39

Pouco depois, estamos todos reunidos no vestíbulo principal para nos despedir. Nadir vem da cozinha com uma mochila gigante nas costas.

— O que é isso tudo?
— Comida, provisões, uma barraca — ele responde.
— Cadê as minhas?
— Está tudo aqui. Tem o suficiente para nós dois.
— Posso carregar minhas próprias coisas.
Ele estreita o olhar.
— Eu carrego. Não tem problema.
Reviro os olhos.
— Certo, então, vou manter as mãos livres para o trabalho importante.
Ele sorri, irônico, e então se volta para a irmã.
— Os escudos vão segurar enquanto eu estiver fora. O pai vai estar procurando por mim, mas acho que você deve voltar ao Torreão por alguns dias para evitar suspeita. Você também, Mael. Ele vai presumir que você sabe onde estou, mas você vai conseguir fingir ignorância se também estiver no Torreão. Com sorte, ele ainda está ocupado com a lei trabalhista e a atenção dele está dividida.
Ambos assentem, e então ele se volta para mim.
— Vem. Temos que ir.

Faço que sim e me viro para dar mais um abraço em Tristan e Willow.

— Amo vocês — digo aos dois, tentando não fazer parecer que estou me despedindo. — Vou voltar.

— Sei que vai — Tristan diz, com a voz firme.

— Certo, estou pronta — digo a Nadir, e saímos.

O vento ficou mais forte desde ontem, e sinto um calafrio. Nadir estende a mão para mim.

— Você vai me carregar de novo?

— É o jeito mais fácil de fazer isso.

— Posso ir nas suas costas ou coisa assim? — Não gosto do que ele me faz sentir quando me carrega como se eu fosse sua noiva. Parece um exagero.

— Estou com a mochila — ele diz, seus olhos brilhando de malícia, e é impossível não me perguntar se ele não planejou para ser dessa forma. Quero continuar discutindo, mas estamos perdendo tempo, e isso é ridículo.

— Certo. — Pego a mão de Nadir e lanço um olhar para ele que diz para ele não tentar nada. Sua expressão é de falsa inocência, e penso nas últimas palavras que ele me disse ontem à noite. Que eu seria sua, mais cedo ou mais tarde.

Ele me puxa para perto, a frente do meu corpo colada no dele. Quando levanto a cabeça, nossos olhares se encontram por alguns segundos, as íris do príncipe girando em violeta. Ele não me afeta nem um pouco. Claro, vamos acreditar nisso.

— Hora de ir, detenta — ele sussurra com uma carícia perigosa antes de me tomar nos braços e sermos cercados pelos fios de sua magia. Um momento depois, nós nos lançamos ao céu, enquanto seu escudo quente desliza sobre minha pele.

Por horas, nós nos movemos sobre a paisagem, que vai mudando embaixo de nós, transformando as montanhas frias e o Nada preto infinito da Aurora até dar lugar a colinas e florestas verdejantes. O movimento constante do voo me embala num tranquilo relaxamento, e faço de tudo para resistir ao sono depois de minha noite em claro, minha cabeça balançando pelo peso de ficar erguida.

— Encosta a cabeça — ele diz para mim, finalmente. — Está tudo bem. Não vou morder.

— Você deve estar ficando cansado. Estamos nisso há horas.

— Estou bem por enquanto — ele responde. — Vamos parar para descansar daqui a pouco.

Hesito, mas minhas pálpebras estão pesadas, e ignoro a voz que me lembra que essa foi a primeira vez nas duas últimas semanas que dormi sem Nadir a meu lado. Desistindo, encosto a cabeça nele, pousando a testa em seu pescoço, e me pergunto se estou imaginando seu calafrio em resposta.

Quando acordo, é ao som de gravetos crepitantes e cheiro de fumaça. O céu é azul, não mais cinza, e levo um momento para me acostumar. Por um longo minuto, fico parada e escuto os sons de minha própria respiração, o correr da água e o vento nas árvores. Eu me sento, com a cabeça zonza.

— Oi — murmuro.

Nadir está me encarando com um olhar intenso que me faz corar.

— Como você está?

Removendo o cabelo do rosto, observo os arredores, sentindo um nó na garganta.

— O que houve? — Nadir pergunta, claramente lendo minhas emoções.

Balanço a cabeça.

— Isso me lembra de onde crescemos antes de...

— Antes de meu pai vir e assassinar seus pais e botar você na prisão?

Lanço um olhar sinistro para ele, mas não há nada da dureza

habitual no rosto de Nadir. Em vez disso, vejo outra coisa. Não pena. Mas algo próximo disso.

— É. Isso.

— Estamos nas florestas do norte do que antes era parte de Coração. Pertence à Aurora por enquanto.

Não deixo de notar o "por enquanto" na frase.

Ele estende um cantil para mim e aceito, tomando um longo gole de água refrescante.

— Quanto tempo falta?

— Não muito.

— Qual é o plano quando chegarmos lá? — pergunto, dando mais um gole de água e aceitando o pedaço de pão que ele me entrega.

— Vamos ter que evitar os assentamentos. Eu estava torcendo para conseguir ver com meus próprios olhos o que está acontecendo, mas, se alguns dos soldados de meu pai me vir, são poucas as chances de isso não chegar a ele. Vamos vasculhar o castelo. Entrar e sair o mais rápido possível.

Eu me endireito.

— Temos que ajudar aquelas mulheres. Não podemos deixá-las daquele jeito, à mercê dele. E se ele as matar? Ou coisa pior?

Ele sacode a cabeça.

— Não podemos fazer nada. Se nos pegarem, vai ser o nosso... o *seu* fim.

— Não podemos abandoná-las. Preciso garantir que ele não as machuque.

Nadir solta um suspiro e passa a mão pelo rosto.

— Vamos encontrar a Coroa primeiro... — Ele ergue a mão quando estou prestes a argumentar. — Vamos encontrar a Coroa e depois juro que vamos encontrar uma forma de resgatá-las. Você não serve de nada assim, e vai servir ainda menos se meu pai colocar as mãos em você.

Fecho a boca. Claro, o que ele está dizendo faz todo sentido.

— Promete?

— Prometo.

Não é o suficiente, mas entendo que é o melhor que posso desejar por enquanto. Odeio como estou impotente. Como sou impotente.

Ficamos em silêncio por mais um tempo, o crepitar do fogo e os sons da floresta aliviando meus nervos cansados. Eu adorava a floresta quando era criança. Eu, Willow e Tristan passávamos horas perdidos entre as árvores, coletando frutas silvestres e construindo fortes com galhos caídos.

Sorrio sozinha quando me lembro da vez em que Tristan jogou uma colmeia de abelhas em mim e em Willow enquanto fazíamos um piquenique. Ficamos tão bravas com nosso irmão, mas ele apenas riu até nos vingarmos dele mais tarde, quando o jogamos de uma ponte suspensa no rio. Não tenho muitas memórias do tempo antes de o rei nos levar, mas guardo essas lembranças felizes como se elas pudessem me proteger de tudo que está por vir.

Quando tudo isso acabar, talvez possamos passar um tempo na floresta de novo. Penso em Willow e Tristan e no futuro que espero finalmente poder dar a eles. Talvez eles se apaixonem e criem suas próprias famílias.

— É melhor irmos logo — Nadir diz, olhando para o céu. — Não quero estar voando quando o sol se puser.

Concordo com a cabeça.

— Estou pronta quando você estiver.

Ele guarda nossas coisas, e o observo enquanto tento fingir que não o estou encarando. Como uma mariposa perto da chama, sou atraída pelos traços definidos de seu rosto e por aqueles olhos brilhantes que enxergam dentro de mim. Ainda consigo sentir o calor de sua pele sob minhas mãos. As curvas e ondas daqueles músculos, e o gosto dele em minha boca. Os sons que tirei dele naquele dia.

Minha magia se agita sob a pele. Está furiosa por eu negar a presença e o toque de Nadir. Tenho certeza disso, mas não vou ceder.

Ao terminar, ele estende a mão e, relutante, eu a seguro. Sem dizer uma palavra, ele me ergue e partimos para o céu, o mundo lá embaixo se turvando numa mancha verde. Depois que voamos por um tempo, ele me aperta com força e ergo os olhos, querendo saber o que o provocou.

É então que vejo. Diante de nós se estende uma mancha preta. Como se um frasco de nanquim tivesse caído sobre um pedaço de grama recém-crescida. Os restos disformes de uma terra que já foi farta e próspera. No centro, um grupo de torres se ergue, enegrecidas e quebradas, como dedos torcidos pedindo por uma ajuda que nunca veio.

Prendo a respiração, e uma lamúria estrangulada escapa de meu peito. Em todos os meus sonhos e todos os meus pesadelos, nunca imaginei que me encontraria aqui algum dia.

Lá está, em toda sua glória decadente.

Uma história de tristeza e perda. De ego, erros e das consequências de querer demais.

Uma sombra do legado que me assombrou todos os dias de minha vida.

A Reina de Coração.

40

SERCE

286 ANOS ATRÁS: REINOS ARBÓREOS

Levou três semanas para fazer os preparativos para a visita de volta a Coração.

Primeiro, Serce mandou uma mensagem a Rion, alertando-o de seus planos — ou, pelo menos, daqueles que ela queria que ele soubesse. Wolf preparou seus soldados, porque Serce não tinha a intenção de entrar em Coração sem reforços. O exército dele não era tão grande quanto o da mãe dela, mas Serce torcia para ter o elemento surpresa a seu favor. Também torcia para que essa visita não se transformasse numa altercação física, mas era melhor estar sempre preparada.

Diziam os boatos que o Rei Sol havia retirado o apoio de Afélio depois que Serce se recusara a se unir a Atlas. Agora, Coração estava sem aliados, exceto por Aluvião e Tor, enquanto outros relatos diziam que Celestria havia alegado neutralidade. Estavam posicionados nos confins distantes do norte, onde apenas os Feéricos Celestes conseguiam sobreviver por mais do que alguns dias, o que significava que eles raramente sujavam as mãos com assuntos desagradáveis de manobras políticas.

Cloris estava fazendo um escândalo desde que eles a trancaram no quarto, ameaçando-os com todas as maldições sob Zerra. Era um ponto a favor deles que a sacerdotisa morasse sozinha e fosse reservada. Serce estava contando que levaria um tempo até notarem que ela estava desaparecida.

Eles tinham suprimido a magia dela com um par de algemas de arturita forjado nas ferrarias de Tor, e por isso ele fazia muito mal, mas os gritos e lamúrias incessantes davam uma dor de cabeça latejante a Serce. Mais de uma vez, ela havia considerado mandar cortar a língua da sacerdotisa só para calar a boca daquela puta.

A única coisa que a detinha agora era o fato de que eles precisariam de Cloris para realizar o ritual de união. Por enquanto, Cloris poderia gritar o quanto quisesse, mas o destino dela estava selado.

Finalmente, tinha chegado a manhã de sua partida.

Serce parou diante do espelho do quarto de Wolf, a túnica erguida para examinar a barriga que crescia, que estava começando a aparecer agora. Ela já tinha precisado alargar as calças para que parassem de apertá-la.

— Pelos deuses, você está linda — Wolf disse, vindo do banheiro. — Está reluzente. A gravidez cai bem em você.

Ela abriu um sorriso enviesado. No começo, Serce ficara com medo do que um bebê faria com seu corpo. Será que Wolf ainda a amaria quando ela parecesse ter engolido um melão? Mas tinha certeza de que ele se apaixonava mais e mais por ela a cada dia.

Wolf veio até onde ela estava, abraçando-a e passando as mãos em sua barriga exposta. Ela sentiu um calafrio com o toque quente antes de se recostar nele, inclinando a cabeça para trás, deixando que Wolf desse um beijo na lateral do pescoço dela.

Ele gemeu em sinal de aprovação, puxando-a para perto, roçando o pau já duro na bunda dela. Serce amava o fato de que eles nunca se cansavam um do outro.

Ele mordeu o lóbulo da orelha dela gentilmente.

— Você está tão linda agora que seria uma pena não fazer nada.

O homem ergueu a cabeça e a encarou pelo espelho, passando o dorso dos dedos na bochecha dela, o desejo refletido nos olhos de ambos. Inclinando o rosto de Serce para trás, ele explorou a boca da mulher com a língua antes de ela se virar, levando os braços ao pescoço dele.

— Não temos tempo — ela respondeu com a voz suave, enquanto ele levava a mão dela até sua calça. Ela curvou os dedos ao redor do pau de Wolf, e ele gemeu quando ela o segurou, movendo a mão devagar.

— Caralho, Serce. Você acaba comigo. Você é minha estrela, minha lua, meu coração. Quero amar você e foder você e cuidar de você por todos os dias de minha vida. E quando eu estiver vagando pela Evanescência, ainda vou sentir falta do gosto doce da sua boca e da sua boceta.

— Wolf — Serce gemeu quando Wolf deslizou a mão entre as pernas dela, roçando a palma nela enquanto a guiava na direção de uma mesa.

— Vira — ele ordenou.

Ele puxou a cintura da calça dela para baixo com uma mão, a outra segurando o dorso do pescoço dela de modo a curvá-la para a frente, pressionando a bochecha de Serce contra a madeira. Ela o sentiu se movendo atrás de si, e então a cabeça larga do pau dele encostou em sua vagina úmida e ardente.

Wolf não avisou antes de meter dentro dela de maneira brusca. Serce gritou, apertando a mesa ao mesmo tempo que choques de prazer faiscavam por seu sangue. As palmas das mãos dela faziam a superfície da madeira ranger enquanto ele a fodia, apertando seu quadril com tanta firmeza que deixaria sua pele roxa depois.

Ela já estava chegando ao clímax, contorcendo o corpo ao redor dele antes de se inclinar para trás, querendo mais. Querendo tudo dele. Ele respondeu tirando e voltando a meter até o talo, os gritos dela ecoando no quarto toda vez que o corpo de Wolf colidia com o seu.

— Você nunca vai me deixar — ele grunhiu, metendo dentro dela, todos os centímetros gloriosos do pau dele a preenchendo.

— Nunca, Wolf. Sou sua para sempre.

— Nunca vou deixar você ir — ele gemeu, socando com uma força que beirava a violência.

— Sempre, Wolf. Não importa o que aconteça. De agora até a Evanescência nos levar.

Wolf segurou o cabelo dela e a puxou para cima, as costas de Serce ficando rentes ao seu peito antes de ele cravar os dentes na garganta dela. A pontada de dor aguda fez o ventre dela contrair. Ele estocou de novo enquanto ela chegava à beira do clímax, acariciando o clitóris dela logo antes de ela se desfazer em um gemido ofuscante. Wolf gozou logo em seguida com um grito grave que reverberou por todo o corpo dela.

— Falei que tínhamos tempo suficiente — ele disse, puxando a calça dela para cima e guardando o pau na cueca. Com uma piscadinha, ele pegou a mão dela. — Vamos. Devem estar esperando por nós.

Levaria de cinco a seis semanas para chegar a Coração com todo o exército de Wolf. Ela desejava poder acelerar as coisas, mas não poderiam chegar de mãos vazias. Ela não fazia ideia do que sua mãe tinha planejado e se recusava a entrar nessa batalha despreparada.

A jornada para Coração foi quase toda tranquila e sem incidentes, embora mais lenta do que eles haviam previsto, graças a trechos pantanosos na Selva Cinta. Mas quando as muralhas de Coração ficaram visíveis, Serce sentiu um aperto familiar no peito. Ela nunca tinha passado tanto tempo longe de casa e nunca se sentia completamente bem, exceto quando estava dentro daqueles muros.

Eles deixaram a maior parte do exército de Wolf nas cercanias da reina. Por mais que ela quisesse que sua mãe reconhecesse sua demonstração de força, até Serce entendia que conseguir o que queria seria um caminho mais atribulado se ela chegasse como a agressora.

— Ela vai querer se certificar de que você ainda está sob controle — Wolf disse de seu cavalo enquanto avançava ao lado de Serce. — Que não está planejando se voltar contra ela.

Ela assentiu, olhando para o Castelo Coração que se estendia até o céu. A visão nunca deixaria de comovê-la. Aquele lugar era seu espírito e sua alma. Feitos de pedra branca como a neve, os topos pontudos das torres estavam envoltos por galhos grossos e sinuosos de trepadeiras engrinaldados por uma infinitude de rosas escarlates, fazendo-os parecer um buquê. O cheiro de flores pairava no ar, o perfume suave envolvendo-a em seu abraço familiar.

Ela soltou um suspiro profundo e afagou a barriga que ficava mais e mais redonda a cada dia que passava. Na outra noite, eles tinham sentido o bebê chutar, e Wolf ficou tão comovido que quase se debulhou em lágrimas de alegria.

Serce ainda não tinha tanta certeza se ela se adaptaria à maternidade, mas estava ficando mais confiante. Com Wolf a seu lado, talvez conseguissem se tornar bons pais. Ela não havia tido a vantagem de um bom exemplo, mas prometeu que seria melhor.

Como se sentisse sua apreensão, Wolf ergueu o braço e estendeu a mão. Ela estendeu a sua, apertando-a e deixando escapar mais um suspiro carregado.

Eles se aproximaram das muralhas da cidade, também feitas de pedra branca, onde outras rosas-trepadeiras tomavam conta da superfície. Serce notou a ruga constante entre as sobrancelhas de Wolf e se perguntou o que mais o preocupava. A mãe dela? O bebê?

Cloris estava na parte de trás com o exército. Ela gritara por dias a fio, exigindo ser solta até finalmente a amordaçarem. Serce não sabia ao certo por que não tinham feito isso desde o começo.

Wolf carregava o Cajado Arbóreo na sela, disfarçado habilmente para parecer um arco. Escondido à vista de todos, como ele havia dito, e fazia sentido que fosse mantido em segredo por enquanto. A mãe dela desconfiaria na mesma hora se notasse que eles chegaram com o Cajado em mãos.

Felizmente, o objeto passava mais despercebido do que muitos dos Artefatos. Imagine ter que carregar o Espelho gigante de Afélio? A Pedra de Tor pesava pelo menos duas vezes mais do que ela e ficava encravada na superfície de uma Montanha.

Eles atravessaram os portões a cavalo, e ninguém barrou seu caminho enquanto avançavam pela cidade. Os cidadãos a reconheceram no mesmo instante, baixando a cabeça em respeito à sua chegada. Serce acenou em resposta e, pouco depois, eles chegaram aos portões do castelo. Guardas flanqueavam de cada lado, mas ninguém fez nada para impedir seu avanço. Serce torceu para que isso significasse que o temperamento da mãe estava relativamente amistoso.

Uma fonte grande ficava no centro do pátio, cascatas de água correndo sobre pedra branca. Ela adorava brincar lá quando era criança, para o horror de sua governanta. Ela acariciou a barriga de novo, imaginando seus filhos chutando a água com os pezinhos descalços. Independentemente do tipo de mãe que se tornasse, ela não seria o tipo que os impediria de se divertir. Tudo que Serce tinha ouvido era "não, isso não é um comportamento digno de uma princesa". Como se princesas não pudessem ser crianças também.

Wolf a observava enquanto atravessavam o pátio. Ela abriu um sorriso tranquilizador, ainda que tenso, para mostrar que estava bem.

Eles pararam os cavalos na entrada e Serce desceu da sela. Ela se perguntou por quanto tempo mais ela conseguiria andar a cavalo com a mesma facilidade, até sua barriga dificultar as coisas.

Ela ajeitou o manto ao redor dos ombros para esconder o volume visível por trás da túnica. Queria guardar a notícia até entender o que eles estavam enfrentando. Wolf também tinha descido da montaria, assim como o resto de sua pequena comitiva.

A conselheira-chefe da rainha esperava na entrada do castelo, as mãos finas entrelaçadas na cintura. Hemanthes usava um vestido verde-claro elegante, seu cabelo preso no alto da cabeça em um ninho de tranças grossas. Ela franziu os lábios finos ao observar Serce. Elas nunca haviam se dado bem, e Serce mal podia esperar para substituí-la algum dia. Um fato que as duas sabiam.

— Alteza — Hemanthes disse, baixando a cabeça, o título pronunciado num tom que beirava a insolência.

— Hemanthes — Serce respondeu, mantendo a postura ereta e se recusando a retribuir o gesto. Serce sempre estaria acima de Hemanthes, o que as duas também sabiam.

Hemanthes se voltou para Wolf em seguida.

— Majestade. Que honra ter vocês de volta. Coração não é a mesma sem você aqui, Serce.

Serce arqueou a sobrancelha, buscando o sentido escondido nessas palavras.

— É muita gentileza sua, Hemanthes. Cadê minha mãe?

— Está indisposta no momento — Hemanthes respondeu, o tom alegre, como se estivesse adorando a chance de fazer Serce esperar.

— Gostaria de vê-la. Agora.

— Não será possível. Talvez vocês possam se banhar primeiro, e ela estará livre no fim da tarde.

Mais um sorriso presunçoso acompanhou um aceno de falsa deferência antes de ela se voltar para Wolf.

— Vou mandar alguém levar vossa majestade a seus aposentos.

— Ele vai ficar comigo — Serce disse antes que Wolf pudesse responder. — Em minha ala.

Hemanthes ergueu o queixo, encarando-a de cima a baixo.

— Petulância não lhe cai bem, Hemanthes. Vocês todos precisam superar isso. Wolf é minha alma gêmea, e ninguém pode ficar entre nós.

Com isso, Hemanthes arregalou os olhos, seu olhar alternando entre Serce e Wolf. Serce sorriu com sarcasmo, gostando do triunfo de pegá-la desprevenida. Eles já haviam decidido que contariam isso à mãe para evitar mais discussões sobre a aliança com Atlas. Nem mesmo a Rainha de Coração poderia ignorar um laço de almas gêmeas.

— É verdade? — ela perguntou, um pouco sem fôlego. — Uma alma gêmea de verdade?

— Sim, descobrimos pouco depois de chegarmos aos Reinos Arbóreos.

Wolf a observava com uma expressão que era um misto de orgulho e desejo indisfarçado. Talvez ir ao quarto por algumas horas não fosse má ideia. Todas essas semanas na estrada, cercados por soldados e conselheiros, tinham impedido que passassem tempo a sós. Mas Serce tinha coisas a fazer antes.

— Quero ver a rainha agora — ela disse, enfim perdendo a paciência.

Não quis esperar pela resposta de Hemanthes, pegando a mão de Wolf e passando por ela. Eles avançaram pelo largo corredor na direção da câmara do conselho particular da rainha.

— Serce! — Hemanthes gritou atrás deles. — Volta aqui!

Serce parou, bufando de raiva, e deu meia-volta, olhando para Hemanthes com uma expressão fulminante.

— É alteza, Hemanthes. Você vai *sim* se dirigir a mim como minha posição exige ou correr o risco de se familiarizar com os ratos nas masmorras.

Hemanthes ficou séria, engolindo em seco sua indignação.

— Alteza — ela disse entredentes, mas Serce a ignorou, se afastando e continuando sua missão de localizar a mãe.

Wolf avançou ao lado de Serce, abrindo um sorriso para ela.

— Você sabe como fica linda quando está com raiva? — ele perguntou com a voz grave e retumbante. — Será que não deveríamos *sim* visitar seus aposentos por algumas horas antes? — Serce sorriu com o eco de seus próprios pensamentos, apertando a mão dele com mais firmeza.

— Haverá tempo para isso depois. Prometo — ela disse, e Wolf sorriu.

Eles chegaram às portas da ala da mãe dela, e Serce ignorou os guardas posicionados, passando sem olhar duas vezes. Embora ela se sentisse grata por não ter que matá-los por bloquearem seu caminho, eles deveriam ser mandados para os troncos por deixarem que ela entrasse sem oposição.

Serce abriu a porta e viu uma dezena de rostos surpresos voltados para ela.

— Serce — Daedra disse com a voz sombria, claramente não surpresa pela intrusão nem pela chegada da filha. — Que bom te ver.

— Gostaria de falar com você — Serce disse.

— Claro. — A rainha apoiou as mãos na mesa antes de levantar. Seus ombros estavam tensos, e seus olhos, caídos. Serce imaginou que a mãe não vinha dormindo muito desde que ela tinha atrapalhado seus planos, e uma pontada de culpa atravessou seu peito.

Mesmo assim, sua mãe ainda era majestosa, e estava usando um vestido branco longo até o chão. A Coroa Coração adornava sua cabeça, combinando com o grande colar de rubi, marcando-a como a rainha daquele território. Serce se perguntou brevemente se a rainha tinha escolhido aqueles símbolos de propósito. Será que sua mãe sabia que eles viriam hoje?

Quando Serce deu um passo à frente, uma Feérica alta de cabelo cinza e nariz aquilino levantou, uma nota de irritação na voz.

— Serce, quando vai aprender que não pode simplesmente entrar aqui e exigir ver sua mãe?

— Nunca. — Ela deu de ombros. — Todos para fora. É uma questão familiar.

Alguns murmuraram, obedecendo à ordem dela, e Hemanthes foi a última a sair, lançando a Serce um olhar do mais puro ódio. Serce não se importou. Em breve, seria a rainha desse lugar e se livraria de todas aquelas pessoas.

— Serce — sua mãe disse, se voltando para ela depois que todos tinham saído. A rainha olhou para Wolf e o cumprimentou. — Wolf. Bem-vindos de volta. O que posso fazer por vocês?

Parecia tão calma que Serce se questionou se os últimos meses nem haviam acontecido, mas ela também entendia que a mãe era muito boa em joguinhos.

— O que pode fazer por nós? — Serce perguntou com frieza. — Chegaram a meus ouvidos boatos de que a senhora não pretende mais descender, como tínhamos planejado.

Sua mãe entrelaçou as mãos e mordeu os lábios.

— É por isso que veio até aqui com um exército inteiro?

— A senhora não nega?

— Não nego nem confirmo nada. Mas não havia necessidade de trazer aqueles soldados para nossa casa.

Serce deu um passo à frente, deslizando os dedos ao longo da madeira lisa da mesa do conselho.

— Eles podem ser enviados de volta aos Reinos Arbóreos quando eu tiver suas garantias de que minha coroa não está mais em perigo.

— Você ainda se recusa a se unir a Atlas?

Serce resistiu ao impulso de revirar os olhos.

— Mãe, por favor, supera isso. Wolf é minha alma gêmea. A união com Atlas estava fadada ao fracasso desde o começo.

A rainha ficou boquiaberta e de olhos arregalados. Essa era a reação exata que Serce estava esperando.

— Sua alma gêmea? Tem certeza?

— Claro que tenho, mãe. Se tivesse vivido isso, a senhora entenderia que não é uma sensação que dê para confundir.

Era um golpe baixo. Encontrar uma alma gêmea de verdade era tão raro quanto desenterrar um diamante polido. Serce tinha uma sorte incrível de receber essa dádiva de Zerra, e deveria dar a isso toda a reverência devida.

Daedra franziu a testa.

— Estou feliz por você, minha filha. — Havia apenas sinceridade na voz dela, o que pegou Serce de surpresa.

— Está?

— Claro que estou. Encontrar uma alma gêmea de verdade é um dom raro. Só quero que você seja feliz, Serce. Apesar de tudo, ainda sou sua mãe e só quero o melhor para você.

— Tá — ela disse, enquanto Wolf se aproximava.

Daedra se voltou para ele.

— Acho que preciso lhe dar boas-vindas à família. Desculpa por termos começado com o pé esquerdo.

Wolf, sempre o idealista com um coração de ouro de guerreiro, abriu um sorriso largo e abraçou a rainha, girando-a de um lado para o outro em um grande gesto. Daedra soltou um grito indignado, e Serce cobriu um risinho com a mão.

— Me coloca no chão! — a rainha exigiu com uma risada, batendo os punhos nos ombros dele.

Wolf obedeceu com um sorriso que aqueceu a sala toda, e a rainha o empurrou com um gesto bem-humorado.

— Acho que entendo o que atraiu você a ele — Daedra disse com um revirar de olhos.

— Ele é especial — Serce concordou, antes de Wolf olhar para ela com tanto amor que a fez perder o fôlego.

A rainha ajeitou o cabelo e o vestido, tentando recuperar a compostura.

— Mesmo assim, vamos precisar convencer Afélio a oferecer seus exércitos, mas imagino que agora tenhamos que discutir outros métodos a sério.

— É *isso* que eu estava dizendo desde o começo — Serce respondeu com cautela, se questionando se era uma armadilha.

Parecia fácil demais. Ela notou que sua mãe ainda não tinha negado a pergunta sobre a descensão. Serce deixaria isso de lado por enquanto, mas prometeu a si mesma que voltaria ao assunto depois.

— Sim. Agora eu entendo. Vou enviar uma carta ao Palácio Sol. Talvez Kyros esteja disposto a se reunir de novo. — Daedra estreitou os olhos, observando Wolf. — E sua irmã?

— Minha irmã?

— Ela não está unida a ninguém, certo?

— Certo. Passou o último ano em Aluvião, estudando na Academia Maris.

— Com os Reinos Arbóreos agora firmemente aliados a Coração, talvez o Rei Sol possa ser persuadido de que uma união com sua irmã seria quase tão vantajosa. Na verdade, ele conseguiria dois reinos em vez de apenas um.

— É uma ideia — Serce disse, entrelaçando seu braço no braço de Wolf, desconfiada da velocidade com que esse plano havia se materializado.

Ele estava pensativo e acenava com a cabeça. Serce queria alertá-lo para não concordar com nada, mas ele era esperto o suficiente para entender isso.

— Pode dar certo — ele disse. — Podemos considerar. Eu precisaria mandar uma mensagem perguntando o que ela pensa disso.

— Maravilha. — Daedra bateu palmas. — Então vou mandar notícias para Afélio imediatamente. Enquanto esperamos, podemos nos conhecer direito. Vocês devem estar cansados da viagem. Por que não descansam algumas horas e jantamos juntos?

— Está bem — Serce disse. — Obrigada, mãe.

Daedra sorriu.

— Imagina. Estou muito feliz em ter você de volta.

Eles se despediram e saíram da câmara, se dirigindo à ala de Serce do castelo. Quando não podiam mais ser ouvidos, ela se voltou para sua cara-metade.

— Pareceu fácil demais.

— É verdade — Wolf concordou. — O que você está pensando?

— Mande mensagem para seu exército recuar. Apenas o suficiente para minha mãe achar que seus homens foram embora. Eles vão precisar se esconder em algum lugar.

— Farei isso imediatamente.

— Ela não pode saber sobre Cloris. A sacerdotisa deve ficar escondida.

Wolf pegou a mão dela e beijou a palma.

— Não se preocupa. Nossos planos ainda estão em andamento. Isso não muda nada, e minha irmã não é um peão para ser usado nos jogos de sua mãe.

— Não, não é — ela concordou. — Mas vamos entrar no jogo, se é o que ela quer. Só teremos que fazer uma jogada mais inteligente.

41
LOR

DIAS ATUAIS: REINA DE CORAÇÃO

Nadir pousa com delicadeza no chão da paisagem estéril, uma cicatriz riscada na terra. Não se vê nada além de decadência e dos restos despedaçados do lugar que deveria ter sido meu lar. Se estende por todas as direções. O vazio incolor de desgosto. Meu peito se aperta, o ar denso e moroso. Não sei se estou pronta para isso.

O que me fez pensar que eu poderia simplesmente chegar aqui e não sentir *tudo* com o peso esmagador de ser enterrada embaixo de uma montanha?

— Você está bem? — Nadir pergunta, com a voz grossa.

Faço que sim, sem conseguir encontrar as palavras para falar. Não estou, mas estamos aqui agora, e tenho que chegar ao fim disso. Não apenas por mim, mas por Tristan, por Willow e por todas as pessoas nos assentamentos que esperam que suas vidas possam recomeçar.

Não fui eu quem começou isso, mas sou eu quem tem que acabar. De um jeito ou de outro.

Tentando acalmar o batimento acelerado de meu coração, observo os arredores. Estamos perto do que antes era a muralha da cidade, pedras ruídas cobrindo o chão. A muralha se curva suavemente, desaparecendo ao longe.

É mais frio do que eu imaginava, e minha respiração se condensa no ar. É como se tivéssemos entrado em outro mundo que está literalmente congelado no tempo. Flexiono os dedos, tentando despertar o fluxo de meu sangue, quando sinto o cobertor invisível da magia de Nadir me envolver, aquecendo meus braços e pernas gelados.

— Obrigada — sussurro, e ele acena antes de se aproximar.

— Sei que isso deve parecer gigante e assustador, mas quero ajudar você. Não vou deixar que nenhum mal te aconteça.

— Estou com medo — digo, deduzindo que não adianta negar. Acho que nunca senti tanto medo na vida.

— Você tem o direito de ter medo. Ninguém espera que seja forte o tempo todo. Acho que talvez você pense que tem que ser.

As palavras carinhosas me pegam desprevenida, e hesito, estudando-o com cuidado. É como se ele conseguisse ver dentro dos recônditos mais sombrios de minha alma. Como se conseguisse ler todos meus pensamentos. Tudo se agita, e minha magia avança na direção dele com tanta força que quase me derruba. Giro o pescoço, querendo que ela se comporte. Ela não o terá.

Observando ao longe, acompanho com o olhar uma série de coruchéus pontiagudos cobertos de neblina.

— Está pronta para ir? — Nadir pergunta, e deixo que ele pegue minha mão e me guie para dentro dos resquícios da cidade. Prédios desabados nos cercam, os paralelepípedos estilhaçados que antes revestiam as ruas atrapalham nossos passos. Chuto um pedaço de pedra que sai saltitando pelo terreno, o eco tão alto que parece dar um calafrio na própria atmosfera.

Paramos de nos mexer, prendendo a respiração como se algo fosse saltar das sombras. Sinto como se olhos nos estivessem observando, embora não haja nenhum sinal de vida. Nós nos encaramos e desviamos o olhar, concordando em silêncio em seguir em frente. Ainda segurando minha mão, Nadir me guia para mais perto do castelo.

À medida que nos aproximamos, o fardo em meus ombros fica

mais e mais pesado. Com base no que restou da estrutura, imagino que tenha sido uma visão admirável.

— Você chegou a vir aqui quando estava inteiro? — pergunto em voz baixa.

— Não. Eu era bebê quando tudo aconteceu.

Tento imaginar como esse Feérico feroz devia ser quando pequeno. É difícil imaginar que algum dia ele tenha sido cheio de sorrisos e risadinhas. Mas quando penso no que ele me contou sobre o pai, deduzo que não devia haver muitos motivos para sorrir.

— Quantos anos você tem, aliás?

Ele volta o olhar para mim com a sobrancelha arqueada.

— Duzentos e oitenta e seis. Praticamente um bebê pelos padrões Feéricos.

Solto uma risada, notando sua tentativa de fazer piada. Eu e Tristan falamos sobre as implicações se eu não conseguisse voltar a meu corpo de Nobre-Feérica. Não sabemos o suficiente sobre a magia para entender se eu ficaria limitada à expectativa de vida humana ou à de uma Feérica. Mais um motivo por que preciso encontrar aquela Coroa.

— Deve ter sido lindo — digo quando chegamos perto da muralha que rodeia o castelo.

— Deve mesmo — ele concorda.

Paramos diante da muralha, observando o castelo que se ergue como um espectro. Pelo canto do olho, noto um lampejo de cor em meio à melancolia sem vida. Uma rosa vermelho-viva brotou em uma trepadeira verde que cresce ao lado da muralha.

Ela parece me chamar, e vou até lá seguida de perto por Nadir. Enquanto a contemplo, sinto um formigamento estranho no meu couro cabeludo.

— Por que está aqui? — Olho para a muralha, notando mais rebentações de cor onde outras flores brotaram. — Como alguma coisa pode crescer aqui?

Nadir inspira fundo.

— Começou há pouco tempo.

— Como você sabe?

— Porque vim aqui antes. Tudo estava morto e vazio pelo que me lembro. Mas, alguns meses atrás, mandei Mael fazer o reconhecimento para garantir que tudo ainda estava tranquilo, e ele me levou de volta uma única rosa vermelha.

Franzo as sobrancelhas.

— Alguns meses atrás?

— Por volta da época em que você foi tirada de Nostraza.

Reflito sobre as implicações das palavras.

— Foi assim que você soube? Quem eu era?

— Eu estava começando a juntar as peças e, quando Mael me levou a rosa, algo em mim simplesmente *soube*. Ele achou que eu estava doido. Amya também. Mas eles me ajudaram a... facilitar sua libertação.

— Me raptar — corrijo, seca.

— Questão de semântica — Nadir rebate. — Enfim, eles aceitaram seguir meu instinto até conseguirmos provar quem você era de um jeito ou de outro.

— E se eu tivesse me revelado apenas uma mulher humana de Nostraza?

Nadir mexe o pescoço e morde o lábio.

— Você teria me matado — digo.

— Se você fosse ninguém, teria sido uma ponta solta em que eu teria dado um jeito.

Solto uma risada de desprezo.

— Você sempre sabe como fazer com que eu me sinta especial, Nadir.

Ele solta um grunhido baixo e dá um passo em minha direção, tão rápido que minhas costas acertam a parede. Coloca a mão ao lado de minha cabeça e se aproxima, seu rosto a poucos centímetros do meu.

— Eu sabia que você era especial, Lor. Senti isso no momento em que te conheci no baile da Rainha Sol. Quando você se jogou em cima de mim, lembra?

Fico boquiaberta e solto uma exclamação de indignação.

— Não me *joguei* em cima de você. Entrei na sua frente porque tinha que vencer uma Prova, e você era um meio para um fim. Para de se gabar.

Ele sorri e se afasta.

— Pode ficar dizendo isso a si mesma, Rainha Coração. Você não tirava as mãos de mim.

— Vai sonhando.

Ele sorri e tira a rosa da muralha, entregando-a para mim.

Acaricio as pétalas, a textura de veludo. Levo-a ao nariz e inspiro seu perfume delicado. Rosas. A memória do sabonete que Jude roubou de mim tantos meses atrás emerge. O mesmo sabonete que me deixou na Depressão. Eu tinha ficado tão desesperada por aquele pequeno luxo que havia perdido o controle.

— O que elas significam? — pergunto a Nadir, erguendo a flor em minha mão.

Ele franze os lábios.

— Acho que significam que seu legado está esperando por você.

Olho para o castelo em ruínas e de volta para ele.

— Você acha isso mesmo?

— Deve significar alguma coisa que elas tenham decidido brotar no dia em que você foi libertada de Nostraza.

— É muita pressão.

Ele concorda.

— Entendo essa sensação. Pelo menos em parte.

Atravessamos a extensão do pátio em ruínas, passando por uma grande fonte, a bacia rachada e seca. Tento imaginar como deve ter sido cheia de água corrente e cercada pelos habitantes do castelo. Ou como minha avó deve ter caminhado pela mesma trilha.

As portas do castelo se foram faz tempo, e a entrada está escancarada, a abertura escura me fazendo pensar em um sorriso desdentado. A pedra é de um cinza-claro que deve ser sido branco em algum ponto da história. Aqui, mais trepadeiras verdes sobem, serpenteantes, se enrolando com cordas de gavinhas marrons mortas, que devem ter crescido em abundância em algum momento. Rosas vermelho-vivas pontilham a extensão, e talvez Nadir esteja certo porque juro que consigo sentir seus sussurros ao vento me dando as boas-vindas de volta.

Atravessamos o batente, passando por um corredor escuro, nossos pés erguendo poeira e pedacinhos de pedra. O único som é o eco de nossos passos nos ladrilhos de desenhos esmaecidos, que teriam sido gloriosos em seu auge. No alto, uma grande arcada guia para um salão iluminado pela luz do sol. Seguimos na direção dele e atravessamos, parando num salão imenso, o pé-direito altíssimo.

Rosas cor de sangue crescem do chão ao teto, subindo pelas paredes de pedra. Aqui os botões estão rebentando em um carpete grosso vermelho e aveludado, e vejo o choque no rosto de Nadir antes de ele se voltar para mim, me olhando dos pés à cabeça como se estivesse me vendo pela primeira vez. O ar é doce e fresco, e inspiro fundo, dominada por uma emoção que não sei nomear.

De repente, eu me sinto roubada de tantas coisas. Tentei nunca lamentar a existência do que foi tirado de nós, sabendo que de nada adiantaria remoer um passado que eu não poderia mudar. Mas, agora, esse conhecimento esmaga meu peito como uma bigorna.

— Nós éramos felizes — digo, sem conseguir guardar as palavras dentro de mim. — Morando na floresta, nós cinco. Sempre fomos felizes, e nossa vida teria sido boa. Nunca desejei nada disso. Foi só quando meus pais foram levados e nós três fomos forçados a crescer de um jeito para o qual nenhum de nós estava pronto que comecei a aspirar a algo assim.

Nadir me observa enquanto falo. Não estou falando essas coisas para ele especificamente, mas preciso que as palavras existam, mesmo que ninguém mais as ouça.

— Sinto muito — Nadir diz. — Eu não teria como ter impedido, mesmo se soubesse, mas sinto muito que essa tenha sido a mão que você recebeu nesse jogo. Sua avó te decepcionou, e meu pai destruiu sua vida em benefício próprio.

Não digo nada e dou um passo mais para dentro do salão, com a rosa junto ao peito. Do outro lado há uma plataforma elevada com um par de tronos feitos de pedra preta. Há um buraco vazio no dorso de cada um.

Só então que noto. Minha magia virou um turbilhão constante sob minha pele, e sua presença se tornou tão natural quanto respirar, ainda mais quando Nadir está por perto. Mas agora ela se transformou em algo diferente, tão afiada e translúcida quanto um fragmento de cristal lascado.

Giro sem sair do lugar, observando cada canto do salão e a abertura que dá para o céu.

— O que aconteceu? — Nadir pergunta, também olhando ao redor pelo salão, sua postura pronta para um ataque. — Tem alguém aqui?

Balanço a cabeça.

— Não. Acho que não.

— Então o que é?

— Acho que... consigo sentir.

— Sentir o quê?

— A Coroa. Acho que consigo sentir a Coroa.

42

— Onde? — ele pergunta, chegando mais perto e vasculhando o salão como se ela de repente pudesse aparecer pairando no ar.

— Não sei direito — digo, girando mais uma vez, tentando discernir se está me guiando numa direção específica. — Só tenho a sensação de que está por toda parte.

— Bem, acho que é melhor do que nada. — Ele olha para mim. — O que você sente?

— É difícil descrever, mas é como se houvesse mais uma camada de magia além da que costumo sentir.

Ele alarga as narinas e olha ao redor do salão de novo.

— Então é melhor começarmos a procurar.

— Este lugar é imenso.

— É mesmo — ele concorda. — E não sei quanto tempo temos até meu pai chegar à conclusão de que você fugiu para cá.

— Merda — digo, expressando a pressão que cresce em meu peito.

Nadir ri ao meu lado, encostando com delicadeza a mão em minha lombar. Recuo com seu toque, e seu rosto endurece antes de ele suavizar a expressão.

— Desculpa.

— Tudo bem. Estava falando sério sobre nós.

— Você deixou isso claro. — Ele desvia o olhar e começa a andar, suas passadas longas o guiando ao outro lado do salão.

— Aonde você está indo?

— Não vamos encontrar a Coroa parados aqui, vamos, detenta? Resmungo baixo.

— Não me chame assim — digo, correndo atrás dele.

Passamos as horas seguintes vagando pelos corredores em ruínas do Castelo Coração, caminhando por cima de escombros, móveis quebrados e pedaços de argamassa e pedras. A maioria das janelas não existe mais, deixando entrar a brisa fria. Perambulamos por quartos enormes, encontrando camas quebradas e lençóis mofados, tão apodrecidos que se esfarelam ao mais leve toque. Há marcas pretas de queimaduras ao longo das paredes, dos tetos e dos pisos, e engulo em seco uma pontada de dor, imaginando a violência da força que deve tê-las causado.

Atravessamos uma abertura larga que deve ter sido um par de portas um dia. Grandes janelas arqueadas e prateleiras quebradas cercam uma biblioteca onde os restos de livros apodrecidos e despedaçados estão amontoados em pilhas caóticas. Entro devagar, andando pelo perímetro, deslizando as mãos ao longo da madeira seca. Eu me pergunto como teria sido crescer com uma biblioteca como essa em vez de me virar com a única estante bamba de Nostraza, onde eu torcia que aparecesse alguma coisa digna de ser lido.

Prendo a respiração quando me viro e dou de cara com dois retratos imensos pendurados um de cada lado do batente, que ocupa quase a altura toda da parede. As cores estão desbotadas e suas metades inferiores, chamuscadas de preto, mas os rostos são nítidos o suficiente para distinguir o casal de Nobres-Feéricos representados neles. Eu me aproximo do que está mais perto de mim. A mulher usa um vestido vermelho longo. Seu cabelo preto está penteado para cima, as pontas caindo numa cascata de ondas fartas pelas costas. Ela usa uma coroa prateada com uma única joia vermelha cravejada no centro.

Por instinto, levo a mão ao medalhão ao redor do pescoço e à lasca de pedra guardada dentro dele.

— Ela é a cara da Willow — digo. — Elas poderiam ser gêmeas.

— Ela era linda — Nadir diz.

— Era mesmo. — Observo minha avó, a mulher responsável por tudo.

Nadir está a meu lado, tão perto que quase estamos nos tocando, e ergo os olhos para ele por um breve segundo antes de passar para o retrato seguinte, que deve ser do meu avô.

Ele é incrivelmente bonito, com o cabelo castanho comprido em tranças penteadas para trás. Mesmo com a pintura desbotada, consigo ver a intensidade de seus olhos verde-escuros.

— Wolf, o rei dos Reinos Arbóreos — digo em voz baixa. Eu me pergunto que tipo de avós eles teriam sido. Mas os olhos dele são gentis, e me imagino sendo envolta por seus braços quando era pequena. — Queria poder tê-los conhecido.

— Tenho certeza que eles desejam o mesmo — Nadir diz, olhando o retrato de meu avô.

— É melhor continuarmos procurando. — Sigo para a saída, de repente sem querer estar mais aqui. Isso tudo é opressivo demais.

— Você está bem? — Nadir pergunta, me alcançando.

— Estou. Ainda não olhamos lá embaixo.

Ele não me pressiona mais e, por isso, me sinto grata quando continuamos a buscar. Fico voltando àquela mesma sensação, e tenho certeza de que ela me puxa na direção da Coroa, mas nunca muda. Eu estava torcendo para que se tornasse mais intensa ou perceptível quando chegássemos mais perto do Artefato, mas continua tão consistente que chega a ser frustrante.

Quando a noite começa a cair, Nadir ajuda nossa busca com uma bola de luz amarela que ele lança sobre nossas cabeças e ilumina o castelo, cada vez mais escuro.

— Não estou entendendo — digo depois de termos terminado de buscar em mais uma ala. — Nunca vacila. É sempre a mesma vibração.

— Talvez não seja a Coroa que você está sentindo.

Eu também já tinha pensado nisso. Talvez eu só tenha me convencido de que sinto algo porque quero muito que seja verdade.

Ele se aproxima de mim e leva a mão a minha bochecha, fechando o punho no último momento antes de baixá-lo. Tento ignorar a pontada de decepção. Ele está respeitando meus desejos, e eu deveria ficar feliz por isso. Meu estômago ronca, e olho para fora, notando que o sol se pôs.

— Estamos fazendo isso há horas — Nadir diz, seguindo meu olhar. — Vamos comer alguma coisa.

Faço que sim e o sigo de volta ao centro do castelo, por onde entramos. Nadir encontra a mochila que deixou ali e começa a tirar as coisas de dentro. Ele não demora para preparar uma barraca e dois sacos de dormir.

— Espero que não tenha problema. Eu só tinha espaço para uma barraca — ele diz.

— Estamos dividindo a cama há semanas. Acho que vamos ficar bem.

— Isso é um pouco mais... apertado.

Olho para a barraca minúscula e depois para ele. Seus ombros largos devem ocupar a maior parte do espaço. A ansiedade desce por minhas costas, mas a ignoro. Terminei com ele.

— O que tem para jantar? — pergunto, querendo mudar de assunto. Lidaremos com a questão da barraca minúscula depois.

— Vamos acender a fogueira. Você acha que seus ancestrais vão se importar se usarmos o chão aqui dentro?

Olho ao redor, me perguntando se os fantasmas estão nos vigiando agora.

— Tecnicamente, eu sou a rainha desta espelunca, e vou permitir.

Nadir sorri e dá uma piscadinha.

— Então vamos procurar um pouco de lenha.

Saímos para a floresta e, uma hora depois, temos uma fogueira crepitando alegremente, cercada por um círculo de pedras. Nadir prepara um ensopado com um caldo grosso e saboroso, ervilhas frescas e pedaços de carne de veado.

— Você sabe cozinhar — digo.

— Isso é uma pergunta ou uma afirmação?

Dou de ombros.

— Não pensei que príncipes fizessem coisas como cozinhar para si mesmos.

Nadir abre um sorriso irônico e toma uma colherada do ensopado.

— Quando você está no exército, todos têm que contribuir. Você aprende bem rápido a se adaptar para não ser excluído.

— Não me diga que você já se importou com o que as pessoas pensam de você.

Ele arqueia a sobrancelha.

— Quando dormem do seu lado, é melhor manter uma boa relação com eles. Senão você acaba sem um saco de dormir, com as sobrancelhas raspadas ou todas as roupas no rio.

Bufo e cubro a boca, rindo.

— Certo, faz sentido. — Dou um gole do cantil que estamos dividindo e seco a boca. — Quando você esteve no exército?

— Você sabe sobre as guerras que sua avó começou?

Meu estômago dá um nó, e faço que sim.

— Um pouco. Minha mãe disse que duraram muito tempo.

— A primeira durou só alguns anos — Nadir diz. — A queda de Coração deixou um vazio de poder que todos correram para tomar, ainda mais quando a magia não era mais parte da equação. De um jeito estranho, isso nivelou o jogo, deixando uma batalha sangrenta e brutal em que ninguém sabia como vencer.

— E então?

— Então, algumas décadas depois, quando a magia de todos começou a voltar, a luta eclodiu de novo. Essa durou anos. Foi mais lenta, mas tão destrutiva quanto. O problema era sempre que a própria rainha parecia resistir a qualquer tentativa de ser conquistada.

Franzo a testa.

— Como assim?

Ele balança a cabeça.

— É difícil explicar. Mas toda vez que um lado ganhava uma vantagem, era como se a própria Zerra interviesse para tirá-la.

Ele para, como se pensasse naquelas palavras por um momento.

— Quando a segunda guerra começou, eu já era um Feérico adulto e não tive outra escolha senão entrar para as linhas de frente ao lado de meu pai. No fim, ninguém venceu. Ninguém conseguia manter a vantagem por tempo suficiente para ter importância e, por fim, fizemos uma trégua, abandonando este lugar e concordando em deixá-lo em paz para sempre.

— Até seu pai nos encontrar e pensar que poderia me usar. E até Atlas tentar fazer o mesmo. — Sacudo a cabeça, percebendo como fui um peão nos planos deles.

— Sim — Nadir diz. — Para sempre é muito tempo, eu acho.

— Foi muito ruim? A guerra?

— Claro. Foi uma guerra. As coisas que vi. O número de Nobres-Feéricos, feéricos menores e humanos que morreram foi incontável. Tantos que perdemos a noção. Todos fizemos coisas das quais não nos orgulhamos.

Olho no fundo na tigela, apertando-a entre as mãos.

— Por que ela fez aquilo? Minha avó. Por que ela causou isso tudo?

Nadir balança a cabeça.

— Não sei. Não acho que ela tivesse como saber o grau das consequências de suas atitudes.

— Acho que não.

O céu está completamente escuro agora que estamos sentados diante da luz das chamas da fogueira.

— Às vezes tenho medo de estragar isso também.

Não sei por que estou me permitindo ser vulnerável com Nadir, mas alguma coisa na presença dele sempre me dá a liberdade de simplesmente me abrir. Como se, independentemente do segredo sombrio que eu contasse, ele nunca fosse me julgar.

— Sei como é — vem sua resposta. Ele se ajeita e seu braço encosta no meu. Quando ele está prestes a se afastar de novo, pego seu cotovelo e o seguro.

— Tudo bem.

Ele relaxa os ombros e o rosto.

— Acho que tudo que você pode fazer é ter consciência das suas próprias escolhas — ele diz. — Não tenho como saber o que se passava na cabeça de sua avó ou o que a fez decair, mas o fato de que você está refletindo sobre isso significa que você tem a chance de ser melhor.

Fico pensando nisso, grata por ele não estar me dizendo para eu não me preocupar ou que isso não vai acontecer.

— Não sei bem o que significa ser melhor. — Estendo a mão para apontar a destruição ao nosso redor. — Por que acho que isso precisa acontecer? Ouranos está funcionando bem sem Coração. E se o próprio ato de eu estar aqui estragar tudo? E se for assim que as coisas devem permanecer e eu estiver prestes a perturbar o equilíbrio e causar ainda mais ruína?

Ruína.

As palavras da Tocha Aurora passam por minha cabeça, mas

quando ela disse "ruína", estava se referindo especificamente a Nadir. Certo?

Ele se inclina na minha direção.

— Não acho que essa seja uma decisão que caiba a você tomar. Tudo isso foi desencadeado quando Atlas raptou você de meu pai. Quer dizer, começou quando meu pai arrancou você da floresta tantos anos atrás. O poder só pode crescer em um vácuo e, embora Coração esteja aqui tranquilamente há mais de dois séculos, mais cedo ou mais tarde alguém viria conquistar este lugar. O Espelho disse para você encontrar a Coroa. Ele fez isso por um motivo. Deve entender que algo ainda precisa ser revelado.

Ele então desvia os olhos, que vagam na direção da floresta aberta além das muralhas da cidade, antes de continuar:

— E tem pessoas esperando também. Muitas que estavam vivas quando este era o lar delas, e outras que nunca tiveram um lar de verdade. Você não está fazendo isso apenas por você, está fazendo por elas também.

Ele me encara com uma intensidade tão feroz que minhas entranhas se contraem.

— Obrigada. Eu precisava ouvir isso.

O canto da boca dele se ergue.

— Por nada, Rainha Coração. — Ele se levanta. — É melhor dormirmos um pouco. Temos muito mais chão a percorrer.

Nós dois observamos a barraca pequena, um constrangimento brotando entre nós. Já cruzamos tantas barreiras de intimidade, mas tracei um limite quando saímos da Aurora, que fez tudo virar de ponta-cabeça.

— Vou dormir aqui fora. Faz tempo que não aprecio a visão das estrelas.

Ele não me dá tempo para responder antes de andar até a tenda e tirar seu saco de dormir e seu cobertor. De quatro, entro na estrutura pequena, me deitando de costas e encarando o teto de lona. Escuto Nadir se mexendo lá fora, se preparando para dormir, e alguns momentos depois o silêncio se instaura. Tudo fica quieto demais e, de repente, nunca me senti tão sozinha em toda minha vida.

Sem me dar a chance de questionar a decisão, eu me levanto e arrasto meu saco de dormir para fora, colocando-o ao lado de Nadir. Ele me observa, uma das mãos atrás da cabeça, a outra pousada no chão a seu lado. Eu me acomodo em meu travesseiro e ergo os olhos para o buraco no teto, maravilhada com a coberta cintilante de estrelas no céu.

— Que lindo — sussurro.

— Pois é — ele concorda. Nesse momento, questiono *sim* minha decisão. Eu não deveria ter saído. Estou dando sinais contraditórios para ele, mas minha cabeça está tão bagunçada que não sei como fazer isso de outra maneira.

— É melhor dormirmos um pouco — digo, mas parece mais um protesto frágil. — Tenho dificuldade de dormir sozinha — acrescento, sentindo a necessidade de explicar minha presença ao lado dele. — Dormi por tantos anos cercada de pessoas que não sei dormir sozinha. Odiava isso em Afélio.

— Entendo. Durma bem, Lor.

Os olhos dele cintilam na escuridão, girando em violeta e verde, e não sei o que me leva a fazer isso, mas estendo o braço e toco sua mão. Ele não hesita em mover a dele e entrelaçar os dedos nos meus antes de pegarmos no sono.

43

Passamos o dia seguinte vasculhando cada cômodo, corredor e canto do castelo. Aquele zumbido constante, aquela sensação incessante, permanece tão firme quanto no momento em que chegamos. Estou prestes a arrancar os cabelos de frustração.

— Não sei! — exclamo depois de termos explorado mais uma ala. Estamos de volta à sala do trono, a fogueira queimando. Ando de um lado para o outro enquanto Nadir aquece as sobras da sopa de ontem.
— Nunca muda. Talvez eu esteja errada e isso signifique outra coisa. Talvez sempre tenha estado lá, e só me convenci que fosse diferente.

— Vamos continuar procurando amanhã — Nadir diz. — Ainda temos mais lugares para ver.

— E se mesmo assim não encontrarmos? Quanto tempo temos para ficar aqui até seu pai nos achar?

— Se mesmo assim não encontramos, passamos para a próxima ideia.

— Que é? — pergunto, erguendo as sobrancelhas.

Ele mexe a panela, vendo se o ensopado está quente.

— Ainda não cheguei a pensar nisso.

Resmungo e me apoio no pilar, cruzando os braços.

— Onde mais pode estar? Quem poderia saber?

Nadir coloca uma concha de sopa numa tigela e a passa para mim, nossos dedos se tocando. Não comentamos o fato que eu saí da barraca para dormir ao lado dele ontem à noite, depois de ter dito que queria manter distância. O toque faz faíscas subirem por meu braço, fazendo meu coração bater forte demais no peito. Preciso me afastar. Sua proximidade é avassaladora, e sinto que vou ceder a qualquer momento. Nadir serve sua própria tigela, e vou me sentar ao lado dele.

— E o Cajado Arbóreo? — ele pergunta. — Se o Espelho e a Tocha falaram com você, talvez o Cajado também fale. Você também tem sangue Arbóreo correndo nas veias.

— Mas não podemos simplesmente chegar até Cedar e pedir isso. Daí mais uma pessoa vai saber o que estamos tentando fazer.

— Ele sabia que você tinha magia? Será que ele sabia que você era a Primária?

— Não faço ideia — respondo. — Não sei qual relação meus pais tinham com ele. Até onde sei, ele nunca interferiu além de dar um lugar seguro para minha mãe quando era bebê. Não sei nem se ele sabia que eu e meus irmãos existíamos.

— Ele é seu parente. Talvez seja seguro contar para ele.

Bufo.

— Claro, porque sempre dá para confiar na família.

A expressão de Nadir fica carregada.

— Tem razão.

Nós dois permanecemos em silêncio enquanto comemos nosso jantar, ambos nos perdendo em pensamentos. Quando acabo, coloco a tigela no chão e me levanto, me dirigindo aos dois tronos na plataforma. Fico olhando para eles, tentando juntar os fragmentos quebrados dos meus pensamentos. Estar aqui dá a sensação de que estamos no começo de algo, e não consigo evitar pensar que já estou decepcionando todo mundo.

— Pode se sentar nele — Nadir diz, chegando perto de mim, sua voz suave.

— Não consigo — digo.

— É seu, Rainha Coração.

— Não, ainda não.

Ele chega mais perto, e resisto ao impulso de me entregar a essa atração.

— Você não precisa da Coroa para saber que essa é sua legítima herança. Sente-se e veja como vai ser a sensação. Lembre-se por que você está lutando.

Eu o encaro, as íris de seus olhos girando em espirais violeta. São tão hipnotizantes. Tão lindas que tudo que quero é ficar olhando para elas o dia todo. Quero olhar para *ele* o dia todo.

— Está bem. — Subo os degraus e paro na frente do trono antes de me virar e me afundar no assento. A capa de tecido está praticamente apodrecida e, no entanto, mesmo nesse salão vazio, sinto uma mudança. Imagino um futuro em que este castelo é restaurado a sua antiga glória. Imagino Tristan e Willow aqui comigo, cada um assumindo um lugar a meu lado. Embora a Coroa possa ser minha, não vou governar esta reina sem a orientação deles. Esse legado é deles tanto quanto é meu.

Nadir caminha à frente e se ajoelha, baixando a cabeça.

— O que você está fazendo?

Ele ergue os olhos com um sorriso.

— Me ajoelhando para a rainha.

— Para com isso — digo, um constrangimento surgindo em meu peito.

Ele sorri e inclina a cabeça.

— Você fica gloriosa aí em cima.

Gostando muito mais do que deveria de sua admiração, minhas bochechas ardem com o elogio.

—Nã… — Perco a voz e arregalo os olhos.

— O que foi? — ele pergunta.

— Mudou.

Ele se levanta e chega mais perto.

— Mudou?

Eu me levanto do assento e dou a volta até a parede de pedra coberta de rosas e trepadeiras. A vibração nas minhas veias mudou, o zumbido ficando mais baixo. Aperto as mãos na parede, e sinto um puxão no meio da barriga, como um gancho me puxando para a frente.

— Aqui. Acho que está aqui. — Pressiono a parede, mas, claro, ela é sólida e nada acontece.

Nadir já está passando as mãos na pedra.

— Será que tem alguma porta? Alguma maçaneta ou alavanca?

Nós dois procuramos pela parede, buscando alguma fenda, fissura ou algo que a pudesse abrir. Depois de alguns minutos, não encontramos nada.

—Temos que derrubá-la — Nadir diz, dando um passo para trás.

— Como? É uma parede de pedra sólida.

Ele abre um sorriso arrogante.

— Você está viajando com o Príncipe Aurora, detenta. Para trás.

Faço o que ele pede e faixas de luz colorida disparam das pontas dos dedos de Nadir, girando em um tornado. O efeito é hipnotizante quando as cores se movem, deslizando e rodopiando umas contra as outras. Nadir dá alguns passos para trás, puxando as luzes na direção dele, formando com elas uma bola imensa, que pulsa e cintila como um sol particular. Ele então ergue a mão sobre a cabeça e lança a bola para a frente, que atinge a parede e afunda como uma gota de água caindo no chão. Fios de luz explodem e um estampido corta o ar. Cubro a cabeça para me proteger da chuva de pedra e poeira.

O estrondo da pedra rachada é ensurdecedor, e o chão estremece. Depois de alguns segundos, tudo fica em silêncio. Tusso, e sinto poeira na boca. Suspensa no ar, ela cobre minhas roupas, minhas mãos e meu cabelo.

— Você está bem? — Nadir pergunta, seu cabelo e suas roupas também cobertos por uma camada fina de poeira branca.

— Acho que sim. — Com um tom irônico, acrescento: — Isso foi um pouco dramático.

— Gosto de agir com estilo. — Ele estende a mão, e eu a pego. — Vamos ver o que tem lá.

Passamos por cima dos escombros, chutando as pedras e rochas, subindo nos pedaços maiores. Atrás da sujeira há uma câmara redonda, as paredes feitas da mesma pedra branca que o resto do castelo. Mas fica óbvio no mesmo instante que ela está completamente vazia.

— Não tem nada aqui.

Nadir aperta os lábios.

— Você ainda está sentindo a mudança?

— Sim — respondo —, está me puxando para dentro.

— Então deve estar em algum lugar aqui.

Entramos na sala, fazendo a mesma série de movimentos que fizemos na primeira parede, buscando alguma maçaneta ou porta.

— Argh! — exclamo, batendo os punhos na parede. — Toda vez que damos um passo para a frente, chegamos a mais um beco sem saída. Cadê?!

— Está aqui — Nadir diz, andando em círculos pela sala. — Tem que estar. — Ele está tão cheio de confiança que quero acreditar nele, mas quanto mais tempo ficamos nesta câmara vazia, menos esperança tenho.

Olho para cima na direção de uma abertura esculpida no teto, pela qual entra um feixe de luar que vai até o chão, formando um pequeno espaço iluminado. Bufando, atravesso a sala e giro, buscando a pista que não vimos. Quando passo sob o raio de luz, meus joelhos cedem. A vibração sob minha pele faísca, ricocheteando por cada célula e nervo.

— Nadir — digo, sem fôlego, quando a sensação dispara de novo, fazendo minha barriga contrair. — Estou sentindo alguma coisa.

Ele aparece ao meu lado em um instante, envolvendo minha cintura com o braço para me manter em pé. Ele me puxa para trás, e nós dois encaramos a coluna de luz.

— Mas não tem nada aqui — digo, passando a mão nela e inspirando fundo com mais uma forte pontada no peito. — Mas tem *alguma coisa* aqui.

Nadir franze a testa, rodeando o feixe devagar. Ele lança um fio de magia carmesim, seguido por mais um esmeralda e então um violeta. Eles acertam o feixe de luz e dão a volta por ele, curvando-se para acomodar uma barreira invisível. Ele lança mais magia, mais faixas se curvando até formarem um cilindro que gira devagar no meio da sala.

— O que é isso? — sussurro, olhando para a coluna.

— É magia — ele diz. — A minha não consegue passar. — Ele ergue o braço e chama de volta todas as faixas de cor, deixando um espaço vazio de novo.

— Não estou entendendo.

Nadir aperta os lábios e me lança um olhar que sugere que ele está prestes a me falar algo que não quero escutar.

— Desconfio que só possa ser tocada pela magia de Coração e que está protegendo alguma coisa muito importante.

— A Coroa — murmuro, olhando para o espaço vazio.

— A Coroa. Quem quer que tenha criado isso deve ter feito assim para garantir que apenas um verdadeiro membro de Coração consiga chegar a ela.

— Então vamos buscar Tristan. Talvez ele tenha magia suficiente para desvendar isso.

Nadir faz que não.

— Eu também chutaria que é a apenas a magia da Primária que

vai conseguir. Quem mais seria a legítima descobridora da Coroa Coração? Além disso, não temos tempo. Meu pai está procurando por nós.

— Mas não consigo — digo, meu peito se apertando de decepção. — Não consigo desbloquear isso sem a Coroa, e não consigo a Coroa sem desbloquear isso. — Coloco a mão no peito, sentindo o impulso de magia e aquela muralha exasperante que me mantém longe dela.

— Consegue, sim — Nadir diz, chegando mais perto, segurando meu cotovelo. — Vou ajudar.

— Mas você tentou e não conseguiu.

— Então vamos tentar de novo. Nos esforçar mais. Não é de magia que você precisa para alcançar seu poder, Lor. É você. A única coisa que impede é você.

— Não é verdade — digo, furiosa, desvencilhando o braço. — Quero isso mais do que qualquer pessoa.

Ele dá um passo para perto, erguendo meu queixo com a mão.

— Sei que quer, mas você tem muito medo do seu passado. Do que vai acontecer se alguém vir do que você é capaz, que você está se travando.

— Por causa do que seu pai fez! — grito, mais uma vez me soltando da mão dele. — Eu tive que prender isso. Quase me matei escondendo minha magia fundo para poder me proteger e proteger minha família. Ele fez isso comigo!

— Sim — Nadir rosna, se aproximando de mim, sem me dar espaço para fugir. — Ele fez isso e, por isso, ele vai pagar. Juro para você, Lor. Com todas as minhas forças, vou fazer com que ele pague pelo que fez a você. Mas você não é mais uma garotinha e ele não pode fazer mal a você. Não vou deixar que ele a machuque de novo.

— Não dá para prometer isso.

— Dá, e prometo — ele grunhe. — Você é minha, Lor. Talvez

você ainda não acredite, mas é, e não vou permitir que aquele monstro coloque as mãos em você de novo.

Inspiro fundo.

— Não sei como. — Lágrimas ardem no fundo dos meus olhos, e torço para que pelo menos parte do que ele está dizendo seja verdade.

Nadir pega minha mão e me puxa na direção dele antes de me virar para olhar para o feixe de luar no centro da sala. Ele me abraça por trás, um dos braços em meu tórax e uma das mãos em minha barriga, me puxando junto a si com firmeza.

— Respira — ele sussurra, roçando a boca em minha orelha. Minha magia dispara sob minha pele e, hoje, a presença dele não a alivia. Hoje ela está feroz e selvagem, como se quisesse sair e capturá-lo, trancá-lo e ficar com ele para sempre. Faço o que ele pede, a sensação tremulando pela superfície de meu corpo quando inclino a cabeça para trás, sobre o ombro dele.

Um momento depois, faixas da magia de Nadir cercam minhas pernas e meu quadril. Ela vai subindo, por minha cintura e meu peito, minha magia se estendendo na direção da dele.

— Você está sentindo?

Faço que sim, fechando os olhos enquanto ele alcança um ponto dentro de mim e solta um grunhido.

— Está lá, Lor. Está tentando brincar comigo. — Há um tom de bom humor em sua voz e uma nota de orgulho. Eu me deleito com isso, sentindo sua magia se irmanar com a minha, sua cadência vibrando como uma sinfonia perfeitamente afinada.

— Vamos fazer isso juntos. Vamos pegar essa parede e puxar. Quando senti-la rachar, você precisa estar pronta. Talvez tenhamos só uma brecha. Mas, quando ela se abrir, se concentre em lançar o que quer que esteja lá na direção desse pilar.

Ele aperta com mais força.

— Você consegue fazer isso, Rainha Coração?

— Não sei. — Ergo a cabeça e encaro o espaço vazio na minha frente.

— Você consegue fazer isso, Rainha Coração? — ele repete, sua voz baixa e retumbante.

— Consigo — digo, tentando imitar a confiança dele.

— Sim, consegue. Você vai fazer isso porque você é a mulher mais forte que já conheci. Porque é uma rainha sem sua coroa e está na hora de recuperá-la. Está me escutando?

Faço que sim, uma sensação estranha se retorcendo em meu peito com aquelas palavras.

— Estou.

Ele não diz mais nada enquanto sua magia envolve a minha. Os dois fios são um quebra-cabeça estranho que se encaixa, mas não exatamente combina. Sua magia é ondulada, suave e lânguida, enquanto a minha é pontiaguda e encrespada, cheia de cantos afiados. Mas existe uma harmonia que elas encontram juntas, como se entendessem uma à outra.

— Se concentra — ele diz enquanto nossa magia entra nessa cavidade em meu peito onde meu poder bloqueado está preso.

Forçamos os contornos que estão colados, mas por uma fresta minúscula que é tão próxima da liberdade que quase consigo senti-la. Solto um gemido quando nos aprofundamos mais. Não chega exatamente a machucar, mas sinto como se algo estivesse se revirando na carne de meus órgãos. Uma pressão ou uma presença que vai me partir ao meio.

— Você está bem? — Nadir sussurra, seu rosto colado a meu ouvido, me abraçando com firmeza.

— Sim — respondo. — Continua.

Trabalhamos juntos, puxando sem parar, até que consigo sentir. A mais leve mudança, tão discreta que eu poderia não notar se não estivesse me concentrando com todas as partículas de meu ser.

— Está funcionando — digo.

Seguimos em frente, puxando e apertando, tentando provocar movimentos minúsculos. Mais uma vez, há uma levíssima mudança e perco o ar, rangendo os dentes com tanta força que sinto no fundo do crânio.

Mais um pouco, e mais uma mudança, e então acontece.

Uma rachadura. Uma abertura se revela e uma dor atravessa meu corpo enquanto grito, mas não desisto, mergulhando na cavidade, atravessando-a até uma rede raios vermelhos disparar de meus dedos e acertar o facho vazio de luz, que se ilumina, se transformando em uma coluna carmesim incandescente e pulsante.

Então ela aparece.

A Coroa Coração.

Ela paira no centro, girando devagar, a pedra vermelha como sangue cintilando sob a luz.

— Ah! — grito antes de a abertura em meu peito se fechar, a luz vacilando e a coluna de luz piscando. — Não! — grito e me lanço na direção da Coroa, com medo de perdê-la.

Mas a Coroa ainda está lá, caindo ao chão. Pulo para a frente, mas sou devagar demais. Nadir se lança à frente, mais rápido do que uma flecha, e a pega no ar.

Ele a ergue, os olhos arregalados e a boca aberta. Observo Nadir enquanto ele a estende para mim, nós dois respirando com dificuldade. Lágrimas escorrem por minhas bochechas e eu a pego nas mãos, girando-a e examinando-a de todos os ângulos.

— Nós conseguimos — digo.

— Você conseguiu, Rainha Coração.

Nadir está olhando para mim, não para Coroa, com um misto de emoções que são complicadas demais para nomear.

— Experimenta — ele diz, e faço que não.

— Não sem Willow e Tristan aqui. Não posso fazer isso sem eles.

— Claro. Vamos voltar à mansão amanhã logo cedo.

Volto a olhar para a Coroa, maravilhada por sua simples presença. Ela parece vibrar, cheia de vida. Nunca, jamais, pensei que eu estaria aqui, segurando-a nas mãos com os resquícios de seu poder em meu sangue.

— Eu senti minha magia. Estava lá!

— Sim. Como você se sente?

— Eu... me sinto incrível. Eu poderia fazer isso de novo. Certo?

— Claro que sim.

— Obrigada — digo. — Eu não conseguiria ter feito isso sem você.

O sorriso brilhante que ele abre quando digo isso acende uma luz forte, que eu vinha tentando abafar na escuridão desde o dia em que nos conhecemos, me ofuscando com sua força.

Sem pensar duas vezes, dou um passo à frente, pego o pescoço dele e puxo seu rosto na direção do meu, beijando-o intensamente. Ele geme e põe os braços ao redor da minha cintura, retribuindo meu beijo, nossas bocas deslizando uma contra a outra. Com a Coroa na mão, passo os braços ao redor do pescoço dele, e ele me beija mais intensamente, sua língua entrando em minha boca antes de ele se afastar, seus olhos febris e sua respiração acelerada.

— O que eu fiz para merecer isso?

— Eu só... precisava te beijar.

Ele inclina a cabeça com um brilho esperançoso nos olhos.

— Você precisa de novo?

— Sim.

Nadir geme, segurando minha nuca e me puxando de novo, e me dá um beijo tão profundo que o sinto latejar *por toda parte*.

— O que você disse ainda está de pé? Que está pronto quando eu estiver? — pergunto.

— Com certeza. Claro que sim.

— Preciso de você. Quero você. — Minha voz é um sussurro tenso.

— Pensei que você tivesse dito que isso havia acabado — ele responde, seu olhar intenso ardendo dentro de mim.

— Foda-se o que eu disse.

— Ah, graças aos deuses.

Então ele me beija de novo.

44
NADIR

— Vamos dar o fora daqui — digo, puxando Lor pela mão.

Passamos por cima dos escombros da parede e, assim que atravessamos a pior parte, eu a puxo, apertando sua nuca, tentando trazê-la mais para perto.

— Pelos deuses, você me deixa louco, Lor. Vou te comer até você me implorar para parar.

Eu a ergo, envolvendo suas pernas ao redor da minha cintura. Por Zerra, o toque dela é tão perfeito. Eu a carrego pela plataforma e a encosto no pilar perto de onde dormimos ontem à noite, dando beijos ardentes pelo pescoço dela. Enfio as mãos na abertura de seu suéter, me preparando para rasgá-lo, mas ela fica tensa.

— Não! É o único que eu trouxe.

Abro um sorriso malicioso, colocando-a no chão antes de erguer a barra.

— Está bem, desta vez vou tirar direito, mas, na próxima, vou rasgar cada costura sua.

Não dou a ela a chance de responder antes de capturar sua boca com a minha. Ela puxa a barra da minha túnica, e ergo os braços, desesperado para sentir suas mãos em mim. Eu estava com tanto medo de ter estragado tudo. Com medo de que ela cumprisse o que disse sobre isso nunca mais acontecer de novo. Será que devo parar e confirmar se ela sabe o que está fazendo? Caralho, como quero fazer isso. Não posso. Ela é minha, e isso sempre foi inevitável. Nunca, jamais, vou deixar que vá embora.

Ela joga minha camisa e seu suéter numa pilha, e a pego pela cintura, erguendo-a de novo para apoiar suas costas no pilar antes de roçar meu pau em sua barriga. Está tão duro que chega a doer, mas é o tipo mais delicioso de dor.

Ela solta um gemido sussurrado quando meu quadril se choca contra o dela, e chupo seu pescoço. O gosto dela é tão bom que que quero devorá-la. Subo as mãos por suas costelas e aperto seus seios. Eles se encaixam em minhas mãos como se fossem feitos para mim. Eu os aperto e belisco seus mamilos com tanta força que ela perde o ar, o som correndo diretamente para meu pau.

— Vou te foder, Rainha Coração. Você vai cavalgar em mim até gozar tanto que vai ver estrelas.

— Sim — ela sussurra. — Ai, deuses, sim.

Ela olha para mim com aqueles olhos castanho-escuros que sempre mexem comigo antes de eu erguê-la do pilar, apertando a bunda dela. Carregando-a até nossa pilha bagunçada de sacos de dormir, eu a coloco no chão e me deito em cima dela antes de beijá-la com força e intensidade, torcendo para que ela entenda a mensagem de que estou tentando me pôr aos pés dela como uma trilha de pétalas de rosa.

Enfio a língua em sua boca e esfrego o pau entre suas coxas. Consigo sentir o cheiro de como ela está molhada, e isso já está me deixando perto de perder o controle.

— Nadir — ela implora. — Por favor.

Caralho, amo quando ela fala meu nome assim.

— O que você quer?

Desço a mão pelo pescoço e pelo peito dela, entre seus seios e por sua barriga até chegar ao botão de sua calça. Eu a abro e passo a mão pelo tecido, parando pouco antes de sua boceta.

— O que você quer?

— Me toca — ela diz. — Faça tudo que você prometeu.

Quero gritar um agradecimento a Zerra. Tentando controlar o tremor em meus braços e pernas, sorrio com malícia e desço mais a mão, meu olhar fixo no dela. Quando percebo sua boceta úmida, gemo.

— Pelos deuses, como você está molhada.

Ela fecha os olhos, abrindo as pernas e apertando meu pulso, querendo que eu continue. Como se ela precisasse pedir alguma coisa daqui em diante, até o dia da minha morte. Deslizo o dedo em sua pele úmida e suave, meus sentidos explodindo com a ideia de chupá-la de novo. Mal posso esperar para sentir seu gosto e lamber até a última gota.

— Por Zerra — digo, respirando em seu pescoço. Estou fazendo todo o possível para me conter. Quero que isso dure para sempre. Até o sol apagar e as montanhas se reduzirem a pó. Ela geme de prazer, e o som é como música para meus ouvidos.

— Implore, Lor, implore que eu toque em você.

— Por favor — ela choraminga. — Me toca, por favor.

Um grunhido reverbera nas profundezas de meu peito quando meto um dedo dentro dela. Puta que pariu, como ela é gostosa e apertada. Meu pau lateja de expectativa.

— Isso! — ela grita, erguendo o quadril para encontrar minha mão enquanto faço círculos em seu clitóris com o polegar. Amo vê-la se entregar para mim assim.

— Isso, vai — sussurro. — Fode minha mão, Lor.

Ela arqueia as costas, seus seios se erguendo. Mas preciso dela nua. Preciso ver seu corpo todo. Depois de tirar a mão, fico de joelhos e encaixo os dedos da cintura de sua calça.

— Essa é sua única calça também? — pergunto, irritado com a falta de roupas dela.

— É!

— Na próxima vez, traga mais roupas.
— A gente estava com pressa — ela retruca, e sorrio.
— Amo quando você fica brava comigo.

Ela bufa, irritada, e não faz ideia de como fica irresistível assim. Rosno e puxo a calça dela para baixo, descendo-a por suas pernas com movimentos bruscos. Minhas mãos se recusam a funcionar direito de tão agitado que estou. Descalço as botas dela e jogo tudo para o lado, e então me sento nos calcanhares e a admiro. Não consigo respirar direito. Tirando meu cabelo da frente do rosto, solto uma respiração ofegante.

— Você é linda pra caralho.

Seu olhar sincero é tão cheio de emoção que quero possuí-la. As cicatrizes que marcam seu corpo disparam uma raiva pungente contra todos que já a machucaram, mas também provam como ela é incrivelmente corajosa.

Subo a mão pela lateral de sua panturrilha e então por sua coxa, traçando todas as linhas e curvas com a reverência de um discípulo sagrado. Estou voraz e descontrolado por ela. Ela pega meu punho e me puxa em sua direção.

— Preciso de você dentro de mim. Agora.

Essas são as melhores palavras que já ouvi na vida. Abro um sorriso diabólico, mas não tenho nenhuma intenção de dar o que ela quer agora. Em vez disso, aperto a parte interna de suas coxas.

— Implore, Lor. Você me desprezou. Agora é hora de fazer por merecer.

— Cuzão. Eu te odeio — ela diz, e eu sorrio.

— Porra, meu pau fica tão duro quando você diz isso.

— Posso continuar te xingando se preferir — ela diz com um olhar provocante.

Isso também faz meu sangue ferver, como se eu tivesse sido derrubado em óleo quente.

— Pode me chamar do que quiser, *detenta*.

— Nadir — ela rosna com impaciência e, pelos deuses, como estou curtindo isso.

Pego seu pé, beijando seu tornozelo.

— *Esse* é meu nome, na verdade, meu bem.

Seus olhos flamejam, e ela pode estar a um segundo de pular e arrancar um pedaço de mim, o que só faz meu pau ficar ainda mais duro.

— A questão é que — digo, puxando conversa como se ela não estivesse deitada nua diante de mim e me esperando como um buffet.

Beijo sua panturrilha, chupando sua pele macia. Ela treme, e observo com satisfação quando seus lábios se abrem. Depois de lançar um olhar para sua boceta macia, resisto ao impulso de engoli-la inteira.

— Não consigo decidir se quero foder você rápido e com força ou se vou com calma e prolongo isso o máximo possível. — Ela geme, e eu a encaro com um sorriso malicioso. — De um jeito ou de outro, não vamos sair daqui até termos feito as duas coisas. Várias vezes.

Beijo a parte interna de seu joelho, apoiando o tornozelo dela em meu ombro e descendo a mão por sua coxa. Lor joga a cabeça para trás com um gemido, um apelo desesperado e um sinal de entrega.

— Fala que você é minha — digo, e ela levanta a cabeça.

Não consigo interpretar sua expressão, mas ela tem que entender o que estou começando a desconfiar. Lor não entrou em minha vida por pura coincidência. É destino. Fomos feitos um para o outro. O que temos é mais profundo que tesão. Mais profundo que amor.

— Nunca — ela rebate, e sinto um aperto no peito. — Isso é só sexo, lembra?

Aperto o tornozelo dela, subindo minha mão por sua coxa, e

Lor estremece com meu toque. Sei que ela também sente isso. *Tem que sentir.*

Eu me inclino sobre ela.

— Confia em mim. Você é minha. Diga.

Mas algo muda.

Os olhos de Lor se escurecem e ela nega com a cabeça, mordendo os lábios. Afasta o tornozelo, mas eu o seguro firme, desesperado para manter o que sinto que está prestes a desmoronar.

— Me solta. — Não há mais nem sinal de brincadeira em sua expressão.

— Lor...

— Não. Para. Isso foi um erro.

Essas palavras me machucam profundamente, meu coração se partindo em pedaços, então finalmente a solto. Agora ela está levantando, pegando suas roupas e enfiando os pés de volta na calça.

— O que houve? — pergunto, perplexo, mas ela se recusa a olhar para mim. — O que eu fiz?

Ela pega a túnica largada e joga minha camisa de volta para mim.

— Pode se vestir.

— Lor! — Pego seu braço, mas ela se desvencilha.

— Não sou sua! Sou *minha*! — Ela está tremendo, o corpo todo cintilando com uma camada de suor.

Pelos deuses, o que eu fiz? Forcei demais. Estava impaciente pra caralho. Ela tem uma vida cheia de merdas para lidar, e preciso dar alguns passos para trás.

— Não vou ser de ninguém de novo. Você me entende? Não quero isso. Não deveria ter te beijado. Desculpa. Foi um erro. — Ela veste a túnica e depois se ajoelha, rearrumando as cobertas. Ela se recusa a olhar para mim. — Não vai acontecer de novo. Eu me deixei levar pela magia e pela Coroa...

— Tudo bem — digo.

Lor me encara por uma fração de segundo antes de desviar os olhos e assentir. Seca uma lágrima da bochecha com a manga e se deita no saco de dormir, em posição fetal, de costas para mim.

Fico parado com a camisa ainda na mão, olhando para ela. Parece tão pequena e assustada agora, apenas uma sombra da mulher feroz que sei que ela é. *Eu* fiz isso com ela.

Será que acabou? Ou ela só precisa de espaço e tempo? O que quer que seja, não vou forçar de novo. Pelo menos, vou tentar me controlar.

Ela funga e seca a bochecha de novo, mas continua sem se virar para mim.

Finalmente, visto a camisa e me deito em meu saco de dormir. Fico olhando para as costas dela, desejando que ela simplesmente converse comigo. Ou segure minha mão como fez ontem à noite. Seria mais do que o suficiente agora.

— Lor? — arrisco, mas ela não responde.

Apenas abraça o próprio corpo com mais firmeza e se curva ainda mais em posição fetal. Contendo um suspiro de tristeza, prometo dar a ela o espaço de que precisa. Esperei tanto tempo para ela entrar em minha vida, e vou esperar para sempre se for preciso.

Deito de costas e coloco um braço embaixo da cabeça, contemplando o céu estrelado. Escuto as respirações baixas e fungadas de Lor, desejando desesperadamente poder aliviar a dor dela.

Ela é a única coisa que me fez sentir algum tipo de felicidade verdadeira. De alguma forma, ela abriu a velha casca construída por meu pai e me forçou a *sentir* algo além da necessidade eterna de vingança.

Lor é minha. Nunca tive tanta certeza de nada na vida. Só preciso ser paciente. Mesmo assim, massageio o peito; sem saber como, não estou me esvaindo em sangue pela ferida aberta em meu coração.

* * *

Acordo com o canto de pássaros, seus trinados atravessando meus sonhos atormentados. Pisco, a luz do sol fazendo meus olhos arderem, e então franzo as sobrancelhas. Em todos os anos desde que venho aqui, nunca vi nem ouvi evidências de nada vivo dentro de Coração, muito menos um pássaro alegre.

Olho para Lor, sabendo que ela é o motivo disso. Sua reina a está chamando para casa. Está despertando em sua presença. Meu peito se aperta com a ideia. Quando a verdade for revelada, isso vai atordoar todo o equilíbrio de Ouranos. Ela pode não entender ainda, mas vai ter que batalhar contra outros além de meu pai pelo que é dela. Mas prometo estar lá com ela em cada etapa do processo.

Mesmo que nunca mais possa tocá-la.

Lor se virou durante o sono e está voltada para mim agora. Ela teve pesadelos durante a noite, e eu queria muito abraçá-la, mas sabia que ela não aceitaria isso bem. Mesmo agora, uma ruga marca o ponto entre suas sobrancelhas, suas memórias a assombrando.

Seu cabelo escuro cai sobre os ombros, e resisto ao impulso de segurar uma mecha entre os dedos. Ergo os olhos para o céu, que está começando a clarear agora. Precisamos ir, mas odeio incomodá-la. Eu poderia ficar olhando para ela para sempre, algo que eu nunca poderia fazer se ela estivesse acordada.

Lor solta um gemido sonolento e se vira antes de seus olhos se abrirem devagar. Quando ela me vê, seu olhar encontra o meu por alguns segundos demorados, uma troca cheia de significados.

Mesmo tendo me interrompido ontem à noite, aqueles poucos minutos em que a beijei e toquei foram como emergir do fundo de uma fossa oceânica com pedras amarradas aos meus tornozelos. Nunca vou esquecer os sons que ela fez ou a sensação de seu toque.

Paciência, lembro a mim mesmo. Vou esperar para sempre se for preciso. Ela pode resistir o quanto quiser. Pode continuar fingindo que não sente também, mas, mais cedo ou mais tarde, ela vai entender.

— Bom dia, Rainha Coração — digo, e ela pisca, se levantando e passando a mão no rosto.

— Nadir, sobre ontem à noite...

— Está tudo bem — digo, interrompendo-a. — Não precisa se desculpar.

Ela morde os lábios, acena antes de se levantar e começa a guardar o saco de dormir, mais uma vez se recusando a olhar para mim. Eu a imito, desmontando a barraca que nem chegamos a usar e guardando o resto de nossas coisas. Ela pega a Coroa, segurando-a nas mãos, piscando para conter as lágrimas.

— Obrigada por me ajudar ontem à noite — ela diz, ainda desviando o olhar. — Com a minha magia. — Ela finalmente olha para mim. — Eu não teria conseguido sem você. Todos esses anos, pensei que ela tivesse acabado. Seu pai a tirou de mim, e você me deu de volta.

Então ela desvia o olhar de novo, e quero consolá-la tanto que minha pele arde.

— Você consegue fazer de novo? Agora? — pergunto, e ela balança a cabeça.

— Não, mas pelo menos agora sei que é possível. Depois que voltarmos para os meus irmãos, vamos pensar no que está por vir.

Solto um suspiro.

— Certo. É melhor irmos.

Ela me lança um olhar sério e faz que sim. Continuamos a guardar o resto de nossos pertences. Lor embala a Coroa em uma coberta e a acomoda com cuidado na mochila antes de eu pendurá-la nos ombros.

Agora ela está mordendo a parte interior da bochecha, e está na cara que alguma coisa a preocupa.

— O que foi? — pergunto.

— Quero ver como estão as mulheres.

Eu estava com medo disso.

— Lor, não. Não podemos. Se alguém nos vir, meu pai vai saber onde estamos em questão de horas.

— Preciso saber se elas estão bem — ela diz, seus olhos reluzindo. — É culpa minha que elas estejam nas mãos de seu pai.

Passo a mão no cabelo e vou até Lor. Ela está olhando para o chão, e ergo seu queixo. Ela não se retrai com meu toque, apenas me encarando com aquela determinação feroz que sempre deixa meus joelhos fracos.

— Não é culpa sua. Você não fez nada disso. Foi meu pai quem tirou você de sua família. Foi ele quem obrigou você a esconder sua magia e ele quem levou aquelas mulheres. E agora que ele deve desconfiar de quem você é, ele não vai ter mais motivos para fazer testes nelas. Ele vai libertá-las.

— Não aja como se eu fosse idiota.

Franzo os lábios com a verdade sombria. Meu pai pode parar de fazer testes nelas, mas não vai simplesmente soltá-las.

— Preciso saber se elas estão bem — Lor sussurra, e o som abre fissuras finas por meu peito.

Penso nos assentamentos violados de Coração. Mesmo depois de todos esses anos, eles não têm nome. São ao mesmo tempo permanentes e transitórios. Feitos de pessoas que vivem à beira do nada há séculos. Esperando por sua rainha. Esperando por Lor.

Como posso negar isso a ela?

Estou prestes a concordar com essa ideia terrível quando o som de uma pedra afundando chama minha atenção. Dou meia-volta. Tem alguém aqui. Lor também deve escutá-lo, porque está olhando na mesma direção. Nossos olhares se encontram e vou até ela, tecendo minha magia para formar asas enquanto um arrepio de pavor desce por minha espinha.

Ela me deixa pegá-la nos braços e, então, ergo os olhos, e o que vejo faz meu sangue gelar. Um círculo de soldados usando os uniformes da Aurora está em volta da abertura, uma dúzia de bestas apontadas diretamente para nós.

— Merda — digo. — Temos que fugir.

Mas já sabemos que não podemos voltar por onde entramos. O som de botas está chegando mais perto. Eles nos encurralam, e nem estão tentando disfarçar.

— Eles nos acharam.

Lor inspira fundo, e a coloco em pé de novo antes de pegar a mão dela.

— Vamos.

Nós dois corremos para o lado oposto da sala do trono, e vejo pelo canto do olho os guardas de meu pai invadirem o lugar. Conseguimos desviar por pouco de uma rajada de luz de Aurora que passa rapidamente, acertando a parede oposta com uma explosão ressonante.

Não há dúvida de que é a magia de meu pai e que ele está aqui, vindo atrás de nós. Atrás de Lor.

Chegamos a uma escadaria em espiral e começamos a subir correndo. Lor sobe dois degraus por vez e sigo logo atrás, a mochila que ainda estou usando balançando nas costas.

Um estrondo sinistro vem em seguida, os sons dos guardas de meu pai bem atrás de nós.

— Mais rápido — digo. — Mais rápido. — Ela não olha para trás e aperta o passo, mantendo uma mão na parede conforme subimos cada vez mais. Por todas as nossas buscas, sei que essa escadaria leva a uma seção plana do teto. Se formos rápidos o bastante, podemos escapar por lá.

Lor cambaleia, gritando quando dá um passo em falso. Seus joelhos batem na pedra e ela grunhe, claramente contendo um grito de dor. Quase tropeçando nela, paro para ajudá-la a se levantar. Ela já está com dificuldade para ficar em pé, e é então que percebo o quanto ela está tremendo. É compreensível. Se meu pai puser as mãos nela, está tudo acabado para nós.

Coloco as mãos embaixo das axilas dela e levanto novamente, mantendo um braço ao redor da cintura dela para subirmos a escada, enquanto eu meio que a carrego, meio que a arrasto. O tecido de sua calça está rasgado, expondo os joelhos ralados e ensanguentados, mas ela não reclama, apenas avança, respirando com dificuldade.

Os sons atrás de nós vão ficando mais altos quanto mais perto eles chegam.

Finalmente, chegamos ao alto da escada e abrimos a porta apodrecida. Qualquer fechadura ou maçaneta se desfez com o tempo, sem nos dar nenhuma forma de barrar a saída. Não que isso teria alguma utilidade contra o rei.

— Vamos! — grito, pegando a mão dela, mais uma vez transformando minha magia em asas para podermos tentar escapar. Mas, assim que a pego no colo, uma faixa de luz azul envolve minhas pernas e tropeço, caindo para a frente e me recuperando no último minuto.

— Nadir! — ouço uma voz que faz um calafrio atravessar meu corpo. Dou meia-volta e vejo meu pai, cercado por um contingente de guardas. — Pare. Você não pode fugir de mim. Entregue logo a menina e podemos acabar com isso.

— Fique atrás de mim — digo a Lor, sem tirar os olhos do rei em momento nenhum.

Ela faz o que peço, se protegendo, apertando meu braço com uma das mãos.

— Você não pode ficar com ela! — grito do outro lado do terraço, e meu pai sorri com maldade. Pelos deuses, como quero ir até ele e arrancar seu coração, mas minha prioridade é tirar Lor daqui.

Ele avança, um passo lento e arrogante após o outro.

— Quem vai ser então? Essa *menina* ou sua mãe? Ou talvez sua irmã?

— Você não se atreveria a tocar em Amya — rosno.

Ele não faria isso. Tenho que acreditar nisso. Ele usou a segurança de minha mãe para me controlar a vida toda, e sempre funcionou. O que tenho que entender é que, em algum momento, ele vai me forçar a fazer uma escolha que vai me assombrar por toda a eternidade.

— Mas e se eu já a tiver pegado? — ele pergunta, inclinando a cabeça. Praticamente consigo sentir Lor reagindo atrás de mim, apertando meu braço, seu corpo ficando tenso. Sei que ela está preocupada com os irmãos.

— Você está mentindo — digo.

Pelos deuses, tomara que esteja. Ele só está tentando me atingir. Não é possível que ele os tenha encontrado.

— Quer correr esse risco?

Ele dá mais um passo, e ergo a mão.

— Não chegue mais perto.

O vento está ficando mais forte, o céu escurecendo enquanto nuvens de tempestade se aproximam. Tenho que correr esse risco por causa de quem Lor é e do que acho que ela é capaz. Se ela acabar nas mãos de meu pai, temo pelo futuro de tudo e todos.

Dou um passo para trás e Lor se move comigo, ainda apertando meu braço com tanta firmeza que suas unhas se cravam em minha pele.

É então que meu pai ergue a mão e uma lança de luz verde--esmeralda voa em nossa direção. Lor se abaixa, e eu contenho a magia dele com uma rajada vermelha que se estende, formando um escudo. A magia de meu pai se dissipa, mas antes que eu tenha a chance de partir para a ofensiva, ele atira mais uma rajada de luz. Noto então que seus guardas estão se aproximando, nos encurralando rumo à beira do terraço e à queda perigosa lá embaixo, suas bestas apontadas com uma precisão mortal.

O rei continua a disparar mais fios de magia, e os desvio, mas por pouco. Sua magia é mais forte do que a minha, e não vou resistir por muito tempo. Vejo que ele está se contendo porque quer me lembrar que consegue me superar, mesmo sem precisar recorrer às profundezas de seu poder. Mas aguento firme.

Por Lor e sua família. Por minha mãe e Amya. Por todos em Ouranos que não fazem ideia que estão dependendo de mim agora.

— Nadir — meu pai diz entredentes, claramente começando a perder a paciência. — Pare com isso!

É então que ele ataca com a força total de seu poder. Faixas grossas de luz disparam, atravessando meu escudo antes de me cercar. Ele fecha o punho, e sua magia me aperta, me estrangulando como se eu estivesse preso por correntes de ferro. Eu me debato contra ela, mas não adianta.

— Lor — digo com a voz engasgada. — Você precisa fugir.

Mas ela não tem para onde ir, e nós dois sabemos disso. Minhas pernas cedem e a magia do meu pai continua a me apertar, meus braços presos inutilmente ao lado do corpo.

— Lor — sussurro, caindo de joelhos. Meu pai ergue a outra mão, e sei que está tudo acabado. O futuro inteiro que eu vinha construindo em minha cabeça termina antes mesmo de começar. Não suporto pensar no que ele vai fazer quando colocar as mãos nela. Quero gritar e me revoltar contra a injustiça disso tudo.

Acabei de encontrá-la, e agora ela vai ser levada embora cedo demais.

Sinto mais um aperto de dor, meus pulmões se comprimindo à

beira do colapso, antes de um clarão vermelho ofuscante cortar minha visão. Inspiro fundo, esperando pelo golpe inevitável da morte, mas então um raio — vermelho, crepitante e vibrante de eletricidade — desce do céu e acerta o piso de pedra.

O raio parte o terraço ao meio, fazendo meu pai e seus soldados saírem voando. A magia que está me aprisionando me solta, e espero de quatro, inspirando fundo, tossindo e me engasgando, meus pulmões se enchendo de ar.

Quando ergo os olhos, fico surpreso demais para falar, com a visão que tenho diante de mim. Meu pai e seus guardas agora estão cercados por um domo imenso, formado por raios vermelhos e cintilantes. Eu me viro para olhar para Lor, que está encarando as mãos antes de erguer os olhos para mim.

— Não sei o que aconteceu — ela diz com espanto, enquanto me levanto com dificuldade.

— Essa é minha garota — sussurro.

— Nadir! — ouço a voz do meu pai e me viro.

Ele lança uma rajada de magia contra a barreira de Lor, mas tudo que ela faz é ricochetear para dentro, acertando o peito de um de seus guardas, que cai estatelado. A expressão de meu pai fica tempestuosa, seu punho se cerrando como se ele quisesse dar um murro na barreira.

— Não faça isso! — ele grita, sua voz embargando. O som me deixa imóvel por um momento. É a primeira vez que ouço meu pai sem o total controle de si mesmo. — Você não entende o que ela é!

— Nadir! — Lor diz. — Não sei por quanto tempo isso vai resistir. Acho que precisamos ir.

Concordo devagar com a cabeça, enquanto encaro meu pai. Nenhum de nós se mexe, e é nesse momento que sei que não tenho como voltar atrás. Embora eu tenha me rebelado abertamente contra o rei minha vida toda, ele sempre acreditou que, no fundo, eu estivesse do lado dele. Ele pensa que sabe exatamente como me controlar, e sempre usei esse ponto cego a meu favor.

Mas, enquanto ele me encara agora, vejo a compreensão em seus olhos.

Finalmente, meu pai percebe que *nunca* estive do lado dele. Que tudo por que trabalhei foi com a intenção de destruí-lo. Hoje, uma linha de batalha foi traçada. Ele vai me perseguir agora até os confins da terra. Fazer o que puder para me destruir antes que eu consiga acabar com ele.

O canto de minha boca se ergue em um sorriso seco, porque tenho a Rainha Coração e ela está do *meu* lado. Por mais que ela possa me odiar, ela sempre vai odiá-lo mais. Então levanto a mão e encosto os dedos na testa, batendo uma continência irônica antes de dar meia-volta e correr para Lor.

Sem hesitar, eu a pego no colo, aninhando-a junto a mim enquanto minhas asas brotam. Eu nos lanço pelo ar e, com uma explosão de velocidade, disparo através do céu.

45
LOR

Afundando o rosto em seu peito, tremo enquanto Nadir me envolve em seus braços. Essa foi por muito pouco. Não consigo parar de pensar no que o rei disse sobre Amya. Será que ele encontrou a mansão? Será que estão todos mortos ou coisa pior? Imagino que Nadir esteja tendo pensamentos parecidos, porque não falamos nada. Ele me segura com firmeza e rumamos de volta à mansão.

Conforme atravessamos o céu, eu me pergunto onde tudo isso vai acabar.

É só agora que realmente compreendo a enormidade avassaladora do que estou tentando realizar. Não sobrou nada do lar que sequer cheguei a conhecer. Do fruto de minha imaginação que existia apenas em um sonho. Era uma história que minha mãe nos contava quando nos colocava na cama à noite. Mal consigo me lembrar do rosto dela, seus traços difusos e distorcidos.

A única memória verdadeira que tenho é que nossos pais nos amavam. Disso tenho certeza. Mas nada mais era real. Eles tentaram nos dar um lar seguro e feliz, mas era só uma ilusão tão duradoura quanto um lenço de papel molhado. Um manto fino sobre o medo que os perseguia em cada dia de suas vidas. Seus dias eram sempre limitados, e era apenas uma questão de tempo até alguém, seja o Rei Aurora ou outro governante de Ouranos, bater à porta.

Enquanto nós nos lançamos pelo ar, mal registro o entorno. Sinto que não se passa muito tempo até eu avistar o Nada e a cadeia de montanhas majestosa que faz a fronteira norte da Aurora assomando ao longe.

Nadir está franzindo o rosto e comprimindo os lábios, um conflito de emoções transbordando em seus olhos. Eles giram em tons de rosa e violeta e verde, e sinto que há muitas coisas que ele precisa dizer. Mas ele não as expressa, e prefere virar o rosto para olhar o horizonte.

Não sei bem como vamos superar o que aconteceu ontem à noite. Depois que ele me ajudou com minha magia, eu estava tão cheia de vida. Tão poderosa. Meu sangue estava em chamas, e ele nunca tinha estado tão bonito. Eu o queria. Todas as partes de mim o queriam.

Mas então ele tinha que tentar dizer que eu era sua, e não posso permitir isso. Ele pode falar o que quiser de sua natureza possessiva de Feérico, mas não sou uma conquista para ele fincar sua bandeira. Já pertenci ao Rei Aurora por doze longos anos. E depois Atlas também tentou me enjaular.

Nunca mais vou pertencer a ninguém.

Ele nunca vai ter meu coração.

Não demora para conseguirmos ver a mansão. Nadir desce para o Nada, pousando em uma trilha traçada no chão da floresta. Ele está respirando com dificuldade, e se apoia numa árvore, fechando os olhos ao encostar a cabeça nela.

— Você está bem? — digo, hesitante, me aproximando dele e resistindo ao impulso de tocá-lo, sempre lutando contra a necessidade. Com o tempo essa confusão de sentimentos vai diminuir. — Nadir?

Ele abre os olhos e me encara, acenando com a cabeça.

— Estou bem. Só estou cansado.

— Você não parou dessa vez. Deveria ter descansado.

— Não temos tempo para isso. Temos que seguir em frente —

ele diz, se desencostando da árvore e passando por mim a passos largos. — Vamos.

Sem dizer mais uma palavra, descemos a trilha e encontramos nosso caminho por entre as árvores.

— E seu pai? — pergunto, quebrando o silêncio.

Nadir fica sério de repente.

— Isso não muda nada. Ele já sabia que estávamos escondendo alguma coisa.

— Você acha mesmo que ele os encontrou? Deveríamos mesmo ter voltado aqui?

Ele balança a cabeça e me fixa um olhar firme. Ele não diz o que tenho certeza de que nós dois estamos pensando. Que temos que saber se eles estão todos bem antes de seguirmos em frente.

— Não. Tenho certeza de que ele estava blefando. — As palavras são confiantes, mas soam forçadas. Eu me obrigo a respirar devagar pelo nariz, concordando com a cabeça.

Um momento depois, há um uivo ao longe e dois vultos brancos saem da folhagem. Morana e Khione correm em nossa direção, latindo alto. Nadir se agacha e coloca um braço em volta do pescoço de cada uma, aninhando o rosto em seus pelos grossos.

— Também senti sua falta, meninas — ele diz com carinho, e a ternura em sua voz arde em meu peito.

Se as cachorras estão aqui, quer dizer que estão todos bem, certo? Ou elas estão tentando nos alertar?

Ao terminar, Nadir se levanta e as cachorras dão a volta, cercando minhas pernas e trotando ao nosso lado enquanto continuamos nosso caminho de volta à mansão.

Depois que viramos em mais algumas curvas, o alto da casa surge no campo de visão. Tudo parece bem, a mansão intacta, e sussurro uma oração a Zerra. Por favor, faça com que estejam todos bem.

Quando chegamos ao portão, ele o destranca e o abre para

eu passar. Paro diante do batente, o momento pesando em meus ombros.

— Pronta? — Nadir pergunta, e balanço a cabeça.

— Não muito.

Sua boca forma uma linha sinistra antes de ele abrir a porta, e entramos no vestíbulo silencioso. Estou prestes a chamar alguém quando escuto um gritinho agudo, e Willow desce a escada voando.

— Lor! Você está bem! — Ela se choca contra mim e me envolve em seus braços. — Por Zerra, estávamos tão preocupados.

— Ai, deuses — digo, apertando minha irmã com força e torcendo para minhas pernas não cederem.

Amya, Mael, Hylene e Tristan também entram no vestíbulo, o restante vindo de outro cômodo. Todos estão aqui e vivos, e é então que a preocupação que parecia comprimir minhas costelas some. Eles estão bem. O rei estava mentindo.

Encaro meu irmão.

— Vocês a encontraram? — ele pergunta com uma pequena dose de esperança na voz. Com a Coroa guardada dentro da mochila de Nadir, percebo, de repente, que chegou a hora. Tristan e Willow estão seguros, e não há mais desculpas. Aperto o colar no pescoço, sentindo a pulsação dentro dele.

— Encontramos.

Os olhos de Tristan brilham, e ele chega perto, me envolvendo em um abraço.

— Como era lá? — ele sussurra em meu cabelo.

— Era... a nossa casa, Tris. Está um caos, e tudo em ruínas, mas era a nossa casa, e mal posso esperar para mostrar para vocês.

Ele me aperta com mais firmeza, e ficamos assim por mais alguns momentos até alguém estalar os dedos perto de minha orelha.

— Isso é muito comovente — Mael diz com a voz arrastada.

— Mas podemos ir logo? Vocês lembram que tem um rei assassino procurando por vocês?

Tristan recua e rosna para Mael.

— Vai se foder, cuzão.

— Ele nos achou — Nadir diz com a voz sombria e, enquanto todos nos dirigimos para a grande sala de estar nos fundos da casa, ele atualiza todos sobre nosso confronto, incluindo a maneira como minha magia reagiu quando o rei atacou. Quando ele acaba, Mael me olha de cima a baixo.

— Então qualquer chance de o rei ter se enganado sobre quem você é já era.

— Acho que sim.

Nadir tira a mochila dos ombros, e a vasculho imediatamente, tirando a Coroa. Há um silêncio coletivo na sala enquanto eu a desembrulho e a ergo. Todos se aproximam, como se estivessem sendo atraídos a seu centro de gravidade.

— Está lascada — Mael diz, franzindo a testa. — A pedra. Então não está funcionando?

A parte de trás da grande pedra tem um pedaço cortado, quase como se alguém tivesse tentado escondê-lo. Eu e meus irmãos trocamos um olhar, sabendo que também chegou o momento de revelar nossa última cartada.

— Está tudo bem. Lor está com o resto nesse medalhão — Nadir diz, e me viro para ele. Ele está encostado na parede, os braços cruzados e um tornozelo sobre o outro, um brilho arrogante nos olhos.

— Como você sabia?

— Você vive tocando esse colar. — Ele descruza os braços e se aproxima, baixando a boca perto de meu ouvido, para que só eu possa escutar. — Você não consegue guardar segredos de mim, detenta. Eu sempre estou de olho em você.

Eu o encaro com raiva e abro o medalhão, revelando a pequena joia vermelha.

— Como vocês conseguiram guardar isso por todos esses anos? — Amya pergunta com os olhos arregalados.

— Precisamos ser criativos — digo. — Isso passou por dentro de mim e Willow inúmeras vezes.

— Que nojo — Mael diz, franzindo a testa, e lanço um olhar sombrio para ele.

— Fizemos o que tínhamos que fazer — Willow diz, pegando-o da minha mão. — Várias vezes chegamos perto de perdê-lo. Quando Lor desapareceu, pensei que nunca mais o veríamos.

Willow tenta devolvê-lo para mim, mas olho para Tristan.

— Faça você — digo para ele. — Nenhuma de nós teria sobrevivido tanto tempo sem você.

— Lor...

— Por favor. Quero que seja você. Posso ser a Primária e essa Coroa pode ficar em minha cabeça, mas nunca haverá um dia em que você e Willow não sejam igualmente importantes para Coração. Vocês também são seus guardiões. Vocês carregam esse sonho há até mais tempo do que eu.

Tristan aceita e pega o pedaço de Willow. Com a Coroa ainda em minhas mãos, ele o coloca na pedra vermelha maior. O ornamento prateado se aquece, brilhando mais forte antes de se apagar. Os pedaços da joia se fundiram agora como se sempre tivessem sido um só.

— Você acha que nossa mãe sabia o que realmente era essa pedra quando nos falou para protegê-la? — Willow pergunta, e eu e Tristan fazemos que não.

Sinto o olhar de Nadir em mim, e me volto para ele. Ele acena com a cabeça, seus olhos girando com cores e o canto de sua boca se erguendo.

— Está na hora, Rainha Coração. Vamos abrir as portas do inferno contra meu pai.

Todos ficam em silêncio enquanto coloco a Coroa em minha cabeça. É mais pesada do que pensei que fosse, talvez sobrecarregada por séculos de expectativa.

Fecho os olhos, esperando sentir seu poder. Esperando que ela fale comigo como a Tocha e o Espelho.

— Acesse sua magia — Nadir diz, e tento imitar o que fizemos no castelo.

Nada acontece.

Abro os olhos e vejo seis pares de olhos curiosos me observando.

— Não estou sentindo nada — digo, pânico por trás da minha voz. — Não estou sentindo nada.

Nadir segura meus ombros por trás.

— Está tudo bem. Fique calma. Tente outra vez.

Aceno e inspiro fundo, tentando acalmar meu coração palpitante. Faço o que ele pede, buscando aquele poder distante que não consigo alcançar. Em minha cabeça, estou gritando para a Coroa acordar. Para me ouvir.

Por favor, me ajuda. Por favor.

Mas nada acontece. Talvez não passe de um pedaço inútil de metal.

Com um grito de raiva, tiro a Coroa da cabeça.

— Não está funcionando!

Olho para as pessoas me observando, e está claro que ninguém mais sabe o que pensar disso.

— Nadir, o que fazemos?

— Merda — ele diz, passando a mão na nuca. — Não sei. Eu tinha absoluta certeza de que isso funcionaria.

— Mas você sempre tem um plano — digo, sentindo tudo escapar por entre os dedos.

— Não desta vez. — Ele parece desolado, e me afundo na cadeira mais próxima, apoiando o rosto entre as mãos, as lágrimas já escorrendo por meu rosto.

— O que vamos fazer? — Agora olho para meu irmão, que parece igualmente perplexo.

— Tenta de novo — ele diz. — Talvez você só precise de mais uma tentativa. Você conseguiu mais cedo com o rei.

— Ele tem razão — Nadir diz. — O que aconteceu lá?

— Não sei. É só que vi o que ele estava fazendo com você e reagi... — Perco a voz.

Quando o rei estava machucando Nadir, eu nunca tinha sentido uma raiva mais visceral na vida. Sempre quis matar aquele monstro, mas, naquele momento, meu ódio e minha aversão se fossilizaram em algo que queimava como ácido derramado sobre uma ferida aberta. Eu teria feito qualquer coisa naquele momento para proteger Nadir, e esse pensamento cai desconfortavelmente sobre meus ombros.

A atmosfera na sala é solene.

— Tem que ter alguma coisa que possamos fazer — Amya diz, andando de um lado para o outro com as mãos na cintura. — Deve ter alguma forma de destravar sua magia.

— O que você sugere? — Mael pergunta, a voz tensa. — Estamos depositando muita confiança num objeto que ninguém via há centenas de anos. E se estiver... morto?

Viro a Coroa nas mãos.

— Não está. Consigo senti-la. Foi assim que a encontrei no Castelo Coração. Ela está viva. Talvez só esteja adormecida.

— Ela precisa da magia — Nadir diz. — Precisa que *você* a acorde.

Lanço um olhar para ele.

— Aquilo só funcionou porque eu estava desesperada. Não podemos depender disso. Não tenho como derrotar seu pai se não conseguir controlá-la.

Todos na sala ficam em silêncio, perdidos em seus próprios pensamentos. Eu me levanto e vou até a janela com a Coroa na mão. A sala dá para o sul, na direção do restante de Ouranos. A noite caiu, e o céu está ficando preto, vislumbres tênues de cor riscando o céu.

Sul. Claro.

Como posso ter esquecido?

— O Espelho. — Dou meia-volta e todos se voltam para mim. — O Espelho disse que, quando eu encontrasse a Coroa, deveria voltar, e ele me daria um presente. E se for isso?

Todos trocam olhares desconfiados. Eu nunca tinha considerado *como* voltaria até o Espelho, apenas que tinha que voltar.

— Ele disse isso? Você nunca me contou — Nadir diz. Lanço um olhar para ele que sugere que agora não é uma boa hora para discutir o que escondi ou não dele.

Ele ignora, coçando o queixo com a mão.

— É possível.

Solto um suspiro longo e demorado.

— Então é isso. Temos que voltar ao Palácio Sol.

— Como vamos fazer isso? — Mael pergunta. — Atlas ainda está caçando você. — Ela aponta para Nadir. — E ele baniu você de Afélio. Vocês não podem simplesmente entrar lá e pedir para visitar a sala do trono dele.

— Nós vamos — Tristan diz, e Willow concorda com a cabeça.

— Eu também vou. — Amya acrescenta. — Atlas sempre foi com a minha cara.

Nadir rosna.

— Só porque ele quer te comer.

Amya revira os olhos.

— Consigo me virar, irmão.

— Tem que ser eu — digo. — O Espelho disse que tinha um

presente para *mim*. — Olho para todos, desafiando-os a discutir. Essa é minha batalha, e ninguém vai me deixar para trás.

— Então também vou — Nadir diz.

— Todos vamos nos infiltrar, então — Mael diz, passando a mão no rosto. — Vai ser um desastre.

— Não se tivermos um plano — retruco.

— Você tem?

— Não. Ainda não. Mas vamos pensar em algo. Temos que pensar.

Mais uma vez, trocamos uma rodada de olhares preocupados.

— Talvez possamos convencer Gabriel a nos ajudar — considero, e Nadir ri. — O quê? Qual é a graça?

— Gabriel não pode te ajudar, Lor.

— Ele tentou. Mais ou menos — digo, um tanto defensiva em relação a meu antigo guardião que não era exatamente meu amigo, mas que eu sentia que poderia ter sido se as circunstâncias tivessem sido diferentes.

— Lor, Gabriel é praticamente um escravo. Ele não conseguiria desobedecer a Atlas nem se quisesse.

Franzo a testa.

— Como assim?

— As asas. Não são naturais. Os guardiões são criados especificamente com o propósito de servir ao rei. Eles são vinculados a ele pelo resto da vida e têm pouca autonomia.

Isso é monstruoso, mas percebo que explica o comportamento errático de Gabriel.

— É por isso que ele era gentil comigo em um momento e...

— Um cuzão no outro? — Nadir pergunta. — Bem, parte disso é só a personalidade radiante dele, mas sim, o dever principal dele é proteger o rei, e nada pode impedir isso.

— Ele é vinculado para sempre?

— Sim — Nadir responde. — A menos que Atlas decida libertá-lo, mas ele nunca permitiria isso. Ele é obcecado demais com a própria autoestima e o poder escasso dele. A Corte Sol nunca mais foi a mesma desde que sua avó quase destruiu Ouranos. — Pondero as palavras de Nadir, sentindo uma estranha melancolia por Gabriel. — Seja como for, não podemos depender dele.

— Tenho amigas lá.

— Ex-Tributos — Mael diz. — Não. Elas são vigiadas demais.

Todos ficam em silêncio de novo, e Nadir suspira.

— Não quero demorar muito mais aqui. Temos que nos lembrar do meu pai e, mais cedo ou mais tarde, ele também vai encontrar este lugar. Seguir para o sul nos daria tempo, pelo menos. Pode demorar um pouco para ele pensar em nos procurar lá.

— Você não precisa ir — digo. — Não é mais sua responsabilidade. Você me ajudou a achar a Coroa. Podemos assumir daqui.

Nadir se aproxima de mim, sua expressão carregada. Ele cerra os punhos ao lado do corpo, e tenho a impressão de que ele quer tocar em mim, mas se contém. Em vez disso, Nadir chega tão perto que preciso erguer os olhos para encará-lo.

— O que eu falei? Estou com você até o fim. Você não vai a lugar nenhum sem mim.

Erguendo o queixo, respondo com um aceno brusco.

— Certo, então.

Tento não demonstrar meu alívio. Não faço ideia de como eu faria isso sem a ajuda dele.

— Então vamos só improvisar? — Mael pergunta, o ceticismo transbordando das palavras.

Nadir olha para o amigo, sério.

— Parece que sim.

— Vamos planejar a caminho de lá — Amya acrescenta com esperança, embora todos consigamos ouvir a dúvida em seu tom.

— Nós a tiramos de lá — Mael diz, apontando com as duas mãos para a esquerda, como se todos já não soubéssemos disso, antes de ele voltar as mãos para o outro lado. — E agora vocês querem levá-la de volta? Com um alvo em nossas costas?

Nadir puxa a parte de baixo do casaco.

— Parece que é basicamente isso. Você está dentro? Vamos precisar de você.

Mael ergue a cabeça e sorri, seus olhos escuros brilhando de animação.

— Você sabe que eu nunca perderia a chance de arranjar confusão. Ainda mais quando Atlas está envolvido.

Nadir abre um sorriso enviesado e volta a olhar para mim.

— Tem certeza disso? Vai ser extremamente perigoso.

Engulo em seco. Estou apavorada, mas esse é o único jeito.

— Claro que tenho. Você acha que já não enfrentei coisa pior? Além disso, você acabou de dizer que não tem nenhuma outra ideia.

Nadir faz que sim com a cabeça, e em seguida se vira para o resto da sala.

— Então vamos todos dormir um pouco. Amanhã voltaremos a Afélio. Zerra nos ajude.

46
SERCE

286 ANOS ATRÁS: REINA DE CORAÇÃO

Cloris estava de joelhos, curvada em sua jaula, seu cabelo grisalho fraco e desgrenhado. Ela vinha recusando qualquer comida ou água, atirando-a nos guardas e gritando para ser solta. Serce tinha certeza de que a sacerdotisa estava perdendo a noção da realidade, principalmente desde que tinha parado de usar a latrina, preferindo emporcalhar o chão da cela. Serce parou diante dela e franziu o nariz com essa visão patética, quando Cloris ergueu a cabeça e rosnou.

— Se você acha que isso vai me fazer soltá-la, está enganada — Serce disse, colocando as mãos ao redor das grades. Ela se inclinou para a frente, mas recuou de imediato quando seus olhos lacrimejaram pelo fedor. Havia dois meses que eles estavam em Coração, tentando fazer Cloris cooperar. Eles precisavam dela para realizar o ritual que uniria Serce e Wolf, mas sua paciência estava se esgotando.

A única vantagem foi que isso tinha lhe dado tempo para voltar a cair nas graças da rainha. Elas estavam se dando bem desde que Daedra descobriu que seria avó. Wolf tinha enviado uma mensagem a Afélio relativa à proposta de união com sua irmã, e os exércitos dele estavam rumando para o norte. A irmã dele aceitaria a união assim que terminasse seus estudos na Academia Maris, dali a dezoito meses.

Era tudo uma mentira, claro.

Depois que colocasse as mãos na Coroa, Serce não queria ter qualquer ligação com Atlas ou Afélio. Ela não teria necessidade deles. O objetivo dela agora era conquistar, não se aliar. Ela só precisava ascender e se unir a Wolf. Então todo o exército de Afélio cairia de joelhos.

Cloris rosnou para Serce, espiando de trás de uma cortina desgrenhada de cabelo grisalho e emaranhado. Wolf não tinha deixado que Serce recorresse à tortura, mas essa situação estava se tornando insustentável. Ela estava cansada de esperar e precisava avançar com seus planos antes que o Rei Sol chegasse. Cloris assobiou de novo, e Serce se perguntou como ela havia mergulhado tanto nessa imitação de animal selvagem. Talvez Cloris sempre houvesse tido um parafuso a menos.

Serce revirou os olhos e estalou os dedos, tentando trazer Cloris de volta. Ela não teria muita utilidade nesse estado. Uma dor aguda atingiu sua costela e Serce apertou a barriga, agora redonda com o filho deles. A maneira como o rosto de Wolf se iluminava à noite, quando eles se deitavam na cama, era suficiente para ela suportar o desconforto insuportável. Mas ela estaria mais do que disposta a acabar logo com isso.

Cloris abriu a boca, gemendo com um lamento agudo e passando as unhas no rosto, deixando uma série de cortes fundos. Pelos deuses, Serce queria que ela calasse a boca logo de uma vez. Ela massageou a têmpora, a dor se intensificando atrás dos olhos. Por mais progresso que ela tivesse feito com a mãe, Serce ainda não tinha ouvido a confirmação de quando Daedra finalmente descenderia. Isso estava deixando Serce exausta.

Ela se virou e voltou à barraca grande no meio da clareira. As tropas de Wolf estavam escondidas desde que eles haviam chegado, e isso também estava se tornando cada vez mais perigoso. Esconder um grupo tão grande não era uma tarefa fácil. A magia florestal de Wolf fazia o serviço pesado para mantê-los escondidos, mas, mais cedo ou mais tarde, algo teria que ser sacrificado.

Serce passou pela abertura da tenda em que Wolf estava conversando com seus generais. Como sempre, ele a deixou sem fôlego, seu cabelo castanho-escuro caindo atrás das costas e sua túnica verde se estendendo sobre seu corpo formidável. Suas asas estavam dobradas nas costas, e seus olhos brilharam quando se virou para cumprimentá-la. Ela passou a mão na barriga e entrou.

— Pronto para jantar?

Wolf fez que sim, trocou mais algumas palavras com seus generais, depois veio para pegar sua mão. Eles saíram da tenda e pararam quando gritos se ergueram ao longe. Uma batedora veio correndo por entre as árvores, arfando, as bochechas vermelhas.

— Majestade — ela disse, caindo de joelhos, ofegante. — A Aurora. Eles estão marchando nesta direção.

— Como assim? — Serce perguntou. — Tem certeza?

— Sim — a mensageira respondeu. — Absoluta.

— Quantos? — Wolf perguntou.

— Alguns batalhões, pelo que consegui ver. Milhares e milhares.

— A que distância eles estão?

A mensageira, finalmente recuperando o fôlego, balançou a cabeça.

— Um dia, no máximo. Provavelmente menos.

— Como você não os viu antes? — Serce questionou. — Como um exército desse tamanho poderia pegar você de surpresa?

— Não sei, alteza. Em um minuto, não havia sinal deles até que, de repente, eles estavam lá.

Serce encarou a mensageira, seus lábios se contraindo. Rion claramente tinha usado algum tipo de magia para esconder seu exército. Foi então que eles ouviram uma gargalhada desvairada da jaula de Cloris. Ela estava sentada sobre os joelhos, agarrada às grades e o rosto apertado entre elas. Ela ria de um jeito maníaco.

— Ele sabe. O rei. Ele saaaaabe — ela disse e gargalhou de novo.

Serce se aproximou a passos duros.

— O que você disse?

Wolf chegou por trás dela, e Cloris ergueu os olhos para os dois, seu sorriso maníaco e seus olhos se revirando.

— Ele saaabe — Cloris repetiu com os dedos nos lábios.

— Ela está trabalhando com Rion — Wolf disse, sua expressão tensa.

A dor atrás dos olhos de Serce aumentou, latejando.

— Merda! — ela gritou, cerrando os punhos.

Agora Rion e Kyros os estavam cercando pelos dois lados e ela ainda não tinha a Coroa. Serce não tinha dúvidas de que Rion não estava lá para se juntar a ela. Ele a tinha manipulado, e ela havia caído. Será que Afélio escolheria se aliar a Coração se eles vissem que a Aurora agora era parte da equação? Eles recuariam ou também tentariam reprimi-la? Serce não teria como rechaçar os dois ao mesmo tempo, por mais forte que fosse.

— Coloquem algemas nela — Serce ordenou, apontando para Cloris. — Ela vem conosco. Vamos fazer isso hoje. Não temos mais tempo.

Uma dor aguda disparou pelas costas de Serce e ela gemeu, pressionando o ponto dolorido com as mãos e inspirando algumas vezes antes de se empertigar.

— Você está bem? — Wolf perguntou, mas ela fez que não era nada.

— Estou.

Um guarda destrancou a gaiola de Cloris antes de outros dois a pegarem pelos braços e a levantarem. Ela se recusou a andar, seu corpo ficando mole.

— Coloquem uma mordaça nela — Serce disse antes de se virar e voltar aos cavalos deles. Eles tinham combinado de jantar com os pais dela, e Serce pretendia abordar mais uma vez a questão da descensão da rainha, mas havia chegado a hora de medidas mais drásticas.

Com Cloris e os soldados de Wolf atrás deles, eles voltaram à cidade, atraindo mais atenção do que Serce pretendia. Será que sua mãe já sabia sobre Rion? Será que seus batedores também deixaram de ver a chegada deles?

Eles rumaram para o castelo e se dirigiram à sala de jantar particular onde os pais de Serce esperavam. Suas costas estavam arqueadas agora, sua barriga, tensa. Pelos Deuses, ela mal podia esperar para tirar esse bebê dela.

Ela parou e deu meia-volta.

— Precisamos escondê-la até chegar a hora certa — Serce disse, apontando para Cloris. — Levem ela para a minha ala. — Os dois soldados que seguravam os braços da sacerdotisa assentiram e a arrastaram para longe.

— Vamos — Serce disse, pegando a mão de Wolf enquanto outros dois guardas dele seguiam logo atrás.

Eles encontraram a sala em que os pais de Serce já estavam sentados, e ela fez o possível para colocar uma máscara de calma. Não queria que sua mãe notasse que havia algo de errado.

— Serce! — sua mãe exclamou, se aproximando para abraçar a filha. — Você está bem? Está tão pálida!

Serce inspirou fundo quando sentiu outro espasmo nas costas.

— Ai — ela disse ao se curvar. — Sim. É só que minhas costas estão doendo hoje.

— Venha se sentar — seu pai disse, ajudando-a a se sentar numa cadeira.

Criados os cercaram enquanto traziam a refeição, mas Serce estava sem apetite, e não sabia se era pela gravidez ou pelo estresse. Qualquer que fosse a causa, ela praticamente conseguia ouvir o burburinho das forças de Rion chegando mais perto, deixando-a nauseada. Ela rasgaria a garganta daquele desgraçado por traí-la. Ela ficou remexendo a comida, se sentindo ao mesmo tempo tensa e fraca.

— Serce? Você está bem? — sua mãe perguntou. — Você esteve tão quieta durante o jantar.

Serce fez uma careta.

— Estou bem. Só estou cansada. Por causa do bebê.

— Claro. Você deveria ficar de repouso até ela vir.

Serce piscou.

— Ela?

Sua mãe sorriu.

— A Coroa confirmou ontem à noite. Você está carregando uma menina, e ela vai ser a próxima Primária. A Coroa previu que ela teria um destino importante para cumprir. Um destino que moldaria a própria estrutura de Ouranos.

Um sentimento de ternura brotou no peito de Serce com essas palavras. Sim. Esse era o dever dela. Tudo pelo que ela havia lutado e trabalhado. Wolf pegou a mão dela e apertou, e ela sorriu para ele.

Ela gemeu ao sentir uma pontada de dor na barriga, se curvando antes de ter uma sensação estranhíssima abaixo da cintura.

— Sua bolsa! — Daedra exclamou. — A bebê está vindo!

De fato, o vestido de Serce estava encharcado, fluido se acumulando em seus pés. *Não*. Agora não. Ela precisava terminar isso primeiro.

— Chamem a parteira! — a rainha gritou, e um turbilhão de criados entrou em ação. Serce gemeu quando mais uma onda de dor a atingiu.

— Majestade! — Um dos soldados da Rainha Coração entrou na sequência. — A Aurora está marchando contra Coração. Estão quase em nossa fronteira.

Serce observou o rosto da mãe empalidecer.

— Quê? Por quê? Agora? — O soldado de Coração confirmou todos os mesmos fatos que a batedora de Wolf tinha relatado.

De alguma forma, Rion havia apanhado todos de surpresa. Aquele filho da puta desgraçado.

A parteira também havia chegado, junto com uma ama de leite, e estava guiando Serce para um sofá no canto da sala. Serce se afundou nele e encontrou a mãe parada diante dela. Wolf se ajoelhou ao lado dela, segurando sua mão.

— O que você fez? — Daedra perguntou, a voz baixa e com um tom de acusação. — Por que Rion está aqui com um exército?

— Eu fiz o que eu tinha que fazer — Serce disse, se encolhendo de dor. — Me deixa ficar com a Coroa, mãe. A senhora sabe que esse é o único jeito de impedi-lo.

A mãe estava séria, seus olhos em chamas.

— Você se aliou ao nosso inimigo?

— A senhora não me deu escolha!

Daedra engoliu em seco.

— Eu a teria dado a você.

— Quando, mãe? A senhora está enrolando desde que rejeitei Atlas. Esperei tempo demais.

— Achei que você não estivesse pronta, e isso prova que eu estava certa.

Serce gemeu quando outra contração abalou seu corpo.

— Ele vai matar a todos nós se a senhora não descender.

— Se recoste aqui — a parteira disse, seu olhar cuidadoso alternando entre mãe e filha. — Preciso ver sua dilatação.

Serce fez o que ela pediu, a pele encharcada de suor. Outra contração a atingiu, e ela apertou a mão de Wolf. Ele se inclinou e beijou a testa dela.

— Está tudo bem. Estou bem aqui. — Serce acenou com a cabeça e tocou o rosto dele enquanto se crispava.

Serce olhou para o fundo da sala, vendo a mãe que andava de um lado para o outro, guardas e conselheiros entrando e saindo para falar com ela antes de saírem para cumprir suas ordens.

Nas horas seguintes, Serce sofreu no trabalho de parto, enquanto a noite caía sobre a cidade. A notícia de que Aurora estava marchando contra Coração tinha se espalhado.

O exército deles era menor, e Afélio ainda estava a dias de distância — eles poderiam não chegar a tempo para dar reforços. Se é que estavam dispostos. Poderiam facilmente dar meia-volta e marchar na outra direção, abandonando Coração a seu destino, talvez voltando mais tarde para recolher os pedaços.

Serce estava deitada no sofá, vestindo apenas um robe e uma camisola fina, e Wolf a refrescava com uma compressa fria.

— Estamos quase lá — a parteira declarou, se virando para Serce de novo.

Do lado de fora, dava para ver tochas cintilando ao longe, enquanto a Aurora chegava cada vez mais perto. A cidade estava se preparando para o ataque, mas todos que esperavam naquela sala sabiam que não teriam como rechaçar o Rei Aurora por muito tempo.

— O que você tinha na cabeça? — Daedra disse finalmente, perdendo a calma. Fazia horas que ela estava andando de um lado para o outro, uma nuvem escura pairando sobre sua cabeça.

— Daedra — o rei disse. — Agora não é hora.

— Está na hora! Ele está praticamente na nossa porta! No que ela estava pensando?

— Me dê a Coroa, mãe. Vou me unir a Wolf e podemos derrotá-lo. Eu posso derrotá-lo.

Os olhos de Daedra se encheram de lágrimas enquanto ela olhava para a filha, decepção e remorso nítidos em sua expressão. Inadvertidamente, Serce havia encurralado a todos. Claro, nada havia corrido exatamente como ela planejara, mas sempre havia mais de uma forma de realizar as coisas.

— Você precisa começar a fazer força! — a parteira disse nesse momento, e Serce quis gritar com ela por interrompê-los.

Mas uma onda de dor dominou seu corpo, e ela apertou bem os olhos, soltando um gemido.

— Está vindo! — a parteira disse. — Força!

Serce fez o que a parteira pediu. Wolf segurava sua mão e murmurava palavras encorajadoras. Daedra se sentou do outro lado dela e fez o mesmo. Sua disputa ficou esquecida por um breve momento, enquanto traziam a próxima geração — a próxima Primária — para o mundo.

— Força! Força!

Serce gemeu e fez toda a força possível, até que a pressão finalmente cedeu.

— É uma menina!

Lágrimas escorreram por seu rosto enquanto sua cabeça pendia para trás, e ela soltou uma gargalhada triunfante.

— Serce, você é a mulher mais incrível que já andou por esta terra — Wolf disse em voz baixa, enchendo seu rosto de beijos. A bebê foi enrolada e entregue a Serce, que a passou para Wolf, o corpo dela esgotado. Ele olhou para a bebê com tanto amor que Serce pensou que seu coração explodiria.

Mas haveria tempo para aproveitar isso mais tarde, porque gritos chamaram sua atenção para o lado de fora, e Serce conseguiu ver que o exército de Rion estava perto demais para seu gosto. Ela se levantou com dificuldade.

— Traga Cloris — ela disse a Wolf. — Precisamos dela.

Ele fez que sim e rumou para a porta com a bebê em seus braços, abrindo-a e falando com seus soldados, que esperavam do lado de fora. Ele voltou para o lado dela, sem desviar a atenção da garotinha que erguia os olhos grandes e escuros para ele.

— Ela é a sua cara — ele disse, beijando Serce de novo. Os dois admiraram a bebê, e, para a surpresa de Serce, ela sentiu alguma coisa mudar em seu coração. Ela já amava aquela criança e faria de tudo para protegê-la. Finalmente, pela primeira vez, ela sentiu que poderia ser mãe.

A porta se abriu e os soldados de Wolf entraram, arrastando Cloris entre eles. Ela estava chiando e gemendo, os restos de sua sanidade em frangalhos. Eles a soltaram no chão, onde ela caiu de joelhos. A mulher abraçou o próprio corpo e se balançou para trás e para a frente, seus olhos vítreos.

— O que está acontecendo? — Daedra perguntou. — Quem é essa?

— É Cloris — Serce disse, acenando com a mão fraca. — Ela vai fazer a união.

A rainha lançou um olhar dúbio para a sacerdotisa selvagem e meio ensandecida.

— Tem certeza disso?

Uma explosão do lado de fora chamou a atenção de todos, fazendo com que se voltassem para a janela. Uma bola gigante de luz colorida pairou suspensa no ar. Era uma mensagem e um alerta. Rion não esperaria muito para entrar na cidade.

— Você precisa tirar a bebê daqui — Daedra disse, sem se dirigir a Serce, mas falando com Wolf. — Se eles arrombarem os portões...

Suas palavras foram cortadas por um eco sinistro, mas eles sabiam o que ela queria dizer. O olhar de Wolf ficou mais sombrio quando ele olhou pela janela, para a bola de magia pairando no céu. O que quer que acontecesse naquela noite, as coisas ficariam feias antes de a poeira baixar.

Serce e Wolf se entreolharam, e ela assentiu. Ela viu algo se quebrar nos olhos dele enquanto o homem também assentia. Serce o reuniria à filha. Ela prometeu isso a si mesma. Essa era a única coisa que ele lhe havia pedido.

— Chame seus soldados — Daedra disse, abrindo a porta e fazendo sinal para eles entrarem. — Ninguém vai notar um ou dois saindo da cidade. Você precisa fazer isso para a Primária sobreviver. A ama de leite deve viajar com eles.

Wolf se abaixou para que Serce pudesse se despedir. Ela tocou a testa da bebê e deu um beijo na bochecha dela, lágrimas escorrendo pelo canto de seus olhos. Como era possível amar tanto alguém que ela havia acabado de conhecer?

Relutante, Wolf entregou a bebê enrolada em panos para a ama de leite, que a segurou junto ao peito. Lágrimas também escorriam pelo rosto dele.

— Vamos buscar você em breve, pequenina — ele sussurrou, e beijou a testa dela antes de se dirigir a seus soldados. — Levem-na para meu irmão. Digam para ele mantê-la segura até voltarmos para buscá-la.

— Sim, majestade — um deles respondeu.

— O mais rápido possível — Wolf disse, olhando mais uma vez por sobre o ombro.

Eles estavam prestes a partir quando Daedra disse:

— Esperem! — Ela se aproximou e soltou a corrente do pescoço. Era um colar dourado com uma pedra vermelha pendurada. — Algo para se lembrar de mim, caso não sobrevivamos.

Os soldados acenaram com a cabeça e saíram da sala, a bebê e a ama atrás deles. Depois que saíram, Daedra se virou para a filha. A atmosfera era tensa de tristeza e medo, e de muitas coisas que ainda estavam por vir.

Serce se levantou, ignorando a dor no corpo. Ela foi até a mãe.

— Está na hora.

— Não — Daedra disse. — Você perdeu o rumo, Serce. Não posso deixar Coração em suas mãos.

— A senhora vai dar a reina para mim — Serce rosnou. — Mesmo que eu tenha que tirá-la de suas mãos.

— Você sabe que isso não vai funcionar — a mãe sussurrou. — Você vai perder tudo.

— A senhora confirmou que nossa filha é a próxima Primária, mãe. A Coroa já é minha.

Os olhos de Daedra se encheram de medo enquanto ela olhava para a filha.

— Eu tinha esperanças de que você fosse melhor do que isso tudo. Não fui perfeita como mãe nem como rainha, mas sempre tentei dar meu melhor. E agora você trouxe essa destruição para nós.

Serce soltou uma respiração profunda, sua paciência se esgotando.

— Traga Cloris — ela disse a Wolf. — E o Cajado.

Ela o ouviu se mover enquanto pegava o arco que havia trazido consigo, tirando-o do estojo que o escondia. Serce notou que ele se movia mais devagar do que o normal, como se estivesse flutuando em seiva. Ela o reuniria à filha nem se essa fosse a última coisa que faria.

Daedra olhou para o Cajado Arbóreo e arregalou os olhos.

— Vocês planejaram isso desde o começo. É loucura. Não vai funcionar.

— É claro que planejei, mãe.

Ela ignorou o resto do comentário da mãe e avançou contra a rainha, que recuou até acertar a mesa de jantar com a coxa. Medo, medo verdadeiro tinha se infiltrado nos olhos da rainha, mas Serce estava cega para tudo. Ela arrancou a Coroa da cabeça da mãe, se inflando pela certeza de que seu poder em breve seria dela.

— Detenham-nos — Serce ordenou ao grupo de soldados de Wolf, que esperavam perto da porta.

Enquanto tudo acontecia, eles tinham instruído discretamente para retirarem as forças de Coração da sala. Agora restava apenas o exército dos Reinos Arbóreos. Serce observou os olhares surpresos dos pais no momento em que eles foram amarrados com o mesmo tipo de algemas de arturita que eles haviam usado em Cloris, antes que qualquer um deles pudesse reagir.

— Serce! — Daedra disse. — Você faria isso conosco?

Serce se virou e Wolf pegou Cloris pelo colarinho, puxando a mulher. Ela caiu a seus pés, balbuciando coisas sem sentido.

Pelos deuses, tudo tinha sido em vão. Cloris era imprestável. Serce teria que fazer isso sozinha. Ela revirou o bolso de Cloris, retirando o livro que a sacerdotisa tinha sido autorizada a guardar. A sacerdotisa continuou balbuciando, seus olhos se revirando, as partes brancas aparecendo.

Então Serce colocou a Coroa sobre a cabeça. A prata era quente em sua pele, e ela sentiu um nó de emoção na garganta.

Finalmente. Depois de todo esse tempo.

Daedra fez que não com a cabeça, uma única lágrima escorrendo por sua bochecha.

— Não faça isso — ela disse em um sussurro rouco. — Você vai condenar a todos nós.

— Lembre-se: foi você quem se recusou a descender.

As luzes na sala diminuíram, mergulhando-os na escuridão. A bola de magia de Rion pairava lá fora, projetando neles sombras e os reflexos de violeta, esmeralda e carmim.

Ela se voltou para Wolf, que segurava o Cajado, sua expressão feroz.

— Está pronto? — ela perguntou, abrindo o livro.

Wolf fez que sim.

— Claro, minha rainha.

Ele se aproximou e ela ergueu os olhos para ele, amor enchendo seu peito. Ninguém os manteria longe um do outro e, juntos, eles dominariam Ouranos.

Wolf envolveu a nuca dela com a mão e a beijou.

— Vamos fazer isso para darmos uma surra em Rion e voltarmos para nossa filha.

Serce se viu sorrindo. Sua filha. Eles mal tiveram a chance de dar um nome para ela. Seria a primeira coisa que fariam quando estivessem reunidos.

— Por nossa filha — ela sussurrou, e ele tocou a testa na dela.

— Por todos nós, Serce.

Ela baixou os olhos para Cloris, que ainda estava resmungando consigo mesma.

— Vamos ter que fazer isso sozinhos.

Uma grande explosão veio de fora, fazendo o castelo inteiro tremer. Eles tinham arrombado os portões. Era possível ouvir gritos, enquanto Serce observava do alto o exército da Aurora invadir a cidade como uma mancha de nanquim.

— Rápido — Wolf disse.

Serce virou a página para o encantamento a que Cloris tinha feito referência quando ainda estava sã.

— Diz que precisamos repetir isso três vezes enquanto seguramos cada Artefato.

Ela ergueu a mão, lendo as linhas uma a uma:

Forje um laço de céu e mar
Que Zerra não possa negar
Que seja unida e entrelaçada sua sorte
De agora até a hora de sua morte

A Coroa em sua cabeça se aqueceu, luz carmesim faiscando por seus braços. O cajado de Wolf brilhava forte, faixas verdes de fumaça girando ao redor dele. Seus olhares se encontraram, e ela nunca havia se sentido tão forte ou tão conectada a alguém em sua vida.

Quando ela leu os versos de novo, vermelho e verde se tocaram e se enroscaram, formando uma única linha de magia que brilhou mais forte do que o sol. Enquanto os raios dela faiscavam, a fumaça verde se fundia neles, convergindo em uma demonstração de imenso poder.

Era a coisa mais linda que ela já tinha visto na vida.

Mais uma explosão sacudiu a sala, quase fazendo com que eles perdessem o equilíbrio, os sons da batalha lá fora crescendo. Eles estavam chegando.

O Rei Aurora estava vindo e Serce sabia que ele tinha vindo atrás *dela* primeiro.

Ela leu o encantamento uma terceira vez.

Forje um laço de céu e mar

O poder dela cresceu, inflando em seu peito e seu corpo.

Que Zerra não possa negar

Raios carmesim brilharam pela sala, indo do chão ao teto.

Que seja unida e entrelaçada sua sorte

Fumaça verde girou ao redor deles enquanto o poder dela crescia sem parar. Os olhos de Wolf brilharam como esmeraldas girando em chamas. Ele ergueu os olhos para ela com admiração e reverência, suas asas se abrindo atrás dele.

Ela nunca havia se sentido tão forte. Magia a percorria. Rios de magia. Ondas. Oceanos. Ela era mais forte do que ninguém jamais seria.

Serce fechou os olhos e ergueu a cabeça, inspirando fundo antes de voltar para Wolf e seus olhares se encontrarem.

Poder. Força. Destino. *Almas gêmeas.*

Sim, era por isso que ela estava esperando esse tempo todo.

Ela começou o quarto verso assim que o castelo tremeu de novo, as janelas rachando e se partindo em uma chuva de vidro.

— De agora até a hora...

A magia começou a preenchê-la a cada palavra, uma por uma, e Serce queria prolongar esse momento por mais um segundo. O momento em que ela finalmente pegaria tudo que sempre quis.

Ela apertou a mão de Wolf com toda a força e disse as últimas três palavras.

— ... de... sua... morte.

Quando sua voz silenciou, um ruído branco brilhou em seus ouvidos, um lamento agudo que subiu sem parar até um raio brilhante e vermelho atingir o chão entre eles, lançando-os para trás, e então...

O mundo se estilhaçou, e não havia nada além de escuridão.

AGRADECIMENTOS

Essa história toda de escrever tem sido uma aventura tão grande que nem sei como começar a expressar a sorte que sinto por estar nela.

Melissa, minha esposa de escrita, não sei o que eu faria sem seu entusiasmo, seu humor e seu espírito selvagem e adorável.

Bria, você se tornou uma das primeiras pessoas a quem recorro quando termino mais um livro.

Shaylin, sinto que encontrei uma alma gêmea escritora em você. Você é tão talentosa e brilhante, e não sei como agradecê-la por deixar sua marca no manuscrito deste e de todos os outros.

Ashyle, obrigada por sua perspicácia e sabedoria — você tem um olhar atento a tudo.

Emily, obrigada por ser minha ouvinte e minha companheira diária.

A Alexis e Alex, obrigada por seu apoio inesgotável. Os últimos três anos teriam sido impossíveis sem vocês.

A Priscilla e Elayna — obrigada por serem meus últimos olhos neste livro e por entrarem nesta jornada comigo. Não vejo a hora de publicar muitos livros ao lado de vocês nos próximos anos. E obrigada a Rae por sua ajuda com o feitiço no fim!

Obrigada ao monte de primeiras leitoras que me ajudaram a transformar este livro em tudo que ele poderia ser: Raidah, Elyssa, Nefer, Suzy, Ashley, Alexis, Catina, Emma, Rachel, Chelsea, Stacy, Holly, Elaine, Rebecca e Kelsie.

À comunidade leitora do BookTok e do Bookstagram, obrigada pelo entusiasmo e pelo apoio a uma nova escritora que ainda precisa provar seu valor. Francamente, são vocês que tornaram isso tudo possível.

À minha mãe, que sempre lia livros e olhava para mim e dizia: "Você não poderia escrever isto?". Pois é, acho que finalmente escrevi.

Às minhas filhas, Alice e Nicky, vocês são uma fonte sem fim de alegria em minha vida, por mais que me deixem maluca. Sorte a sua que vocês são tão fofas. Obrigada pela paciência comigo quando às vezes me distraio escrevendo histórias em minha cabeça durante nossas conversas.

E, claro, a meu marido Matthew, cujo apoio e confiança em mim nunca vacilaram nem por um momento, desde o dia em que nos conhecemos, tantos anos atrás. Obrigada por me proporcionar o espaço e a liberdade para correr atrás disso e me permitir ser a dramática da relação. Não é exagero quando digo que eu não conseguiria fazer isto se não tivesse um companheiro compreensivo.

ESTA OBRA FOI COMPOSTA POR VANESSA LIMA EM BEMBO
E IMPRESSA PELA LIS GRÁFICA EM OFSETE SOBRE PAPEL PÓLEN NATURAL
DA SUZANO S.A. PARA A EDITORA SCHWARCZ EM MAIO DE 2024

A marca FSC® é a garantia de que a madeira utilizada na fabricação do papel deste livro provém de florestas que foram gerenciadas de maneira ambientalmente correta, socialmente justa e economicamente viável, além de outras fontes de origem controlada.